Droemer Knaur®

D1986366

Heidrun Bründel
Klaus Hurrelmann

Gewalt macht Schule

Wie gehen wir mit
aggressiven Kindern um?

Droemer Knaur

Dieses Buch wurde auf chlor- und säurefreiem Papier gedruckt.
Die Folie des Schutzumschlags sowie die Einschweißfolie sind
PE-Folien und biologisch abbaubar.

Die Deutsche Bibliothek – CIP-Einheitsaufnahme

Bründel, Heidrun:
Gewalt macht Schule: wie gehen wir mit aggressiven
Kindern um? / Heidrun Bründel; Klaus Hurrelmann. – München:
Droemer Knaur, 1994
ISBN 3-426-26812-4
NE: Hurrelmann, Klaus:

Umschlaggestaltung: Agentur Zero, München
Umschlagabbildung: Bavaria Bildagentur, Gauting
Satz: Compusatz GmbH, München
Druck und Bindung: Franz Spiegel Buch, Ulm
Printed in Germany
ISBN 3-426-26812-4

5 3 1 2 4

Der reißende Fluß
wird gewalttätig genannt.
Aber das Flußbett,
das ihn einengt,
nennt keiner gewalttätig.

Bert Brecht

Inhalt

Vorwort 9

Einleitung: Gewalt ist eine »soziale Krankheit« der Gesellschaft 11

1. Erscheinungsformen von Aggression und Gewalt 21
   Gewalt – was ist das? 23
   Individuelle und gesellschaftliche Bedingungen für Gewalt . 30

2. Gewalt in der Familie 35
   Die Verantwortung der Eltern 37
   Körperliche Mißhandlung von Kindern 54
   Wenn die Eltern überfordert sind (62); *Körperliche Strafen* (65)
   Sexueller Mißbrauch 71
   Folgen sexueller Gewalt (79); *So können Sie vorbeugen* (86)
   Was die Familie tun kann 91
   Was die Politik tun kann 97

3. Gewalt in der Schule 105
   Wie äußert sich Gewalt in der Schule? 107
   Die Schule öffnet Chancen und erzeugt Wettbewerbsdruck . 118
   Der Anteil der Schule an der Entstehung von Gewalt 123
   Was Lehrer/innen tun können 127
   Die soziale Kompetenz stärken (134); *Konflikte kooperativ lösen* (137); *Schlichterprogramme für Schüler/innen* (139); *Entspannungs-übungen* (145); *Schulinterne Lehrerfortbildung* (149)

4. Gewalt im Freizeitbereich 153
   Jugendclique und Gewalt 155
   Woher kommt die Gewalt Jugendlicher? 158
   Wenn Konsum die Freizeit bestimmt 168
   Gewalt im Sport 174
   Was Erzieher/innen und Sozialpädagogen tun können 179

5. Gewalt in den Medien 183
   Der Einfluß übermäßigen Fernsehkonsums 185
   Wenn zusätzlich in der eigenen Familie Gewalt ausgeübt wird 189
   Spielfilme: fiktive Gewalt 191

Nachrichten: reale Gewalt 197
Was Medienerziehung und Medienpolitik tun können 204

6. Politische und rassistische Gewalt 209
Wie entsteht und wie äußert sich rassistische Gewalt? 211
Politische Reaktion als Ausdruck von Belastungen und Ängsten 217
Unterschiede zwischen ost- und westdeutschen Jugendlichen 222
Hintergründe rechtsradikaler politischer Aktivitäten 228
Die Feindbilder bei deutschen und ausländischen Jugendlichen gleichen sich 235
Was Eltern sowie Schul- und Jugendarbeit tun können 240

7. Gewalt als gesamtgesellschaftliches Problem 249
Gewalthandlungen in allen Lebensbereichen 251
Wie entstehen Aggressionen und Gewalt? 254
Trieb- und Instinkttheorie (255); *Psychoanalytische Theorie* (257); *Frustrations-Aggressions-Theorie* (259);*Lerntheorie* (262); *Anomietheorie* (265); *Etikettierungstheorie* (269); *Theorie der sozialen Kontrolle* (270); *Gemeinsamkeiten und Schwerpunkte der Theorien* (272)
Individuelle Lösungswege 277
Aggressionsfördernde Faktoren verändern (279); *Aggressionsfördernde Faktoren anders bewerten* (284); *Aggressionshemmungen fördern* (290); *Aggressionsfreie alternative Verhaltensweisen stärken* (292)
Gesellschaftliche Lösungswege 295

Literatur 305

Vorwort

Wir Erwachsenen erwarten von unseren Kindern, daß sie sich in Kindergarten, Schule und Freundeskreis durchsetzen und in Konkurrenzkämpfen und Auseinandersetzungen behaupten. Unsere Kinder beobachten tagtäglich, daß bei uns Erwachsenen im Beruf und in der Politik nur die konsequente Verfolgung eigener Interessen zählt. Sie erfahren in den von Erwachsenen produzierten Medien, daß Konflikte am besten mit Gewalt zu lösen sind. Am Bildschirm erleben sie auch Krieg, blutige Auseinandersetzungen und Zerstörungen.

Ist es da verwunderlich, daß Gewalt »Schule« macht und immer mehr um sich greift? Wo bleiben die Vorbilder von uns Erwachsenen? Es ist doch nur konsequent, daß unsere Kinder das Verhalten der Erwachsenen imitieren und in ihrem Alltag ebenfalls zur Gewalt greifen. Woher nehmen wir das Recht, uns darüber aufzuregen, daß Tugenden wie Sensibilität, Einfühlungsvermögen und Mit-leiden-Können bei unseren Kindern immer weniger vorhanden sind? Wo leben wir selbst denn nach diesen Tugenden?

Mit Schuldzuschreibungen an die anderen sind wir alle schnell bei der Hand. Ist es nicht der Verlust von elterlicher Autorität, der zum allgemein beklagten Werteverfall geführt hat? Lassen sich die meisten Eltern nicht von ihren Kindern auf der Nase herumtanzen? Haben die linken Lehrer nicht unbeabsichtigt die rechten, gewalttätigen Schüler hervorgebracht? Hat die antiautoritäre Bewegung nicht die guten Sitten verdorben? Welche Rolle spielen die Medien? Sind es nicht die skrupellosen Geschäftemacher der Privatsender, die unsere Kinder mit Gewalt und Pornographie überschwemmen?

Solche Schuldzuschreibungen lenken von den wirklich wichtigen Fragen ab: Wie kommt es, daß Gewalt unter Kindern und Jugendlichen zunimmt, und um welche Art von Gewalt handelt es sich dabei? Wächst die Fremdenfeindlichkeit unter Jugendlichen, und ist sie möglicherweise Ausdruck einer wachsenden Gewaltakzeptanz auch unter Erwachsenen? In welchem Ausmaß sind Kinder und Jugendliche heute Opfer von körperlicher, seelischer und sexueller Gewalt? Welches Leid haben sie zu ertragen, und wie werden sie damit fertig? Führen Gewalterfahrungen als Opfer zu späteren Gewalthandlungen als Täter?

Wir wollen in unserem Buch Antworten auf diese Fragen geben und herausarbeiten, wie körperliche, verbale und psychische Aggressionen bei Kindern, Jugendlichen und Erwachsenen entstehen und welche gesellschaftlichen und individuellen Bedingungen hierfür verantwortlich sind. Wir werden uns um eine genaue Bestandsaufnahme bemühen, jedoch nicht dabei stehenbleiben, sondern uns bei jedem Schritt der Analyse die Frage stellen, was gegen Aggression und Gewalt getan werden kann.

Wir wollen konkrete Vorschläge für Eltern und für alle engagierten Menschen in den pädagogischen Berufen, aber auch in Betriebswelt, Medien und Politik unterbreiten, wie sie durch ihren Einsatz dazu beitragen können, Gewalt zu verhindern, einzudämmen oder gar nicht erst entstehen zu lassen. Wir möchten mit diesem Buch praktische Anregungen geben und zum eigenen Handeln ermutigen. Jeder von uns ist für Gewalt verantwortlich, und jeder von uns kann etwas tun, damit sie nicht noch mehr Schule macht.

Dieses Buch ist das Gemeinschaftswerk einer Psychologin und eines Sozial- und Erziehungswissenschaftlers. Heidrun Bründel bringt ihre Erfahrungen als Klinische Psychologin und Schulpsychologin der Bildungs- und Schulberatung des Kreises Gütersloh in der praktischen Arbeit mit Kindern, Jugendlichen, Eltern und Lehrern ein, Klaus Hurrelmann seine Forschungsergebnisse, die vor allem in Studien zur Lebenslage von Kindern und Jugendlichen an der Universität Bielefeld gewonnen wurden.

Bielefeld, im Sommer 1994

Heidrun Bründel
Klaus Hurrelmann

Einleitung

Gewalt ist eine »soziale Krankheit« der Gesellschaft

Die Schlagzeilen regionaler und überregionaler Zeitungen der letzten Monate erschrecken und alarmieren zugleich:

Aufrüstung im Klassenzimmer – Die Gewalt macht Schule
Psychologie Heute

Pflichtschulen werden zu Zentren der Gewalt
Frankfurter Rundschau

Schrankenlose Ich-Tugenden
Frankfurter Allgemeine Zeitung

Noch schonen die Kinder ihre Eltern
Süddeutsche Zeitung

Gewalt wird bewundert – Verwahrlosung und Brutalität der Kids nehmen zu
Neue Westfälische

Gewalt: Soziale Krankheit der ganzen Gesellschaft
Westdeutsche Allgemeine Zeitung

Beängstigende Entwicklungen

Bei einem Blick in die Polizeiliche Kriminalstatistik kann einem angst und bange werden. Das Verzeichnis aller von der Polizei registrierten Gesetzesverstöße ist zwar keine absolut zuverlässige Quelle für Untersuchungen zur Gewalt, aber es gibt doch wichtige Anhaltspunkte. Danach haben wir es in Deutschland seit 1990 mit einem schnellen Anwachsen der Kriminalität in allen Bevölkerungsgruppen zu tun. Die Kriminalitätsbelastungsziffer, mit der die Anzahl der Straftaten pro 100 000 Einwohner gemessen wird, hat sich von 1963 bis 1993 um das Zweieinhalbfache gesteigert. Ein besonders schneller Anstieg ist nach einer verhältnismäßig langsamen Wachstumsphase in den achtziger Jahren vor allem seit 1989, dem Zeitpunkt der deutschen Vereinigung, zu verzeichnen. Diese Entwicklung deutet auf erhebliche gesellschaftliche, wirtschaftliche, aber auch internationale politische und kulturelle Umschichtungen hin. Sie haben ganz offensichtlich dazu beigetragen, daß der Anteil der Gewalttaten, in erster Linie Körperverletzungen, Raub, Vergewaltigung, Mord und Totschlag, in den letzten Jahren deutlich angestiegen ist.

Die polizeilichen Kriminalstatistiken weisen einen überproportional hohen Anteil von Jugendlichen und Heranwachsenden an der Gesamtkriminalität aus. Vor allem Jugendliche der Altersgruppe von vierzehn bis zwanzig Jahren sind erheblich stärker an der Gewaltkriminalität beteiligt, als es ihrem Bevölkerungsanteil entspricht. In den letzten Jahren wuchs zudem der Anteil der Kinder und Jugendlichen unter vierzehn Jahren, die durch Gewaltdelikte aufgefallen sind. Aus diesen Zahlen wird deutlich, wie stark Kriminalität und insbesondere Gewaltkriminalität ein Jugendphänomen ist und wie stark sich hierin jugendspezifische Entwicklungs- und Entfaltungsprobleme niederschlagen. Die große Mehrheit der Delikte im Jugendalter sind die leichteren Straftaten, aber leider müssen wir seit einigen Jahren ein Ansteigen der brutalen Gewaltformen registrieren.

Gewalt greift um sich und sickert in alle Alltagsbereiche ein. Immer mehr Menschen beunruhigen sich und empfinden die gegenwärtige Situation als alarmierend. Die Zahl der Wiederholungstäter ist groß. Kampf und Gewalt scheinen das einzige zu sein, was in vielen Jugendgruppen positiv bewertet wird. Ausländerfeindliche Songs werden gehört, gesungen und auf Schallplatten, Kassetten und CDs vervielfältigt, verkauft und ausgeliehen.

Schon zehnjährige Kinder sehen täglich bis zu sechs Stunden fern. Das Fernsehen bietet ihnen insgesamt mindestens sechzig Mordszenen pro Tag. Gewaltdarstellungen, unzählige Tote und Verletzte prägen auch die täglichen Nachrichten in den Medien. Brutale Videoclips regen Kinder an, das Gesehene nachzuahmen; so geschehen in Preston (England), wo zwei Zehnjährige ein zweijähriges Kind ermordet und dabei in ihrer Vorgehensweise das verwirklicht haben, was sie tags zuvor in einem Video gesehen hatten. Was ist seit den neunziger Jahren geschehen? Wie sind die beängstigenden Entwicklungen, die durch wissenschaftliche Studien bestätigt werden, zu erklären?

Die Wucht gesellschaftlicher Umbrüche

Seit 1990 haben Kinder, Jugendliche und Erwachsene große politische und soziale Veränderungen erlebt. Seit dem Zusammenbruch des Sowjetimperiums 1989 hat die Zahl der bewaffneten Einsätze der Vereinten Nationen dramatisch zugenommen. Staaten, die bis dahin als stabil, mächtig und stark erschienen, sind auseinandergebrochen. Kriege, Vergewaltigungen und blutige Auseinandersetzungen bestimmen das politische Klima in vielen Spannungsregionen der Welt. Das Gefüge der großen Staaten ist ins Wanken geraten, und es macht sich wieder eine Tendenz zum Nationalstaat bemerkbar. Es fehlt an politischen Zukunftsvisionen, nachdem das Denken in Feindblöcken überwunden worden ist.

Eine große Anzahl von Flüchtlingen, politisch Verfolgten, Asylsuchenden erbittet Einlaß in Staaten, die wirtschaftliche, soziale und politische Sicherheit verheißen. Die Bundesrepublik Deutschland gehört zu diesen Staaten. Sie tut sich mit der neuen Entwicklung schwer. Sie befindet sich unverkennbar in einer kulturellen und wirtschaftlichen Krise. Fremdenfeindlichkeit sowie ein sich neu formierender Rassismus und Rechtsradikalismus sind aufgeblüht. Hoyerswerda, Rostock-Lichtenhagen, Mölln und Solingen sind Fanale für die Entwicklung von kollektiv verübten fremdenfeindlichen Gewalttaten Jugendlicher. Ausländer werden zusammengeschlagen, während Passanten vorübergehen und wegsehen. Jugendliche werfen Brandbomben und attackieren Asylantenheime. In immer mehr Lebensbereichen wird Gewalt als Mittel zur Erreichung eigener Ziele akzeptiert. Die Gewalt ist überall, in den Köpfen und in den Fäusten.

Viele Familien leiden unter den Folgen von Kurzarbeit oder Arbeitslosigkeit. Ängste und Befürchtungen entstehen, breiten sich aus und lähmen die Menschen in ihren Handlungsspielräumen.

Die wirtschaftliche und soziale Unsicherheit der Erwachsenen wirkt sich auch auf die Jugendlichen aus. Lehrstellenmangel und Verlust von Arbeitsplätzen betreffen auch sie, und keiner weiß, was die Zukunft bringt.

Gewalt als Reaktion auf Ängste

Viele Jugendliche, besonders die weniger privilegierten, diejenigen, die weder einen Schulabschluß noch eine Lehrstelle aufweisen, haben »Wut im Bauch« und »rasten aus«. Sie haben nichts mehr zu verlieren. Ihre Gewalt ist eine Reaktion auf die Verhältnisse, in denen sie leben. Sie äußern ihre Ängste in einer ihnen eigenen Form. Ihre Unruhe bezieht sich auf die Themen, die sie am meisten bedrücken, und das sind zur Zeit Arbeitsplatzmangel und – aus ihrer Sicht – die Konkurrenz von Aussiedlern und Ausländern: Ängste, die sich aus dem Gefühl wirtschaftlicher und sozialer Benachteiligungen und Ungerechtigkeiten ergeben. Jugendliche kämpfen um das knappe Gut der gesellschaftlichen Anerkennung, um Wohnraum, Arbeitsplätze und Sozialhilfe. In einer solchen Ausgangskonstellation nehmen viele, vor allem männliche Jugendliche Zuflucht zu einer Ideologie der Ungleichheit und entwickeln eine Einstellung der Gewaltakzeptanz und der Bereitschaft zur Gewaltanwendung.

Die politischen Demonstrationen und Aktivitäten der letzten Jahre, die in der öffentlichen Diskussion schnell pauschal als »rechtsradikale Aktivitäten« abgestempelt werden, sind in ihrem Kern wütende Proteste gegen Lebensbedingungen und Lebenssituationen, mit denen sich die Jugendlichen nicht länger abfinden wollen. Waren es die eher privilegierten Gymnasiasten und Studenten, die Ende der achtziger Jahre gegen Atomkraft und Umweltverschmutzung und Anfang der neunziger Jahre gegen den »Golfkrieg« gekämpft und sich in Bürgerinitiativen zusammengeschlossen hatten, so sind es heute überwiegend die benachteiligten, politisch und sozial irritierten Haupt- und Berufsschüler, die ihre Unzufriedenheit, ihren Frust und ihre Ohnmachtsgefühle in Gewaltaktionen gegenüber den noch Schwächeren ausdrücken, auch in der Absicht, politische und pädagogische Autoritäten zu provozieren. Besonders beunruhigend ist die Beobachtung, daß sich rechtsradikale Organisationen immer intensiver und erfolgreicher um diese politisch verwirrte Klientel bemühen.

Ausgangspunkt für gewalttätige Aktionen von Jugendlichen ist die Unfähigkeit, mit den gesellschaftlichen Widersprüchen fertig zu werden, die sie täglich erleben und individuell lösen müssen. Viele Jugendliche sind verunsichert: Sie haben die Kontrolle über ihre eigenen Wege verloren und kommen mit dem bunten Gewirr von Anforderungen und Angeboten für die Orientierung und Strukturierung ihres Lebens nicht zurecht. Sie spüren die Konkurrenz der Erfolgreichen und lenken ihre Aggressionen gegen »Sündenböcke«, gegen diejenigen, die in der gesellschaftlichen Hackordnung unter ihnen stehen.

Diese Ausgangslage ist es, die sie anfällig macht für Vorurteile gegenüber Fremden, die nach ihrer Wahrnehmung den eigenen sozialen Status bedrohen, die sie auch anfällig macht für Versprechungen, eine »alte Ordnung« wiederherzustellen, welche angeblich Verunsicherungen und Ängste beseitigt. Es ist eine Ausgangslage, in der sich Jugendliche des »unteren Drittels« unter ungünstigen Konkurrenzbedingungen gegenüber den privilegierten »oberen zwei Dritteln« benachteiligt fühlen und glauben, keine Chance zu haben, sich sozial und beruflich durchzusetzen.

Die brutalen und lebensgefährlichen Formen, mit denen sich die Neigung zur Gewalt austobt, stehen in einem auffallenden Mißverhältnis zu ihrem nichtigen Anlaß. Der bloße Zufall kann schon genügen, um Gewalt auszulösen. Die Täter geben keine Gründe mehr für ihr Tun an, sie reagieren mit einem Achselzucken. Es scheint so, als brauche Gewalt weder Anlaß noch Ziel, als genüge und rechtfertige sie sich selbst. Willkür und Sinnlosigkeit kennzeichnen viele Gewalthandlungen der letzten Zeit, Gleichgültigkeit zeigt sich gegenüber dem Objekt und Mitleidlosigkeit in bezug auf das Opfer, das die Jugendlichen oft nicht einmal kennen. Täter und Opfer begegnen sich zufällig. Gewalt wird als Chance gesehen, sich auszuleben und auszutoben, ein Gefühl von Stärke auszukosten und Überlegenheit zu demonstrieren. Gewalt scheint Spaß zu machen. Haben unsere Jugendlichen keine anderen Möglichkeiten, sich selbst zu verwirklichen? Gibt es für sie keine anderen Betätigungen, mit denen sie Abenteuerlust und Nervenkitzel befriedigen können?

Eine verlassene Generation?

Die heute protestierenden Jugendlichen haben sowohl die »skeptische Generation« der fünfziger Jahre als auch die »rebellische Generation« der siebziger Jahre abgelöst. Wir können sie als »verlassene Generation« bezeichnen, als eine Generation von Jugendlichen, um die sich niemand kümmert, die niemand haben will. Viele dieser Jugendlichen können ihre Misere nicht mit Worten artikulieren, sondern nur mit Gewalt. Mit Gewalt wollen sie darauf aufmerksam machen, alleingelassen und zurückgesetzt zu sein. Welche Anstrengungen unternimmt die Gesellschaft, um ihre Jugend zu schützen, ihr Zuversicht und Zukunftsperspektive zu geben?

Die Bilanz ist nicht günstig. Gewalt, Brutalität und Korruption beherrschen unseren Alltag. Politiker, die wegen Begünstigung und erschlichener Gehälter überführt worden sind, treten nur auf massiven Druck der Öffentlichkeit in den gutdotierten Ruhestand zurück und zeigen kein Unrechtsbewußtsein. Erwachsene und Kinder sind gleichermaßen verunsichert. Staatsmänner und (die wenigen) Staatsfrauen sind ebenso ratlos wie Parteivorsitzende und agieren nach dem Prinzip von Versuch und Irrtum.

In den neuen Bundesländern ist die Lage nach der Vereinigung besonders desolat. Gemeinschaftsbindungen sind zerstört, Betriebsgruppen, Hausgemeinschaften, Freundschaftsvereine, Jugendorganisationen und Jugendklubs aufgelöst oder durch Mißtrauen, Mißgunst und Verdacht auf frühere Spitzeltätigkeit zerrissen.

Gewalt ist tief im Gewebe des sozialen Zusammenlebens verankert. Gewalt ist eine »soziale Krankheit« der ganzen Gesellschaft. Kinder und Jugendliche, die aggressiv werden, spiegeln uns Erwachsenen den kulturellen Zustand der Gesellschaft wider. Die gesellschaftliche »Krankheit« Gewalt kann nur durch Schritte geheilt werden, die sich auf alle Bereiche des Gemeinwesens beziehen. Unsere Gesellschaft muß wieder human werden, ein

Sinn für die Allgemeinheit wieder gefunden und die Parteienverdrossenheit in aktive und konstruktive politische Teilnahme verwandelt werden. Vor allem aber müssen die Familien gestärkt und gestützt und die Lebensbedingungen der Kinder und Jugendlichen in Familie, Gemeinde, Kindergarten, Schule, Freizeit und Öffentlichkeit verbessert werden. Auch die Massenmedien müssen endlich in ihre gesellschaftliche Verantwortung gezogen werden. Die Gewaltphänomene der letzten Jahre fordern Politik und Wissenschaft zu Erklärungen, Analysen und zur Entwicklung von vorbeugenden Gegenstrategien heraus.

Aggressionen entstehen immer dann, wenn Menschen nicht mit den sozialen Lebensbedingungen zurechtkommen, die ihnen durch ihre Umwelt aufgezwungen werden. Aggressivität und Gewalt waren schon immer in der Geschichte der menschlichen Gesellschaft ein Ausdruck von Unzufriedenheit, mangelnder Anerkennung, Hoffnungslosigkeit und Zukunftsangst.

Gerade bei Kindern läßt sich dieser Zusammenhang tagtäglich beobachten: Sie werden dann aggressiv, wenn sie nicht die Zuwendung und den Zuspruch erfahren, den sie für eine gesunde Entwicklung benötigen, wenn ihre Bedürfnisse nach Anerkennung und Selbstentfaltung über einen langen Zeitraum mißachtet werden. Das Auftreten von Aggressionen unter Menschen ist immer ein Signal dafür, daß die sozialen Kontakte zwischen ihnen nicht in gegenseitiger Zufriedenheit ablaufen, daß Ungerechtigkeit und Ungleichheit herrschen und die daraus entstehenden Konflikte nicht in einer für alle verbindlichen und gültigen Form geregelt werden können. Gegenmaßnahmen müssen deshalb auch genau an diesen Stellen ansetzen und die Kommunikationsfähigkeit ebenso wie die Fähigkeit stärken, in fairer Weise einen Konflikt auszutragen und eine Enttäuschung zu verarbeiten. Insofern stimmt die Formel: Schwache Menschen greifen zur Gewalt – starke Menschen haben sie nicht nötig.

1.

Erscheinungsformen von Aggression und Gewalt

»Aggression« ist ein wissenschaftlicher Begriff und bezeichnet eine Handlung, die auf die Verletzung eines Menschen zielt. »Aggressivität« ist der Begriff für die Absicht, eine solche verletzende Handlung zu begehen. Als »Gewalt« wurde ursprünglich in der Fachliteratur nur die körperliche Aggression bezeichnet. Unter Gewalt wurde ausschließlich der physische Akt verstanden, bei dem ein Mensch einem anderen Menschen Schaden zufügt. Mit »Gewaltbereitschaft« wurde die Absicht oder die innere Neigung bezeichnet, eine verletzende Handlung auszuführen. Heute wird »Gewalt« meist parallel zum Begriff »Aggression« verwendet. »Aggression« und »Gewalt« sind wissenschaftliche und umgangssprachliche Begriffe für dieselben Vorgänge, wobei der Begriff »Gewalt« den der »Aggression« wegen seiner größeren Anschaulichkeit mehr und mehr verdrängt. Wir folgen in unserem Buch dieser Begrifflichkeit.

Gewalt – was ist das?

Wenn wir im folgenden von Gewalt sprechen, haben wir verschiedene Formen und Ausdrucksweisen von direkter Aggression unter Menschen im Blick:

- ✘ *Physische Gewalt*, die Schädigung und Verletzung eines anderen durch körperliche Kraft und Stärke.

- ✘ *Psychische Gewalt*, die Schädigung und Verletzung eines anderen durch Abwendung, Ablehnung, Abwertung, durch Entzug von Vertrauen, durch Entmutigung und emotionales Erpressen.

- ✘ *Verbale Gewalt*, die Schädigung und Verletzung eines anderen durch beleidigende, erniedrigende und entwürdigende Worte.

- ✘ *Sexuelle Gewalt,* die Schädigung und Verletzung eines anderen durch erzwungene intime Körperkontakte oder andere sexuelle Handlungen, die dem Täter eine Befriedigung eigener Bedürfnisse ermöglichen.

- ✘ *Frauenfeindliche Gewalt,* die physische, psychische, verbale oder sexuelle Form der Schädigung und Verletzung von Mädchen und Frauen, die unter Machtausübung und in diskriminierender und erniedrigender Absicht vorgenommen wird.

- ✘ *Fremdenfeindliche und rassistische Gewalt,* die physische, psychische und verbale Form der Schädigung und Verletzung eines anderen Menschen aufgrund seiner ethnischen Zugehörigkeit, seines Aussehens oder seiner Religion.

Gewalt entsteht in zwischenmenschlichen Beziehungen. Sie stellt – in welcher Form auch immer – die Endphase aufgeschaukelter Konflikte, vielfältiger Mißverständnisse und Fehlinterpretationen dar. Gewalt ist Ausdruck persönlicher Unzufriedenheit und Verbitterung. Gewalt wird zwar als Mittel der Konfliktlösung eingesetzt, erzeugt aber wiederum weitere Konflikte.
Akte der Gewalt sind zugleich auch Akte der Ausbeutung, weil Kindern und Jugendlichen soziale und psychische Möglichkeiten und Ressourcen vorenthalten oder genommen werden. Ausbeutung kann auch »strukturelle« Gewalt sein: Durch die soziale Struktur der Beziehungen und der Machtverhältnisse in einer Familie oder in anderen sozialen Institutionen wird einem jungen Menschen Nachteil oder Schaden zugefügt, indem seine sozialen, psychischen und physischen Bedürfnisse unterdrückt und an der weiteren Entfaltung gehindert werden. Nicht nur kleine soziale Gruppen, sondern auch große Organisationen und staatliche Instanzen, ja die gesamte Gesellschaft können strukturelle Gewalt ausüben, indem zum Beispiel bestimmte Bevölkerungsgruppen diskriminiert, unterdrückt oder verfolgt werden.

Vermutlich hat sich – im Vergleich zu ein oder zwei Generationen vor unserer Zeit – das Spektrum von direkter Gewalt verbreitert, und es haben neben den physischen die psychischen und verbalen und damit eher subtilen Formen von Gewalt zugenommen. Es bleibt die Frage, ob diese nicht weit größeren Schaden anrichten. Ist langandauernder Liebesentzug mit der Wirkung einer Ohrfeige zu vergleichen? Ist die öffentlich ausgesprochene Beleidigung nicht viel schlimmer als ein Fausthieb? Wir können hierüber nur Vermutungen anstellen. Wir haben den Verdacht, daß vor allem der psychischen Gewaltausübung noch lange nicht die Aufmerksamkeit geschenkt wird, die ihr zukommen müßte. Das Eigentümliche psychischer Gewalt besteht darin, daß sie im Verborgenen ausgeübt und ihre Wirkung nicht immer sofort, sondern manchmal erst nach Jahren sichtbar wird.

Jede historische Epoche und jede Gesellschaft hat ihre eigenen Standards für Gewalt und Gewaltlosigkeit, für Ausbeutung und Gleichberechtigung. Erst seit wenigen Jahren werden bei uns alle verschiedenen Formen von direkter und indirekter Gewalt, von Mißhandlung, Mißbrauch, Vernachlässigung und Ausbeutung öffentlich diskutiert.

Die kulturelle Sensibilität hat sich gegenüber allen Formen von Gewalt erhöht. Es hat zum Beispiel Jahrzehnte gedauert, bis die sexuelle Gewalt aus der dunklen sozialen Tabuzone in die Zone des öffentlichen Diskurses gerückt ist. Über sexuellen Mißbrauch von Jungen und Mädchen wurde bis vor wenigen Jahren gar nicht öffentlich gesprochen. In dieser Zeit der schmerzlichen »Entdeckung« eines »neuen« Mißhandlungsphänomens steigt mit der Aufmerksamkeit auch die Genauigkeit der Beobachtungs- und Registriermethoden für die Erfassung. Oft müssen wir feststellen, daß bislang nur die Spitze eines Eisbergs entdeckt wurde.

So gesehen zeigt die gegenwärtige Diskussion über Gewalt Züge einer zivilisationsgeschichtlichen »Vergangenheitsbewältigung«. Verschämt werden wir gewahr, wie groß das Ausmaß der Verletzungs- und Bewältigungsformen war und ist, das in einer wirtschaftlich und kulturell relativ weit entwickelten Gesellschaft wie der unsrigen vorherrscht. Zugleich stellen wir fest, daß wir heute

Akte als Gewalt empfinden, die unsere Vorfahren nicht dafür hielten und die auch Menschen in anderen Kulturen möglicherweise anders bewerten.
In der öffentlichen Diskussion fällt eines auf: Selten wird nach den Ursachen von Gewalt gefragt, meistens verebbt die Diskussion in einem Bericht über neueste Gewaltereignisse, der die eigene Hilflosigkeit gegenüber dem Geschehen betont. Die Diskussion wird dann unergiebig, wenn statt einer sorgfältigen und vorbehaltlosen Analyse der Ursachen nur oberflächlich nach »Schuldigen« gesucht wird. Einmal sollen es unkontrollierte und ich-bezogene Jugendliche sein, die eine ganze Gesellschaft in Angst und Schrecken versetzen, dann wieder sind es unfähige Eltern oder Lehrer/innen, die sich gegenüber aufsässigen und undisziplinierten Kindern und Jugendlichen nicht durchsetzen können, oder es sind verantwortungslose Journalistinnen und Journalisten, die aus reinem Gewinnstreben Darstellungen von Aggression und Gewalt als Leser- und Zuschauermagnet benutzen – immer sind es die anderen, niemand fühlt sich für die Verletzungen und Schädigungen selbst verantwortlich.

Was hat sich wirklich verändert?

Wer sich gründlich und ohne Scheuklappen mit dem bedrückenden Thema »Aggression und Gewalt bei Kindern und Jugendlichen« beschäftigen will, der kommt um eine nüchterne und präzise Bestandsaufnahme nicht herum und ebensowenig um eine Klärung der Ursachen.
Wenn tatsächlich die Aggressionen bei Kindern und Jugendlichen in der letzten Zeit zugenommen haben, und vieles spricht dafür, dann läßt sich diese Entwicklung nicht auf den ungünstigen Einfluß einzelner Menschen oder einzelner Berufsgruppen zurückführen. Das Auftreten von Gewalt bei Kindern und Jugendlichen deutet darauf hin, daß die sozialen Spielregeln für Fairneß und Anerkennung nicht eingehalten werden.
Jeder Mensch trägt Aggressionspotentiale in sich. Sie sind natürlich und gehören zum menschlichen Wesen. Übersteigt die Aggression jedoch das in einem Kulturkreis übliche Maß, dann ist

das immer ein Zeichen für eine Krise sowohl des sozialen Gemeinwesens als auch des Individuums, das diese aggressiven Akte ausübt. Ganz offensichtlich befinden wir uns in den neunziger Jahren in einer solchen Krisenphase.
Was genau ist eigentlich anders geworden im Vergleich zu früher? Nach unserer Einschätzung ist eine Tendenz besonders beunruhigend: Die Intensität der Gewalt hat sich verändert, vor allem die der körperlichen Gewalt. Viele Kindergärtner/innen, viele Lehrer/innen und auch viele Eltern stimmen darin überein, daß sich eine Verschärfung der Gewalt in den Handlungen einiger Kinder und Jugendlicher zeigt.
Offenbar hat sich das Klima des Zusammenlebens verändert. Kinder und Jugendliche schlagen heute schon bei nichtigen Anlässen schneller und mitleidloser als früher zu. Besonders beunruhigend sind die schleichend wachsende ganz alltägliche Gewaltbereitschaft unter Schülern, ihr fehlendes Mitgefühl und ihre sinkende Hemmschwelle. Alles dies führt dazu, daß auch dann noch geprügelt wird, wenn das Opfer schon am Boden liegt. Große Sorgen bereiten das fehlende Unrechtsbewußtsein und die fehlende Verantwortung für den anderen. Ordnungs- und Erziehungsmaßnahmen werden häufig nur als Schikane empfunden, die Täter-Opfer-Situation wird auf den Kopf gestellt: Der Angeklagte macht sich zum Ankläger.

Kinder und Jugendliche reagieren unterschiedlich

Nicht alle Kinder und Jugendlichen reagieren auf Enttäuschungen und Versagungen mit Aggression. Die meisten ziehen sich bei solchen Frustrationserlebnissen in sich selbst zurück, fühlen sich erniedrigt, ohnmächtig und reagieren mit depressivem Verhalten oder psychosomatischen Erkrankungen. Sie »schlucken« die Enttäuschungen in sich hinein und verarbeiten sie körperlich, indem sie Kopf-, Bauch- oder Magenschmerzen empfinden, Schwindelgefühle und Herzstörungen entwickeln.
Diese nach innen gerichtete Form der Problem- und Konfliktverarbeitung ist der eine Pol der möglichen Bewältigungsformen, die bei Kindern und Jugendlichen zu beobachten sind. Den anderen

Pol bildet die nach außen gerichtete Form der Problem- und Konfliktverarbeitung, die wir als Aggression und Gewalt bezeichnen. In der wissenschaftlichen Forschung ist es bis heute nicht ganz klar, warum die einen zu mehr depressiven und die anderen zu mehr aggressiven Formen der Konfliktverarbeitung greifen. Wahrscheinlich spielen hierbei angeborene Temperamentvariablen eine ebenso große Rolle wie Erziehungseinflüsse und Lernerfahrungen, die schon in der frühen Kindheit einsetzen.

Was wissen wir über die Reaktion der Opfer?

Noch gibt es wenige Untersuchungen über die Reaktionen der Opfer auf Gewalterfahrungen. Die körperlichen und seelischen Folgeschäden werden aber auch von Fachleuten weit unterschätzt. Gewaltopfer leiden nicht nur an starken körperlichen Schmerzen, sondern oft auch an Selbsthaß, Selbstzweifeln, Selbstablehnung und Verlassenheitsgefühlen. Es gibt in der Verarbeitung von Gewalterfahrungen geschlechtsspezifische Unterschiede: Mädchen und Frauen neigen dazu, »Schuld« zu übernehmen, sich selbst anzuklagen, oder aber sie fühlen sich gar in den Aggressor ein und versuchen, ihn zu verstehen. Jungen und Männer dagegen blenden Gewalterfahrungen einfach aus, ignorieren sie und flüchten sich in Phantasien eigener Stärke, identifizieren sich mit dem Aggressor und übernehmen häufig dessen Gewalttätigkeit. Während Mädchen und Frauen von der Gesellschaft noch am ehesten ein Opferstatus zugestanden wird, ist dies bei Jungen und Männern nicht der Fall. Männliche Opfer werden mehr als weibliche gemieden, isoliert und verachtet.

Gewalt ist überwiegend eine »männliche Gewalt«

Auch eine andere Frage ist in der bisherigen Fachdiskussion völlig unzureichend beantwortet: Warum ist die Gewalt, die wir antreffen, vorwiegend eine »männliche Gewalt«? Warum sind es vor allem Jungen und junge Männer, die physische, sexuelle und fremdenfeindliche Aggression ausüben – oft zehnmal so häufig wie

Mädchen und junge Frauen? Über die Gründe können wir bislang nur Vermutungen anstellen. Sie lassen sich folgendermaßen zusammenfassen:

- Jungen und Mädchen unterscheiden sich als Gruppe grundlegend in der Art und Weise, wie sie mit Umweltimpulsen umgehen. Diese Unterschiede könnten auf verschiedenartige Temperamente der Geschlechter zurückgeführt werden. Während bei Mädchen – im Durchschnitt – das abwartende Temperament, das Außenimpulse sensibel berücksichtigt, vorherrscht, ist es bei Jungen das ungeduldige und Außenimpulse geradezu herausfordernde Temperament. Entsprechend unterschiedlich verarbeiten beide Geschlechter Anspannungen und Belastungen. Während Mädchen sie häufiger als Jungen eher defensiv abzufangen versuchen und sie mit sich selbst ausmachen, krank werden und in depressive Stimmungen fallen, auch ein hohes Maß an Selbstaggression zeigen, tragen Jungen Anspannungen und Belastungen häufiger als Mädchen aus sich heraus und agieren sie an ihrer Umwelt ab. Hierdurch ergibt sich das unterschiedliche Niveau von Aggressionshandlungen und Gewalttätigkeiten, das bei beiden Geschlechtern zu beobachten ist. Während die Aggressionsimpulse also möglicherweise bei beiden Geschlechtern gleich stark sind, werden sie jedoch in unterschiedlicher Weise ausgetragen.

- Unterschiedliche Erziehungsstile verstärken die unterschiedlichen Verarbeitungsformen von Belastungen und Anspannungen bei beiden Geschlechtern. Auch heute noch werden Mädchen keine aggressiven Handlungen und Äußerungen zugestanden, während Aggression und Durchsetzungsfähigkeit bei Jungen von Eltern durchaus positiv gesehen werden. Dadurch wird ihre Aggressivität gestärkt und indirekt unterstützt, auch wenn sie nach außen hin oft bestraft wird.

- Das Verhältnis der Geschlechter kann in fast allen Ländern der Welt als Ausdruck »struktureller Gewalt« verstanden werden. Die Ungleichheit zeigt sich auf unterschiedlichen Ebenen, wie zum Beispiel der gesellschaftlichen Arbeitsteilung, der Altersversorgung und Altersabsicherung, den Bildungs- und Karrierechancen (Kiper 1994). Zu einem großen Teil ist es also der »Männlichkeitswahn« in unserer Gesellschaft, der zur größeren Gewaltbereitschaft bei Jungen führt. Das Kämpfen innerhalb und zwischen Gruppen ist bei Jungen ein unverzichtbares Mittel, um Ansehen und Macht zu erlangen. Die Konzentration auf Körperkraft und Muskeln spielt immer noch eine große Rolle. Rollenvorbilder wie »Rambo« und der »Terminator« üben eine starke Wirkung aus. Jungen stählen ihren Körper in Fitneßstudios und eifern in ihrem Verhalten den Fernsehhelden nach. Hinzu kommt die Dynamik von Gruppenhandlungen, die mit dazu beiträgt, daß wie in einem Rausch die Hemmschwellen fallen. Die meisten Gewalttaten von männlichen Jugendlichen werden in Gruppen und häufig unter Alkoholeinwirkung verübt. Banden- und Cliquenbildungen sind vorwiegend Bestandteil männlichen Verhaltens.

Individuelle und gesellschaftliche Bedingungen für Gewalt

Gewalt hat sowohl individuelle, tief in der Persönlichkeit verankerte als auch gesellschaftliche, tief in den kulturellen und wirtschaftlichen Strukturen angesiedelte Ursachen: Aggressive und gewalttätige Kinder und Jugendliche werden nicht als solche geboren, sondern im Laufe ihrer Lebens- und Entwicklungsgeschichte durch ihre soziale Umwelt dazu gemacht. Kinder lernen durch Vorbilder in Familie, Kindergarten, Schule, Jugendgruppe, Freizeit, Medien, Nachbarschaft und Gesellschaft. Sie geben das weiter, was sie selbst erfahren haben. Kinder zeigen das Verhalten, das die größten Erfolgsaussichten hat. Sie verhalten sich so, wie sie es bei anderen gesehen haben, und sie ahmen vor allem das Verhalten nach, von dem sie annehmen, daß es »erfolgreich« ist, was auch immer sie darunter verstehen.

Die ersten Gewalterfahrungen werden in der Familie gemacht

Ein hohes Maß von Gewalt kommt aus dem intimsten Bereich der Gesellschaft, nämlich den Familienbeziehungen. Historisch gesehen stehen wir vor einer merkwürdigen Situation: In allen Zivilisationen läßt sich seit Jahrzehnten eine Tendenz zum Abbau von physischer Gewalt im öffentlichen Raum beobachten. Dies zeigt sich im Verbot und im tatsächlichen Rückgang von körperlicher Züchtigung in Kindergärten und Schulen. Doch zugleich existiert im privaten Raum noch immer ein hohes Ausmaß an körperlicher Gewalt. In Deutschland gibt es sogar immer noch ein rechtlich verbürgtes »Züchtigungsrecht« von Eltern. Leider sind gerade die doch so beziehungsintensiven Familien ein Hort brutaler, körperlicher Gewalt. Solange sich hieran nichts ändert, dürfen wir uns über Aggressions- und Gewaltimpulse von Kindern und Jugendlichen nicht wundern.

Neben körperlicher Mißhandlung erfahren Kinder und Jugendliche in ihren Familien auch andere Gewaltformen: sexuellen Mißbrauch, emotionale Ablehnung, seelische Quälung, verbale Demütigungen, soziale Vernachlässigungen. Dies hat es zwar immer schon gegeben, aber die Öffentlichkeit ist aufmerksamer geworden, verdeckt es nicht mehr mit dem Mantel des Schweigens. Die bislang tabuisierte Gewalt in den Familien muß öffentlich gemacht werden. Es darf nicht länger über ein weitverbreitetes Phänomen geschwiegen werden, denn Kinder aus gewalttätigen Familien geben ihre Gewalterfahrungen weiter und werden ihrerseits häufig gewalttätig.

Dieselben Jugendlichen, die sich öffentlich und nach außen hin so stark und aggressiv zeigen, haben sehr oft selbst vielfältige Gewalterfahrungen in ihrer eigenen Familie gemacht. Sie sind Opfer unterschiedlichster Gewalteinwirkungen, die ihre Ursachen in der Familienstruktur und der durch sie ausgelösten psychischen und sozialen Dynamik der Familienbeziehungen haben. Ungewollte Schwangerschaft, Ablehnung, Vernachlässigung, sexueller Mißbrauch und körperliche Mißhandlung sind nur einige Etappen auf dem Weg der Gewalt und Aggression.

Eine starre familiale Rollenstruktur mit einer starren patriarcha-

lischen Position für den Vater, die in mechanisch-autoritärer Weise von ihm ausgenutzt wird, ist in vielen Fällen die Ausgangskonstellation. Sie kommt rigiden Persönlichkeitsstrukturen entgegen, die sich als »Familienoberhaupt« betrachtet sehen möchten und auf ihren Machtvorsprung vor allen anderen Familienmitgliedern, auch gegenüber der Ehefrau, pochen. Diese Männer und Väter machen nicht nur ein Eigentumsrecht auf den Körper ihrer Ehefrau geltend, sondern häufig auch auf den ihrer Kinder; sie betrachten sie als persönlichen Besitz, der in ihrer eigenen Verfügungsgewalt steht. Sie gehen mit Frau und Kindern um, als ob es sich um das »soziale Mobiliar« des Hauses handelte. So paradox es klingt: Gerade die gewalttätigen sind unsichere und autoritätsheischende Männer, die den partnerschaftlichen Umgang mit den Familienmitgliedern nicht gewohnt sind, die das in unserer Gesellschaft immer noch vorherrschende männliche Machtstreben auf das soziale Kleinsystem Familie übertragen und es damit in seinen Wurzeln zerstören.
Viele Kinder und Jugendliche müssen schon sehr früh erfahren, daß sie kein Recht auf Individualität haben, eigentlich nur Störfaktoren und im Grunde eine Belastung für die Eltern sind. Sie fühlen sich ungeliebt und nicht willkommen in einer Umwelt, die ihnen ständig signalisiert, daß sie nichts sind und nichts können. Der Abbau von Gewalt muß demnach im sozialen Nahraum beginnen. Familie, Kindergarten, Schule und Nachbarschaft sind gefragt. Wer Gewalt bei Kindern und Jugendlichen verändern will, muß bei sich selbst anfangen und darf nicht darauf warten, daß andere etwas tun. Eltern und Lehrer/innen sollten diesen Zusammenhang sehen, ohne eine Vorwurfshaltung einzunehmen und ohne in Schuldzuweisungen zu verfallen. Nur wenn sie verstehen, wie Aggression und Gewalt entstehen, wie sich die Gewaltspirale entwickelt und wie schnell sie sich selbst im Teufelskreis der Gewalt verstricken, können sie helfen, eingreifen und ihr eigenes Verhalten verändern. Wer Gewalt vermindern will, muß sich zunächst einmal fragen, welches Verhältnis er/sie selbst zur Gewalt hat, was für ihn/sie überhaupt Gewalt ist und wo er/sie, vielleicht ohne es zu wollen und sich dessen bewußt zu sein, selbst gewalttätig ist. Durch eigenes verantwortliches Handeln kann viel Gewalt abgebaut werden.

Eine wachsende Anzahl von Eltern ist bei uns sozial zu sehr alleingestellt, isoliert und finanziell zu wenig abgesichert. Für die schnell anwachsende Zahl von Ein-Eltern-Familien und Familien mit zwei berufstätigen Eltern fehlt es an flexibler, zuverlässiger und preisgünstiger praktischer Unterstützung durch Tagesmütter, Haushaltshilfen, Kinderhorte, Kindergärten, Ganztagsschulen und Schulhorte. Unsere Gesellschaft, materiell eine der reichsten der Welt, leistet sich die Fahrlässigkeit, viele Kinder und Jugendliche in ungünstige bis verhängnisvolle Entwicklungsbedingungen hineinlaufen zu lassen.

Gewalt entsteht durch gesellschaftliche Strukturen

Ein Schlüssel zur Gewalt liegt in den kulturellen und rechtlichen Vorgaben unserer Gesellschaft. Mit dem Auseinanderfallen von sozialen Milieus kommt es zu immer mehr sozialen Spannungen und auch zu einer Entsolidarisierung zwischen Menschen in unterschiedlichen Lebenslagen. Die sich daraus ergebende Orientierungslosigkeit wird von vielen Jugendlichen nicht bewältigt. Hier haben Gewalttaten ihren Ausgangspunkt. Hinzu kommt die Erfahrung der Jugendlichen, daß viele mächtige gesellschaftliche Gruppen eigennützig und zynisch handeln und eine egoistische Auslegung des Rechts nach den eigenen Interessen betreiben. Auch die Zunahme von organisierter Kriminalität und Wirtschaftskriminalität, gegen die die staatlichen Verfolgungsinstitutionen nicht entschieden genug vorgehen, erhöht die Verunsicherung und Orientierungslosigkeit und stimuliert viele Jugendliche zum Gesetzesbruch und zur Gewalt in einer Catch-as-catch-can-Gesellschaft.

Zu den gesellschaftlichen kommen die ökonomischen Rahmenbedingungen: Das Ausmaß an Gewalt steigt steil an, wo Menschen in Armut und Verelendung leben und auch ihre Wohnbedingungen desolat sind. In einer solchen Situation kommt es zur Demoralisierung und zu dem Versuch, sich durch gewalttätiges Verhalten Entlastung und Ausgleich zu verschaffen. Dieser gewaltfördernde Faktor ist in allen Industrieländern in den letzten Jahren weiter in seiner Bedeutung gewachsen. So ist von 1983 bis 1993 in der

westlichen Bundesrepublik die Zahl der Sozialhilfeempfänger um 33 Prozent gestiegen. Es sind heute nicht mehr nur die alten Menschen, sondern immer mehr Kinder und Jugendliche, die in Armut leben. Arbeitslosigkeit ist ein besonders häufiger Armutsgrund. Damit ist Arbeitslosigkeit auch einer der Hauptrisikofaktoren für Gewalt, weil hiermit Menschen von den wichtigsten Bewährungs- und Prestigefeldern unserer Gesellschaft abgeschnitten werden und sich verzweifelt und desillusioniert mit Aggressionen Entlastung und Aufmerksamkeit sichern wollen.
Aggression und Gewalt kann letztlich nur durch eine umfassende Gesellschaftspolitik des Ausgleichs von Interessen und Ressourcen abgebaut werden. Es steht zur Diskussion, wie solidarisch unsere Gesellschaft mit den Schwachen ist und wie sie mit ihnen umgeht. Verlassen wir den Pfad der Solidarität und des Versuchs, sie sozial, so gut es geht, einzubinden, dann dürfen wir uns nicht wundern, wenn sich Konsequenzen für das Spannungs- und Konfliktpotential derjenigen Bevölkerungsgruppen ergeben, die am unteren Rande der gesellschaftlichen Hierarchie stehen.

2.

Gewalt in der Familie

Der Schlüssel zum Verständnis gewalttätiger Kinder und Jugendlicher liegt im Familienbereich. Hier machen Kinder und Jugendliche ihre ersten Gewalterfahrungen. In der Familie wird erschreckend viel Gewalt ausgeübt.

Die Verantwortung der Eltern

Erzeugen aggressive Kinder chaotische Familien, oder sind desolate Familienverhältnisse der Nährboden für aggressives Verhalten der Kinder? Diese Frage läßt sich nicht eindeutig beantworten, doch liegen Verhaltensauffälligkeiten des Kindes fast immer Partnerprobleme der Eltern und unsicheres Erziehungsverhalten zugrunde (Petermann/Petermann 1993). Eltern fühlen sich oft hilflos und wissen nicht, wie sie mit ihren Kindern umgehen sollen.
Auf seiten des Kindes beginnen frühe Verhaltensauffälligkeiten oft schon mit einem »schwierigen Temperament«. Das Kind will oder kann nicht durchschlafen, es trinkt schlecht und verhält sich äußerst unruhig. In Wechselwirkung mit dem Verhalten der Eltern, die – besonders wenn sie jung und unerfahren sind – häufig unsicher reagieren, wird das kindliche Unruheverhalten verstärkt, so daß es zu gegenseitigen Aufschaukelungsprozessen zwischen Eltern und Kind kommt. Eltern reagieren oft ungeduldig und genervt. Sie haben das Bestreben, alles richtig zu machen, und erliegen dabei unterschiedlichen und widersprechenden Einflüssen von »erfahrenen Ratgebern« – zum Beispiel den eigenen Eltern oder Schwiegereltern. Dadurch fallen sie manchmal von einem Erziehungsextrem in das andere und sind damit für das Kind nicht »berechenbar«.
Das Kind kann sich dadurch nicht auf ein einheitliches und verläßliches Erziehungsverhalten der Eltern einstellen und empfindet ihre Maßnahmen als Willkür. Motorische Auffälligkeiten,

Unruhe und Aufmerksamkeitsstörungen festigen sich häufig schon mit zwei Jahren, doch meistens wird die Störung im Sozialverhalten erst dann erkannt, wenn das Kind den Kindergarten besucht und dort mit anderen Kindern zusammentrifft. Sein kleinkindliches Trotzverhalten schlägt nun in offene Aggressionen um, die sich in Verbindung mit weiteren sozialen Defiziten wie Streit mit Gleichaltrigen, Schulproblemen und Konzentrationsstörungen noch steigern.
Bei antisozialem Verhalten von Kindern wird oft eine »Weitergabe« der Verhaltensstörung über Generationen hinweg beobachtet, so daß hier entweder eine genetische Komponente im Spiel ist oder aber zumindest ein sehr intensives »Lernen am Modell«. Der Verlauf der Schwangerschaft und die Geburt können einen Einfluß auf die spätere Entwicklung des Kindes haben, zumindest können sie die mütterliche oder auch elterliche Einstellung zum Kind verändern und damit das Verhalten des Kindes beeinflussen (Petermann 1993).

Eltern haben häufig hohe Erziehungsideale

Eltern stellen an sich selbst und ihre Elternrolle oft große Anforderungen. Sie möchten so gern alles besser machen, als sie es vielleicht in ihrer eigenen Kindheit erlebt haben, und verfallen damit manchmal in das andere Extrem: Sind sie selbst früher häufig geschlagen worden, lehnen sie »Strenge« total ab und hoffen auf die kindliche Vernunft und Einsicht. Sie möchten ihren Kindern so wenig Grenzen wie möglich setzen, am liebsten möchten sie auch gar nicht »schimpfen« und »zurechtweisen«. Ihre große Hoffnung besteht darin, daß Erziehung eigentlich von selbst funktionieren müsse. Die hohe Erwartung an sich selbst besteht darin, daß man mit »Liebe« und »Güte« doch eigentlich zurechtkommen müsse. Ein Beispiel soll diese Einstellung veranschaulichen.

Familie M. kommt in die Beratung mit ihrem sechsjährigen Adoptivsohn Christian. Herr und Frau M. haben lange auf die Verwirklichung eines eigenen Kinderwunsches gehofft, bis sie sich dann im mittleren Alter zu einer Adoption entschlossen haben. Ihre ganze Liebe gilt Christian, den sie in seinen ersten Lebenstagen als Säugling zu sich genommen haben. Die Erziehungseinstellungen von Herrn und Frau M. sind einander sehr ähnlich, nämlich geprägt von der Vorstellung, eine Erziehung zu praktizieren, die sich allein von den Bedürfnissen des Kindes leiten lassen sollte.

In der Beratungsstelle zeigt sich Christian total zügellos, räumt Schubladen und Tische leer, wirft mit Gegenständen um sich und unterbricht ständig das Gespräch. Bei der Aufgabe, seine Familie in Tieren zu malen, zeichnet er sich als riesengroßen Stier, während seine Mutter und sein Vater von ihm nur ganz unscheinbar als Vogel und Kätzchen gezeichnet werden. Christian »dominiert« im wahrsten Sinne des Wortes alle anderen.

Herr und Frau M. sind sehr unglücklich darüber, fühlen sich der Willkür von Christian hilflos und ohnmächtig ausgeliefert. Wenn Christian abends nicht zu Bett gehen oder sich nicht alleine ausziehen will, schreit und tobt er so lange, bis die Eltern nachgeben. Sie sind am Rande ihrer Nerven. Frau M. weint bitterlich, Herr M. tröstet sie liebevoll. Sie wollen etwas verändern, aber wo sollen sie beginnen?

Die jeweils eigene Kindheitsgeschichte von Herrn und Frau M. erklärt die Erziehungseinstellung des Ehepaares. Herr M. ist sehr behütet bei Mutter und Großmutter aufgewachsen, hat nie ein böses Wort gehört und sich immer angepaßt verhalten. Er macht in der Beratungssituation einen weichen und sensiblen Eindruck – ein Mann, dem auch nur der Anschein einer gewalttätigen Handlung fremd ist. Frau M. hat früher sehr unter ihrem Vater gelitten, der sowohl seine Ehefrau als auch seine vier Kinder in Alkoholexzessen gedemütigt und geschlagen hat. Frau M. denkt heute nur noch mit Abscheu an ihren Vater und strebt dabei eine Erziehungshaltung an, die der ihres Vaters total entgegengesetzt ist. Im Vergleich zu Herrn M. ist sie jedoch resoluter und durchsetzungsfähiger. Sie ärgert sich manchmal über die Weichheit und Nachgiebigkeit ihres Mannes und würde sich mehr Durchsetzungsfähigkeit und Konsequenz Christian gegenüber wünschen.

Unser Beispiel zeigt, daß Inkonsequenz und Unsicherheit und letzten Endes auch mangelnde Übereinstimmung dazu führen können, daß das Kind »die Oberhand« gewinnt, die Eltern tyrannisiert und ihnen seine eigenen Regeln diktiert. Herr und Frau M. trauen sich Christian gegenüber nicht, ihre berechtigten elterlichen Wünsche und Bedürfnisse auszusprechen und durchzusetzen. Dies ist jedoch für ein Zusammenleben unbedingt notwendig.
In den Beratungsgesprächen geht es darum, ihnen klarzumachen, daß sie Christian Grenzen setzen müssen, und sie darin zu stärken, diese auch zu ziehen, ohne dabei ein schlechtes Gewissen zu haben. Ein Leitsatz, den wir ihnen auf den Weg gaben, lautete: »Haben Sie Mut, so zu handeln, wie es nicht nur Christians, sondern auch Ihren Interessen entspricht! Ihr Wohlgefühl ist genauso wichtig wie das Christians! Ordnen Sie sich ihm nicht unter!« Es dauerte lange, bis Herr und Frau M. diesen Satz wirklich umsetzen konnten. Es schlichen sich bei ihnen immer wieder Schuldgefühle ein, sobald sie Christian etwas verboten hatten. Aber so ganz langsam merkten Herr und Frau M., daß Christians Verhalten sich um so positiver veränderte, je eindeutiger und klarer sie ihre Wünsche formulieren und auch durchsetzen konnten.

Eltern erziehen häufig ohne Regeln und Absprachen

In vielen Familien gibt es überhaupt keine elterlichen Regeln, und wenn es welche gibt, werden sie nicht oder nur inkonsequent befolgt. Kinder spüren das sehr schnell, spielen die Eltern gegeneinander aus und tun nur das, was sie selbst wollen. So zum Beispiel bei Familie H.:

Frau H. ist alleinerziehend. Ihr Mann starb einige Jahre nach der ehelichen Trennung an Krebs. Die 18- und 10jährigen Söhne sind sehr auf sich gestellt, da Frau H. den Lebensunterhalt verdienen muß. Morgens trägt sie von vier bis sechs Uhr Zeitungen aus, schläft dann am Vormittag einige Stunden, wenn die Kinder in der Lehre beziehungsweise in der Schule sind, und verrichtet nachmittags von 16.00 bis

20.00 Uhr noch einmal eine berufliche Tätigkeit. Die Brüder verstehen sich nicht, zanken und streiten sich oft. Der ältere schlägt den jüngeren, wenn dieser nicht »spurt«. Auch Frau H. macht einen jähzornigen Eindruck und gibt zu, daß ihr auch schon manchmal die »Hand ausrutscht«.
Frau H. weiß eigentlich gar nicht, was Sebastian, der jüngere, so am Nachmittag alles macht. Sie kann sich auch nicht darum kümmern. Wenn sie gegen 20.00 Uhr nach Hause kommt, ist er oft noch nicht da, oder er sitzt vor dem Fernseher und hat sich das gesamte Nachmittagsprogramm angesehen. Frau H. kann noch so viel schimpfen, es ist immer dieselbe Situation: Entweder ist er nicht da, oder er sieht fern. Es gibt zwar eine Regel, die besagt, daß Sebastian um 19.00 Uhr zu Hause sein soll, aber es ist niemand da, der darauf achtet, daß sie eingehalten wird.

Diese Situation ist ganz typisch für viele Familien. Es bestehen zwar vage ausgesprochene Regeln, aber sie werden nicht befolgt, oder aber die Nichteinhaltung wird heute strengstens geahndet und morgen mit Nichtachtung bedacht. Viele Kinder wachsen geradezu in einer Regellosigkeit auf, oder sie erfahren, daß es nicht weiter schlimm ist, wenn Regeln übertreten werden. Das Verhalten der Eltern erscheint den Kindern als willkürlich. Sie werden einmal für etwas bestraft, was sie ein andermal tun können, ohne Konsequenzen befürchten zu müssen. Hieraus entsteht leicht eine Orientierungslosigkeit und Unsicherheit über das, was nun richtig oder falsch ist.

Welcher Erziehungsstil ist der »richtige«?

Der Streit um den »richtigen« Erziehungsstil hat eine lange Geschichte. Er ist erst vor kurzem wieder in aller Heftigkeit entbrannt. Während sich die einen – die »Laissez-faire«-Befürworter – dafür einsetzen, jeglichen erzieherischen Eingriff in die Persönlichkeitsentwicklung des Kindes zu unterlassen, und autoritäres Verhalten sowie Strenge und Strafe rigoros ablehnen, wollen die anderen Belohnung und Strafe gezielt und dosiert einsetzen, um ihre eigenen Ziele und Vorstellungen im Erziehungsprozeß deutlich zu machen und ihren Kindern damit Sicherheit und Orientierung zu verschaffen. Die Anhänger der »Laissez-faire«-Erziehung lehnen schon den Begriff der »Erziehung« ab und sehen in ihm einen Reglementierungsvorgang, der die freie Selbstentfaltung des Kindes beeinträchtigt, die Vertreter des anderen Standpunktes plädieren für die Beibehaltung des Begriffs »Erziehung«, starten geradezu eine Kampagne »Mut zur Erziehung« und wollen nicht nur beobachtend und passiv am Rande stehen, sondern das Verhalten ihrer Kinder bewußt steuern.

Vertreter beider Positionen führen das zunehmende Ausmaß von Aggression und Gewalt in Kindergärten und Schulen auf ein falsches Erziehungsverständnis des jeweils anderen »Lagers« zurück. Die »Laissez-faire«-Befürworter weisen darauf hin, daß autoritäres Verhalten und übermäßige Strenge von Eltern, Lehrern und Erziehern Aggression und Gewalt von Kindern und Jugendlichen als Widerstandshandlungen geradezu herausfordere. Die Vertreter der Kampagne »Mut zur Erziehung« haben einen genau entgegengesetzten Standpunkt: Aggression und Gewalt seien eindeutig das Ergebnis von grenzenlosem Gewährenlassen und fehlenden Konsequenzen.

Wir möchten das Spiel der Schuldzuweisungen unterbrechen und aufzeigen, welche wissenschaftlich abgesicherten Erkenntnisse es darüber gibt, wie Kinder am besten selbständig, leistungs-, entscheidungs- und kooperationsfähig sowie verantwortungsbewußt werden können.

Der bekannte amerikanische Familientherapeut Thomas Gordon hat in seinem neuesten Buch (1993) eine Bilanz seiner bisherigen Forschung gezogen. Sein Ergebnis ist eindeutig: Erziehungsprozesse, die überwiegend mit Bestrafung arbeiten, und ebenfalls der »permissive« Erziehungsstil, der jegliche Bestrafung ablehnt, erreichen die oben genannten Erziehungsziele nicht. Aggression und Gewalt können bei Kindern und Jugendlichen dann auftreten, wenn keine klaren Regeln für das Miteinander in einer Familie existieren, wenn Eltern also keine festen Vereinbarungen treffen. Was sich viele Eltern nicht klarmachen, ist, daß Kinder Regeln und Absprachen zu ihrer Orientierung brauchen und daß sie es selbst häufig als Lieblosigkeit und Gleichgültigkeit empfinden, wenn ihre Eltern diese nicht festsetzen. Eltern tun ihren Kindern im Grunde keinen Gefallen, wenn sie ihnen keine Grenzen setzen. Sie glauben von sich selbst zwar, »fortschrittlich« und »modern« zu sein, übersehen aber, daß sie damit für ihre Kinder nicht mehr spürbar und greifbar sind. Aggressionen, vor allem von kleinen Kindern, können ein Warnsignal an die Eltern sein oder auch ein Notruf: »Kümmert euch um mich«.

Noch deutlicher sind die Belege gegen autoritäres Verhalten. Wenn Eltern überwiegend strafen, stimulieren sie ihre Kinder zu Wutanfällen, Widerstand, Trotz, Rebellion, Ungehorsam, Vergeltung, Aggression und Gewalt. Eine zweite Reaktionsform der Kinder ist häufig Flucht, Ausreißen, Schuleschwänzen, Meiden des Kontakts zu den Eltern oder aber Anpassung und Unterwerfung. Alle diese Reaktionsformen sind weit davon entfernt, die Erziehungsziele Selbständigkeit, Leistungsfähigkeit und Verantwortungsbewußtsein zu erreichen.

Der autoritäre Erziehungsstil hat noch einen anderen äußerst problematischen Effekt. Durch körperliche Züchtigungen erfahren Kinder nicht nur selbst Demütigungen, sondern sie lernen, wie sie sich andere gefügig machen können, nämlich durch Einsatz von Gewalt. Es ist eine gesicherte Erkenntnis, daß gerade Kinder, die sehr häufig körperliche Züchtigung erfahren haben, später selbst körperliche Aggressionen ausüben.

Zur »Erziehung« gehört die »Beziehung«

Die vorliegenden Forschungsergebnisse zeigen sehr deutlich, daß weder der permissive noch der autoritäre Erziehungsstil das Ziel der selbständigen, leistungsfähigen und verantwortungsbewußten Persönlichkeit erreicht. Es handelt sich hier ganz eindeutig um falsche extreme Strategien. Deshalb gibt es nur eine Konsequenz: Wir müssen in einer demokratischen Gesellschaft nach einem demokratischen Erziehungsstil suchen, der die Fehler sowohl des permissiven als auch des autoritären vermeidet.

Der demokratische Erziehungsstil betont die partnerschaftliche und kooperative Komponente des Erziehungsprozesses: Im Unterschied zum permissiven Stil sollen nicht die Kinder die Beziehung

bestimmen und im Unterschied zum autoritären Stil nicht die Erwachsenen – beide, Eltern und Kinder, sollen sich offen abstimmen und austauschen, auf ihre gegenseitigen Bedürfnisse eingehen und sie zur Basis des Miteinanderumgehens machen. Der demokratische Erziehungsstil geht von der Erkenntnis aus, daß »Erziehung« ohne eine gute »Beziehung« nicht möglich ist. Die Beziehung muß eine Interaktion auf Gegenseitigkeit sein, auch in den Bereichen, wo sie der Natur der Sache nach nicht gleichberechtigt sein kann. Demokratische Erziehung ist die ständige gemeinsame Absprache, ja das Aushandeln von Umgangsformen und Regeln mit Begründung und Erläuterung, angemessen für jede Entwicklungsstufe.
Ohne ein festes Familienritual oder Spielregeln in Kindergarten und Schule ist ein demokratisches Zusammenleben nicht möglich. Wer die Familienregeln verletzt, muß auch Folgen spüren. Es ist nicht demokratisch, wenn heute viele Eltern aus Bequemlichkeit und Unsicherheit viele Regelverletzungen der Kinder einfach so durchgehen lassen und sich nicht trauen, auf Konfliktkurs zu gehen und Regelverletzungen konsequent anzusprechen. Zum demokratischen Stil gehört es, darauf hinzuweisen, daß ihre eigenen Bedürfnisse als Erwachsene durch das Verhalten des Kindes verletzt worden sind. Nur durch diese Rückmeldung kann das Kind eine Beziehung zum Erwachsenen aufbauen und wird nicht in einem sozialen Beziehungsvakuum belassen. Demokratische Erziehung ist ein Balanceakt, der versuchen muß, allen Beziehungsaspekten gerecht zu werden.
Die Mehrzahl der Eltern versucht, einen demokratischen Erziehungsstil zu praktizieren, aber es fällt vielen noch schwer, diesen konsequent umzusetzen. Für viele ist es schwierig, Autorität aufzubauen, ohne autoritär zu sein. Autorität kann man nur dann gewinnen, wenn man authentisch ist, das heißt, wenn man keine Rolle spielt, sondern sich selbst als eigene und unverwechselbare Persönlichkeit verhält, wenn man sich auf eine Beziehung zu seinen Kindern einläßt, mit seinen Kindern mitdenkt, mitfühlt, wenn man ein Ohr für ihre Sorgen hat und ihnen bei der Selbstentwicklung hilft. Autorität gewinnt man nur, wenn man als Älterer mit den Jüngeren gemeinsam an deren Lebensplan arbeitet. Dies sind die Voraussetzungen, die man heute als Vater und Mutter,

als Lehrer und Lehrerin oder auch als Kindergärtnerin braucht. Diese Voraussetzungen muß man immer wieder neu erwerben. Es ist ein anspruchsvoller Prozeß!

Erziehung ist ein schwieriges »Geschäft«

Es können Eltern schnell Fehler unterlaufen, die sich in Unruhe und Aggressivität der Kinder niederschlagen. Welche Fehler können gemacht werden?

✘ Viele Eltern bemühen sich zu wenig, Informationen darüber zu gewinnen, wo sich ihre Kinder am liebsten in ihrer Freizeit aufhalten und was sie tun. Sie sind auch nicht darüber informiert, mit wem sie sich treffen und mit wem sie Umgang haben. Sie kennen ihre Freunde nicht und ermutigen ihre Kinder auch nicht, diese einmal zu sich einzuladen. Zugleich klagen Eltern oft darüber, daß ihre Kinder ihnen so entfremdet seien. Viele Eltern tun zu wenig, um ihre Kinder wirklich zu verstehen und innerlich zu begleiten. Wie viele gemeinsame Aktivitäten gibt es denn in Familien? Bleibt genügend Raum und Zeit für Gespräche, Ausflüge, Unternehmungen?
Sicherlich lehnen Jugendliche zeitweise einen engeren Kontakt zu ihren Eltern ab und sind an gemeinsamen Aktivitäten auch nicht mehr so stark interessiert wie vielleicht in früheren Jahren, aber dennoch eröffnen sich den Eltern noch einmal große Chancen, ihren Kindern im Jugendalter nahe zu sein. Eine gute Möglichkeit besteht immer darin, die Freunde der eigenen Kinder kennenzulernen und sich mit ihnen zu unterhalten. Kinder brauchen das Gefühl, Freunde jederzeit mit nach Hause bringen zu dürfen, und die Sicherheit, zu wissen, daß sie willkommen sind. Gerade Jugendliche tauschen sich gern mit ihren Eltern über ihre Freunde aus und fragen: »Wie findest du ihn/sie?« Viele Eltern lehnen die Freunde ihrer Kinder ab, weil sie Kleidungsgewohnheiten oder Umgangsformen haben, die ihnen fremd sind: »Ein Skinhead kommt mir nicht ins Haus!« Sie vergeben selbst damit die Chance, den Jugendlichen kennenzulernen, und vermitteln ihren Kindern den Eindruck, als

könne man einen Menschen allein nach seinem Äußeren beurteilen.

- Andere Eltern verstärken manchmal nicht konsequent genug wünschenswertes Verhalten. Sie freuen sich zwar, wenn ihre Kinder sich so verhalten, wie sie es gerne möchten, aber sie zeigen es nicht genügend. Sie tun so, als sei es selbstverständlich. Dagegen wird Kritik viel häufiger ausgesprochen. Warum können Eltern nicht einmal öfter zu ihren Kindern sagen: »Finde ich toll, wie du das gemacht hast!«, anstatt immer nur zu nörgeln und zu kritisieren!

- Elterliches Fehlverhalten ist vielfältig und umfaßt die gesamte Bandbreite von Brutalität gegenüber dem Kind über Gleichgültigkeit bis hin zur Lieblosigkeit sowie die Verstrickung in eigene Probleme oder eheliche Schwierigkeiten. Eltern haben es selbst oft nicht gelernt, Probleme gewaltfrei zu lösen. Die Folge davon ist, daß ihre Kinder es ihrerseits nicht vermögen, anders als mit Gewalt zu reagieren. Viele Kinder fühlen sich sehr schnell angegriffen und reagieren häufig abwehrend und sich verteidigend, auch da, wo sie gar nicht angegriffen worden sind. Die Wahrnehmung sozialen Geschehens ist auf Bedrohung und Zurückschlagen ausgerichtet. Sie nehmen vorwiegend feindliche Reize auf und unterstellen anderen Feindseligkeit. Ihre Grundeinstellung: »Wer zuerst zuschlägt, hat recht« führt dazu, daß andere Formen des Sozialverhaltens nicht durchdacht werden. Ihre Defizite in der Wahrnehmung führen zu Mängeln im Sozialverhalten.

- Das elterliche Verhalten untereinander beeinflußt über »Lernen am Modell« und »Nachahmung« den Umgang des Kindes mit Gleichaltrigen. Mangelnde Anerkennung durch Eltern oder Schulkameraden beeinflußt das Sozialverhalten des Kindes negativ, wobei letzteres auch wiederum auf das elterliche Verhalten und das der Schulkameraden Einfluß nimmt. Hier sind kreisförmige, »zirkuläre« Verstärkungsprozesse auszumachen. Als besonders kritisch und folgenschwer sind dabei unklare oder negative Erwartungen der Eltern an das Kind zu sehen, verbunden mit wenig Vertrauen in seine Fähigkeiten, geringe und inkonsistente Belohnungen für positives Verhalten sowie übertrieben strenge und maßlose Bestrafungen.

Aggressives Verhalten ist ein sehr stabiles Verhalten. Tritt es im Vorschulalter auf, zeigt es sich auch mit zunehmendem Alter. Macht es sich in vielen unterschiedlichen Bereichen bemerkbar, wie in der Familie, im Kindergarten, in der Schule, dann läuft das Kind Gefahr, später einmal in eine Auffälligenkarriere hineinzurutschen und sogar kriminell zu werden (Petermann/Petermann 1993). Es scheint erwiesen zu sein, daß Kinder ihre ungünstigen sozialen Verhaltensweisen schon zu einem sehr frühen Zeitpunkt in der Familie erwerben und im Verlauf ihrer vorschulischen und schulischen Entwicklung verfestigen. Ein früher Beginn der Störung des Sozialverhaltens stellt einen Hinweis für einen ungünstigen Verlauf dar.
Die amerikanischen Psychologen Patterson und Bank (1989) stellen ein vierstufiges Modell der Entstehung und des Verlaufs von Störungen des Sozialverhaltens dar:

1. Stufe: Das Kind reagiert noch nicht schwerwiegend aggressiv, sondern nur unfolgsam, unwillig, eigensinnig und unkooperativ. Bei unangemessenem Erzieherverhalten der Eltern, bestehend aus vagen Drohungen, nicht eingehaltenen Regeln und wenig erteilter Zuwendung und Aufmerksamkeit, kommt es zu gesteigerter Unruhe (Hyperaktivität) des Kindes, auf die die Eltern ihrerseits hilflos, einmal gewährend, einmal streng reagieren.

2. Stufe: Das Kind transportiert seine Verhaltensstörungen aus dem familiären in den schulischen Bereich hinein, und hier erlebt es nun heftige Reaktionen der sozialen Umwelt, vorwiegend Ablehnung und Zurückweisung. Zusätzlich erschweren schulische Leistungs- und Aufmerksamkeitsprobleme seine Integration in die Klasse, so daß sich ein doppeltes Scheitern anbahnt, in der sozialen Bezugsgruppe und im schulischen Anforderungsbereich.

3. Stufe: Das Verhalten des Kindes hat sich beträchtlich gefestigt, und es haben sich schon eine Reihe von Frustrationen eingeschlichen. Durch vermehrte Hinwendung zu Gleichaltrigen, die sein Verhalten stimulieren und gutheißen, verliert das Kind immer mehr den Kontakt zu denjenigen, die noch einen positiven Einfluß ausüben könnten. Seine Möglichkeiten, soziale Fertigkeiten zu erwerben, schränken sich immer mehr ein. Elterliches Desinteresse an seinen Wünschen und Bedürfnissen führt zu vermehrten außerhäuslichen Aktivitäten und zur Verstärkung des unangemessenen Sozialverhaltens.

4. Stufe: Es kommt zu ersten kriminellen Taten (Diebstahl, Einbruch, Körperverletzung) und zu gesellschaftlichen Sanktionen (Polizeikontrolle, Jugendgericht).

Je weiter das Kind im Stufenprozeß des auffälligen Verhaltens fortgeschritten ist, desto schwieriger wird es, sein aggressives Verhalten zu stoppen und zu korrigieren.

Aggressives Verhalten wird in der Familie »antrainiert«

Patterson und seine Mitarbeiter sind der Ansicht, daß aggressives Verhalten in der Familie geradezu »antrainiert« werde. Sie sprechen von einem unabsichtlichen Einüben von Aggressionen, das in der Familie gefördert werde. Ausgangspunkte eines solchen »Trainings« sind meistens Unfolgsamkeit, Quengeln, Ärger und Schreien des Kindes, also ganz normale Verhaltensweisen von Kindern. Entscheidend ist jedoch die Reaktion der Eltern. Meistens geben sie nach, wenn die Kinder nur lange genug quengeln. Die Kinder spüren dies sehr genau und richten ihr Verhalten danach, das heißt sie quengeln so lange, bis die Eltern nachgeben. Folgendes Beispiel verdeutlicht dies:

Frau K. ist mit ihrer fünfjährigen Tochter Meike im Supermarkt. Es ist schon spät, Frau K. hat es eilig und strebt der Kasse zu. Meike trödelt jedoch, bleibt zurück und nimmt sich Süßigkeiten aus dem Regal. Frau K. ist ganz und gar nicht damit einverstanden und sagt Meike, sie solle diese wieder zurückbringen.

Meike weigert sich. Frau K. packt sie am Arm und geht mit ihr zum Regal zurück. Auf dem Weg dorthin fängt Meike leise an zu weinen. Das Weinen steigert sich, wird immer lauter und artet in lautes Brüllen aus. Vor dem Regal wirft sich Meike auf den Boden und schreit fürchterlich.

Frau K. ist restlos genervt. Sie wird ebenfalls laut, zerrt Meike hoch und schimpft mit ihr. Doch Meike hört nicht auf zu brüllen. Dies ist der Mutter unangenehm. Sie blickt sich um, spürt die Blicke der Anwesenden auf sich gerichtet, und, um endlich Ruhe zu haben, sagt sie zu Meike: »Nun such dir etwas aus, aber dann ist Schluß.« Sofort hört Meike auf zu weinen, greift in das Regal und ist zufrieden.

Meike hat bei dieser Gelegenheit gelernt, wie man sich durchsetzt und das bekommt, was man will. Man muß nur laut genug schreien, so daß es der Mutter unangenehm ist. Patterson bezeichnet das, was hier zwischen Mutter und Kind vor sich gegangen ist, als ein »Sich-gegenseitig-unter-Druck-setzen«. Wir sind überzeugt davon, daß Interaktionen dieser Art in vielen Familien mehr als ein Dutzend Mal am Tag stattfinden. Diese wechselseitigen Verhaltensweisen haben außerdem die Tendenz, sich aufzuschaukeln, und können zum Beispiel unter Geschwistern, aber auch zwischen Eltern und Kind zu massiven körperlichen Aggressionen führen:

Gregor, sechs Jahre alt, hat seiner achtjährigen Schwester Anja ein Spielzeug weggenommen. Sie möchte es gerne wiederhaben, wagt jedoch nicht, es dem Bruder einfach wegzunehmen, da sie seinen Jähzorn fürchtet. Also fängt sie an zu weinen und geht damit ihrem Bruder fürchterlich auf die Nerven. Dieser hält das entwendete Spielzeug fest und schreit sie an, endlich ruhig zu sein. Anja wiederum übertrumpft mit ihrem Gezeter das Schreien ihres Bruders, so daß dieser schließlich mit Fäusten auf seine Schwester losgeht, bis sie endlich nachgibt.

Gregor hat bei diesem Streit gelernt, daß er seine Schwester einschüchtern kann, indem er seine Fäuste einsetzt. Für ihn hat sich die Aggression »gelohnt«, denn Anja hat ihm schließlich das Spielzeug überlassen. Aggression und Gewalt haben zum Erfolg geführt und bestärken Gregor sicherlich darin, das nächste Mal ein ähnliches Verhalten zu zeigen.
Viele Eltern lassen sich von ihren Kindern bis »zur Weißglut« treiben und prügeln dann, wenn ihnen »der Kragen platzt«, in einem aufgestauten Wutausbruch los. Patterson bezeichnet dies als einen »jähzornigen Disziplinierungsversuch«. Meistens steht der Schweregrad der Mißhandlung in keinem Verhältnis zum Fehlverhalten des Kindes, sondern hängt von der Stimmung, der aufgestauten Wut und der psychischen Belastung der Eltern ab. Das Prügeln ist Ausdruck ihrer Ohnmacht und Hilflosigkeit.

Was kann und muß geschehen, um sowohl elterliches als auch kindliches Fehlverhalten abzubauen?

Der schwedische Psychologe Dan Olweus (1991) hat sich besonders intensiv mit der Frage auseinandergesetzt, wie man denn aggressives Verhalten von Kindern mindern könne. Er drückt ganz deutlich aus, daß bloßes Abwarten und Hoffen, daß sich das aggressive Verhalten im Laufe der Entwicklung von selbst legen würde, mit Sicherheit nicht von Erfolg gekrönt sei und daß die Meinung ebenso verkehrt sei, Kinder müßten ihre Aggressionen ausleben. Eltern sollten den Aggressionen ihrer Kinder klare Regeln entgegenstellen und mit ihren Kindern reden, wenn sie gegen die Regeln verstoßen. (Dies gilt ebenso für Lehrer/innen in der Schule. Weggucken und Ignorieren sind ungeeignete Maßnahmen. Statt dessen sind deutliche Botschaften der Lehrer/innen an ihre Schüler/innen notwendig, die wir im folgenden Kapitel schildern werden.)
Eltern müssen ihre Erziehungsmethoden verbessern und lernen, das aggressive Verhalten ihrer Kinder nicht noch unbeabsichtigt zu verstärken. Um dies zu erreichen, müssen manchmal lange und häufige Beratungsgespräche mit psychologischen Therapeuten geführt werden, in denen Eltern ihr eigenes Verhalten reflektieren und auf die Folgen achten, die es bewirkt.

Notwendig sind sowohl Einzel- als auch Gruppentrainings mit den aggressiven Kindern selbst, die unter Anleitung von erfahrenen Therapeuten durchgeführt werden. Es handelt sich dabei um Therapiesitzungen, die in einem Wechsel von »Arbeit« und »Spiel« stattfinden und in denen die Kinder lernen und erfahren, daß es Möglichkeiten gibt, gewaltfrei miteinander auszukommen. Dazu gehören Selbstbeobachtungs- und Verhaltensübungen. Aggressive Kinder sind nicht leicht zu motivieren, solche Trainings mitzumachen. Sie erkennen ja oftmals ihr unangemessenes Verhalten nicht oder sehen es nicht als problematisch und damit als veränderungsbedürftig an, weil sie damit bislang »erfolgreich« waren. Ein ganz typisches Problem aggressiver Kinder besteht darin, daß sie fast immer meinen, sie seien von anderen angegriffen worden und müßten sich verteidigen (Havers 1993). Sie sträuben sich auch oft gegen Anforderungen jeder Art und vermuten und befürchten darin eine Einschränkung ihrer »Freiheit«. Es kommt also darauf an, ein Vertrauensverhältnis zu den Kindern aufzubauen und auf keinen Fall nur der »verlängerte Arm« der Eltern zu sein.
Einzel- und Gruppentrainings mit Kindern und Jugendlichen sind nach unserer Meinung dann angebracht, wenn es sich um definierbare Defizite der Kinder und Jugendlichen handelt, die unabhängig vom elterlichen Verhalten behoben werden können. Dies ist jedoch meistens nicht der Fall. Fast immer hängt das kindliche Fehlverhalten mit dem elterlichen Verhalten zusammen und wird von diesem in irgendeiner Weise aufrechterhalten. Daher schlagen wir gemeinsame Familiengespräche vor, in denen sich das Kind nicht als »Patient« fühlen muß oder als derjenige, »mit dem etwas nicht stimmt«.

Familiengespräche

Die Tatsache, daß die ganze Familie zusammenkommt, zeigt dem Kind zum einen, wie wichtig und bedeutsam es allen ist, daß eine Veränderung geschieht, und zum anderen, daß alle gleichermaßen mitarbeiten müssen, um die Familienatmosphäre zu verändern. Das Kind braucht sich nicht »stigmatisiert« zu fühlen und auch nicht die Rolle des Sündenbocks zu übernehmen. Durch die

gemeinsamen Gespräche wird die Verantwortung aller Familienmitglieder unterstrichen.
Ziel dieser Gespräche ist es, eine vertrauensvolle und angstfreie Atmosphäre herzustellen, in der die Familienmitglieder voneinander erfahren können, wie sie von den jeweils anderen wahrgenommen werden und welche Probleme es gibt. Therapeuten können dabei helfen, den Eltern die Perspektive des Kindes nahezubringen, und das Kind darin stärken, sein Anliegen selbst vorzubringen. Therapeuten müssen aber auch gegebenenfalls die Stellung der Eltern gegenüber dem Kind stärken, denn Eltern befürchten oft, »ihr Gesicht zu verlieren« und sich eine Blöße zu geben. Der Therapeut versucht, ihre Erziehungskompetenz zu unterstützen und die positiven Aspekte ihres Verhaltens in den Vordergrund zu rücken. Er versucht allerdings auch, zu erreichen, daß sie die Verantwortung für die Verhaltensauffälligkeit ihres Kindes übernehmen und diese nicht auf andere abwälzen. Er formuliert ein klares und überschaubares Hilfsangebot an Eltern und Kinder, das in folgenden Schritten realisiert werden kann (Petermann/Petermann 1993):

- Beschreibung des aggressiven Verhaltens des Kindes
- Beobachtung von anderen symptomatischen Verhaltensweisen des Kindes
- Mögliche Ursachen des aggressiven Verhaltens
- Aufrechterhaltende Bedingungen des aggressiven Verhaltens
- Veränderung des aggressiven Verhaltens

In Elterngesprächen ist es oft auch sehr wichtig, die Eltern über die Wirkung von Strafen aufzuklären:

- Mit Strafen lernt man keine neuen Verhaltensweisen
- Bestrafung führt zu Ausweichreaktionen
- Strafe kann Angst und Unsicherheit erzeugen
- Bestrafung kann erneute Aggressionen hervorbringen
- Strafende Eltern sind kein gutes Vorbild
- Gestrafte Kinder geben die Strafen an andere weiter

Dies soll natürlich nicht heißen, daß Eltern nicht mehr strafen dürfen. Aber es kommt entscheidend darauf an, wie, warum und womit gestraft wird. Generell sollte es keine körperlichen und seelisch demütigenden Strafen mehr geben. Strafen dürfen nie maßlos sein, sondern müssen immer in einem Verhältnis zum Anlaß stehen. Strafen sollten angekündigt und dann auch durchgeführt werden. Strafen müssen Wiedergutmachungsleistungen beinhalten. Strafen dürfen nicht mit Liebesentzug einhergehen. Es gibt Eltern, die »strafen« ihr Kind damit, daß sie tagelang nicht mehr mit ihm sprechen, es ignorieren und völlig übergehen. Hier ist Strafe dann nichts anderes als Ausübung von psychischer Gewalt.

Elterliches Fehlverhalten kann sich in Gleichgültigkeit, Mißachtung, Geringschätzung und in psychischem Druck ausdrücken. Diese Form von psychischer Gewalt findet man häufig in den sogenannten gutsituierten Familien, in denen die Eltern besonders hohe Erwartungen an Verhalten, sozialen und schulischen Erfolg ihrer Kinder haben. Psychische Gewalt drückt sich in ironischen, sarkastischen und zynischen Bemerkungen aus und trifft die Kinder in ihrem Kern, nämlich ihrem Selbstwert. Sie »lernen« dadurch, daß sie die Erwartungen ihrer Eltern nicht erfüllen, daß sie nicht so sind, wie sie sein sollen, und entwickeln ein nur niedriges Selbstbewußtsein.

Psychische Gewalt ist häufig subtil, wird nicht sofort sichtbar und wirkt dafür aber um so stärker und nachhaltiger. Werden Kinder in den Partnerkonflikt ihrer Eltern mit einbezogen, können sie in ihrem emotionalen Gleichgewicht gestört werden. Sie werden psychisch überfordert und reagieren aggressiv und feindselig. Psychische elterliche Gewalt gehört, gerade weil sie so versteckt abläuft und so schwer zu objektivieren ist, zu den ganz ernst zu nehmenden Formen der Gewalt. Andere Formen der Gewalt wie die körperliche Mißhandlung und sexuelle Gewalt vereinen körperliche und psychische Gewalt und sind in ihren schädigenden Auswirkungen teilweise fatal.

Körperliche Mißhandlung von Kindern

Aus historischer Perspektive ist die Situation von Kindern und Jugendlichen in den heutigen Industriegesellschaften objektiv günstiger als in früheren Epochen. Vernachlässigung, Mißhandlung, Aussetzung und Tötung von Kindern hat es seit Menschengedenken immer und überall gegeben. In vielen historischen Berichten wird über Kindermord, Verstümmelungen, barbarische Wickelpraktiken, absichtliches Verhungernlassen und ähnliche Grausamkeiten berichtet.

Häufig wurden übermäßige Züchtigungen und Mißhandlungen von Kindern dadurch gerechtfertigt, daß nur so die nötige Disziplin im Umgang mit ihnen aufrechterhalten und die gesellschaftliche Ordnung gesichert werden könne. Auch religiöse und Glaubensgesichtspunkte sowie okkultistische Praktiken und Aspekte der Geburtenregelung beziehungsweise der Bevölkerungskontrolle wurden geltend gemacht. Jahrhundertelang sind Kinder herangewachsen, die unter Mißhandlung gelitten und in ihrer Rolle als Väter und Mütter selbst wieder mißhandelt haben.

Es war wohl nicht die persönliche Zuneigung zu den Kindern, die den Eltern fehlte, sondern eher das Unvermögen, sich das eigene Kind als eigenständige Person vorstellen zu können. Kinder wurden nicht als Individuum und als Subjekt wahrgenommen, sondern fast als Gegenstand, mit dem die Eltern und Erzieher machen konnten, was sie wollten. Wenn diese Vorstellung vom Eigentum des Kindes heute auch immer noch nicht überwunden zu sein scheint, so wird doch in jüngster Zeit mit den veränderten kulturellen und erzieherischen Maßstäben eine wachsende Sensibilität gegenüber der körperlichen Mißhandlung von Kindern deutlich.

Die Zeiten, in denen die körperliche Züchtigung von Kindern in Kindergärten und Schulen offiziell erlaubt war, sind seit den siebziger Jahren vorbei. Es gibt heute wohl keinen Pädagogen mehr, der sich für Körperstrafen als Bestandteil der Kindererziehung einsetzen würde. Trotz dieser positiven Entwicklung sind aber erhebliche Restbestände aggressiven Verhaltens im Umgang zwischen Pädagogen und Kindern nach wie vor zu beobachten. Faktisch ist auch der Einsatz von Körperstrafen in Bildungsinstitutionen nicht vollständig zurückgegangen, wie einschlägige Untersuchungen immer wieder zeigen. Außerdem haben sich, wie erwähnt, neuartige Formen der Aggressivität herausgebildet, die in früheren Zeiten entweder nicht existierten oder nicht im Zentrum der Aufmerksamkeit standen: psychischer Druck, verbale Sticheleien und strukturelle Gewalt in Form von Notengebung und Versetzungsmacht.

Körperliche Mißhandlung kommt immer noch in Familien vor, aber sie gilt heute wenigstens nicht mehr als etwas, was man mit Stillschweigen übergehen kann. Körperliche Mißhandlung wird Gott sei Dank von den meisten Eltern als verabscheuungswürdige Tat angesehen, aber leider gibt es dennoch viel zu viele Eltern, die sie praktizieren.

In der Bundesrepublik Deutschland werden jährlich über 1500 meist brutale körperliche Kindesmißhandlungen bei den Polizeidienststellen registriert und etwa 15000 sexuelle Mißbrauchsfälle angezeigt. Diese Zahlen können allerdings nur einen Anhaltspunkt für die wirkliche Verbreitung gewaltförmiger Übergriffe im familiären Bereich wiedergeben, denn die Dunkelziffer ist ungeheuer groß. Sie liegt mindestens bei 75 Prozent – nur 25 Prozent werden also angezeigt. Viele Mißhandlungs- und Mißbrauchsfälle bleiben unentdeckt. Wir schätzen deshalb, daß es sich bei Berücksichtigung der Dunkelziffer um jährlich mindestens 4500 Fälle der körperlichen Mißhandlung und 45000 Fälle des sexuellen Mißbrauchs handelt. Wir gehen davon aus, daß fünf bis zehn Prozent aller 15 Millionen Kinder und Jugendlichen unter 18 Jahren in der Bundesrepublik Deutschland von körperlicher und/oder sexueller Gewaltausübung im Familienkontext betroffen sind.

Berücksichtigen wir auch die in den offiziellen Registrierungen nicht enthaltenen Fälle von gravierender emotionaler Ablehnung, seelischen Grausamkeiten und psychosozialen Vernachlässigungen (die eklatante Nichtbeachtung kindlicher Bedürfnisse und das bewußte oder fahrlässige Unterlassen ihrer gesundheitlichen und psychischen Förderung), dann stoßen wir nach unserer Schätzung auf weitere fünf bis zehn Prozent junger Menschen, die in ihren Familien unter Fehlhandlungen oder Mißhandlungen leiden müssen.

Wie kommt es zu Kindesmißhandlungen, wo liegen die Ursachen? Der amerikanische Psychologe Browne (1988) hat ein differenziertes Ursachenmodell erarbeitet, das drei Gruppen von Faktoren unterscheidet. Zu ihnen gehören erstens die »prädisponierenden Faktoren«, die individuelle, familiäre, soziale und kulturelle Merkmale enthalten, zweitens die »vermittelnden Faktoren«, die vor allem aus dem sozialen Netz, der Zugehörigkeit zu bestimmten Institutionen und Organisationen, der Verbundenheit und inneren Übereinstimmung mit den Familienmitgliedern oder Gleichaltrigen bestehen, sowie drittens die »auslösenden Faktoren«, die die objektiven Daten und Ereignisse der Lebensgeschichte näher bezeichnen.

Man hat bei den Opfern von körperlicher Gewalt, den Kindern, und bei den Gewalttätern, den Eltern, ein bestimmtes Persönlichkeitsbild festgestellt. Bei den Kindern ist es durch geringes Selbstwertgefühl, durch Unsicherheit und Kontaktunfähigkeit zu Gleichaltrigen geprägt. Körperlich mißhandelte Kinder zeigen oftmals depressive Neigungen, Passivität, Gehemmtheit, Angst, Unselbständigkeit, Wut und Aggressivität. Ihr soziales Verhalten ist durch eine Mischung von Annäherung und Rückzug gekennzeichnet (Cirillo/Di Blasio 1992). Bei den Eltern und besonders in der Mutter-Kind-Beziehung findet man ebenfalls depressive Neigungen, außerdem soziale Isolierung, Anlehnungsbedürftigkeit und multiple Ängste, wobei die Angst vor Trennung von der eigenen Mutter im Vordergrund steht. Mißhandelnde Mütter sind häufig ungewöhnlich besorgt um die eigenen Eltern. Viele von ihnen mußten schon früh für sie Verantwortung übernehmen und waren und sind damit weit überfordert.

Vernachlässigung und Mißhandlung entstehen auch häufig in Familiensystemen, in denen sich die Eltern von den Großeltern noch nicht abgelöst haben und daher gegenüber ihren eigenen Kindern ein unangemessenes Verhalten zeigen. Die Mißhandlung ist ein Wiederholungsphänomen, das sich von Generation zu Generation fortpflanzt und schwer zu unterbrechen ist. Körperlich mißhandelnde Eltern suchen höchst selten freiwillig eine Beratungsstelle auf, aber wenn sie es tun, dann haben sie wirklich den

Wunsch, den für alle Beteiligten leidvollen Zustand zu beenden. Familientherapeuten sehen in diesen Familien vor allem die tragische Verstrickung der Beziehungsmuster und daher die Notwendigkeit, ihnen von außen Hilfen zur Veränderung anzubieten. Gewalt in Familien ist oft Ausdruck von Hilflosigkeit und Abhängigkeit. Die Erfahrungen der Mutter mit ihren Eltern in ihrer eigenen Kindheit und ihre Gefühle zum Vater des Kindes beeinflussen entscheidend ihre Interaktionen mit dem Kind, dessen Verhalten und Signale an die Mutter wiederum in die Interaktionen mit einfließen. So gibt es bei körperlichen Mißhandlungen selten einen klar zu definierenden Ausgangspunkt der Gewalt, sondern sie sind »zirkulär« aufeinander bezogen, und ihre Entstehung ist nur im System der betreffenden Familie zu verstehen.
Gewalt in der Familie kann als ein hilfloser Versuch der Bewältigung von höchsten Belastungen gesehen werden. Es handelt sich dabei um eine Kontrollstrategie, die wenigstens ein minimales Gefühl von Sicherheit durch den Einsatz von körperlicher Gewalt verschaffen soll (Levold und andere 1993). Die Dynamik der Bezugssysteme, innerhalb deren Gewalt erfolgt, ist durch persönliche Bindungen gekennzeichnet, und dies verleiht der familiären Gewalt eine ganz andere Qualität als der anonymen gesellschaftlichen Gewalt. Familiäre Gewalt kann als ein Scheitern persönlicher Beziehungen von Familienmitgliedern bezeichnet werden, die durch unterschiedliche Machtverhältnisse, Interessenkonflikte und Abhängigkeiten aneinander gebunden sind. Familien, in denen Gewalt herrscht, können sich oftmals nicht aus dieser Verstrickung lösen, ihnen fehlen die Möglichkeiten dazu oder die materiellen, sozialen, ökonomischen und menschlichen Ressourcen. Ihnen fehlen die Fähigkeiten, Konflikte innerhalb ihrer Familie ohne Gewalt zu lösen, das heißt konstruktiv. Sie haben diese nicht entwickeln können und vermögen sie also auch nicht zu nutzen.
Auch der soziale Streß durch Armut, geringes Einkommen, Schulden, Arbeitslosigkeit und niedrige Arbeitszufriedenheit, Krankheiten und soziale Isolation ist oft so groß, daß dadurch die Beziehungen der Familienmitglieder zueinander extrem gefährdet sind. In jeder Familie müssen Bindungs- und Autonomiewünsche ausbalanciert werden. In gewalttätigen Familien ist diese Balance

gestört, und es herrscht wenig persönlicher Spielraum der einzelnen Familienmitglieder bei gleichzeitig hohen Bindungsbestrebungen.

Wer sich mit Familien beschäftigt, in denen Gewalt herrscht, darf nicht nur die dort vorhandene Brutalität sehen, sondern muß auch die zugrundeliegende Bindungsdynamik berücksichtigen. Gewalt hat oftmals in einer Familie und auch besonders zwischen Ehepartnern eine geheime Funktion, nämlich die der Bindung. Das Bindungsverlangen wird jedoch nicht offen, sondern unterschwellig geäußert, oftmals über formale Regeln, Machtansprüche und Forderungen. Es handelt sich dabei um eine »Angstbindung« auf dem Boden von Unsicherheit und Unselbständigkeit. Gewalt wird in vielen Partnerschaften als Mittel eingesetzt, die Kontrolle über die Aufrechterhaltung von Beziehungen zu erlangen. Gewalt trifft immer den körperlich Schwächeren, und das sind Frauen und Kinder. Gewalt deutet auf Besitz- und Machtansprüche hin.

Mißhandlungen an Kindern entspringen häufig latenten Racheimpulsen und Wutausbrüchen gegenüber dem Partner. Kinder stellen stellvertretend für jemand anders ein Aggressionsobjekt dar. Kindesmißhandlungen liegen häufig Partnerschaftsprobleme zugrunde. Der Mißhandler ist im Grunde auf den Partner fixiert, will ihn seelisch »treffen« und benutzt dazu die Kinder in grausamer Weise. Seine Angst vor Verlust und Verlassenwerden ist die Triebfeder seines Tuns. Dieser Prozeß wird manchmal durch vermeintliche Koalitionen zwischen einem der Partner und dem Kind verstärkt, so daß das Verhalten des Kindes, zum Beispiel Feindseligkeit, Aufsässigkeit oder gar Aggressionen, und das Verhalten des Partners, der dies stillschweigend gutheißt, als Signale des Abgewiesenseins und der bevorstehenden Trennung gewertet werden.

Fast alle Familien, in denen es zur Kindesmißhandlung kommt, weisen Ehekonflikte auf, die gekennzeichnet sind von Haß- und Wutausbrüchen, von Trennungsandrohungen und von darauf folgenden Versöhnungen. Die Beziehungsdynamik der Paare ist nicht nur von gefühls-, sondern auch von verhaltensmäßigen Gegensätzen gekennzeichnet. Es kommt zu Täter-Opfer-Positionen, zu scheinbar aktivem und passivem Verhalten.

Bei andauerndem Konflikt werden die Kinder unweigerlich indirekt und auf subtile Weise in den Konflikt mit einbezogen und zur Parteinahme für einen Elternteil aufgefordert. Kinder ergreifen oft Partei für denjenigen, den sie als Opfer wahrnehmen und der am sichtbarsten leidet. Ihm geben sie Trost und Zuwendung, der meistens dankbar vom Erwachsenen angenommen wird, zumal wenn er selbst in seiner Kindheit Trostspender für seine eigenen Eltern gewesen ist. Zu einem bestimmten Zeitpunkt richtet das Kind feindselige Impulse auf den vermeintlichen Täter und nimmt mehr oder weniger eine offene Oppositionshaltung zu ihm ein. Es zeigt häufig auch außerhalb der Familie Aggressionen, Zorn und erhöhte Reizbarkeit. Dieses kindliche Verhalten wird oft von den Eltern zum Anlaß genommen, ihren Paarkonflikt auf ein Erziehungsproblem umzuleiten und sich nun gegenseitig die Schuld dafür in die Schuhe zu schieben. Es geht dann darum, wer der bessere Elternteil ist. Alle Erziehungsmethoden des anderen werden sofort vor dem Kind abgewertet, und das Kind ist nur noch Spielball in der Auseinandersetzung der Eltern. Das Kind wird Opfer ihrer Gewalt und fordert gleichzeitig ihre Gewalt heraus. Zusätzlich wird es selbst häufig zum Täter, aber nicht gegenüber seinen Eltern, sondern gegenüber körperlich Schwächeren, also meistens kleineren Kindern. Das Kind nimmt die Rolle des Rächers ein, der Gleiches mit Gleichem vergilt.

Gewalttätige Familien brauchen therapeutische Hilfe

Das Ziel einer Paar- oder einer Familientherapie ist es, die Position aller am familiären System Beteiligten zu verändern. Familientherapeuten sehen alle Familienmitglieder als »Gefangene eines dysfunktionalen Beziehungsgeflechts«, die gleichermaßen Hilfe brauchen. Sie unterscheiden nicht so sehr »Täter« und »Opfer« als vielmehr Handelnde, die miteinander verstrickt sind. Ein typisches Beispiel ist die Familie M.:

Herr und Frau M. haben sehr früh geheiratet, sie war 17 Jahre und er 19 Jahre alt. Beide waren mit ihrer Ausbildung noch nicht fertig, als sich Sebastian ankündigte. Beide Ehepartner mochten sich noch nicht so recht auf das Kind einstellen und fühlten sich in ihrer Freiheit eingeschränkt.

Herr M. verlangte von seiner jungen Frau, daß sie ihre Lehre zugunsten des Jungen aufgeben sollte, was sie auch tat und dabei jedoch sehr unzufrieden war. Sie wiederum wünschte sich von ihrem Mann mehr Mithilfe im Haushalt, was er für »unter seiner Würde hielt«. Täglich gab es Reibereien und Auseinandersetzungen.
Hinzu kam, daß sie aus Geldnot bei seinen Eltern im Haus wohnten und die Schwiegermutter sich ständig in die Erziehung einmischte. Was Frau M. auch tat, alles war in den Augen der Schwiegermutter verkehrt.
Sebastian entwickelte sich zu einem schwierigen Kind. Schon als Säugling schrie er heftig und konnte nicht durchschlafen. Er war sehr anstrengend.
Als vierjähriges Kind im Kindergarten ordnete er sich nicht ein und wollte nur machen, was er wollte. Zu Hause verloren sowohl Frau M. als auch Herr M. häufig die Nerven und schlugen Sebastian, um ihn zum Gehorchen zu veranlassen. Je mehr er schrie und sich widersetzte, desto grenzenloser die Wut der Eheleute und desto gnadenloser die Prügel, die sie austeilten.

Hier zeigt sich, daß eine Mischung aus elterlicher Unreife, dem Gefühl, durch das Kind eingeschränkt zu sein, und ökonomischer Abhängigkeit von den Schwiegereltern die Neigung zur Kindesmißhandlung entstehen läßt und daß eigentlich nicht primär das Kind, sondern der jeweilige Partner »getroffen« werden soll. Obwohl Herr und Frau M. Sebastian nicht schlagen wollten und es ihnen hinterher leid tat, passierte es immer wieder.
Die Beziehung zwischen Eltern und Kindern ist in sich ambivalent, da Kinder nicht nur »Liebesobjekte« sind und Bindungswünsche befriedigen, sondern auch Trennungsängste schüren, potentielle Konkurrenten für die Eltern sind und außerdem in psychischer, sozialer und ökonomischer Hinsicht einen »Kostenfaktor«, eine elterliche Investition darstellen, die »Gratifikation« verlangt. Die elterliche Aufgabe besteht darin, Kindern Versorgung, Schutz und Zärtlichkeit zu bieten. In gewalttätigen Familien werden diese Aufgaben nicht erfüllt: Dort herrschen Vernachlässigung statt Versorgung, Mißhandlung statt Schutz und oftmals sexueller

Mißbrauch statt kindgemäßer Zärtlichkeit (Levold und andere 1993).

René besucht die zweite Klasse der Grundschule. Er ist acht Jahre alt und macht einen blassen, schüchternen und traurigen Eindruck, als er in die schulpsychologische Beratungsstelle kommt. In der Klasse ist er ein absoluter Einzelgänger, im Unterricht sagt er kein Wort.
Frau J., die Mutter, zeigt sich bei uns hektisch und nervös und erkundigt sich immer wieder, ob auch die Schweigepflicht eingehalten würde. Erst im dritten Gespräch berichtet sie weinend von den Mißhandlungen Renés durch ihren Mann und daß sie selbst Angst vor ihm habe.
Sie sei schon einmal im Frauenhaus gewesen, dann jedoch »reumütig« zu ihrem Mann zurückgekehrt, der ihr durch seine Schwester ausgerichtet habe, daß er sich bessern und weder sie noch das Kind in Zukunft schlagen wolle. Heute wisse sie, daß er sich »nie« mehr ändern wird und daß seine Beteuerungen Schall und Rauch sind. Wenn er Alkohol getrunken habe, verprügele er weiterhin Mutter und Kind, vor allem dann, wenn sie ihm sexuell nicht zu Willen sei. Er sei »krankhaft eifersüchtig«. Frau J. sagt, sie könne die Situation nicht mehr länger ertragen und trage sich mit dem Gedanken an Trennung und Scheidung, hat jedoch Angst, die nötigen Schritte zu unternehmen.

An diesem Beispiel aus der Beratungspraxis zeigt sich, daß Mißhandlungen häufig aus einem Gewirr von besitzergreifenden Gefühlen, aus Bindungswünschen und Trennungsängsten, entstehen können.

Wir wollen die Gründe für Gewaltanwendungen noch einmal zusammenfassen:

- ✘ langanhaltende Spannungen und Konflikte zwischen den Eltern, insbesondere im Vorfeld von Trennung und Scheidung (heute schon ein Drittel aller Ehen) sowie bei instabilen und wechselnden Partnerbeziehungen eines oder beider Elternteile;

- wirtschaftliche Krisensituation mit hoher Beeinträchtigung des Selbstwertgefühls der Eltern, insbesondere bei Dauerarbeitslosigkeit;
- soziale Isolation der Familie in Verwandtschaft und Nachbarschaft; desolate Wohnbedingungen;
- ein gesellschaftliches Umfeld mit vielen aggressiven Handlungen und Gewaltverbrechen;
- Mißhandlungserfahrungen der Eltern in ihrer eigenen Kindheit, die Persönlichkeitsstörungen hinterlassen haben.

Risikofamilien sind in erster Linie solche, bei denen mehrere Faktoren zusammentreffen. In diesen Familien ist die Belastung besonders hoch. Die Folge sind häufig gespannte und zerrüttete Familienbeziehungen; Unfähigkeit, den Haushalt zu organisieren; aggressive und gewalttätige Auseinandersetzungen zwischen den (Ehe-)Partnern; unkontrollierte und unberechenbare Erziehungsstile; das Gefühl der Eltern, meist der Mutter, die »Kontrolle« über das eigene Kind verloren zu haben – alles Bedingungen, die schnell zu Gewalthandlungen führen können.

Wenn die Eltern überfordert sind

Eltern neigen dazu, ihre eigenen Vorstellungen und Lebenspläne in ihre Kinder hineinzuprojizieren. Sie gehen oft »in bester Absicht« an den Wünschen und Bedürfnissen des Kindes total vorbei. Nervosität und Gereiztheit der Eltern führen zu psychischem Druck, den das Kind sehr wohl spürt, und damit zu psychischer Überbeanspruchung und Überforderung des Kindes. Emotionale Wechselbäder von Hoffnung auf Erfüllung der eigenen Erwartungen, die in das Kind gesetzt werden, und Enttäuschung über Nichterfüllung, die dann mit Nichtbeachtung und psychischer Vernachlässigung der emotionalen Bedürfnisse des Kindes einhergeht, belasten das Kind zusätzlich.
Arbeits- und Beziehungsprobleme von Vätern und Müttern und die daraus resultierende Verunsicherung ihrer Lebenspläne finden sich heute auch in einer wachsenden Zahl von Familien,

die eindeutig nicht in einer sozialen Randposition stehen. Auch in diesen Familien sind eine zuverlässige psychische und soziale Pflege und Partnerschaft für Kinder sowie eine umfassende Berücksichtigung ihrer Bedürfnisse schon rein organisatorisch nicht mehr gewährleistet. Trennungen, Scheidungen und Wandel der Lebensgewohnheiten haben eine rasante Zunahme von Ein-Elternteil-Familien zur Folge (heute schon eine Million). Auch das Anwachsen der Berufstätigkeit beider (Ehe-)Partner führt zu organisatorischen Belastungen und erheblichen nervlichen Beanspruchungen. Die Familie als soziale Institution, die eine Schlüsselrolle für die Betreuung von Kindern in unserer Gesellschaft einnimmt, ist in eine strukturell äußerst schwierige Lage geraten. Sozialer Streß, verursacht durch verschiedene Faktoren des modernen Lebensstils von Erwachsenen in der Rolle der Eltern und die zweckrational ausgerichtete Organisation des Alltagslebens, schafft die Ausgangsbedingungen für neuartige subtile Aggressionshandlungen gegen Kinder und Jugendliche.

Um ein positives Selbstwertgefühl und ein kooperatives Verhalten im Umgang mit der sozialen Umwelt zu erreichen, um Selbstverantwortlichkeit und intellektuelle Leistungsbereitschaft zu entwickeln, benötigt ein Kind kontinuierliche Unterstützung und Wärme, verläßliche Kontrolle und Rückmeldung mit eindeutiger Belohnung und Disziplinierung, einfühlend-erklärendes Erziehungsverhalten und gleichzeitige Gewährung eines sich schrittweise erweiternden Handlungsspielraums. Diese Erziehungsverhaltensweisen können nur gesichert werden, wenn Eltern und andere Erzieher/innen selbst in befriedigenden Beziehungen unter zumindest erträglichen materiellen Bedingungen leben.

Diese Bedingungen sind heute nicht selbstverständlich gegeben. Finanzielle Schwierigkeiten, Arbeits- und Beziehungsprobleme von Vätern und Müttern und eine daraus resultierende Verunsicherung ihrer Lebenspläne können direkt und indirekt die Lebensqualität von Kindern einschneidend beeinträchtigen. Allem Anschein nach wächst die Minderheit – also die von uns geschätzten 15 bis 20 Prozent – der Familien, die von ungünstigen Bedingungen betroffen sind, und deshalb wächst auch das Risikopotential für die Kinder in unserer Gesellschaft.

Der tiefere Grund hierfür liegt in der Umorientierung der Berufs- und Lebenspläne von Männern und Frauen. Den meisten jungen Eltern schwebt als anspruchsvolles Modell für die Familienkonstruktion eine gleichberechtigte außerhäusliche Berufstätigkeit beider Partner bei gleichberechtigter Arbeitsteilung in den Bereichen Haushalt und Kindererziehung und gleichberechtigter eigenständiger und möglichst freizügiger Gestaltung von Sozialbeziehungen vor, doch der Weg dahin ist noch sehr weit. In der Realität ist heute in allen drei Bereichen (Berufstätigkeit, häusliche Arbeitsteilung und Gestaltung von Sozialbeziehungen) eine deutliche Benachteiligung der Entfaltungschancen für Frauen zu beobachten. Von gleichberechtigten Partnerkonstellationen über längere Zeiträume hinweg kann nur in wenigen Familien die Rede sein, was sehr oft an der mangelnden Bereitschaft der Männer liegt, sich auf die für sie unbequemen neuen Konstruktionen und Verpflichtungen einzulassen, die mit dem Gleichberechtigungsmodell einhergehen. Das gilt im übrigen, mit leichten Unterschieden, in allen Bevölkerungsgruppen und allen gesellschaftlichen Schichten.

Eltern werden zu »Tätern«, weil sie mit ihrem eigenen Leben wegen massiver Berufs-, Partner- und Selbstwertprobleme nicht zurechtkommen. Sie richten ihre aus der Ohnmacht und der eigenen Überforderung geborenen Aggressionen gegen die nächsten Familienmitglieder, die Kinder. Diese bekommen zu spüren, daß sie nicht als eine Bereicherung empfunden werden, sondern oft als lästiges Übel, als Klotz am Bein der Selbstentfaltung und Selbstverwirklichung ihrer Eltern.

Ein anderer Aspekt kommt hinzu: In unserer heutigen Gesellschaft ist das »Kinderhaben« weitgehend zur Privatsache geworden. Es ist nur mit sehr wenigen Belohnungen für die Eltern verbunden. Wirtschaftliche Vorteile bringen Kinder nicht – eher ist das krasse Gegenteil der Fall. Praktische Hilfe und Unterstützung in schwierigen Lebenslagen können Eltern heute auch nicht unbedingt erwarten. Eltern und Kinder gehen schnell eigene Wege, unsere Gesellschaft steuert immer stärker auf eine Individualisierung von Lebensstilen hin. Bleibt als die eigentliche Belohnung der emotionale Wert, den Kinder für Eltern haben: das wichtige Gefühl, verantwortlich, zuständig und emotional notwendig zu sein, und

vor allem auch, sich selbst in der nächsten Generation verwirklicht zu haben.
Wir haben es hier mit einer zwar intensiven, aber auch sehr unsicheren und krisenanfälligen Form der Belohnung zu tun. Im Vergleich zu früher sind die emotionalen Beziehungen zwischen Kindern und Eltern heute sehr gefühlvoll und intensiv. Es wird jedoch für beide Seiten, für Kinder und Eltern, zugleich auch immer schwieriger, richtig mit diesem kostbaren Gut umzugehen. Hier liegen offenbar die Hauptgründe für die Zunahme an psychischer Gewaltausübung, die wir beobachten können. Ganz sicher ist die nervliche und soziale Überforderung der Eltern in Konflikt- und Belastungssituationen häufiger geworden, und in solchen Situationen wird aus Wut und Ohnmacht auch mit Gewalt reagiert. Hier liegen vor allem die Quellen für die verschiedenen Formen von psychischer Gewalt.

Körperliche Strafen

Ein weiteres Problem ist die in unserer Gesellschaft immer noch verbreitete Duldung von körperlichen Gewalthandlungen zwischen Erwachsenen untereinander und Erwachsenen und Kindern in Gestalt von körperlicher Bestrafung. So bekannten sich erst kürzlich wieder in einer Umfrage, die von der Zeitschrift *Eltern* publiziert wurde, rund 30 Prozent der befragten Eltern dazu, sie hätten ihr Kind in den vergangenen vier Wochen geschlagen. Insgesamt gaben 60 Prozent der Männer und 70 Prozent der Frauen an, ihre Kinder schon einmal geschlagen zu haben. Dieser Untersuchung ist zu entnehmen, daß Väter fast genauso häufig zuschlagen wie Mütter, obwohl sie weniger Zeit mit den Kindern verbringen. Wie aus der Untersuchung weiter hervorgeht, werden Schläge von vielen Eltern als ganz normales Erziehungsmittel angesehen. Während 12 Prozent der Meinung »Eine ordentliche Tracht Prügel ist manchmal angebracht« zustimmten, erklärten 48 Prozent, ihr Kind könne »schon mal einen Klaps vertragen«. Die Eltern gaben zu, mit der körperlichen Bestrafung oft auf ihre eigene Gereiztheit zu

reagieren: »Ich war gereizt, abgespannt, das Kind hat mich genervt« war die häufigste Nennung.
Diese Studie macht deutlich, warum für viele Mütter und Väter die Grenze zwischen – wie sie meinen – »akzeptabler und öffentlich akzeptierter« Gewalt gegen Kinder und nicht mehr akzeptierter Gewalt fließend ist. Viele Eltern werden sich erst durch Reaktionen von Außenstehenden klar, wann sie diese feine Grenze der Akzeptanz überschritten haben. Dieses Problem werden wir nur lösen, wenn endlich jede Form von Gewalt, Mißhandlung und Ausbeutung öffentlich geächtet und sanktioniert wird, auch die immer noch salonfähige Körperstrafe in den Familien. Eine öffentliche Diskussion über die Ächtung der körperlichen Gewalt gegen Kinder erscheint uns dringend geboten.
Kinder und Jugendliche erfahren in allen Lebensbereichen Zurechtweisungen, Vorhaltungen, Ge- und Verbote, Ermahnungen, Verwarnungen, Drohungen, Bloßstellungen und die verschiedensten Formen von Strafen. Sie hören täglich Sätze wie diese: »Jetzt nicht, ich habe keine Zeit!«, »Schluß jetzt, sonst setzt es was!«, »Tu jetzt, was ich dir sage!«, »Weil ich es will!«
Sie erfahren täglich, daß »Strafe sein muß«, und vernehmen als Begründung, daß sie nur auf diese Weise »hören« würden. Was lernen die Kinder dabei? Es prägt sich ihnen ein, daß Erwachsene die Macht haben, ihre Vorstellungen mit Gewalt durchzusetzen. Sie lernen, daß Gewalt zum Ziel führt und daß Gewalt zum Alltag dazugehört. Sie werden gegenüber Strafen zunehmend gleichgültiger und kalkulieren diese als notwendiges Übel mit ein. Sie lernen Anpassungsverhalten anstelle von persönlicher Verantwortung. Auch lernen sie, Schwächere ihrerseits zu bestrafen, wenn sie etwas durchsetzen wollen.
Verantwortlich für die Selbstverständlichkeit, mit der Gewalt gegen Kinder toleriert wird, ist die bis heute unerschütterliche Überzeugung, daß Kindern die Fähigkeit zur Selbstbestimmung abgehe und somit Fremdbestimmung in Form von »Erziehung« anstelle von »Unterstützung« notwendig sei. Diese Überzeugung vermag erst eine Unterscheidung zwischen gesetzlich erlaubter »Züchtigung« (als »Erziehungsmaßnahme« im Interesse des Kindes) und gesetzlich verbotener Mißhandlung (als »Gewaltmaßnahme gegen das Interesse des Kindes«) zu legitimieren. Folglich gilt

gegenüber Kindern mit Hinweis auf deren Ungehorsam Gewaltanwendung, vom sanften Zwang bis zur Körperstrafe, dann als erlaubt, wenn sie einerseits einem »Erziehungszweck« verpflichtet ist, andererseits unterhalb der Schwelle kriminalisierter Mißhandlung verbleibt. Doch die zu ziehende Grenze verläuft nicht zwischen »Züchtigung« und »Mißhandlung«, sondern zwischen dem unbedingten Respekt vor der Würde (und den Rechten auf Freiheit und Selbstbestimmung) des Kindes und ihrer Mißachtung. Dieser Respekt, der dem Kind als einem Träger von Grundrechten nicht weniger geschuldet ist als jedem anderen Menschen, wird ihm versagt, wenn Gewalt, die Anwendung von aggressiven Erziehungsmitteln, als legitimes Mittel des Umgangs mit ihm angesehen wird.

Die körperliche Mißhandlung von Kindern wird strafrechtlich nach § 223b des Strafgesetzbuches behandelt. Der entsprechende Paragraph hat in Absatz 1 den Wortlaut:

> »Wer Personen unter 18 Jahren oder wegen Gebrechlichkeit oder Krankheit Wehrlose, die seiner Fürsorge oder Obhut unterstehen oder seinem Hausstand angehören, oder die von dem Fürsorgepflichtigen seiner Gewalt überlassen worden oder durch ein Dienst- oder Arbeitsverhältnis von ihm abhängig sind, quält oder roh mißhandelt, oder wer durch böswillige Vernachlässigung seiner Pflicht, für sie zu sorgen, sie an der Gesundheit schädigt, wird mit Freiheitsstrafe von 3 Monaten bis zu 5 Jahren bestraft.«

Treten als Folge der Mißhandlung oder der Vernachlässigung Todesursachen ein, so sind die entsprechenden Paragraphen des Strafgesetzbuches zur Körperverletzung mit Todesfolge, zum Totschlag oder zum Mord relevant. In der Strafverfolgungspraxis gelingt es meist, die Schädigungen des Kindes im Sinne des Tatbestandes, wie er in § 223b beschrieben wird, einigermaßen sicher festzustellen. Probleme bestehen aber damit, die in § 223 so genannte »rohe« Mißhandlung und die »böswillige« Vernachlässigung der Erziehungspflicht einzuschätzen. Tätern, die nicht geständig sind, muß vor Gericht die bewußte oder gewollte Mißhandlung oder Verletzung der Fürsorgepflicht nachgewiesen werden. Da in der Rechtstradition die körperliche Züchtigung von Kindern, die keiner »rohen« Mißhandlung entspricht, erlaubt ist, ist dem Täter die Möglichkeit gegeben, sich auf mangelndes Bewußtsein seines Unrechts zu berufen.

Obwohl auch § 1631 des Bürgerlichen Gesetzbuches (BGB) Eltern »entwürdigende Erziehungsmaßnahmen« verbietet, ist nach gängiger Rechtsprechung eine »angemessene« Züchtigung erlaubt, wobei als Kriterium für die Angemessenheit ein nicht kodifiziertes Recht, nämlich das Anstands-, Ehr- und Sittlichkeitsgefühl (Sittengesetz), herangezogen wird. Eltern berufen sich deshalb bei der Mißhandlung von Säuglingen und Kleinkindern häufig auf eben dieses Züchtigungsrecht als Rechtfertigung ihrer Handlung. Nach dem Bundesgerichtshof ist eine »gelegentlich wohlverdiente Tracht Prügel« als zumutbar zu erachten. Hier liegen wohl auch die Gründe dafür, daß von den insgesamt im Bundesgebiet pro Jahr etwa 1500 bei den Polizeidienststellen aufgenommenen Fällen von Kindesmißhandlung nur ein kleiner Bruchteil überhaupt bis vor Gericht kommt und nur wenige Personen wegen Kindesmißhandlung verurteilt werden. Die Gerichtsmedizinerin Elisabeth Trube-Becker (1982) schätzt, daß unter Berücksichtigung der großen Dunkelziffer insgesamt nur etwa fünf Prozent aller tatsächlichen Fälle von körperlicher Kindesmißhandlung zur strafrechtlichen Ahndung kommen.

In den letzten Jahren sind immer wieder Diskussionen aufgekommen, ob nicht § 1631 des BGB präzisiert werden müsse. Die Überlegungen, denen wir uns voll anschließen, gehen dahin, ausdrücklich »Körperstrafen und seelisch verletzende Sanktionen« durch Eltern für unzulässig zu erklären. Damit wäre der Interpretationsspielraum der Richter endgültig eingeschränkt, der Respekt vor der Würde des Kindes gesichert und das Kind wirklich als Träger von Grundrechten ernst genommen. Dieser Respekt wird dem Kind so lange verwehrt, wie Züchtigungen als »Erziehungsmittel« erlaubt sind, denn Züchtigungen sind nun einmal Gewalthandlungen an Kindern. (Ein bloßes Verbot von »Mißhandlungen«, wie es auch in der Diskussion ist, würde nicht klar genug sein und nur dazu führen, daß über das Verständnis dieses Wortes vor Gericht gestritten würde.)

Die gesetzliche Ächtung von Körperstrafen und seelischen Verletzungen durch Veränderung von § 1631 BGB ist ein wichtiger, von Kinderrechtlern seit Jahren geforderter, längst überfälliger Schritt zur Zivilisierung unserer bundesrepublikanischen Gesellschaft. Wie die Erfahrungen in anderen Ländern zeigen, führt ein solcher Schritt zu einer deutlichen Sensibilisierung der öffentlichen Wahrnehmung von Kinderrechten.
Natürlich brauchen Kinder, da sie noch nicht in allen Belangen selbständig und überlegt handeln können, Hilfe, Unterstützung und Orientierung, auch Grenzen und Verbote. Aber sie sollen hierfür nicht einen Eingriff in ihre Autonomie und eine Verletzung ihrer Persönlichkeit hinnehmen.
Eine rechtliche Neuregelung muß davon ausgehen, daß Kinder zwar nicht »autark«, aber »autonom« sind. Dies besagt mit anderen Worten: Kinder sind zwar einerseits auf Hilfe der Erwachsenen angewiesen, andererseits aber von Geburt an »mündig« und fähig, sich selbst zu bestimmen und über sich selbst zu entscheiden. Eine solche »Erziehung«, die als ein Verhalten verstanden wird, das dem Kind nur partielle Mündigkeit zugesteht und es als veränderungs-, eben erziehungsbedürftiges »Objekt« nimmt, würde fortan als Möglichkeit des Umgangs zwischen Erwachsenen und Kindern ausfallen, wenn diese Änderung des Rechts in Kraft tritt.
Die hier angesprochene Rechtsverbesserung der Stellung des Kindes sollte durch eine Absicherung der Kinderrechte im Grundgesetz unterstützt werden. Die verfassungsrechtliche Sicherung des Kindeswohls ist zwar im Grundgesetz allgemein gegeben, wird aber durch Artikel 6 Absatz 2 Satz 2 relativiert. Der Text lautet:

> »Pflege und Erziehung der Kinder sind das natürliche Recht der Eltern und die zuvörderst ihnen obliegende Pflicht. Über ihre Betätigung wacht die staatliche Gemeinschaft.«

Das staatliche »Wächteramt« wird als allgemeiner verfassungsrechtlicher Auftrag verstanden, drohende Gefährdungen des Kindeswohls abzuwenden und Grundanforderungen der kindlichen Entwicklung sicherzustellen. Das Bundesverfassungsgericht beschreibt die verfassungsrechtliche Stellung des Kindes auch immer wieder als die eines Trägers von Grundrechten, als Subjekt

mit eigenen Ansprüchen auf Schutz und Förderung. Elternrecht ist demnach Elternverantwortung und pflichtgebundenes Recht, gebunden eben an die Pflicht, es zum Wohl des Kindes auszuüben.
Dennoch kommt es in der Praxis der Umsetzung dieses Grundrechts zu erheblichen Problemen. Bei der jetzigen Formulierung ist die Schwelle, die der Staat bei der Ausübung seines »Wächteramts« überschreiten darf, ohne die Elternrechte zu verletzen, äußerst hoch angesetzt. Elternrecht geht eindeutig vor Kinderrecht. Was fehlt, ist vor allem eine positive Festlegung der Entwicklungsrechte des Kindes und eine Sicherung des Anspruches auf persönliche Entfaltung. 1992 hat auch die Konferenz der Jugendminister hierin ein großes Defizit erkannt und einstimmig eine Neuformulierung des Artikels 6 Absatz 2 des Grundgesetzes vorgeschlagen:

> »Jedes Kind hat ein Recht auf Entwicklung und Entfaltung. Pflege und Erziehung der Kinder sind das natürliche Recht der Eltern und die zuvörderst ihnen obliegende Pflicht. Über ihre Betätigung wacht die staatliche Gemeinschaft. Sie schützt und fördert die Rechte des Kindes und trägt für kindgerechte Lebensbedingungen Sorge.«

Dieser Vorschlag verwendet zur materiellen Beschreibung des Kindergrundrechts die Begriffe der Entwicklung und Entfaltung. Der Begriff der Entwicklung wird neu eingeführt, um die besondere Situation des heranwachsenden Menschen zu kennzeichnen. Das Recht der Entwicklung wird damit ausdrücklich in die unveräußerlichen Menschenrechte eingereiht. Eine Umsetzung dieses Vorschlags würde die Rechtssituation für »Minderjährige« in Deutschland ganz erheblich verbessern. Wir stellen uns deshalb voll hinter diese Forderung.
Das gilt auch im Blick auf die immer noch unterschätzten Folgen von Gewalt und Mißhandlung. Sie sind äußerst ernst: Tod, chronische Körperschäden und Behinderungen, körperliche Entwicklungsverzögerungen und Sinnesbeeinträchtigungen, Sprachstörungen und motorische Koordinationsstörungen, emotionale Störungen und aggressives Verhalten gegen andere und gegen sich selbst,

Depressionen, psychosexuelle Entwicklungsstörungen, Drogenmißbrauch, Dissozialität, Delinquenz und Kriminalität gehören nachweislich dazu.
Die Auswirkungen aller Formen von Gewalt und besonders auch der sexuellen Mißhandlung sind vielfältiger und lebenslang anhaltender Art. Körperliche Beschwerden und vor allem psychische Störungen konnten in vielen Fällen dokumentiert werden. Es ist nicht nur die Erfahrung der körperlichen Gewalt und des psychisch-seelischen Übergriffs, die den Mädchen und Jungen schwerstens zu schaffen macht, sondern es ist vor allem der elementare Bruch des Vertrauens im Generationenverhältnis, der für die meisten Betroffenen so schwer zu verkraften ist.

Sexueller Mißbrauch

Eine spezifische Form der Mißhandlung und Demütigung, die tiefgreifende Folgen hinterlassen kann, ist der sexuelle Mißbrauch an Kindern und Jugendlichen. Hierbei handelt es sich um einen sexuell geprägten oder direkt sexuellen Kontakt zwischen einem körperlich, psychisch und sozial noch nicht voll entwickelten Kind oder Jugendlichen und einem Erwachsenen, der die Handlung ausschließlich zu seiner eigenen Bedürfnisbefriedigung benutzt. In vielen Fällen wird der sexuelle Kontakt durch Zwang, Drohung oder Täuschung erreicht, und das Kind ist aufgrund seines Alters und Entwicklungsstandes nicht in der Lage, frei über Aufnahme und Gestaltung des Kontakts zu entscheiden. Sexueller Mißbrauch umfaßt alle Geschehnisse, die gegen die sexuelle Selbstbestimmung verstoßen. Dazu gehören Aktionen mit Körperkontakt, von Berührungen des Intimbereichs bis hin zu Vergewaltigungen, und auch Aktionen ohne Körperkontakt (zum Beispiel Exhibitionismus).

Unterschiede zwischen körperlicher und sexueller Gewalt

In den letzten Jahren wird sowohl in der Forschung als auch in der Jugendhilfepraxis deutlich, daß zwischen den Erscheinungsformen der körperlichen Mißhandlung von Kindern und des sexuellen Mißbrauchs deutlich nach Ursachen, Verlaufsformen und -folgen unterschieden werden muß. Werden bei einer körperlichen Mißhandlung eher Kinder betroffen, die den Erwartungen der Eltern nicht entsprechen, ihre Wut reizen und ihren Zorn heraufbeschwören, so sind es vorwiegend angepaßte Kinder, die zum Sexualobjekt, zum Opfer der sexuellen Ausbeutung werden. Der sexuelle Mißbrauch ist nicht, wie es häufig bei der körperlichen Kindesmißhandlung der Fall ist, eine spontane Reaktion eines Erwachsenen in einer Überforderungssituation, sondern, wie wir noch aufzeigen werden, eine lange geplante, gut vorbereitete und strategisch geschickt eingeleitete Aktion.

Auch die Reaktion der Eltern ist, wie eine Dokumentation der Gleichstellungsstelle der Stadt Dortmund zeigt, bei körperlicher Mißhandlung anders als bei sexuellem Mißbrauch. Im Falle der körperlichen Mißhandlung haben Eltern häufig den Wunsch, die Mißhandlung von sich aus zu beenden, sie geben die Handlungen bei deren Aufdeckung auch nach einigem Zögern offen zu und weisen damit auf ihre Hilflosigkeit hin. Eltern, die ihre Kinder körperlich mißhandeln, melden sich auch zunehmend selbst bei Kinderschutzzentren, beim Deutschen Kinderschutzbund oder ähnlichen Einrichtungen und bitten um Hilfe für sich und ihre Kinder. Dagegen kommt es so gut wie nicht vor, daß sexuelle Gewalttäter von sich aus eine Beratungsstelle aufsuchen, um ihrem Tun mit Hilfe der Experten selbst ein Ende zu bereiten. Sie sind nur selten geständig, sogar wenn alle Fakten gegen sie sprechen. Sie leugnen die Tat und sind meistens nicht bereit, Verantwortung für ihr Handeln zu übernehmen.

Sexuelle Mißhandlung und sexueller Mißbrauch sind beides Gewaltanwendungen, die am häufigsten in der Familie selbst vorkommen. Das ist ein schockierender Befund, wenn man bedenkt, daß doch gerade der Familie in unserem Kulturkreis die Rolle des pflegenden und schützenden »sozialen Raumes« zugewiesen wird. Die Abgeschlossenheit der Familien von der sozialen Umwelt, auf die unser Kulturkreis so großen Wert legt, um die Familie als einen Ort des vollen gegenseitigen Vertrauens und der Verläßlichkeit zu sichern, ausgerechnet diese Abgeschlossenheit wird also einer Minderheit der Familien genau zu dem entscheidenden sozialen Nährboden für elterliche Gewalthandlungen. Ohne die Abgeschirmtheit und die absolute Vertraulichkeit und Verschwiegenheit der Familienatmosphäre wären die Gewalthandlungen kaum denkbar, denn sie unterlägen sehr viel früher als heute der öffentlichen Sichtbarkeit und Kontrolle. Erst allmählich gelingt es, über diese anscheinend völlig intimen und privaten Dinge auch öffentlich zu sprechen. Das öffentliche Darüber-Sprechen ist dringend notwendig, denn bei den Mißhandlungs- und Mißbrauchsphänomenen handelt es sich um Gewaltanwendungen mit erheblicher öffentlicher Auswirkung.

Sexueller Mißbrauch ist die sexuelle Ausbeutung eines Kindes durch einen Täter oder eine Täterin, wobei Macht und Autorität eingesetzt werden, um eigene Bedürfnisse zu befriedigen. Die Grenze zwischen Übergriffen und Zärtlichkeit ist fließend, aber Kinder spüren sehr genau, wann Zärtlichkeit aufhört und ein sexueller Übergriff anfängt. Sexueller Mißbrauch beginnt immer dann, wenn die zu befriedigenden Bedürfnisse ausschließlich die des Erwachsenen sind, wenn Berührungen bewußt herbeigeführt, geplant und ausgeführt werden. Sexueller Mißbrauch beginnt im Kopf des Täters.

Opfer eines sexuellen Mißbrauchs können Kinder in jedem Alter werden. Es ist bekannt, daß schon an Säuglingen und Kleinkindern sexuelle Manipulationen vorgenommen werden, jedoch sind Kinder im Grundschulalter die gefährdetsten. 45 Prozent der Opfer sind noch keine zehn Jahre alt. Wenn auch sehr viel häufiger Mädchen sexuell mißbraucht werden, scheint die Zahl der mißbrauchten Jungen höher zu sein als bisher angenommen.

Der sexuelle Mißbrauch von Kindern wird strafrechtlich nach § 176 des Strafgesetzbuches verfolgt. Der Wortlaut des ersten Abschnitts lautet:

> »Wer sexuelle Handlungen an einer Person unter 14 Jahren (Kind) vornimmt oder an sich von dem Kind vornehmen läßt,

wird mit Freiheitsstrafe von 6 Monaten bis zu 10 Jahren, in minder schweren Fällen mit Freiheitsstrafe bis zu 5 Jahren oder mit Geldstrafe bestraft.«

Als besonders schwere Fälle werden solche definiert, in denen der Täter mit dem Kind den Beischlaf vollzieht oder das Kind bei der Tat körperlich schwer mißhandelt. Als mittelschwere Kategorie wird eingestuft, wenn der Täter sexuelle Handlungen vor einem Kind vornimmt oder wenn er auf ein Kind durch Vorzeigen pornographischer Abbildungen oder ähnliches einwirkt, um sich, das Kind oder einen anderen hierdurch sexuell zu erregen. Bei Kindern über vierzehn Jahren greifen andere Paragraphen des Strafgesetzbuches, etwa der Paragraph zur Vergewaltigung oder sexuellen Nötigung oder die entsprechenden Vorschriften zur Beleidigung. Für die strafrechtliche Verfolgung gilt, ähnlich wie bei der körperlichen Mißhandlung, daß ein eindeutiger rechtlicher Nachweis der Handlungen erbracht werden muß. Die entscheidenden Zeugen sind in der Regel die betroffenen Kinder, meist zu etwa 80 Prozent Mädchen. Sie schweigen häufig aus Angst vor möglichen Konsequenzen, aus Sorge um den Zusammenhalt ihrer Familie und um der persönlichen Beziehungen zum Täter willen, sofern es sich um einen nahen Angehörigen handelt, was meistens der Fall ist. Den Aussagen der Kinder wird vor Gericht aus verschiedenen Gründen oft kein Glauben geschenkt. Was versteht man genau unter sexuellem Mißbrauch, warum sind es vorwiegend Männer, die zu sexuellen Mißbrauchern werden, wie gehen die Täter vor, und welche psychischen Folgen entstehen den betroffenen Kindern? Wir wollen mit fünf Vorurteilen über sexuellen Mißbrauch (Haake, Klie und andere 1993) beginnen und diese ausräumen:

1. Sexueller Mißbrauch an Kindern kommt ja Gott sei Dank nur selten vor!

2. Und oft ist der Täter ja auch ein Fremder!

3. Das sind doch alles abartig veranlagte Menschen und Triebtäter. Mißbrauch kommt, wenn überhaupt, nur in den unteren sozialen Schichten vor!

4. Wenn das nur ein- oder zweimal passiert, dann vergißt es das Kind auch bald wieder. Alles halb so schlimm!

5. Und überhaupt: Wenn Kinder von solchen Sachen erzählen, dann kann man das doch nicht immer glauben – Kinder haben oft eine blühende Phantasie!

Sexueller Mißbrauch an Kindern ist viel häufiger, als man denkt. Nach vorsichtigen Schätzungen ist jedes fünfte Mädchen und jeder zehnte Junge ist in seinem Leben schon mißbraucht worden, davon die meisten im Familienkontext. Frauen wagen sich heute mit dem Thema schon weit eher an die Öffentlichkeit, suchen Rat, Hilfe und Erleichterung, offenbaren sich einer vertrauten Person, einer Freundin, eventuell auch einer Therapeutin, um ihre Erlebnisse emotional verarbeiten zu können. Männer tun sich mit demselben Thema erheblich schwerer, verschweigen es weit öfter und verdrängen es aus ihrem Bewußtsein.
Die Meinung, daß es sich bei den Tätern vorwiegend um Fremde handelt, ist ein großer Irrtum. Die Täter kommen in der Mehrzahl aus der unmittelbaren Nähe, Bekanntschaft oder Verwandtschaft der Kinder. Nur in den seltensten Fällen sind es Unbekannte. Zu den Tätern zählen häufig Väter, Stiefväter, Onkel, Brüder, Nachbarn, Lehrer, Jugendleiter, Pfarrer etc. Während Mädchen eher von Männern mißbraucht werden, die unmittelbar zur Familie gehören, ist dies bei Jungen nicht der Fall. Hier sind häufig Lehrer, Gruppenleiter, Pfarrer oder auch ältere Jungen dem Täterkreis zuzurechnen. Sowohl Jungen als auch Mädchen werden überwiegend von männlichen Tätern mißbraucht. Sexueller Mißbrauch ist eine Domäne der Männer, nur zu einem äußerst geringen Prozentsatz sind Frauen Täterinnen.
Der Glaube, daß es sich bei den Tätern um abnorm veranlagte Männer handelt, ist falsch. Sexuelle Mißbraucher sind keine Monster mit abartigen Charaktereigenschaften. Es sind Männer, von denen man allenfalls sagen kann, daß sie in ihrer emotionalen Entwicklung eine Störung aufweisen, aber es gibt bei ihnen keine von »Durchschnittsmännern« abweichenden individuellen Persönlichkeitsmerkmale, und sie kommen aus allen Gesellschaftsschichten. Männer, die Kinder mißbrauchen, werden sehr schnell

als Triebtäter und Sittenstrolche bezeichnet, und man glaubt, daß sie plötzlich und überraschend über ein Kind herfallen. Dies ist jedoch keineswegs der Fall. Ihre Handlungen werden – wie wir noch zeigen werden – genauestens geplant und mit Überlegung ausgeführt.

Ist sexueller Mißbrauch wirklich halb so schlimm und wird von dem Kind tatsächlich schnell wieder vergessen? Die Erinnerungen von in der Kindheit mißbrauchten Frauen sprechen dagegen. Sexueller Mißbrauch hat nicht nur durch die unstatthaften Berührungen, den Machtmißbrauch, die Grenzüberschreitungen, die inzestuöse Vergewaltigung so verheerende, lebensbedrohende Folgen für das Kind, sondern vor allem durch den Vertrauensbruch und die Tatsache, daß das Kind vom Täter zum Schweigen verdammt wird und oft niemanden hat, dem es sich anvertrauen kann. Fest steht: Der sexuelle Mißbrauch ist ein traumatisches und lebensbestimmendes Ereignis. Wie schwer die Folgen im einzelnen sind, hängt von vielen Faktoren ab: der Beziehung zum Mißbraucher, der Art und Weise des Mißbrauchs, der Dauer und den Umständen, den Bezugspersonen, zu denen das Kind Vertrauen hat.

Es ist eine verbreitete fatale Meinung, daß Kinder sich einen sexuellen Mißbrauch nur ausdenken. Dies führt häufig dazu, daß ihnen kein Glauben geschenkt wird. Kinder denken sich so etwas nicht aus. In ihrer Not müssen sie – wie Studien zeigen – im Durchschnitt sechs Personen ansprechen, bevor die siebte Person ihnen glaubt. Sie bleiben über Jahre hinweg mit ihrer seelischen und körperlichen Qual allein und können in ihrer tiefen emotionalen Verwirrung selbst nicht glauben, was ihnen jemand angetan hat, den sie liebten und dem sie vertrauten. Viele Kinder sagen überhaupt nichts, sie lassen sich lieber psychisch zugrunde richten, als jene Personen zu verraten, denen sie ja auch weiterhin auf Gedeih und Verderb ausgeliefert sind. Wenn sie dann endlich das Schweigen brechen, kann man davon ausgehen, daß sie den Mißbrauch auch tatsächlich erlebt haben.

Wer sind die Täter?

Es sind überwiegend Männer, die zu sexuellen Gewalttaten neigen. Immer wieder wird in der Fachliteratur betont, daß man sexuellen Mißbrauch nicht als individuelles Phänomen einer gestörten Familie beschreiben darf, sondern statt dessen eher gesellschaftliche Hintergründe und Ursachen auf Erklärungsansätze hin untersuchen soll. Es kann in der Tat ein Zusammenhang hergestellt werden zwischen dem in unserer Gesellschaftsstruktur noch vorherrschenden Männlichkeitsideal und dem sexuellen Mißbrauch, denn sexueller Mißbrauch ist hauptsächlich ein Macht- und Abhängigkeitsmißbrauch. Noch immer wird in unserer Gesellschaft dem Bild vom starken überlegenen Mann gehuldigt, der weder Gefühle der Schwäche, Kränkung noch Verletzung zeigen darf. Statt dessen verleugnet er oft eigene Gefühle und nimmt diese auch nur begrenzt bei anderen wahr. Gefühle der Zuneigung und Zärtlichkeit kann er häufig ausschließlich als sexuelles Verlangen erleben, so daß menschliche Nähe und Körperkontakt nur in der Sexualität vorstellbar sind. In der Erziehung zur Männlichkeit wird auch heute noch vor allem auf diejenigen Eigenschaften Wert gelegt, die auf Überlegenheit und Herrschaft abzielen. Macht über andere auszuüben ist heute immer noch ein Privileg des Mannes. Jungen und Mädchen lernen von Vorbildern. Die Entwicklung der Geschlechtsidentität ist ein wesentlicher Bestandteil der Persönlichkeitsentwicklung. Jungen lernen schon früh, sich besonders gegenüber Mädchen stark und überlegen zu geben. Zu ihrem Verhaltensrepertoire gehört es, kämpferisches Verhalten zu zeigen, mit der eigenen Stärke anzugeben, sich zu raufen, sexistische Sprüche von sich zu geben, den Mädchen die Röcke hochzuheben, Mädchen anzurempeln usw.

Der sexuelle Mißbrauch von Jungen unterliegt einer noch viel größeren Dunkelziffer als der von Mädchen. Es gibt kaum Erfahrungsberichte sexuell mißbrauchter Männer. Dies hängt mit der tief verwurzelten Rollenerwartung zusammen. Wir erwarten von Jungen, daß sie stark und aktiv sind, Situationen kontrollieren und sich wehren können. Ein »richtiger« Junge wird mit seinen Problemen allein fertig und braucht keine Hilfe. Jungen werden dazu erzogen, ihre Gefühle zu kontrollieren und – wenn nötig – sich auch aggressiv zu wehren. Jungen dürfen sich selten schwach zeigen und über Gefühle wie Angst, Trauer und Ohnmacht sprechen. Aus diesen Gründen kann man schon verstehen, daß es ihnen so schwer fällt, über erlittene sexuelle Mißhandlungen zu sprechen. Das Tabu der Homosexualität trägt mit dazu bei, daß über sexuellen Mißbrauch bei Jungen so wenig gesprochen wird. Die Jungen selbst fürchten dieses Stigma besonders, und auch den Tätern fällt es schwerer, sexuellen Mißbrauch von Jungen als von Mädchen zuzugeben.

Was wissen wir über die Vorgehensweise der Täter? Sexuelle Mißhandlungen dauern oft jahrelang und beginnen fast immer mit scheinbar zufälligen sexuellen Berührungen, die nach und nach immer gezielter zum Zwecke der eigenen Befriedigung eingesetzt werden. Sexuelle Übergriffe gegen Kinder werden vom Täter genauestens geplant und vorbereitet. Die Übergriffe finden überwiegend von der Umgebung unbemerkt statt, und erst im nachhinein fällt auf, daß der Täter oft Gelegenheiten suchte, um mit dem Kind allein zu sein.

Es besteht meistens eine gute Beziehung zwischen Kind und Täter. Häufig ist das Kind sogar stolz darauf, daß ihm soviel Zeit, Aufmerksamkeit und Interesse gewidmet wird. Die ersten »zufälligen« Berührungen werden vom Täter geschickt als Ausdruck gegenseitiger Sympathie beziehungsweise als Liebe oder Spiel umgedeutet, manchmal auch als Aufklärungsunterricht interpretiert.

Meistens ist das Kind zunächst so verwirrt, daß es nachher glaubt, das Ganze gar nicht erlebt zu haben. Es reagiert häufig mit einer Wahrnehmungsverdrängung, das heißt, das Kind redet sich ein, es hätte dies alles nicht erlebt, oder das Kind glaubt an einen »Ausrutscher« und hofft sehr, daß so etwas nicht wieder vorkomme. Es beginnt den Täter zu meiden. Manchmal erhält das Kind auch Belohnungen und Vergünstigungen, wenn es bei sexuellen Handlungen mitmacht oder diese wenigstens zuläßt. Die ersten Annäherungen geschehen meistens ohne Drohungen oder Gewaltanwendungen. Allerdings werden sie sofort hinterher als »Geheimnis« deklariert und das Kind zur Geheimhaltung verpflichtet. Bei länger anhaltenden Übergriffen versucht der Täter dem Kind häufig das Gefühl zu vermitteln, daß es nun in einer Falle säße, denn es habe ja bis jetzt mitgemacht, es trage also Mitverantwortung, und es werde ihm ohnehin niemand glauben. Fragen wie »Macht dir das Spaß?«, »Findest du das schön?« stärken das Gefühl beim Kind, für den sexuellen Mißbrauch mitverantwortlich zu sein. Geschenke oder gewisse Privilegien verstärken die Schuldgefühle des Kindes.

Viele Kinder werden oft auch eingeschüchtert und mit Drohungen zum Schweigen gebracht, so daß sie einfach Angst haben und aus diesem Grund schweigen. Es gibt auch Kinder, die die sexuellen Beziehungen deshalb geheimhalten, weil sie die einzige Form von Zuwendung und Nähe darstellen, die sie je erlebt haben und deshalb nicht verlieren wollen. Trotz ihrer Wut, ihrer Angst, ihrer Schuldgefühle können sie sich nicht aus der Beziehung lösen.

Sexueller Mißbrauch ist ein Abhängigkeitssyndrom, und zwar sowohl als Abhängigkeit des Kindes vom Täter als auch des Täters vom Kind zu sehen. Der Täter weiß normalerweise, daß er falsch handelt, daß es illegal ist, was er tut, und daß er dem Kind schadet, aber er verspürt geradezu einen Zwang, es dennoch zu tun. Mißbrauch hat Suchtcharakter. Kein Täter hört freiwillig auf. Genauso wie das Opfer leugnet auch er das Geschehen. Dies wird dadurch erleichtert, daß bestimmte sensorische Muster während des Mißbrauchs ausgeschaltet sind: kein Augenkontakt, Dunkelheit, ritualisierte Interaktionen, stereotype Kommunikationen. Beide, sowohl Täter als auch Opfer, pflegen außerhalb der Mißbrauchssituationen normale, unauffällige Kontakte (Enders 1990).

Sexuelle Gewalt steht meist nicht – wie oft angenommen – in einem Zusammenhang mit Alkohol, Drogen oder sonstigen auffälligen psychischen Problemen der Täter.

Folgen sexueller Gewalt

Die traumatische Wirkung sexueller Ausbeutung wird in vier Bereiche eingeteilt, die alle miteinander zusammenhängen und verschiedene Teilaspekte darstellen, die die Dynamik von sexueller Gewalt charakterisieren. Man unterscheidet die traumatische

Sexualisierung, die Stigmatisierung, den Verrat und die Ohnmacht (Enders 1990; Braecker/Wirtz-Weinrich 1992).

Traumatische Sexualisierung: Damit ist gemeint, daß dem Kind eine Form von Sexualität aufgezwungen wird, die seinem Lebensalter unangemessen ist und das Kind im höchsten Maße verwirrt. Dem Kind wird vermittelt, daß es Zuneigung und Nähe nur verbunden mit Sexualität erhalten kann. Das Kind erlebt, daß der Täter es nur mag, wenn es sich dessen sexuellen Wünschen fügt. Gleichzeitig werden ihm völlig falsche Informationen vermittelt, zum Beispiel, daß alle Väter ihre Kinder sexuell berührten, wenn sie sie lieb hätten. Viele Erwachsene, die in ihrer Kindheit sexuell mißbraucht worden sind, versuchen später Körperkontakt ganz zu vermeiden und reagieren auf körperliche Berührungen mit Erstarrung. Sie haben keinen Bezug zu ihrer Sexualität, sie erleben sie als abgespalten, sie existiert nicht für sie.

Solange die Mißbrauchssituation anhält, entwickeln Kinder kein Selbstvertrauen. Sie fühlen sich oft schlecht, wertlos und minderwertig. Die Gefahr für ihr weiteres Leben besteht vor allem darin, daß sie es nicht gelernt haben, sich Situationen der Ausbeutung und der Mißhandlung zu entziehen, und daß sie später in ähnliche Situationen hineingeraten. Außerdem besteht die Gefahr, besonders für Jungen, daß sie sich mit dem Täter identifizieren und später als Erwachsene selbst zu Tätern werden, die Schwächere ausbeuten, mißbrauchen oder mißhandeln. Es kann bei ihnen eine traumatische Sexualisierung stattfinden, die auf Bindungsunfähigkeit und auf der Verwechslung von Liebe und Sexualität beruht.

Stigmatisierung: Kinder, die sexuell mißbraucht werden, fühlen sich »gezeichnet«, stigmatisiert. Sie glauben, daß sie anders als andere Kinder seien, und entwickeln starke Schuldgefühle und Selbstbestrafungstendenzen. Der Täter suggeriert ihnen, daß sie es selbst gewollt hätten und daß sie schuld seien an dem, was passiert ist. Die Kinder schämen sich sehr und glauben, daß etwas an ihrem Verhalten oder Aussehen den Täter dazu gebracht habe, gerade sie auszuwählen. Dies Gefühl wird oft noch dadurch verstärkt, daß die Umgebung nach Aufdeckung schockiert reagiert und den Kindern selbst die Schuld gibt, sie für verantwortlich erklärt und sie hinterher auch anders behandelt, nämlich strenger und einschränkender. Eltern glauben zum Beispiel, daß ihr Sohn aufgrund der sexuellen Mißhandlung nun homosexuell sei, und verhalten sich anders als vorher. Bei Jungen wird die Angst, es zu sein, immer größer. Sie berichten niemandem von der sexuellen Mißhandlung, ziehen sich immer mehr zurück und können zu Einzelgängern werden.

Verrat: Mißbrauchte Kinder fühlen sich oft ausgenutzt, betrogen und verraten. Ihr Wohlergehen und ihre emotionalen Bedürfnisse sind vom Täter völlig außer acht gelassen worden. Kinder entwickeln daher ein oft abgrundtiefes Mißtrauen gegenüber Erwachsenen und werfen ihnen insgeheim vor, sie nicht geschützt zu haben. Sie ziehen sich zurück, da sie nicht sicher sein können, von einem anderen Erwachsenen nicht auch mißbraucht zu werden. Nähe zu anderen bedeutet für sie immer zugleich eine Gefahr erneuter Übergriffe. Ihnen ist damit nicht nur eine normale vertrauensfähige Beziehung zu Erwachsenen verwehrt, sondern auch der Aufbau tragfähiger Freundschaften zu Gleichaltrigen erschwert. Sexuell mißbrauchte Kinder werden damit um ihre Kindheit betrogen. Sie leiden oftmals unter schweren depressiven Verstimmungen und unter großen Zornesausbrüchen. Sie sind aggressiv, wobei sich ihre Aggressivität sowohl gegen sich selbst richtet (weil sie sich nicht gewehrt haben) als auch gegen andere (weil sie sie nicht geschützt haben).

Ohnmacht: Ein Kind, das mißbraucht wurde, dessen »Nein« nicht respektiert wurde, das geweint und sich gewehrt hat, hat die Erfahrung gemacht, ohnmächtig und ausgeliefert zu sein. Es glaubt, daß es keinen Einfluß auf Geschehnisse habe. Es fühlt sich schwach und als Versager. Es kann später im Leben oftmals auch keine Entscheidungen treffen und sein Leben nicht selbst steuern. Bei manchen Kindern kommt es zu sogenannten kontraphobischen Reaktionen, sie suchen exzessiven körperlichen Kontakt zu fremden Personen, werfen sich ihnen sofort in die Arme, präsentieren sich sozusagen selbst als Opfer. Mißbrauchte Kinder haben häufig das Gefühl, ihren Wahrnehmungen nicht trauen zu können. Sie sind unsicher, ob das, was ihnen passiert ist, auch wirklich geschehen ist. Sie entwickeln Ängste, Phobien, Unruhezustände. Mißbrauchte Kinder sind in einer Spirale widersprüchlicher Gefühle gefangen (Enders 1990):

- Sie fühlen sich ausgenutzt und gleichzeitig bevorzugt.
- Sie fühlen sich total isoliert und doch im Zentrum der Aufmerksamkeit.
- Sie fühlen sich erniedrigt und aufgewertet zugleich.
- Sie müssen schweigen und möchten schreien.

Gleiche Folgen für Jungen und Mädchen?

Sexuell mißbrauchte Mädchen und Jungen unterscheiden sich zunächst einmal nicht in ihren Reaktionen auf sexuellen Mißbrauch. Sie sind gleichermaßen verwirrt von dem Geschehen, können es nicht einordnen und haben häufig noch nicht einmal eine Sprache für das, was mit ihnen geschehen ist. Ekel, Angst und Schmerz sind bei beiden die vorherrschenden Gefühle, wobei es auch bei beiden Geschlechtern zu diffusen Lust- und Erregungsgefühlen kommen kann, die dann wiederum verstärkt Schuldgefühle nach sich ziehen.
Mädchen und Jungen schämen sich gleichermaßen, fühlen sich beschmutzt und wertlos. Sie glauben, sie seien die einzigen, die so etwas erlebt hätten, und daß mit ihnen selbst etwas nicht in Ordnung sei. Sie fühlen sich häufig mitverantwortlich für die Tat. Sehr häufig haben sie auch noch Mitleid mit dem Täter und wollen nicht, daß er bestraft wird. Sie wollen nur, daß er aufhört mit dem, was er tut. Außerdem wollen sie auf jeden Fall, daß die Familie zusammenbleibt, und sie wollen ihr auch keinen Kummer machen.
Ein nahezu unauflösbarer Konflikt entsteht für sie, wenn der Täter aus der eigenen Familie kommt, was bei Mädchen sehr häufig der Fall ist. In den seltensten Fällen wünschen sie, aus der Familie herausgenommen zu werden. Um den Zusammenhalt der Familie zu sichern, ziehen sie es oft vor, den Mißbrauch zu ertragen und damit das Familiengeheimnis zu wahren. Sie fühlen sich selbst sehr einsam und glauben, daß ihnen keiner helfen könne.
Mädchen und Jungen sind sehr sensibel für die soziale Stellung des Täters und ahnen oft, daß sie nicht mit Unterstützung rechnen können. Jungen zeigen häufiger als Mädchen aggressive Verhaltensweisen, aufgrund ihres gemeinsamen Geschlechts identifizie-

ren sie sich mit dem Täter und werden sehr oft später selbst zu Tätern. Auch sie befinden sich in einem ähnlichen Zwiespalt wie die Mädchen und wollen nicht, daß der Täter durch sie Schaden erleidet. Gleichzeitig wollen auch sie, daß er mit seinen Handlungen aufhört. Jungen empfinden es vielleicht noch mehr als Mädchen als persönliche Niederlage, mißbraucht zu werden, denn von ihnen wird erwartet, daß sie sich wehren. Sie zweifeln an ihrer männlichen Identität. Sie vertrauen sich noch weniger häufig als Mädchen anderen Erwachsenen an, da sie zu sehr das Stigma der Homosexualität fürchten; auch als Erwachsene schweigen sie häufiger als Frauen.

Mädchen und Jungen leiden gleichermaßen unter dem Vertrauensbruch im Verhältnis zum Täter. Die erwachsene Vertrauensperson hat in schmählicher und hinterhältiger Weise die Zuneigungs-, Zärtlichkeits- und Liebesbedürfnisse sowie möglicherweise – je nach Alter des Kindes – auch die erwachenden erotischen und sexuellen Bedürfnise des Kindes ausgenutzt und ausgebeutet, und zwar aus einer Position heraus, in der das Kind in fast jeder Hinsicht vom Erwachsenen abhängig ist. Damit wird der für die weitere psychische und soziale Entwicklung so elementar wichtige Aufbau von Vertrauen in Bezugspersonen, ja möglicherweise sogar die Fähigkeit schlechthin, enge Vertrauensbeziehungen zu einer anderen Person aufzubauen, grundlegend irritiert und gestört. Der sexuelle Übergriff eines Elternteils verletzt im übrigen das sogenannte Inzesttabu, das seit Urzeiten in allen Formen menschlichen Zusammenlebens in Kraft war, um die körperliche und psychische Unversehrtheit der Persönlichkeitsentwicklung des Nachwuchses sicherstellen zu können.

Nur wenige Opfer von fortdauernder sexueller Mißhandlung in der Familie können diese Entwicklungsverzerrung später abstreifen. Bei den meisten bleiben tiefe psychische Wunden und soziale Verletzungen zurück, die sie ein Leben lang mit sich herumtragen und die nur allzuoft dazu führen, daß die eigenen sozialen Beziehungen, die sie neu aufbauen, unausgewogen und unausgereift sein können. Aus diesem Grunde kommt es so häufig zu einer Weitergabe derselben familiendynamischen Muster, zu einer »sozialen Vererbung« derselben Verhaltensweisen. Die verschiedenen Folgesymptome von sexueller Gewalt, Aggression und sexuellem

Mißbrauch stellen sich glücklicherweise nicht zwangsläufig ein. Es gibt keine Punkt-für-Punkt-Entsprechung zwischen Gewalt und Entwicklungsstörung. Einige wenige Kinder und Jugendliche nehmen eine erstaunlich normale und gesunde Entwicklung. Sie sind psychisch und physisch unverwundbar (»invulnerabel«), aber dies hängt sowohl von ihren persönlichen Eigenschaften als auch von bestimmten günstigen Umweltbedingungen ab.

Reaktionen gegenüber dem Täter

Wird der sexuelle Mißbrauch aufgedeckt, schlägt den Tätern Abscheu, Verachtung und Empörung entgegen, aber wie genau im einzelnen reagiert wird und welche rechtlichen Schritte unternommen werden, hängt von der sozialen Stellung des Täters und von der emotionalen Bindung des Kindes zu ihm ab. Ist der Täter eine Autoritätsperson für die Familie, dann neigt diese oftmals dazu, das Geschehene herunterzuspielen. Manchmal wird das Kind geradezu »geopfert« aus Angst vor den Konsequenzen, die die ganze Familie zu tragen hätte, das heißt, es kommt tatsächlich nicht selten vor, daß trotz offensichtlicher Tatbestände der sexuelle Mißbrauch einfach nicht zur Kenntnis genommen wird. Entweder man glaubt dem Kind nicht und bezichtigt es sogar der Lüge, oder aber man beschwichtigt und sagt, daß das Kind schon genug durchgemacht habe und man nun lieber alles schnell wieder vergessen wolle.

Ganz schwierig wird es, wenn der Täter zum engsten Familienkreis gehört, da nun die Familie in einen schrecklichen Konflikt gestürzt wird: Täter und Opfer gehören derselben Familie an. Für wen soll sie sich entscheiden? Da die Entscheidung für den einen zugleich die Entscheidung gegen den anderen bedeutet, beschließt die Familie so zu tun, als sei gar nichts geschehen, aber von diesem Moment an lastet auf dieser Familie wie ein Fluch das »Familiengeheimnis«, das zu einer unheilvollen Anklammerungstendenz der Familienmitglieder untereinander führen kann. Hiermit wird vor allem die Rolle und schwierige Situation der Mütter angesprochen, die den sexuellen Mißbrauch ihres Kindes ahnen und eventuell sogar den Verdacht gegen ihren eigenen Ehemann hegen.

Mütter, deren Kinder sexuell mißbraucht wurden, reagieren häufig mit einem psychischen Schock und entwickeln Depressionen, Ängste, Zwänge und paranoide Vorstellungen, und zwar um so mehr, je häufiger und gewaltsamer ihre Kinder mißbraucht worden sind. Sie sind nicht minder traumatisiert als ihre Kinder und können ebenfalls als Opfer bezeichnet werden, die dringend therapeutischer Hilfe bedürfen.

Dies beantwortet auch die so oft gestellte Frage, warum Mütter ihre Töchter nicht schützen. Sie können es aus ganz unterschiedlichen Gründen nicht. Sie haben selbst oft als Tochter sexuelle Gewalt in ihrer Herkunftsfamilie erlebt und mußten damals ihre Gefühle abspalten. Sie haben ihre eigenen Erfahrungen nicht verarbeitet und können deshalb den Schmerz ihrer Töchter nicht wahrnehmen und sie schon gar nicht schützen. Sie reagieren ähnlich wie damals, als ihr eigener Mißbrauch stattfand, sind wie gelähmt, hilflos und unfähig, etwas zu unternehmen. Ein zweites Mal in ihrem Leben trauen sie ihrer Wahrnehmung nicht und wollen das Geschehen nicht wahrhaben. Natürlich gibt es Frauen, die den sexuellen Mißbrauch ihres Mannes an ihrer Tochter als Realität anerkennen und sich gegen ihn stellen. Aber sie finden in der Regel in ihrer Umgebung keine Unterstützung für ihr Handeln, im Gegenteil, sie ernten noch Vorwürfe und müssen sich sogar Schuldzuweisungen gefallen lassen.

Die »Mütterproblematik« hat schon immer zu einer mit intensiven Gefühlen geführten Debatte über Schuldanteile der Mütter am inzestuösen Geschehen der Ehemänner, Stiefväter, Partner geführt (Breitenbach 1993). In der älteren Literatur wurden nicht die Täter, sondern die Mütter zur Zielscheibe von Aggressionen, Anklagen, Verdächtigungen und Anschuldigungen gemacht. Von Müttern wird viel erwartet. Sie sind für Emotionalität und Gefühle innerhalb der Familie zuständig, sie halten die Beziehungsfäden in der Hand, sie haben die Verantwortung für eine geglückte oder mißglückte sexuelle Beziehung. Rosemarie Steinhage (1993), Therapeutin der Beratungsstelle »Wildwasser Wiesbaden e.V.«, weist auf die Paradoxie hin, daß Mütter für das Handeln ihrer Männer verantwortlich gemacht werden, wenn sie die sexuellen

Übergriffe nicht wahrgenommen haben, und daß sie ebenfalls kritisiert werden, wenn sie sich schützend vor ihre Kinder und damit gegen ihre Männer stellen. Mütter haben kaum eine Chance, sich richtig zu verhalten. Dies hindert sie natürlich daran, sich um Rat und Unterstützung an Dritte zu wenden, und oftmals beginnt eine Odyssee durch viele Beratungsstellen, ehe man ihnen glaubt. Auch hier geht es ihnen wie ihren mißbrauchten Kindern, denen niemand so richtig glauben mag.

So können Sie vorbeugen

Unsere Kinder, dies ist deutlich geworden, müssen vor sexuellem Mißbrauch geschützt werden. Da die öffentliche Diskussion erst vor wenigen Jahren eingesetzt hat, zeichnen sich noch keine klaren gesetzlichen Lösungswege ab.

Dringlich ist vorerst der Opferschutz: Die Einrichtung von Kinderschutzzentren ist wichtig, um ein integriertes Hilfsangebot in pädagogischen, ärztlichen und psychologischen Bereichen aufzubauen. Welche Eingriffe sonst noch sinnvoll sind, hängt vom Einzelfall ab. Die Situation ist heikel, weil sexuelle Gewalt zu 80 bis 90 Prozent im »geschützten« Bereich der Familie stattfindet. Alle Maßnahmen der Hilfe bei sexueller Gewalt stecken in dem Dilemma: Auch die mißhandelten und mißbrauchten Kinder fühlen sich zu ihren Eltern hingezogen und sind von ihnen in vielerlei Hinsicht abhängig. Die Beziehungen zu den Eltern können in vielen Bereichen des täglichen Umgangs durchaus intakt sein, auch wenn sie durch die Mißhandlung oder den Mißbrauch erheblich gestört sind. Die kritische Frage, die sich allen Helfern stellt, ist die, wann eine so unglückliche Bindung zu den Eltern vorliegt, daß das Kind aus der Familie herausgenommen und in eine Pflegefamilie oder in ein Heim gegeben werden muß. Diese Frage kann nur im Einzelfall entschieden werden. Ein rechtlicher Schematismus ist hier nicht möglich.

Anders ist es im Bereich kommerzieller sexueller Ausbeutung von Kindern. Wir beklagen eine steigende Anzahl von Kindern, die entführt, verkauft und gezwungen werden, am Pornomarkt teilzu-

nehmen, der zu einer der größten Wachstumsbranchen geworden ist. Hier sind endlich klare und schnell greifende nationale und internationale Rechtsinstrumente zu entwickeln, um die Persönlichkeitsrechte von Kindern zu wahren.
Angesichts der Tatsache, daß die sozialpädagogische Familienhilfe in den letzten Jahren zunehmend an die Stelle bestrafender und sanktionierender Eingriffe getreten ist, müssen wir uns fragen, ob wir nicht vielen Kindern durch den Aufbau eines überzeugenden Angebots an Heimen und Horten besser helfen können als durch Stabilisierung des Familiengefüges. Diese Frage wird in den nächsten Jahren auch deshalb aktueller, weil der Anteil von instabilen Familien zunimmt, was sich in steigenden Scheidungsraten und dem zunehmenden Anteil von Alleinerziehenden zeigt.
Maßnahmen der Aufklärung und Prävention sind vordringlich an alle die Personen zu richten, die intensiven Umgang mit Kindern haben und selbst pädagogisch, psychologisch und rechtlich geschult sind. Wenn wir die Fähigkeit der professionellen und nichtprofessionellen Mitarbeiter/innen in Hilfsorganisationen, Heimen, Horten, Kindergärten und Schulen steigern können, sensibel und zuverlässig einzuschätzen, bei welchen Kindern körperliche und sexuelle Mißhandlungen nachzuweisen sind, und wenn wir darüber hinaus ein Netz von vertrauensvollen Anlauf- und Beratungsstellen für ratsuchende Personen aufbauen, dann ist schon viel gewonnen. In diese Aufklärungs- und Informationsbemühungen sind selbstverständlich auch Ärztinnen und Ärzte aufzunehmen, die eine zunehmend wichtige Rolle bei der frühen Identifizierung von körperlichen und sexuellen Mißhandlungen von Kindern spielen.
Kinder und Jugendliche müssen besser und umfassender als bisher, vor allem in Kindergärten und Schulen, teilweise vielleicht auch über die Massenmedien, aufgeklärt werden. Chancen und dringliche Notwendigkeiten bestehen hier vor allem im Bereich der sachgerechten Sexualaufklärung. Aufklärung ist natürlich keine Garantie dafür, nicht Opfer einer Sexualstraftat zu werden. Aber das genaue Wissen über die eigenen Rechte und die Gewißheit, den eigenen Gefühlen und Empfindungen vertrauen zu dürfen und zu müssen, sind wichtige Ausgangspunkte.

Kinder müssen nein sagen dürfen

Eltern und Erzieher/innen müssen im Bereich sexuellen Mißbrauchs gegen ihre eigene Gehorsamkeitserziehung ankämpfen und den Kindern vermitteln, daß es Grenzen des Gehorsams gibt. Da sexueller Mißbrauch in erster Linie ein Machtmißbrauch ist, muß die Widerstandsfähigkeit der Kinder gestärkt werden. Eltern und Erzieher/innen müssen ganz besonders ihre Erziehungsgrundsätze überdenken, die immer noch geschlechtsspezifisch ausgerichtet sind. Auch heute werden Mädchen immer noch dazu angehalten, Zurückhaltung zu üben, sich anzupassen, Verständnis zu haben, Verantwortung zu übernehmen, freundlich und hilfsbereit zu sein. Ihnen wird es weniger als Jungen gestattet, ihre Interessen und Bedürfnisse zu vertreten, Wut zu zeigen und nein zu sagen.
Mädchen sollten darin unterstützt werden, viel mehr als bisher

- ✘ ihre eigenen Bedürfnisse wahrzunehmen,
- ✘ auf ihre eigenen Gefühle zu achten,
- ✘ nichts mit sich geschehen zu lassen, was sie nicht wollen,
- ✘ nein zu sagen und sich mit ihrer Körperkraft zu wehren.

Welche Möglichkeiten haben Kinder und Jugendliche, sich gegen sexuellen Mißbrauch zu wehren? Um Kindern beizubringen, daß sie sich gegenüber fragwürdigen Forderungen von Erwachsenen behaupten und zur Wehr setzen können, daß sie ein Recht haben, über ihren eigenen Körper selbst zu bestimmen, können Übungselemente aus »Präventionsprogrammen« schon in Kindergärten und Schulen eingesetzt werden. Sie gehen von dem Leitgedanken aus, daß die Kontrolle des Zugangs zum eigenen Körper alleine dem Kind unterliegt. Maßstab für das Verhalten gegenüber anderen sind die eigenen Gefühle. Kinder sollen lernen, zwischen angenehmen und unangenehmen, merkwürdigen Gefühlen und Berührungen zu unterscheiden und die unangenehmen selbstbewußt abzuweisen. Sie sollen in bestimmten Situationen Grenzen ziehen und nein sagen dürfen zu den Anforderungen Erwachsener. Sie haben in diesem Bereich die Erlaubnis, nicht zu gehorchen und sich zu wehren.

Zwischen guten und schlechten Geheimnissen unterscheiden

Sie müssen auch lernen, gute und schlechte Geheimnisse zu unterscheiden, und brauchen letztere nicht für sich zu behalten. Gerade dies ist ein schwieriges Lernziel. Kinder brauchen Geheimnisse, sie machen ihnen Freude, und sie sind auch stolz darauf, sie zu hüten. Geheimnisse können aber auch zu einer starken psychischen Belastung werden, nämlich dann, wenn es sich um »schlechte Geheimnisse« handelt, um Geheimnisse, bei denen es vor allem der andere nicht will, daß sie weitererzählt werden. Schlechte Geheimnisse sind erpreßte Geheimnisse, die das Kind unter Druck setzen. Kinder haben ein Recht dazu, Geheimnisse zu erzählen, die sie belasten. Kinder sollen schließlich lernen, sich bei anderen Erwachsenen Hilfe zu holen, sich auszudrücken und auf ihre verzweifelte Lage aufmerksam zu machen. Dazu müssen sie wissen, wo sie sich auch außerhalb ihrer Familien Hilfe holen können (Vertrauens- oder Beratungslehrer/innen, Beratungsstellen, Sorgentelefon, Kinderschutzbund, Polizei).

Eine große Schwierigkeit besteht für viele Eltern darin, ihre Kinder auf die Möglichkeit eines sexuellen Mißbrauchs aufmerksam zu machen und sie dagegen zu wappnen, ohne ihnen gleichzeitig Angst einzuflößen. Die englische Theapeutin Michele Elliott (1991) gibt ganz konkrete Ratschläge dazu. Um ihr Kind nicht zu erschrecken, sollten sich Eltern dem Thema zunächst ganz allgemein nähern und zum Beispiel Sicherheit und Wohlgefühl des Kindes ansprechen: »In welchen Situationen fühlst du dich wohl, in welchen nicht?« Dabei sollten sie das Kind zum Sprechen ermutigen und es über seinen Körper sprechen lassen: »Was sind für dich schöne Gefühle, und gibt es auch schlechte Gefühle?« Es ist wichtig, auf alle Fragen des Kindes einzugehen und diese offen und ehrlich zu beantworten. Eltern dürfen Familienmitglieder und fremde Menschen nicht als »gute« und »böse« Menschen bezeichnen, denn die Grenzen sind, wie wir dargestellt haben, sehr fließend und daher nicht klar zu erkennen.

Auch liebe und vertraute Menschen tun oft Dinge, die Kindern unangenehm sind und die sie deshalb ablehnen dürfen. In »Was wäre, wenn«-Spielen können Eltern ihre Kinder ermutigen, Handlungsstrategien zu entwickeln:

- «Was wäre, wenn ein dir gut bekannter Mann von dir verlangt, ihn an einer intimen Körperstelle zu berühren?«
- «Was wäre, wenn jemand dir Geschenke verspricht und mit dir Spiele machen will, von denen du niemandem erzählen darfst?«
- «Was wäre, wenn du mit jemandem zusammen bist, den du magst, aber plötzlich ein ungutes Gefühl dabei bekommst?«

Mit dem eigenen Kind sprechen

Das wichtigste für Eltern ist immer noch, die eigene Sprachlosigkeit zu überwinden und selbst über Sexualität sprechen zu können. Wenn Eltern den berechtigten Verdacht haben, daß ihr Kind sexuell mißbraucht worden ist, gilt als oberstes Gebot, zunächst einmal Ruhe zu bewahren und keine übereilten und überhasteten Handlungen vorzunehmen (Enders 1990). Wenn Eltern sexuellen Mißbrauch vermuten, sollten sie das Kind direkt ansprechen und fragen, ob es jemanden gebe, der es auf eine Weise berührt habe, die ihm unangenehm gewesen sei. Sie sollten das Kind nicht drängen, sondern ihm Zeit lassen und eine Gesprächsatmosphäre schaffen, die dem Kind das Sprechen erleichtert.

Findet der Mißbrauch innerhalb der Familie statt und fällt der Verdacht auf einen sehr nahen Verwandten des Kindes, ist die Situation für die Mutter besonders schwierig, und sie sollte sich auf jeden Fall außerfamiliäre Hilfe holen. Der Rat von Experten oder von Selbsthilfegruppen kann den traumatischen Effekt des Vorfalls mildern. In erster Linie muß das betroffene Kind beruhigt und ihm gesagt werden, daß es selbst auf keinen Fall Schuld habe. Sexueller Mißbrauch wirkt sich nicht nur auf das Kind, sondern auf die ganze Familie aus, deshalb ist es wichtig, sich Zeit zu verschaffen und sich Unterstützung zu holen. Es gibt mittlerweile sehr gute Kinderbücher, die das Thema des sexuellen Mißbrauchs aufgreifen und die Mütter zu Hilfe ziehen können, wenn sie mit ihren Kindern ins Gespräch kommen möchten (Kehoe 1991; Mebes 1992).

Was die Familie tun kann

In den Lebensläufen gewalttätiger Jugendlicher kommt immer zum Ausdruck, wie ablehnend, grausam und feindselig Elternhäuser sein können und wieviel Leid diese Jugendlichen in ihren ersten Lebensjahren in der Familie haben erdulden müssen. Der positive emotionale Wert der Familie für Kinder steht außer Frage. Aber dennoch müssen wir uns fragen, wie Familien lernen können, gewaltfrei zu leben. Was sollten Eltern und Erzieher/innen tun, wenn sie der Gewalt vorbeugen wollen?
Auch wenn gewalttätiges Verhalten immer aus einem Zusammenspiel vieler Faktoren entsteht, so können doch einige konkrete Hinweise gegeben werden:

- ✘ Überprüfen Sie Ihre eigene Einstellung zur Gewalt!
- ✘ Befürworten Sie keine Äußerungen zur Androhung und Anwendung von Gewalt!
- ✘ Akzeptieren Sie Ihre Kinder, so wie sie sind, und vermitteln Sie ihnen emotionale Geborgenheit!
- ✘ Beziehen Sie Ihre Kinder in Entscheidungen ein, schaffen Sie eine Atmosphäre des Vertrauens!
- ✘ Sprechen Sie mit Ihren Kindern über ihre Gewalterfahrungen, aber auch über Ihre eigenen!
- ✘ Wenden Sie selbst in Ihrer Erziehung keine aggressiven Verhaltensweisen an, und versuchen Sie, Konflikte mit Ihren Kindern ohne Gewalt zu lösen!

Nur wenn Eltern und professionelle Erzieher/innen mit ihren eigenen Konflikten produktiv umgehen können, sie nicht unterdrücken und sie auch nicht auf Kosten anderer lösen wollen, können Kinder faire und flexible Konfliktlösungen lernen. Zwischen Eltern und Kindern sollte es eine »gleichberechtigte«, das heißt eine auf Anerkennung der Eigenständigkeit der kindlichen Person beruhende, Kommunikation geben. Für Kinder sind nicht die Belehrungen, die Worte der Erwachsenen entscheidend, sondern die Art und Weise, wie Erwachsene in Alltagssituationen miteinander und vor allem mit Kindern umgehen. Ein Zusammen-

leben ohne Konflikte und Auseinandersetzungen gibt es nicht. Es kommt darauf an, wie Konflikte gelöst werden und wie Streit ausgetragen wird.
Es gibt einige Regeln für erfolgreiches Streiten:

- Das Problem sofort ansprechen.
- In der Ich-Form sprechen.
- Sich nicht gegenseitig unterbrechen.
- Den Partner direkt ansprechen und dabei anschauen.
- Eine gemeinsame Problemsicht finden.
- Beim Thema bleiben.
- Beschuldigungen und Verletzungen vermeiden.

Eigene Gefühle ausdrücken

Es handelt sich hierbei um eine besondere Art der Gesprächsführung, die bewußt eine weitere Konfrontation vermeiden und zu einer Konfliktlösung gelangen will, die beide Seiten zufriedenstellt. Es ist gut, wenn nicht zu lange mit einem solchen Gespräch gewartet, sondern wenn es begonnen wird, noch bevor sich Gefühle wie Haß und Wut aufgestaut haben.
Sehr wahrscheinlich empfinden alle Beteiligten Gefühle wie Kränkungen und Enttäuschungen. Dann ist es auf jeden Fall für den Verlauf des Gesprächs wichtig, diese Gefühle auch auszusprechen und sie dem anderen mitzuteilen. Es empfiehlt sich, dies in der Ich-Form zu tun, weil so vermieden wird, daß der andere sich in der Position des Angeklagten sieht. Statt zu sagen: »Du hast mich gekränkt«, lieber sagen: »Ich fühle mich gekränkt«. Manchmal führt das Aussprechen der eigenen Gefühle im Moment des Aussprechens zu einer größeren Klarheit und läßt auch die Möglichkeit offen, die Gefühle zu differenzieren. Auf jeden Fall kann die eigene Offenheit die des anderen fördern und ihm seinerseits »Die Tür öffnen«, über seine Gefühle zu sprechen. Auf diese Weise kommt es schon zu Beginn des Gesprächs zu einem intensiven Austausch, und die Gefahr des Aneinander-Vorbeiredens ist geringer.
Thomas Gordon (1993) spricht von sogenannten Türöffnern in der

Gesprächsführung und meint damit alle Äußerungen, die den anderen dazu bewegen, mehr von sich und dem zu erzählen, was ihn bedrückt. Das können Aufforderungssätze sein wie: »Es interessiert mich, wie du darüber denkst« oder »Ich möchte gerne wissen, wie du dich dabei gefühlt hast«.
Viele Gespräche scheitern daran, daß man sich gegenseitig unterbricht und den anderen nicht ausreden läßt, oder daran, daß man sich nicht einmal anschaut, den anderen auch nicht direkt anspricht oder gleich mehrere Personen mit einbezieht.

> *Frau H. hat eine Tochter und einen Sohn. Sie ist wütend auf ihren Sohn Uwe, der wieder einmal sein Zimmer nicht aufgeräumt hat. Alles liegt durcheinander: Socken, Unterhosen, Yoghurtbecher, Schulhefte. Frau H. platzt der Kragen. Sie schreit:* »Ich bin wütend, weil *ihr nie* aufräumt!«

Frau H. hat es gut gemeint. Sie wollte ihrem Sohn Uwe eine Ich-Botschaft zukommen lassen und von ihren eigenen Gefühlen sprechen. Aber sie hat zwei »Kommunikationskiller« in ihren Satz einfließen lassen, die in den Wörtern »ihr« und »nie« liegen und die den positiven Aspekt der eigenen Gefühlsäußerung schlagartig zunichte machen. Sie hat ihren Ärger auch auf ihre Tochter ausgedehnt, so daß sich Uwe nicht oder nur wenig angesprochen fühlt, denn er kann die Verantwortung ja auf seine Schwester abwälzen. Das »nie« löst in ihm Gedanken wie *»Das stimmt nicht«* sowie Gefühle der Ungerechtigkeit und, wenn diese sich steigern, des Zorns aus.
Gutgemeinte und überlegt begonnene Gespräche können im Nu scheitern, wenn es zu diesen »Kommunikationskillern« kommt. Es gibt übrigens noch viele andere, zum Beispiel:

- ✘ Befehlen, anordnen, kommandieren: »Es ist mir völlig gleich, was andere Eltern tun, ich will, daß es so gemacht wird!«
- ✘ Warnen, ermahnen, drohen: »Wenn du das machst, wirst du sehen, was du davon hast!«
- ✘ Zureden, moralisieren, predigen: »Kinder sollten sich vertragen!«

- ✘ Schnelle und ungewollte Ratschläge geben: »Hör gut zu: Du solltest es so machen ...«
- ✘ Vorhaltungen machen, belehren: »Ich finde es von dir unmöglich, daß du dich so verhältst!«
- ✘ Beschimpfen und lächerlich machen: »Du verhältst dich wie ein Baby, wie ein verzogenes Blag, wie...«

Mitten im Gespräch auszuscheren, abzulenken, von etwas anderem zu sprechen, die Sache »scherzhaft« zu behandeln, zum Beispiel mit den Worten: »Warum brennst du nicht einfach die Schule nieder?«, zeigt dem anderen nur, daß er nicht ernst genommen wird und daß das Thema dem anderen auch nicht so wichtig ist.

Das Problem klar definieren

Es gibt Eltern, die alle Konflikte gleichzeitig in einem Gespräch lösen wollen, die »vom Hölzchen aufs Stöckchen kommen«, die mit dem unaufgeräumten Zimmer anfangen, dann zu den nichtgemachten Hausaufgaben kommen und schließlich noch das Zanken der Geschwister untereinander ansprechen. In einem Streitgespräch muß möglichst am Anfang geklärt werden, worum es den Streitenden in erster Linie geht und welches das Streitthema ist. Es muß eine gemeinsame Problemsicht gefunden werden. Gerade in dieser Phase ist das »aktive Zuhören« so wichtig, das ausführlich von Thomas Gordon (1993), dem amerikanischen Familientherapeuten, beschrieben wurde. Erst wenn das Problem klar formuliert worden ist, kann man darangehen und nach Ursachen sowie nach gemeinsamen und alle befriedigenden Lösungen suchen.

Viele glauben, daß es doch leicht sei, ein Gespräch zu führen, man tue es doch schließlich tagtäglich, und wozu brauche man denn überhaupt Regeln! Der Irrtum besteht darin, die sich schnell aufschaukelnde Emotionalisierung zu unterschätzen, die jedes Gespräch scheitern läßt und die dazu führt, daß der eine dem anderen nur noch Argumente und Gegenargumente entgegenschleudert. Wie viele Gespräche zwischen Eltern und Kindern werden mit einem unguten Gefühl auf mindestens einer Seite beendet und mit dem Eindruck, daß man wieder einmal nicht das gesagt habe, was man eigentlich hätte sagen wollen.

Gesprächsregeln festsetzen und einhalten

Erfolgreiches Streiten muß geübt werden. Gesprächsregeln festsetzen und einhalten ist sehr wichtig, und die Art und Weise, wie miteinander im Konfliktfall umgegangen wird, ist von großer Bedeutung. Eltern geben ein soziales Modell für das Verhalten ihrer Kinder ab, das heißt, daß sie selbst erst einmal eine konstruktive Form des Konflikte-Austragens gelernt haben und auch praktizieren müssen. Das Wesentliche bei einem Streitgespräch ist oftmals nicht »die Lösung«, die gefunden wird, sondern die Art, wie diese Lösung zustande gekommen ist, wie auch immer sie aussehen mag. Es geht nicht um Sieg und Niederlage, sondern um eine Methode des Streitens, die als »niederlagelose Methode« bezeichnet wird. Frau M. führt mit ihrem sechzehnjährigen Sohn Christian zum Beispiel folgendes Gespräch:

Fr. M.: Christian, ich mache mir Sorgen, wenn du abends so spät nach Hause kommst.

Ch.: Das brauchst du aber nicht.

Fr. M.: Ja, das sage ich mir dann zwar auch, aber wenn ich nicht weiß, wo du bist, habe ich Angst, daß dir etwas passieren könnte.

Ch.: Mir passiert schon nichts. Du brauchst keine Angst zu haben.

Fr. M.: Christian, das sagst du so einfach. Wie kann ich sicher sein, daß dir nichts passiert, wenn ich nicht einmal weiß, wo du bist!

Ch.: Ach, darum geht es dir? Du willst wissen, wo ich bin?

Fr. M.: Ja, das würde mich schon beruhigen.

Ch.: Schön, aber wenn ich es selbst noch nicht genau weiß? Manchmal ergibt sich ja spontan etwas.

Fr. M.: O.k., Christian, das sehe ich ein, aber können wir uns nicht wenigstens darauf verständigen, daß du mich anrufst, wenn ihr zum Beispiel eine Autofahrt in eine Disko plant?

Ch.: Das finde ich aber nicht gut, wie sieht denn das aus. Da lachen mich die anderen ja aus, und es ist manchmal auch schwierig und lästig, ein Telephon zu finden.

Fr. M.: Mm, das stimmt, aber was könntest du tun, damit ich weniger Angst habe?

Ch.: Ich könnte zum Beispiel auf jeden Fall zu dir hereinschauen, wenn ich nach Hause komme, damit du dann beruhigt schlafen kannst, und ich könnte mir vornehmen, innerhalb der Woche, wenn ich Schule habe, nicht nach 23.00 Uhr nach Hause zu kommen.

Fr. M.: Ja, das ist schon einmal gut. Wenn ich weiß, daß du noch einmal hereinschaust, kann ich entspannter einschlafen.

Nicht jedes Gespräch läuft in so freundlicher Atmosphäre ab, aber bei Frau M. und Christian spürt man die grundsätzliche Harmonie und das Bemühen, es dem anderen recht zu machen. Frau M. hat nicht etwa eine autoritäre Entscheidung getroffen, sondern hat Christians Gründe akzeptiert, warum er nicht zwischendurch anrufen kann, wenn seine Freunde und er sich entscheiden, noch irgendwohin zu fahren. Christian hat jedoch auch die Sorge seiner Mutter verstanden, hat diese aufgegriffen und in seinem Vorschlag berücksichtigt, nachts noch einmal bei ihr hereinzuschauen. Um ein Gespräch wie das obige zu führen, bedarf es einer Grundübereinstimmung zwischen den Gesprächspartnern und der Bereit-

schaft, dem anderen zuzuhören und seine Gefühle zu berücksichtigen.
In vielen Familien geht es jedoch keineswegs immer so friedlich zu wie in unserem Beispiel. Es ist nicht einfach, Konflikte und Streit im Gespräch zu lösen, und oftmals beherrschen Auseinandersetzungen die Situation, und Gleichgültigkeit, Lieblosigkeit und Grausamkeit vergiften die Atmosphäre. Dies hängt unter anderem auch damit zusammen, daß viele Familien psychisch nicht mehr intakt sind.

Was die Politik tun kann

Es kann kein Zweifel daran bestehen, daß die Erziehungsfähigkeit der Familien in den letzten Jahren in einem hohen Maße geschwächt worden ist. Die verläßliche Geborgenheit des familialen Raumes ist für eine wachsende Minderheit von Kindern nicht mehr selbstverständlich. Viele Familien, schätzungsweise fünfzehn bis zwanzig Prozent, sind durch eine Kette von verschiedenen Ursachen, die nicht immer im Einflußbereich der Familienmitglieder liegen, instabil geworden. Allerdings geht ein großer Teil dieser Instabilität auf gewollte, neue Formen der Lebensgestaltung von Eltern zurück. So ist zum Beispiel ein egoistischer und selbstbezogener Lebensstil zu beobachten: Eltern möchten sich durch Kinder nicht in ihren Lebensspielräumen und persönlichen Entfaltungsmöglichkeiten beeinträchtigen lassen. Starke Konsumorientierung und überzogene Selbstverwirklichungswünsche von Vätern und Müttern behindern ein kindgerechtes und kinderfreundliches Familienleben.
Hinzu kommen objektive Hindernisse und Benachteiligungen vieler Eltern: Arbeitsstrukturen, die familienfeindlich sind und die Bindungen und Kontakte der Familienmitglieder untereinander zumindest nicht fördern, unzureichende Wohn- und Spielmöglichkeiten und zu wenige finanzielle Entlastungen, nicht zu sprechen von finanziellen Anreizen für Eltern und Kinder.

Gewalterfahrungen in der Kindheit – Gewaltanwendung im Erwachsenenalter

Die Ursachenforschung zeigt, daß ein Zusammenhang zwischen Gewalterfahrungen der Kindheit und eigener Gewaltanwendung als Erwachsener besteht, eine Art Kreislauf der Gewalt also. Kinder, die von ihren Eltern mißhandelt wurden oder Gewalthandlungen unter ihren Eltern mit ansehen mußten, tragen ein erhöhtes Risiko, als Erwachsene auch die eigenen Kinder oder ihren Partner körperlich zu mißhandeln. Das Kind lernt also ganz offensichtlich durch das Vorbild der Eltern Muster von Konfliktlösungen und sozial akzeptiertem Verhalten zur Durchsetzung eigener Wünsche gegenüber Mitmenschen. Körperliche Mißhandlung in der Familie hat deswegen eine große Ausstrahlungskraft in verschiedenste Lebensbereiche und deutet auf ein unangemessenes erzieherisches Konfliktlöseverhalten der Eltern hin.

Die Lebensgeschichte der Eltern mit ihren sozialen und emotionalen Erfahrungen in der eigenen Kindheit und insbesondere die Art und Häufigkeit selbst erfahrener Bestrafung – angefangen von psychischen Verletzungen und Kränkungen über das Erleiden von Gewalttätigkeit als eines Mittels der Konfliktlösung bis hin zum Erleben von Ohnmacht und Abhängigkeit, Feindseligkeit und Unterdrückung – wirken sich auf die Beziehung zu den Kindern aus und führen zu einer »sozialen Vererbung« von Gewalt.

Erziehungsfähigkeit der Eltern stärken

Die körperlich mißhandelten Kinder zeigen gemeinsame Merkmale: Sie sind häufig ungeplante und unerwünschte Kinder, die die Lebensperspektiven, die Zukunftshoffnungen und die Berufspläne der Eltern irritieren. Schon die Schwangerschaft verläuft mit schweren Komplikationen, die Kinder sind häufig schwierig, schreien viel, haben Eß- und Schlafstörungen, sind zu lebhaft, unruhig, hyperaktiv oder oft krank; mit anderen Worten, sie entsprechen nicht den Erwartungen, Vorstellungen und Hoffnungen ihrer Eltern. Dadurch fallen sie ihnen natürlich zur Last und engen noch mehr als durch ihre bloße Existenz die Handlungs-

spielräume, Lebensperspektiven, Zeit- und Geldressourcen der Eltern ein (Petermann 1993).
Erschwerend kommt hinzu, daß es in vielen Familien, wenn überhaupt, dann nur starre Regeln des Zusammenlebens gibt und starre Formen der Verteilung von Aufgaben, Rechten und Pflichten sowie kein offenes Aushandeln von Wünschen und Bedürfnissen. Statt dessen gibt es Beziehungs- und Gefühlsambivalenzen, Liebes- und Haßbekundungen, Wutausbrüche und Versöhnungsgesten, Nähe und Distanz, Macht und Unterwerfung.
Bei der Auseinandersetzung mit körperlicher und sexueller Gewalt muß in der Familien- und Sozialpolitik verstärkt der Tatsache Rechnung getragen werden, daß beides Gewaltanwendungen sind, die ein Anzeichen für die Krise der Familie als eines Systems des Zusammenlebens sind. In den meisten Fällen sind Kindesmißhandlung und sexuelle Gewalt Symptome für das Zusammenwirken verschiedener Belastungen, für deren konstruktive Bewältigung den Mitgliedern des Systems Familie keine ausreichenden Ressourcen zur Verfügung stehen.

Familientherapeutische Hilfen

Eine familienunterstützende Erziehung und Betreuung ist gefordert! Die klein gewordene und sozial krisenanfällige Familie muß sehr viel flexibler, als es heute geschieht, in ein Netz von nachbarschaftlichen Bezügen, von Selbsthilfekontakten, von Haushaltshilfen und vor allem von Betreuungseinrichtungen für Kinder einbezogen werden.
Ein wirksamer Schutz des Kindes und eine angemessene Berücksichtigung seiner Entwicklungsinteressen erfordern konsequenterweise ein Hilfsangebot an die ganze Familie. Eine solche Hilfe stellt die familientherapeutische Beratung dar. Sie ist nicht sanktionsorientiert und arbeitet mit dem Einverständnis der ganzen Familie. Eine Variante der familientherapeutischen Hilfe ist die systemische Familientherapie. Sie ermöglicht nicht nur dem »Opfer,« sich vertrauensvoll in Behandlung zu begeben, sondern auch dem »Täter«, denn als systemorientierte Therapie stellt sie die »zirkulären dynamischen Prozesse« innerhalb der Familie in den

Mittelpunkt und konstruiert keine kausalen Zusammenhänge: Das Verhalten aller Familienmitglieder ist aufeinander bezogen, und die Beeinflussungsbeziehungen zwischen den Familienmitgliedern werden im Sinne der Systemtheorie als »transaktionale Wechselbeziehungen« gesehen (Petzold 1992).
Das theoretische Konzept, das hinter der systemischen Familientherapie steckt, ist ein kybernetisches, das heißt, daß ein bestimmtes Verhalten einer Person nicht nur Auswirkungen auf andere hat, sondern über deren reaktives Verhalten und über indirekte Rückmeldeprozesse selbst wieder das Verhalten der Person beeinflußt. Der Begriff der Homöostase steht im Zentrum der kybernetischen Systemtheorie, und angewandt auf die Familie bedeutet er, daß immer neue Beziehungsstrukturen zwischen den einzelnen Familienmitgliedern entstehen, die einem Gleichgewicht entgegenstreben, das jedoch immer wieder von neuem ausbalanciert werden muß.
Die systemische Familientherapie setzt anstelle des Schuldbegriffs den der Verantwortung. Während der erste eine Überbetonung von Defiziten, Verletzungen und Kränkungen enthält und dadurch die Konzentration auf Veränderung und Entwicklung erschwert, ist der zweite zukunftsbezogen und ressourcenorientiert (Levold und Mitarbeiter 1993).

Soziale und ökonomische Hilfen

Zu einer familientherapeutischen Beratung müssen in vielen Fällen noch andere Hilfen hinzukommen, zum Beispiel soziale und ökonomische. Das Hilfsangebot sollte die Möglichkeit einer unbürokratischen Unterbringungsmöglichkeit auf Zeit beinhalten. Diese Konzeption der Hilfe bei Kindesmißhandlung bestreitet nicht die Möglichkeit, in manchen Fällen auch eine endgültige Trennung des mißhandelten Kindes von den Eltern durchzusetzen. Sie fordert aber auch, daß diese Entscheidung aus der genauen Kenntnis der Problemlage einer Familie erfolgen muß und nicht aus der Logik unzureichend ausgestatteter sozialer Dienste.
Die Familie als Institution der Kindererziehung braucht dringend mehr öffentliche Unterstützung. Eine wachsende Zahl von Eltern

– noch ist es eine Minderheit, aber sie kann rasch zur Mehrheit werden – ist bei uns sozial zu sehr alleingestellt, isoliert und finanziell zu wenig abgesichert. Für die schnell anwachsende Zahl von Ein-Eltern-Familien und die Familien mit zwei berufstätigen Eltern fehlt es an flexibler, zuverlässiger und preisgünstiger praktischer Unterstützung durch Tagesmütter, Haushaltshilfen, Kinderhorte, Kindergärten und Ganztagsschulen, aber auch an unkompliziert ansprechbaren psychologischen Beratungsstellen. Kinder und Jugendliche selbst brauchen leicht erreichbare Kontaktstellen für direkte Hilfe und Beratung in Belastungs- und Krisensituationen. Schule und Jugendhilfe sind gefordert, sich verstärkt auf ihre erzieherischen und pädagogischen Aufgaben zu besinnen, die durch die Schwächung der Erziehungsleistungen vieler Familien immer wichtiger werden.

Die kindgerechte Ausgestaltung der räumlichen Umwelt ist von höchster Dringlichkeit. Unsere Gesellschaft, materiell eine der reichsten der Welt, kann es sich nicht leisten, daß ein so großer Anteil von Kindern und Jugendlichen ungünstige bis verhängnisvolle Entwicklungsbedingungen erfährt. Die Konsequenzen bekommen nicht nur die mißhandelten und vernachlässigten Kinder zu spüren, sondern wir alle.

Durch die hohe Scheidungsziffer (35 Prozent aller einmal geschlossenen Ehen), ein Anwachsen der Zahl alleinerziehender Eltern (heute schon fast 20 Prozent aller Familien mit Kindern) und eine Zunahme der Zahl der Familien mit Kindern, in denen sowohl Väter als auch Mütter einer außerhäuslichen Erwerbstätigkeit nachgehen (rund 40 Prozent aller Familien), ist der Bedarf an Kinderkrippen, Tagespflegestellen, Tagesmüttern, Kindergärten, Horten und Ganztagsschulen stark gewachsen. Tatsächlich werden heute aber nur für drei Prozent der unter Sechsjährigen und vier Prozent der Kinder im Grundschulalter Ganztagsplätze angeboten. Der Bedarf wird von den zuständigen politischen Gremien nur widerwillig anerkannt, obwohl erst vor kurzem in einer Expertise für das Bundesministerium für Bildung und Wissenschaft ein dringlicher Bedarf von 40 Prozent Ganztagsplätzen im Grundschulalter festgestellt und vom Bundestag 1993 ein grundsätzliches »Recht auf den Kindergartenplatz« beschlossen wurde.

Recht auf einen Kindergartenplatz und Notwendigkeit der Einrichtung von mehr Kinderkrippen

Wer den Wunsch vieler Eltern, ob erwerbstätig oder nicht, auf spürbare häusliche Unterstützung oder auf gute außerhäusliche Kinderbetreuung als eigennütziges Verhalten abstempelt, hat die Zeichen der Zeit nicht erkannt. Kindererziehung wird in Deutschland immer noch als »Privatsache« verstanden. Sowohl die finanziellen Belastungen als auch die sozialen Verantwortlichkeiten werden allein den Eltern, meist den Müttern, aufgebürdet. Es wird höchste Zeit, Kindererziehung als eine öffentliche Angelegenheit zu verstehen, als die wichtigste Investition unserer Gesellschaft in die Zukunft. Die Bundesregierung hat in diesem Bereich einen deutlichen Nachholbedarf im Vergleich zu anderen europäischen Ländern.

Am Beispiel der westdeutschen Großstadt Köln hat kürzlich eine Elterninitiative deutlich gemacht, daß zwei Prozent der bis dreijährigen Kinder berufstätiger Mütter in Tageseinrichtungen untergebracht sind. Noch einmal zwei Prozent werden von jugendamtlich genehmigten Tagesmüttern versorgt, etwa sechs Prozent von Großeltern. Der Rest muß sich auf eigene Faust helfen, wodurch teilweise ein grauer Markt von Babysitterdiensten und Aufpassern entstanden ist. Obwohl die Versorgungssituation so katastrophal ist, bilden sich erst zaghaft Elterninitiativen und setzen zum Protest an, denn die Unterbringung des kleinen Kindes unter drei Jahren außerhalb der Familie gilt bei uns weiterhin als Tabu. Mächtige gesellschaftliche Institutionen wettern immer wieder gegen die Kinderkrippen, ohne eine detaillierte Abschätzung der tatsächlichen Notwendigkeit der Versorgung vorzunehmen.

Es wird höchste Zeit, das Thema der Kinderkrippen in die öffentliche Diskussion einzubeziehen. Dabei kann sehr wohl über anspruchsvolle Maßstäbe für die Betreuung der Kinder außerhalb der Familie geredet werden. Das heutige moralisierende Verdrängen der Probleme hilft aber niemandem weiter. In den meisten anderen Ländern in unserer Nachbarschaft ist der Anteil von Kindern in Krippen viel höher als bei uns in Deutschland: In Schweden etwa werden 20 Prozent, in Frankreich 24 Prozent, in Dänemark 30 Prozent der Kleinstkinder unter drei Jahren in Krippen betreut.

Selbst Spanien, Portugal und Italien liegen in der Baby-Fremdbetreuung noch vor der Bundesrepublik. Die USA kommen auf 20 Prozent Kleinstkinderbetreuung außerhalb der Familie.
Immer wieder wird behauptet, daß Mütter, die ihre Kinder in Kinderkrippen schicken, ihrer Verantwortung nicht gerecht würden. Obendrein würden die Kinder öfter krank und seien seelisch gestört. Seriöse wissenschaftliche Studien können diese Daten nicht belegen. Auch sind keine Untersuchungen bekannt, wonach die Kinder in den oben genannten Ländern weniger gesund oder gestörter seien als bei uns.
In den neuen Bundesländern waren es bis zur politischen Wende und Wiedervereinigung mehr als die Hälfte der Kinder, die in Krippen untergebracht waren. Auch wenn man berücksichtigt, daß die Ostkrippen nach weit autoritäreren Prinzipien verfuhren als bei uns und meist auch viel zu viele Kinder in den einzelnen Gruppen waren, so wird doch keiner behaupten, daß diese Kinder einen seelischen Schaden davon getragen hätten. Die moralische Verurteilung einer Kinderkrippen- und Kinderhorterziehung muß der sachgerechten Beurteilung einer öffentlichen Erziehung weichen, die sich bemüht, Kinder altersgerecht und individuell zu betreuen, und die tatsächlichen Probleme der Eltern mit Kindern ernst nimmt.

3.

Gewalt in der Schule

Viele Kinder kommen bereits aggressionsgeladen in die Schule. Es wäre deshalb ungerecht, die Schule für die Gewalt verantwortlich zu machen, die wir heute beobachten. Ob Gewalt in der Schule wirklich nach Häufigkeit und Ausmaß zugenommen hat, ist schwer zu ermitteln. Aufgrund von Fallstudien und schulpsychologischer Arbeit »vor Ort« beobachten wir einen Trend, den viele Praktikerinnen und Praktiker bestätigen: Die Formen von körperlichen, seelischen und sexuellen Übergriffen haben sich bei einer (noch) kleinen Gruppe von Schülerinnen und Schülern intensiviert. Diese Kinder werden immer skrupelloser und brutaler. Sie schlagen und treten, auch wenn das Opfer schon kampfunfähig am Boden liegt. Diese jungen Täter kennen keinen »Ehrenkodex« mehr, der die Opfer noch bis vor kurzem vor grenzenloser Brutalität schützte. Es fällt auf, wie wenig Mitgefühl sie mit den Opfern zeigen. Das Verhalten dieser Schülerinnen und Schüler – darunter auch sehr junge – macht viele Lehrerinnen und Lehrer ratlos und hilflos.

Wie äußert sich Gewalt in der Schule?

Gewalt im vorschulischen Bereich

Schon in Tageseinrichtungen, Horten und Kindergärten werden in den letzten Jahren vermehrt Aggressionen beobachtet. Eine Umfrage des Landesjugendamtes Nordrhein-Westfalen ergab 1993 folgenden Trend: Die Mitarbeiterinnen und Mitarbeiter beobachten, daß immer mehr Kinder versuchen, Konflikte mit Gewalt zu lösen. Dabei hat die Menge von mitgebrachtem »Gewaltspielzeug« (Pistolen, Peitschen, Stöcke) zugenommen. Eine besonders beliebte Beschäftigung ist das Nachspielen von Gewaltszenen, die tags zuvor im Fernsehen gezeigt worden sind. Schon die kleinen Kinder lassen immer seltener eine realistische Einschätzung der gefährli-

chen Folgen ihrer Handlungen erkennen. Gewalt wird auch dann noch ausgeübt, wenn der andere bereits besiegt und das Ziel der Handlung schon erreicht ist.
Weiterhin wird eine zunehmende Anwendung von psychischem Druck in den Kindergärten beobachtet. Der Schwächere wird dabei durch Einschüchterungen und Drohungen zum Unterlegenen gemacht, oder ihm wird der Ausschluß aus der sozialen Gruppe angedroht. Viele – und vor allem auch schon jüngere – Kinder verlieren die Hemmungen zur Anwendung von Gewalt und haben oft auch kein Gefühl mehr dafür, daß sie anderen Schmerzen zufügen. Sie schlagen in ihrem Zorn blindlings zu, egal wohin sie treffen.
Mit dem Ansteigen der Aggressionshandlungen wird auch eine Sprachveränderung festgestellt. Viele Kindergärtnerinnen berichten über die Zunahme einer verrohenden Sprache, die häufig in verbale Aggressionen umschlägt. In Streitfällen steht die Anwendung von Gewalt oft in keinem Verhältnis zum kleinen Anlaß, und die meisten körperlichen Verletzungen geschehen in einem Zustand blinder Wut. Für Kindergärtnerinnen gehören Beispiele wie diese zum Erziehungsalltag:

Sebastian ist vier Jahre alt. Er ist seit einem halben Jahr im Kindergarten und ist ein verschlossenes Kind. Er nimmt kaum Kontakt mit anderen auf. Sobald er morgens in den Kindergarten kommt, läuft er in die Bauecke, besetzt diese und läßt kein anderes Kind dazukommen. Er baut intensiv und phantasiereich. Täglich muß die Kindergärtnerin ihn dazu überreden, auch andere Kinder mitspielen zu lassen. Doch dies geht nicht lange gut. Schon nach wenigen Minuten gibt es Geschrei. Sebastian kann es nicht ertragen, daß andere Kinder mit »seinen« Bauklötzen spielen. Sein Besitzanspruch erstreckt sich auf das gesamte Spielmaterial der Bauecke.
Wenn ein Kind aus Versehen an seinen Turm stößt oder zu einem Bauklotz greift, den sich Sebastian gerade ausgesucht hat, dann explodiert Sebastian. Er schlägt blind vor Wut zu und stürzt sich mit seinem ganzen Körper auf das Kind. Ihm ist es völlig egal, ob das von ihm mit soviel Sorgfalt Gebaute restlos zusammenfällt. Eine große Rangelei ist im Gange,

Sebastian ist nur mit Mühe von dem anderen Kind zu trennen. Er stößt, spuckt und tritt in seiner Wut auch noch die Kindergärtnerinnen.

Was sich verändert hat, ist demnach nicht so sehr das Ausmaß von Aggression und Gewalt bei allen Kindern, sondern die Intensität von Gewalt bei einer (noch) kleinen Anzahl von Kindern. Wo früher in einer Kindergartengruppe von 25 Kindern insgesamt drei aggressive und verhaltensauffällige anzutreffen waren, sind es heute fünf bis sechs. Die Aggressivität dieser Minderheit strahlt aber zunehmend auf die Mehrheit aus.
In den Augen der befragten Kindergärtnerinnen liegen die wichtigsten negativen Einflüsse in der familiären Sozialisation, im Einfluß der Massenmedien und im Freizeitbereich. Durch inkonsequente, aggressive, verwöhnende, überbehütende und auch überfordernde Erziehung des Kindes und durch besondere Belastungen der Eltern wie Straffälligkeit, Suchtabhängigkeit und Arbeitslosigkeit werden nach ihren Beobachtungen Eltern zu Verursachern für störende und auffällige Verhaltensweisen bei den Kindern. Eine permanente Verwöhnung und das fehlende Lernen von Verzicht auf unmittelbare Bedürfnisse und Interessen führen bei vielen Kindern zu einer egozentrischen Haltung, die mit einer Störung des Gefühlslebens verbunden ist. Nach den Einschätzungen der Kindergärtnerinnen ist es vor allem die Minderheit der Kinder, der die Bereitschaft und die Fähigkeit fehlt, sich in die Lage anderer zu versetzen und deren Wünsche und Interessen überhaupt nur wahrzunehmen.

Gewalt im schulischen Bereich

Die Erscheinungsformen von Gewalt in der Schule reichen von Disziplinlosigkeit im Unterricht, verbalen und physischen Attacken gegenüber Lehrern und Mitschülern, Regelverletzungen, Schulschwänzen, Zerstören von Schuleigentum (Vandalismus), Diebstahl, Raub und Erpressung bis hin zu Auseinandersetzungen zwischen rivalisierenden Jugendgangs und Schlägereien mit ausländischen Jugendlichen. Viele Schüler und vor allem Schülerinnen haben Angst, selbst Opfer von Gewalt zu werden. Lehrer/innen berichten von einer zunehmenden Bewaffnung. Es werden Schreckschußpistolen, Reizgas, Messer und Schlagringe mit in die Schule gebracht, und das Erlernen von Kampfsportarten wird immer beliebter.

Das Thema »Schule und Gewalt« wird in den letzten Jahren vermehrt unter dem Gesichtspunkt der körperlichen Gewalt, die von Schülern ausgeht, und zwar als Gewalt gegen Sachen (Beschädigung von Schuleigentum), als Gewalt von Schülern gegen Schüler (Randale, Revierkämpfe, Terror) und als Gewalt von Schülern gegen Lehrer, diskutiert. Die in den siebziger und achtziger Jahren intensiv diskutierte »strukturelle Gewalt« der Schule, die sich aus der institutionellen Notwendigkeit ergibt, Beurteilungen auszusprechen und damit Chancen zu verteilen, sollte hierüber aber nicht vergessen werden, denn in der Schule geht es nun einmal auch um Ausübung von Macht und Herrschaft, um Abhängigkeiten und um hierarchische Strukturen.

Wieviel Gewalt geschieht in der Schule?

Offizielle Statistiken der Polizei haben hier nur wenig Aussagekraft. Vieles, was in der Schule an Gewalt und Aggression passiert, erreicht die Polizeibehörden gar nicht, wird nicht gemeldet und auch nicht als »krimineller« Akt definiert. Gewalttätigkeiten gegen Personen in der Schule bleiben der Polizei meistens verborgen; und Prügeleien unter Schülern werden nur angezeigt, wenn Eltern darauf drängen oder wenn die Schulleitung sich besonders machtlos gegenüber den Tätern fühlt. Verwüstungen und Beschädigungen von Schuleigentum erfüllen zwar oftmals den juristischen Tatbestand der Sachbeschädigung, werden aber dennoch zum Schutz der kindlichen und jugendlichen Täter schulintern oder unter Einschaltung der Versicherung der Eltern geregelt, ohne daß es zu einer offiziellen Anzeige kommt.

Auch Versicherungsstatistiken erfassen nicht zuverlässig Veränderungen im Verhaltensbereich von Schülern, denn die Beziehungen zwischen Schülern, Eltern und Lehrern sind zunehmend »verrechtlicht«, und es werden immer mehr abweichende Verhaltensweisen von Schülern über die Versicherungen »abgewickelt« und

weniger über pädagogische Interventionen geklärt. Beispiele dafür sind zerbrochene Fensterscheiben, demoliertes Schul- und Klassenmobiliar. Die apparative Ausstattung in den Klassen (Overhead- und Diaprojektoren, Fernseh- und Videogeräte) ist wesentlich kostspieliger als früher und auch anfälliger für Reparaturen geworden, so daß deutlich höhere Kosten bei der Reparatur und Schadensbeseitigung anfallen. Oft müssen schulexterne Reparaturdienste beauftragt werden, was zur Steigerung der Kosten bei der Schadensregulierung führt. Der schlichte Verschleiß von Apparaten kann ohne viel Mühe zur Beschädigung umdefiniert werden, so daß auch aus diesem Grunde die Schadenssummen erhöht wirken. Von den in den letzten Jahren erheblich gestiegenen Reparaturkosten auf eine Zunahme von Gewalt in der Schule zu schließen ist deshalb nicht gerechtfertigt.
Zur Einschätzung der Gewalthäufigkeit in der Schule sind wir also auf Befragungen von Schülern und Lehrern angewiesen. Einige aussagekräftige empirische Untersuchungen entstanden Mitte der achtziger Jahre (Holtappels 1985; Klockhaus/Habermann-Morbey 1986). Sie beziehen sich auf die alte Bundesrepublik und bringen daher nur eingeschränkt einen Erkenntnisgewinn über die aktuellen Gewalterscheinungen der neunziger Jahre. Das gilt auch für das umfangreiche Endgutachten der Unabhängigen Regierungskommission zur Verhinderung und Bekämpfung von Gewalt (Gewaltkommission) (Schwind/Baumann und Mitarbeiter 1990).
Die jüngsten schulbezogenen Studien stammen von Dettenborn (1993), Ferstl und Mitarbeitern (1993), Niebel und Mitarbeitern (1993), Hurrelmann (1993), Hurrelmann/Freitag (1993) und Harnischmacher (1994).
Die Befragung von Hans Dettenborn bezog sich auf über 2500 Schüler/innen an Berliner Schulen. Dabei bejahten 72 Prozent die Frage, ob ihnen Gewalt in der Schule sehr viele Gedanken und Sorgen bereite, und 26 Prozent gaben an, daß sie Gegenstände zu ihrer Verteidigung bei sich trügen. Als Ursachen für Gewaltanwendungen wurden in dieser Studie vor allem Frustrationserlebnisse im schulischen Bereich und in einem gestörten Selbstwertgefühl gesehen.
Die Studie von Reiner Ferstl und Mitarbeitern berücksichtigt die seit 1990 in verschiedenen Stadtregionen durchgeführten schrift-

lichen Befragungen von Schulämtern (Frankfurt, Hamburg, Nürnberg) und führt eine eigene Erhebung an schleswig-holsteinischen Schulen durch. Es wurden 1200 Schüler, 550 Lehrer und 630 Eltern befragt. Dreißig Prozent der befragten Lehrer/innen vermerkten eine Zunahme der Gewalt an Schulen. An der Spitze der Nennungen steht in dieser Erhebung die Verrohung des Umgangstons und das Verächtlichmachen und Herabsetzen von Mitschülern und Mitschülerinnen. Vierzehn Prozent der Schüler gaben an, oft bis sehr oft in tätliche Auseinandersetzungen verwickelt zu sein. In erster Linie handelt es sich um Faust- und Ringkämpfe, die zum Teil auch als Kraftproben pubertierender Jugendlicher gewertet werden können. Sieben Prozent der Schüler geben allerdings an, auch Waffen oder waffenähnliche Gegenstände bei Auseinandersetzungen zu verwenden. Fast ein Viertel aller Schüler weist auf das Vorhandensein von Banden und die Beteiligung von Banden an Gewalttätigkeiten in der Schule hin. Risikoorte für die Auseinandersetzung sind vor allem Schulhöfe, aber auch Korridore, Klassenzimmer und Schulwege. Die Pausenzeiten zeigen eindeutig das höchste Risiko, gefolgt von den Zeiten vor Schulbeginn und nach Schulende.

Niebel und Mitarbeiter gelangen in ihrer Untersuchung an schleswig-holsteinischen Schulen zu dem Ergebnis, daß nur eine Minderheit von Schulen tatsächlich eine nennenswerte Zunahme von Gewalt aufweisen könne, daß allerdings die Formen der Gewalt überwiegend psychologischer Natur seien und eine Verrohung der sozialen Verhaltensweisen beinhalten würden.

Dies stützt auch unsere Einschätzung, daß von einer Zunahme aggressiver und gewaltförmiger Handlungen »auf breiter Front« wohl nicht gesprochen werden kann, daß es jedoch dennoch eine Minderheit erheblich problembelasteter Schüler gibt, die zur Gewalt neigen.

In einer repräsentativ angelegten Untersuchung haben wir (Hurrelmann/Freitag 1993) in den Großstadtgebieten von Essen und Osnabrück eine Bestandsaufnahme von Aggression und Gewalt im Bereich der Sekundarstufe vorgenommen. Die Jugendlichen wurden unter Wahrung ihrer Anonymität gefragt, in welchem Ausmaß sie schon Täter und Opfer von Gewalthandlungen in der Schule gewesen seien. Wir haben zunächst die Frage gestellt: »Manchmal kommt es vor, daß Schülerinnen und Schüler von anderen gehänselt werden: Man macht sich über jemanden lustig, sagt unfreundliche Sachen, prügelt auf jemanden ein. Hast Du bei solchen Aktionen schon mitgemacht? Denke bitte an das letzte Schuljahr.« 28 Prozent der befragten Schülerinnen und Schüler gaben an, noch nie als Täter aufgetreten zu sein, 66 Prozent gaben gelegentliche und 6 Prozent regelmäßige Aggressionen zu. Offensichtlich haben wir es im Durchschnitt mit einer kleinen Zahl von aggressiven Schülerinnen und Schülern zu tun, die aber durch intensive und dauerhafte aggressive Handlungen auffallen.

Aus anderen Studien ist eine Gewaltbelastung insbesondere von städtischen Schulregionen abzulesen. Ein Bericht über das Gewaltpotential an Schulen in Großstädten wird von Harnischmacher (1994) vorgelegt. Er hat 1400 Fragebogen von Schülern und Schülerinnen und 100 von Lehrern und Lehrerinnen im Großstadtgebiet Köln ausgewertet. 20 Prozent der Jugendlichen hatten in den letzten Wochen des öfteren Gewalt erlebt. Dabei wurde der Schulhof als der überwiegende Tatort angegeben (44 Prozent), gefolgt vom Schulweg (33 Prozent), dem Klassenraum (22 Prozent) und anderen Räumen des Schulgebäudes. Von den Jugendlichen, die nach ihren eigenen Angaben häufig angegriffen wurden, erlebte etwa die Hälfte eine Attacke durch eine Einzelperson, die andere Hälfte durch eine Gruppe von Tätern.

Von den Gewaltopfern gaben fast 22 Prozent an, daß die Täter Waffen eingesetzt hätten: Messer, Gaspistolen, Tränengas, Schlagringe und Totschläger. In Kategorien der polizeilichen Kriminalstatistik handelt es sich hier um Fälle von Nötigung, Erpressung, Körperverletzung und Raubdelikte. Erpreßt wurden vorwiegend Geld, Kleidungsstücke, Schulutensilien. Von den 1400 Kölner Schüler/innen antworteten 27 Prozent der Jungen und 10 Prozent der Mädchen, zur Abwehr und Verteidigung Waffen bei sich zu tragen. An erster Stelle stehen Messer bei den Jungen (40 Prozent) und Tränengas bei den Mädchen (18 Prozent). Fast ein Drittel aller Schüler/innen gab an, den Schulweg als unsicher zu empfinden. Nach der Kölner Untersuchung waren Hauptschüler deutlich mehr von Gewalt in der Schule betroffen als Schüler anderer Schulformen; ein Ergebnis, das sich auch mit dem der Gewaltkommission deckt (Schwind/Baumann und Mitarbeiter 1990).

Die Kölner Lehrerbefragung ergab, daß über 20 Prozent der Befragten täglich Gewalthandlungen in der Schule beobachteten. Dabei wurde das Ausmaß der Gewalt von Lehrerinnen höher eingeschätzt als von Lehrern. Es zeigten sich wiederum erhebliche Unterschiede zwischen den Schulformen, wobei die Hauptschulen die höchsten Werte von Gewalthandlungen verzeichneten. Insgesamt sprachen jedoch nur vier Prozent der Lehrer/innen von Angriffen von Schülern auf Lehrer.
Aggression und Gewalt in der Schule sind vor allem ein Jungenproblem. Jungen sind häufiger Täter als Mädchen. Fast zehn Prozent der Jungen, aber nur vier Prozent der Mädchen gaben sehr häufige Aggressions- und Gewalthandlungen zu. Viele der Täter waren leistungsmäßig sehr schwache Schüler, die durch die Aggressivitätshandlungen auf sich aufmerksam machen wollten. Viele hatten andere Probleme, anerkannt zu werden. Auch unter den Opfern sind die Jungen deutlich stärker vertreten. Die Untersuchungsergebnisse bestätigen schon bisher bekannte Trends: Mädchen reagieren auf Anspannungen und Belastungen (insbesondere Mißerfolgserlebnisse) in der Schule im Durchschnitt sehr viel stärker mit nach innen gerichteten Aggressionen bis hin zu psychosomatischen Beschwerden und Depressionen. Jungen tragen Belastungen im Durchschnitt viel stärker nach außen und verhalten sich gegenüber ihrer Umwelt aggressiv. Oft gewinnen sie damit sehr große Aufmerksamkeit. Dieser sozialpsychologische Mechanismus zeigt die tiefer liegende Funktion der Aggressions- und Gewalthandlungen: Es sind häufig Versuche, Anerkennung zu gewinnen, nachdem dies auf anderem Wege nicht erreicht werden konnte.
Wenn Schüler Waffen mit in die Schule nehmen, bagatellisieren und verharmlosen sie dies:

Tim, ein sechzehnjähriger Realschüler, nimmt täglich eine Waffe, sein Taschenmesser, mit in die Schule, obwohl dies verboten ist. Sein Schulleiter hat es ihm schon so manches Mal versucht abzunehmen, aber Tim hat dann immer irgendeine fadenscheinige Entschuldigung parat, wie zum Beispiel: »Ich brauche das Messer, um meinen Apfel schälen zu können.«

In Wahrheit nimmt er das Messer mit in die Schule, weil er sich einfach »sicherer fühlt« und »für alle Fälle gewappnet« sein will. Dies ist eine ganz gängige Entschuldigung vieler Jugendlicher, nämlich daß sie eine Waffe nur zu ihrem Schutz mit in die Schule bringen würden. Niemand gibt von sich aus zu, daß er sie als erster einsetzen würde oder daß er damit bewußt die anderen in Angst und Schrecken versetzen möchte.
Die Opfer von Gewalt sind häufig »sensible« und ängstliche Kinder, die wenig Selbstvertrauen besitzen und von den anderen gehänselt werden:

Helmut, ein elfjähriger, blasser und körperlich schmächtiger Hauptschüler, geht seit einigen Tagen nicht mehr zur Schule. Er wird von den Lehrern als »Schulverweigerer« angesehen und wird von ihnen in die schulpsychologische Beratungsstelle geschickt. Helmut gibt zunächst heftige Bauchschmerzen als Begründung an, warum er nicht in die Schule geht.
Erst nach mehreren Beratungsgesprächen rückt er mit der Sprache heraus. Sein bester Freund hat sich total von ihm abgewandt und hält nun zur gegnerischen Clique. Bislang stand er immer auf seiner Seite und hat ihn beschützt. Helmut fürchtet Schlägereien und Hänseleien und weiß sich nicht zu wehren. Er fährt extra einen Bus später, um ganz sicher zu sein, daß die anderen schon in der Schule sind. Dafür riskiert er den Tadel der Lehrer, wenn er zu spät kommt. Aber in den letzten Tagen traut er sich gar nicht mehr zur Schule.

So wie Helmut geht es vielen Jugendlichen in der Schule. Ihr vermeintliches »Schulschwänzen« hat oft ganz plausible Gründe, und sehr häufig finden sich Angst, Unsicherheit und das Gefühl, von den anderen ausgeschlossen zu sein. Wir wissen, daß in der Schule oft das harte Gesetz des Stärkeren herrscht und daß Schwächere oft keine Chance haben. Eine Beratungserfahrung ist aber auch, daß manche Jugendliche nicht immer ganz unschuldig sind an ihrem »Opfer-Dasein« und daß sie unbewußt durch ihr Verhalten oft selbst die Aggressionen auf sich ziehen.

Sexistische Gewalt in der Schule

Sexistische Gewalt drückt sich vorwiegend in körperlicher und verbaler Gewalt von Jungen gegenüber Mädchen aus. Mädchen werden in der Schule durch Worte beleidigt und diffamiert und sind sexuellen Anspielungen ausgesetzt. Eine vielleicht harmlose Variante, ein Spiel, das besonders von Jungen in der Grundschule bevorzugt wird, ist das »Rock hochheben« bei den Mädchen, aber hier deutet sich schon eine Art der sexuellen Machtausübung an, die bei älteren Schülern dann andere und nicht mehr harmlose Formen annimmt. Mädchen werden an intimen Körperbereichen berührt und attackiert mit der eindeutigen Absicht, ihre körperliche Unversehrtheit zu verletzen. Mädchen werden zu sexuellen Handlungen bis hin zum Geschlechtsverkehr genötigt.

Eine neunte Hauptschulklasse hatte sich als Ziel der Klassenfahrt Hamburg ausgesucht und sich insgeheim schon auf einen Besuch der Reeperbahn gefreut. Was zunächst gedanklich als Spaß begann und dem Neugierverhalten von Jugendlichen zugerechnet werden konnte, entwickelte sich jedoch im Laufe der Klassenfahrt immer zielstrebiger auf sexuelle Handlungen und Übergriffe hin.
Bei einer nächtlichen Einladung auf die Zimmer der Jungen kam es zu gemeinsamem Schmusen und Streicheln, was auch noch von den Mädchen aktiv unterstützt wurde. Den Mädchen war es dann jedoch nicht mehr möglich, die Grenzen zu verdeutlichen und den Jungen eindeutig Einhalt zu gebieten. Die Atmosphäre heizte sich sehr schnell auf, und unter Johlen und Anfeuern einiger Jungen kam es dann zum ausgeführten Geschlechtsverkehr zwischen einem Jungen und einem sich vergeblich wehrenden Mädchen.

Wenn dieses Beispiel auch eine Extremvariante sexueller Übergriffe in der Schule und während einer schulischen Veranstaltung darstellt, so ist es nicht nur ein deutliches Zeichen für die Verrohung der Beziehungen zwischen den Geschlechtern, sondern vor allem für eine Machtausübung, einseitig praktiziert vom Mann gegenüber der Frau.

Wie ist diese Situation zu interpretieren? Zeigen sich hier womöglich Spuren einer Verunsicherung der Männerrolle? Eine solche Hypothese ist deshalb plausibel, weil zweifellos die traditionelle Rolle der Männer mehr und mehr hinterfragt wird, nicht zuletzt auch von einigen Männern selbst.
Mannsein ist nicht mehr nur verbunden mit Vorherrschaft und körperlicher Stärke, sondern auch mit Beziehungsfähigkeit und Zeigen von Gefühlen. Die primitiven und teilweise brutalen Aggressionen von Männern gegenüber Frauen – dies zeigt sich auch für den im familialen Bereich auftretenden sexuellen Mißbrauch – können als Versuche angesehen werden, die verlorene Machtposition des Mannes mit »traditionellen Mitteln« zurückzuerobern. In diesem Zusammenhang muß auch die Frage gestellt werden, ob die Entwicklung einer angemessenen Männerrolle für Jungen eventuell dadurch erschwert wird, daß überwiegend Frauen in der Rolle der Erzieher tätig sind und Männer sich aus diesem Bereich »verflüchtigt« haben. Jungen erfahren ein praktisch gelebtes, und leider auch noch traditionelles Männerbild sehr häufig in Familie und Schule sowie über die Medien. Es fehlt ihnen an unmittelbaren sozialen Vorbildern für die Ausgestaltung ihrer Männerrolle. Auf diese Weise ist möglicherweise ihr klischeehaftes und stereotypes Zurückgreifen auf längst überholte männliche Verhaltensmuster zu erklären.

Zusammenfassung der Befunde

Das Ausmaß der Gewalt beunruhigt Schüler und Lehrer. Jüngere Schüler haben vor allem Angst vor älteren; sie fühlen sich in der Schule von den Lehrern nicht besonders geschützt und greifen daher zur Selbstverteidigung. Hänseleien und Schlägereien sind an der Tagesordnung. Der Anteil der tatsächlich sehr gewalttätigen und dauerhaft aggressiven Schüler ist eher gering. Aus der direkten Befragung von Lehrerinnen und Lehrern ergibt sich ein beunruhigenderes Bild über das Ausmaß an Gewalt in der Schule als durch die Schülerbefragung allein. Lehrerinnen und Lehrer berichten von einer größer gewordenen Zahl von extrem schwierigen Kindern und von einer Zunahme brutaler körperlicher Übergriffe auf dem Schul-

gelände. Auch wird von einem Aufschaukeln verbaler Aggressionen berichtet, die teilweise übelste Beschimpfungen, Beleidigungen und Erniedrigungen mit Begriffen aus der Anal- und Fäkalsprache einschließen. Gewalt hat sich in der Schule eingenistet.
Die Hilflosigkeit und Angst ist bei Schülern und Lehrern gleichermaßen angewachsen. »Neue« Erscheinungsformen von Gewalt wie Schutzgelderpressungen, Zunahme von Bewaffnung und Selbstverteidigungsbereitschaft, rechtsextremistisch motivierte Gewalt, Kaltblütigkeit und Brutalisierung gegenüber Schwächeren sowie sexuelle Übergriffe gegen Mädchen alarmieren und beunruhigen Lehrer und Eltern.

Die Schule öffnet Chancen und erzeugt Wettbewerbsdruck

Gewaltäußerungen von Schülern können als Versuche angesehen werden, sich in den institutionellen Gewaltverhältnissen der Schule zu behaupten (Schubarth 1992). Das soll jedoch nicht heißen, daß Anlässe und Ursachen von Gewalthandlungen immer im schulischen Bereich zu suchen seien. Die gewaltfördernden Wirkungen der Schule müssen auch im Zusammenhang und in Wechselwirkung mit anderen Bereichen und Strukturen wie nachlassendem Familienzusammenhalt, Gewaltverherrlichung in den Medien, Auswirkungen der Jugendarbeitslosigkeit und einem Mangel an Zukunftperspektive gesehen werden.

Welche Verantwortung hat die Schule?

Betrachtungsebene 1: Die Schule dauert für Jugendliche heute im Vergleich zur Generation ihrer Eltern erheblich länger. Immer mehr achtzehn- und neunzehnjährige oder gar ältere Jugendliche besuchen schulische Bildungseinrichtungen. Das heißt, daß die Schule im Zeithaushalt eines jungen Menschen bis zum Ende des zweiten

Lebensjahrzehnts das zentrale Lebensfeld geworden ist. Der Schulbesuch ist das vorherrschende Merkmal der Jugendzeit; Jugend- und Schulzeit sind identisch. Was in der Schule passiert, ist deshalb äußerst wichtig für die gesamte persönliche Entwicklung.

Der Besuch derjenigen Schulformen ist enorm angewachsen, die einen hochwertigen Schulabschluß in Aussicht stellen. Realschulen und Gymnasien sind die Gewinner der »Bildungsexpansion«. Sie nehmen heute schon zwei Drittel eines jeden Jahrgangs von Fünftkläßlern auf. Dies bedeutet, daß sehr viele Jugendliche unter einem hohen Erwartungsdruck stehen, die anspruchsvolle, meist sehr theoretisch konzipierte und oft praxisferne Schulausbildung auch erfolgreich abzuschließen. Nervosität und Spannungen in den Beziehungen zu den Eltern sowie Konflikte und offene Auseinandersetzungen sind vorprogrammiert. Enttäuschungen der Eltern, wenn ihre Kinder an den schulischen Anforderungen scheitern, Ablehnung und Zurückweisungen sind die Folge. Für die Kinder bedeutet das meistens zusätzlich zum schulischen Scheitern auch noch familiäre emotionale Belastungen und Frustrationen, die ihre Gewaltbereitschaft begünstigen. Viele Jugendliche erleben diese Situation als brisante Mischung aus Manipulation, Druckausübung und unsicherer Zuwendung.

Die Schule nimmt eine gesellschaftlich wirkungsvolle Definition und Kategorisierung von Leistungserfolg und Leistungsversagen vor, die in dieser Weise in keiner anderen gesellschaftlichen Institution erfolgt, die sich mit Kindern und Jugendlichen beschäftigt, und kontrolliert damit als gesellschaftliche Institution viele soziale und psychische Bedingungen, die aggressives Verhalten und Gewalt hervorrufen können. Die in der Schule wirksam werdende Klassifizierung von Schülern nach Leistung und nach Erfolg und Versagen geschieht im übrigen im Auftrag anderer gesellschaftlicher Instanzen, die ihrerseits die Handlungsbedingungen für Lehrer und Schulleitung festlegen.

Die Kategorisierung als »leistungsschwach« oder »versagend« führt bei den meisten Betroffenen zu einer Verunsicherung des Selbstwertgefühls und einer Minderung späterer sozialer und beruflicher Chancen. Aggressivität und Gewalt bei Schülern und Schülerinnen können als Verteidigungs- und Kompensationsmechanismen gegen diese psychischen und sozialen Verunsicherungen interpretiert werden, die in der Schule entstehen. Schulische Bedingungen können dann um so mehr ein auslösender Faktor von Gewalttätigkeit sein (Rutter und Mitarbeiter 1980), als die Mehrheit der Jugendlichen den primären Sinn des Schulbesuchs in der Vorbereitung auf das Berufsleben sieht und die Schule gerade diese Funktion nicht mehr erfüllt. Für den Eintritt in den Beruf ist zwar das schulische Abschlußzertifikat immer noch zwingende Voraussetzung, aber es liefert weder Gewähr noch Garantie dafür (Mansel/Hurrelmann 1991).

Die Begrenzung ihrer Zukunftsperspektiven nehmen die Jugendlichen auch bereits im Vorfeld des Statusübergangs, das heißt noch während der Pflichtschulzeit, wahr. Hinzu kommt, daß Schule in ihrer jetzigen Ausprägung wenig zur Bewältigung aktueller persönlicher Entwicklungsaufgaben beiträgt und individuelle Bedürfnissse und Interessen der Schüler/innen nur höchst unvollkommen befriedigt (Hurrelmann 1988). Gerade weil bei den gegenwärtig überwiegenden Lern- und Lehrformen von den Schülerinnen und Schülern kaum ein praktischer Anwendungsbezug hergestellt werden kann, ist die Schule als eine Instanz zu sehen, die die Kinder und Jugendlichen eher von sinnvolleren und effektiveren Tätigkeiten abhält und sie in ihrer Selbstverwirklichung und der Entfaltung ihrer subjektiven Möglichkeiten, Fähigkeiten und Fertigkeiten behindert. Dies gilt besonders dann, wenn Jugendliche eine bestimmte Schule besuchen, weil die Eltern es von ihnen erwarten. Eine solche Situation stellt den Nährboden für die Gewaltbereitschaft der Jugendlichen dar.

Betrachtungsebene 2: Die Schule spiegelt gesellschaftliche Struktur- und Chancenbedingungen wider, die sie als Institution selbst nicht beeinflussen kann. Die Ausgangsbedingungen für die Entstehung von Aggressivität und Gewalt werden in den außerschulischen Lebenskontexten gelegt und können von der Institution Schule nur schwer verändert und beeinflußt werden. Das gilt besonders für die intellektuelle Leistungsfähigkeit der Kinder und Jugendlichen und die soziale Anpassungsbereitschaft an die schulischen Bedingungen. Viele Familien sind heute in eine Existenzkrise geraten und »produzieren« psychisch labile, sozial oft irritierte und verwahrloste, teilweise auch erheblich vernachlässigte und oftmals mißhandelte Schulkinder.

Ausgangspunkt dieser Betrachtung des Gewaltpotentials bei Schülern ist also nicht die Schule selbst, sondern der familiale und ökonomisch-sozialstrukturelle Kontext der Schule. Der Außendruck auf die Schüler ist sehr stark, die Erwartungen der Eltern beziehen sich zumindest auf einen mittleren Abschluß. Trotz guter Leistungen in der Schule ist nicht sichergestellt, daß Jugendliche die Möglichkeit haben, einen Beruf auszuüben beziehungsweise zu erlernen, der ihren Fähigkeiten und Interessen entspricht. Die Situation, in der sich viele Jugendliche befinden, trägt damit auch hier wiederum Züge »struktureller Gewalt«. Besonders empfindlich werden Jugendliche in sozialen Brennpunkten und aus ausländischen Familien getroffen. Die wirtschaftlichen und gesellschaftlichen Strukturen tragen in die Schule Bedingungen hinein, die selbst zur Ursache eines Gewaltpotentials werden können.
Beide Betrachtungsweisen haben ihre Berechtigungen. Sie ergänzen einander und bilden die schulische und gesellschaftliche Realität ab, die darin besteht, einerseits von den Jugendlichen Leistungen zu erwarten, diese andererseits dann jedoch nicht gegen Berufseinstieg und Berufserfolg einzulösen. Die Jugendlichen spüren sehr genau, daß ihre Position in der Bildungslaufbahn über ihre späteren Lebenschancen entscheidet. Die Hintergründe für das Gewaltpotential an Schulen müssen in der gesamten Chancen- und Wettbewerbsstruktur des Bildungswesens und der Gesellschaftsstruktur gesehen werden. Die angesprochene Form der strukturellen Gewalt kann bei den »Opfern« direkte Gewalt produzieren: Verhaltensauffälligkeiten und Aggressivität sind vor allem bei der Gruppe von Jugendlichen anzutreffen, die sich in schwierigen schulischen Leistungssituationen und zugleich unter einem hohen Erwartungsdruck der Eltern befinden.

Gewalt als Enttäuschungsreaktion und Ausdruck von Kompensation

Aggressiv und gewalttätig können Jugendliche dann werden, wenn die gesellschaftlichen und die Ausgangs- und Rahmenbedingungen für ihre Persönlichkeitsentwicklung nicht günstig sind. Ihr aggressives oder auch delinquentes Verhalten bildet vielfach den Endpunkt einer langen Kette von Belastungen. Es ist wichtig zu betonen, daß es sich um Jugendliche handelt, die sich nicht primär vom sozialen System abwenden, sondern die im Gegenteil Leistung, Erfolg und Prestige erzielen wollen, jedoch darunter leiden, daß sie die für wünschenswert gehaltenen Attribute für Anerkennung und Wertschätzung nicht besitzen. Gerade im Jugendalter entstehen abweichende Verhaltensweisen, zu denen Aggressivität und Gewalt gehören, nicht durch das Verfolgen abweichender Werte, sondern gerade durch das Anstreben gesellschaftlich zentraler und konformer Werte wie Status und Prestige.

Es ist für Jugendliche eine grundlegende soziale Entwicklungsaufgabe, über den schulischen Leistungsbereich und den damit verbundenen Wettbewerb die Voraussetzung dafür zu schaffen, im Berufssystem eine möglichst günstige Ausgangsposition zu erreichen. Ist das Ziel, nämlich Erfolg über Leistung vorzubereiten und zu erzielen, bedroht, dann werden gerade die leistungsorientierten Schüler/innen unter Druck geraten und aus Enttäuschung und Frustration eventuell nach illegitimen und je nach Situation und eigener Gewalterfahrung möglicherweise zu aggressiven Mitteln der Bewältigung greifen. Dies ist dann als mehr oder weniger demonstrative Abwendung vom sozialen Regelsystem der Leistungserbringung in der Schule zu sehen. Demonstrative Gewalt in und außerhalb der Schule ist für viele Jugendliche nach eigener Einschätzung manchmal der letzte Weg, um Anerkennung zu erzielen, und sei es nur Anerkennung in der Gruppe der Gleichaltrigen. Schüler, die im offiziellen Bereich der Leistungserbringung nach schulischen Standardregeln nicht erfolgreich sind, können in Versuchung geraten, sich den fehlenden Erfolg im informellen Sektor der Gleichaltrigengruppe und der Clique zu holen. Die offizielle und die inoffizielle Kultur werden von den Jugendlichen so gegeneinander ausgespielt, daß sie das Versagen in dem einen Bereich durch einen künstlich herbeigeführten Erfolg im anderen Bereich überspielen, ihre erkennbare Schwäche auf einem Gebiet durch demonstrative Stärke auf dem anderen kompensieren (Engel/Hurrelmann 1993).

Die Untersuchungsergebnisse verdeutlichen, daß Leistungsversagen, schlechter schulischer Leistungsstand, häufige Versetzungsgefährdungen, Klassenwiederholungen und ein Zurückbleiben hin-

ter den eigenen und/oder elterlichen Erwartungen Begleiterscheinungen für aggressives Verhalten sind. Die Werte für Aggressivität und Delinquenz steigen dann noch einmal an, wenn man die Jugendlichen danach gruppiert, ob sie sich mit den Leistungsanforderungen identifizieren oder nicht. Diejenigen Jugendlichen, die auf die Frage »Wie wichtig ist es dir, in der Schule gute Leistungen zu erbringen?« mit »wichtig« oder »sehr wichtig« antworten, zeigen im Falle von schulischem Mißerfolg eindeutig höhere Delinquenzwerte als die Schüler, die schulische Leistungen für unwichtig halten. Dasselbe Bild ergibt sich dann, wenn man die Jugendlichen nach ihrer Erfolgsorientierung gruppiert. Diejenigen Jugendlichen, die als Zielvorstellung den Erwerb eines guten Berufes und die Sicherung eines guten finanziellen Auskommens angeben, sind, im Falle von Leistungsmißerfolg, deutlich anfälliger für aggressives Verhalten als die Jugendlichen, die sich mit bescheideneren Plänen für die eigene Zukunft zufriedengeben.
Aggressivität und Gewalt zeigen sich also vor allem bei den Jugendlichen, die zunächst eine Anpassung an die vorherrschenden Wertvorstellungen angestrebt und sich erst, nachdem sie am eigenen Leibe erfahren haben, daß sie diesen Wertvorstellungen nicht genügen, von ihnen abgewendet haben, um auf andere Weise Anerkennung zu gewinnen. Hier zeigt sich die enge Verzahnung mit der Beziehungsdynamik in der Gleichaltrigengruppe.

Der Anteil der Schule an der Entstehung von Gewalt

Wenn wir im folgenden Risikofaktoren für die Entstehung von Gewalt aufführen, dann sind wir uns dessen bewußt, daß es sich dabei nur um »wahrscheinlichkeitssteigernde« Anzeichen für das Auftreten von Gewalt und Aggression handelt, das heißt, sie begünstigen das Auftreten von Gewalt, müssen aber nicht notwendigerweise dazu führen. Erst in der Wechselwirkung und im Zusammenwirken einzelner oder aller Faktoren erhöht sich die

Wahrscheinlichkeit sehr stark, aber man muß immer die Gesamtsituation und vor allem die eigenen Erfahrungen des einzelnen im Umgang mit Gewalt berücksichtigen.

- *Ungünstige Familienverhältnisse:* Wie wir schon ausführlich im Kapitel »Gewalt in der Familie« dargestellt haben, spielen die Familie und die dort gemachten Lernerfahrungen bezüglich Gewalt eine große Rolle. Hier sind Mißhandlung, Mißbrauch, gestörte emotionale Beziehungen, Streit, Auseinandersetzungen, Armut, Deprivation, Scheidung und Trennung, Krankheit und Alkoholismus zu nennen, die das Kind in seinem Kern verunsichern und zur Gewalt bereit machen können. Diese Erfahrungen transportiert es natürlich mit in die Schule hinein und gibt sie dort oftmals als eigenes gewalttätiges Handeln weiter.

- *Integration in eine delinquente Jugendkultur:* Der Einfluß Gleichaltriger verdrängt im Jugendalter den Einfluß der Eltern, und zwar in allen Fragen des Geschmacks, der Kleidung, der Frisur, der Freizeitaktivitäten. Dies ist dann auch nicht besonders tragisch, wenn die Vorstellungen der Gleichaltrigen in etwa mit den Normen und Wertvorstellungen der Eltern übereinstimmen, so daß die Beeinflussungstendenzen sich nicht durchkreuzen. In dem Moment jedoch, wo es sich um eine delinquente Gruppe handelt, die von der Gesellschaft abweichende Ziele und Normen vertritt und den Jugendlichen zu beeinflussen versucht, wird sie für ihn zu einem Risikofaktor. Die Zugehörigkeit zu einer Clique, die Mitgliedschaft in einer Gruppe, Bande oder »Gang« prägt das Verhalten des einzelnen nicht nur in seinen Freizeitaktivitäten, sondern auch in seiner Einstellung zur Schule und gegenüber den Leistungsanforderungen der Gesellschaft.

- *Entfremdung und Distanz zu schulischen Normen und Werten:* Durch Enttäuschungs- und permante Versagenserlebnisse und Frustrationen kann es zu einer Abwendung von schulischen Wertstrukturen kommen und zu Gefühlen der eigenen Wertlosigkeit. Dies führt dazu, daß Anregungen und Anweisungen der

Lehrer/innen abgelehnt, zurückgewiesen und nicht befolgt, ja sogar hintergangen und sabotiert werden. Oftmals findet diese Einstellung ihren Ausdruck in Schulverweigerung und Schulschwänzen. Positive Erfahrungen im Schulbereich, eine gute Bindung an Lehrer und Mitschüler sowie eine positive Einstellung zur Schule und zum Leistungsbereich schützen ganz erheblich vor eigener Gewalttätigkeit.

- *Schulisches Leistungsversagen:* Das Scheitern an schulischen Leistungsanforderungen, Versagen, Zurückversetzungen, Zurückstufungen, Schulwechsel werden als deutliche Beeinträchtigung des Selbstwertgefühls und als Minderung späterer beruflicher Lebenschancen erlebt und gewertet. Ergeben sich für den einzelnen keine Perspektiven und Möglichkeiten, doch noch schulisch erfolgreich zu sein, stellt sich bei ihm leicht das Gefühl ein, daß es keinen Sinn mehr habe, sich anzustrengen, und daß er demzufolge nichts mehr zu verlieren habe. Dies ist der Nährboden für Gewaltbereitschaft, die dann um so stärker gegeben ist, als die Eltern oftmals nicht in der Lage sind, das Leistungsversagen ihrer Kinder psychisch aufzufangen, sondern statt dessen ihrerseits mit Druck und Bestrafungen reagieren; ein Kreislauf, der die Gewaltspirale nur noch höher schraubt. Leistungsversagen in der Schule ist fast immer mit Konflikten, Streit und Spannungen im Elternhaus verbunden.

- *Ungünstige schulökologische und schulorganisatorische Bedingungen:* Die äußeren Rahmenbedingungen einer Schule sind wichtig. Während im Unterricht noch oftmals die offene Gewalt durch die Präsenz des Lehrers oder der Lehrerin verhindert werden kann, bricht sich diese häufig außerhalb des Unterrichts Bahn, in Fluren, Toilettenräumen, schwer einsehbaren Nischen und Ecken des Schulgebäudes, auf dem Schulhof und um das Schulgelände herum. Prügeleien entstehen zwar auch in den Klassenräumen, aber meistens in den Pausen bei Abwesenheit des Lehrers. Große Schulklassen (über 30 Schüler) und große Schuleinheiten (über 800 bis 900 Schüler) werden allgemein als ungünstige Ausgangsfaktoren angesehen, weil sie in stärkerem Maße als kleinere Schulen Anonymität und soziale Isolation begünstigen. Wichtiger noch als Architektur und unübersichtliche Gebäudestruktur ist jedoch die interne Schulstruktur und Schulorganisation. Ist sie ebenfalls unübersichtlich, unstrukturiert und chaotisch, wissen die Schüler nicht, an wen sie sich im Konfliktfall wenden können. Haben sie keine Ansprechpartner, keine festen Klassenräume, Bezugspunkte und Bezugspersonen, dann sind weitere Ausgangsfaktoren für Gewalt gegeben.

- *Schlechtes soziales Betriebsklima im Kollegium:* Schüler spüren sehr genau die Atmosphäre unter den Lehrern und fühlen, ob es ein Klima der Verständigung oder des Streits, der Rivalität und Konkurrenz unter ihnen gibt. Sie testen, ob es wenigstens eine prinzipielle Einigung über wichtige pädagogische Themen und Disziplinarfragen, einen Konsens in Grundansichten und Vorgehensweisen gibt, und haben es sehr gut heraus, den einen Lehrer gegen den anderen auszuspielen.
Ein Beispiel dazu ist das Rauchverbot für Schüler auf dem Schulhof und dem Schulgelände. Hier sind sich die meisten Lehrerkollegien, bedingt durch einige stark rauchende Lehrer/innen, selbst meistens uneinig. Es gibt die Gruppe der Raucher und die der Nichtraucher, die sich oftmals sogar in einem Kleinkrieg befehden. Haben sie nur ein Lehrerzimmer, mit dem sie auskommen müssen, gibt es günstigenfalls eine Duldung der Raucher, meistens jedoch eine latent aggressive, verbunden mit einer versteckten Vorwurfshaltung von seiten der Nichtraucher. Haben sie getrennte Lehrerzimmer, ist zwar die alltägliche Grundspannung vermieden, jedoch werden häufig versteckte Fehden ausgetragen, was die Weiterleitung von Informationen anbetrifft oder das Abstimmen gemeinsamer Unternehmungen.
Eine solche Atmosphäre führt häufig zu einem unterschiedlichen Umgang der Lehrer/innen mit dem Rauchverbot für Schüler/innen. Die einen kontrollieren es und passen auf, daß es eingehalten wird, die anderen schließen die Augen und wollen nicht in die Situation kommen, rauchende Schüler sanktionieren zu müssen. Unterschiedliches Vorgehen der Lehrer/innen bei Disziplinarmaßnahmen fordert Übertretungen der Schüler/innen geradezu heraus und führt bei ihnen sowohl zu Ver-

unsicherungen als auch zu Trotzverhalten. Lehrer/innen, die sich gut verstehen und die sich prinzipiell einig sind in Fragen der Leistungsanforderung, Leistungsbewertung und Leistungsrückmeldung, schaffen ein gutes Betriebsklima in der Schule, geben den Schülern und Schülerinnen damit Halt und Sicherheit und ein Gefühl stabiler Regeln und Grenzen.

✘ *Schlechte Qualität der Lehrer-Schüler-Beziehungen:* Dies ist ein ganz entscheidender Faktor, denn je schlechter die Summe der einzelnen Beziehungen zwischen Lehrer und Schüler ist, desto schlechter das Wohlgefühl in der Schule und desto geringer die Identifikation mit der Schule. Schüler/innen, die sich ungerecht und unfair von ihren Lehrern behandelt fühlen, die ihr Verhalten als willkürlich und nicht vorhersagbar erleben, neigen sehr viel stärker zu Aggressivität als Schüler/innen, die dies nicht so erleben.

Zusammenfassend kann gesagt werden, daß die Anzahl der Risikofaktoren für die Entstehung von Gewalt in der Schule hoch ist, daß sie auf sehr verschiedenen Ebenen liegen und sowohl in außerschulischen Bereichen als auch in schulischen Strukturen wie Leistungsbewertung, Schulorganisation, Klima und personalen Beziehungen zu finden sind.

Was Lehrer/innen tun können

Wie wir gezeigt haben, ist Schule mitverantwortlich für die Entstehung von Gewalt. Wenn sie sich dessen bewußt ist, müssen alle an der Schule Beteiligten auch etwas dafür tun, daß Aggression und Gewalt gemindert werden und vielleicht auch gar nicht erst entstehen.
Es muß in jeder Schule klare und eindeutige Regeln gegen Gewalt und aggressives Verhalten geben. Nach Havers (1993) könnten diese zum Beispiel so lauten:

- Wir tyrannisieren oder schikanieren unsere Schulkameraden nicht.
- Wir helfen Mitschülern, die von anderen schikaniert werden.
- Wir bemühen uns darum, Mitschüler bei Spielen nicht auszuschließen.

Innerschulische Lösungsansätze können immer nur einen Teil der Entstehungsbedingungen für Gewalt in der Schule berühren, dennoch sind die Möglichkeiten der Schule, mit unterrichtlichen, pädagogischen und schulorganisatorischen Mitteln auf Ausmaß und Erscheinungsformen von Gewalt und Aggression in ihren eigenen Zonen einzuwirken, vielfältig. Wir wollen die wichtigsten kurz vorstellen:

- *Leistungsförderung:* Der Zusammenhang zwischen Schulversagen und Gewaltbereitschaft ist gegeben. Gelingt es, durch geeignetes Fördern der fachspezifischen und der allgemeinen Leistungsfähigkeit der Schüler/innen in den verschiedenen Unterrichtsfächern das Leistungsvermögen zu verbessern, dann entfällt schon ein wichtiger Risikofaktor für das Auftreten von Gewalt. Leistungsförderung im inner- und außerschulischen Bereich stellt daher einen der wichtigsten Interventionsschritte dar, die im schulischen Bereich denkbar sind.
  Die Grenzen dieses Ansatzes sind allerdings offensichtlich: Sie liegen zum einen in den sehr unterschiedlichen Begabungsvoraussetzungen der Kinder und zum anderen im unterschiedlichen Förder- und Unterstützungsangebot ihrer Familien. Die Schule ist in der Regel gezwungen, ein einheitliches Bewertungssystem anzuwenden, das heißt, sie bewertet die Leistung eines einzelnen Schülers im Vergleich zu den anderen Schülern. Es kann also sein, daß ein Kind trotz eigener Anstrengungen und auch großer individueller Lernfortschritte aufgrund des angewendeten Maßstabes auch weiterhin eine schlechte Note erhält.
  Es gibt jedoch für Lehrer/innen Möglichkeiten, aus diesem Dilemma herauszukommen, indem sie dem Kind eine individuelle Beurteilung unter oder neben die Note schreiben, die seine Leistungsfortschritte lobend hervorhebt und damit sein

Selbstwertgefühl steigert. Kinder und Jugendliche werden in ihrer Wertschätzung nicht nur von Eltern, sondern auch von Lehrern fast ausschließlich über ihre Zensuren und Noten definiert. Leistungen gibt es jedoch auch im menschlichen oder im außerschulischen Bereich, und solche Leistungen werden oftmals nicht genügend beachtet und gewürdigt. Wertschätzung der ganzen Persönlichkeit eines Kindes, das müßte unter anderem auch Ziel der Schule sein!

- *Transparente und gerechte Chancenstruktur:* Hier geht es um den Aufbau und die ständige Präzisierung und Weiterentwicklung von klaren Regeln für die Beurteilung der Leistungsfähigkeit und des Leistungsstandes von Schülern. Diese Beurteilungsmaßstäbe müssen klare Spielregeln für positive und negative Sanktionen innerhalb und außerhalb des Unterrichtsbereiches der Schule enthalten. Entscheidend sind objektiv faire und berechenbare Umgangsformen im fachlichen Leistungs- und im sozialen Beziehungsbereich, die jedem Schüler die Chance bieten, anerkannt und akzeptiert zu werden. Der humane Umgang in der Schule muß das Angebot einer klaren Struktur von Gelegenheiten und Möglichkeiten der eigenen Entfaltung bieten und sicherstellen, daß Lehrer/innen auf die individuellen Wünsche und Interessen der Schüler/innen soweit wie möglich mit schulischen Mitteln eingehen können. In diesen Zusammenhang gehören alle schulischen und methodischen Ansätze, den Unterricht und die Lernanforderungen stärker zu flexibilisieren und auf die Eingangsvoraussetzungen der Schüler/innen abzustimmen. Gruppenunterricht und freier Wochenplan sind Maßnahmen, die in Schulen verstärkt verwirklicht werden und die sich bewährt haben. Eine deutliche Verbindung von Anstrengung der Schüler und Rückmeldung der Lehrer ist sehr positiv zu sehen.

- *Strukturierung und Rhythmisierung des Unterrichts:* Leistungsschwierigkeiten können nicht allein durch verstärktes Einzeltraining, sondern auch durch verbesserte Strukturierung von Unterrichtsabläufen, klare Gestaltung und zeitliche Rhythmisierung des Arbeitsvormittags und Differenzierung von Leistungsanforderungen angegangen werden. Entscheidend sind Klarheit und Konstanz bei der Aufstellung und Durchsetzung der in der Schule geltenden Regeln und ihrer strikten Einhaltung. Die Schule muß alles tun, um von den Schülern als eine »gerechte Gemeinschaft« empfunden zu werden, die insofern ein vorbildliches Spiegelbild wichtiger Erfahrungsbereiche im Berufs- und Erwachsenenleben bietet. Gerade in einer objektiv ungünstigen Chancenstruktur, die der Arbeitsmarkt heute bietet, ist eine solche klare und transparente Strukturierung innerhalb des schulischen Bereichs dringend notwendig. Wahrscheinlich ist sie sogar wichtiger als in Zeiten, in denen eine sehr günstige Situation am Arbeitsmarkt herrscht. Im Schulbereich erfahren alle Schüler elementare gesellschaftliche Spielregeln der Leistungseinordnung und der »Kategorisierung« ihrer Verhaltensweisen nach bestimmten Wertmaßstäben. Wird diese Einstufung als konsequent und klar und in ihren Auswirkungen und Anwendungen fair eingeschätzt, wird eine Grundlage hergestellt, in der das Auftreten von Aggressivität und Gewalt unwahrscheinlich wird, da eine Gewaltbereitschaft erst gar nicht aufkeimt (Gottfredson 1986).

- ✘ *Vorbildwirkung von Lehrern und Lehrerinnen:* Lehrer/innen stellen in vieler Hinsicht in ihrem Verhalten ein Modell für die Schüler/innen dar. Es ist wichtig, daß sie sich korrekt und vorbildlich verhalten. Dabei geht es nicht darum, perfekt zu sein und nicht auch Fehler zu machen, sondern darum, sich zu bemühen, sich zu engagieren und Fehler, wenn sie gemacht worden sind, einzugestehen. Von großer Bedeutung ist außerdem, daß sie Konflikte in ihren eigenen Reihen lösen, daß sie sich nicht ständig eifersüchtig an einer imaginären Beliebtheitsskala orientieren und von den Schülern gegeneinander ausspielen lassen.

- ✘ *Gestaltung der sozialen Beziehungen:* Lehrer/innen müssen in den Kontakten mit ihren Schülern deutlich machen, daß sie an ihnen interessiert sind, an ihrer Entwicklung, an ihrem Fortkommen. Sie müssen Beziehungsangebote unterbreiten und deutlich machen, daß die Schüler/innen auf sie bauen können, wenn sie

Probleme haben. Lehrer müssen Ansprechpartner auch in persönlichen Fragen sein. Das heißt nicht, daß sie in die Rolle von Ersatzeltern oder Therapeuten schlüpfen sollen, aber sie sollten präsent sein bei Schwierigkeiten und hellhörig für Konflikte der Schüler untereinander. Ihre Wahrnehmungsfähigkeit für sich anbahnende Konflikte sowie ihre Fähigkeit, zum Beispiel über Techniken der Gesprächsführung, möglichst prophylaktisch auf sich anbahnende Spannungen und Streitigkeiten einzugehen, müssen gestärkt werden. Dies berührt die Notwendigkeit einer intensiveren Fort- und Weiterbildung für Lehrer/innen.

- *Beteiligung der Schüler/innen am Schulleben:* Die Jugendlichen müssen in der Schule positive soziale Erfahrungen machen, das heißt, sie müssen erleben, daß Probleme und Konflikte gewaltfrei und fair gelöst werden können. Dazu gehört zunächst einmal eine Diskussion alltäglicher Spannungen und Konflikte. Schüler/innen können und wollen über ihr eigenes Verhalten nachdenken und mithelfen, Regeln aufzustellen und dafür zu sorgen, daß sie eingehalten werden. Die Diskussionen über Normen und Werte und darüber, warum Regeln für alle gelten, gehören in den Unterricht, denn sie sind für den Tagesablauf und die Verständigung in der Schule von großer Bedeutung. Auch im Kollegium muß über wichtige Formen und Spielregeln des Miteinander beraten und zumindest in Schlüsselfragen Konsens hergestellt werden, der von allen beachtet und eingehalten wird. Die pädagogischen Möglichkeiten und Spielräume für konsequentes Reagieren bei Gewalttätigkeiten im schulischen Raum sind heute begrenzt. In der Regel folgen auf Gewalt Ordnungs- und Strafmaßnahmen, die gesteigert werden, wenn das Ausmaß an Gewalttätigkeit zunimmt. Oftmals bewirkt eine Eskalation dieses Vorgehens genau das Gegenteil, nämlich eine Stabilisierung der Gewalt. Deshalb ist es notwendig, in Kooperation mit allen an der Schule Beteiligten über alternative Formen der Konfliktlösung nachzudenken.

- *Stärkung von Kooperationsstrukturen:* Eine gute Schule setzt auf die Zusammenarbeit zwischen Eltern, Schülern und Lehrern mit dem Ziel, Aggressionen in der Schule einzudämmen, eine

Eskalation der Gewalt frühzeitig zu unterbinden, Ordnungsmaßnahmen und Regelbefolgung durchzusetzen, die Opfer zu schützen und den Tätern wirksam entgegenzutreten. Kooperation beinhaltet Kommunikation, Beziehung, Zugehörigkeit und Verantwortlichkeit. Dies ist keinesfalls in allen Schulen gegeben und muß erst in einem gemeinsamen Prozeß hergestellt werden. Wichtig ist, daß eine Schule immer sofort und unmittelbar auf gewalttätige Konflikte in ihren Mauern reagiert. Nichts ist schlimmer als ein Verdrängen dessen, was doch alle gesehen und miterlebt haben. Geschieht ein besonders gewalttätiges Ereignis, muß mit der Klasse oder auch mit allen Klassen darüber gesprochen werden, um allen gegenüber deutlich zu demonstrieren, daß es sich hierbei um eine Ausnahmesituation handelt, die auch Ausnahme bleiben soll. Der Schülerschaft muß deutlich werden, daß einer sich aufschaukelnden Spirale von Gewalt nicht durch eine aufschaukelnde Spirale von Gegengewalt begegnet werden kann. Ziehen sich Lehrer/innen jedoch zurück und scheuen aus welchen Gründen auch immer das Gespräch mit den Schülern, dann ermöglichen sie damit den aggressiven Schülern eine Vergrößerung ihres Freiraumes und ermutigen sie so, ihre aggressiven Aktivitäten fortzusetzen. In den Augen der Schüler verlieren sie dadurch auch an Autorität, und die Gewalt eskaliert.

Wichtig ist auch das Gespräch der Lehrer/innen untereinander, das Aussprechen ihrer Ratlosigkeit und Betroffenheit. Dies führt nicht so sehr, wie manche Lehrer/innen befürchten, zu einem gegenseitigen Aufschaukeln von Resignation, sondern vielmehr zu Solidarität und dem Gefühl von Gemeinsamkeit. Es ist von großer Bedeutung für die Eindämmung von Gewalt, daß eine ständige Diskussion über die wichtigsten Regeln des Verhaltens von Schülern, aber auch von Lehrern innerhalb und außerhalb der Klassenzimmer geführt wird. Es kommt entscheidend darauf an, daß Eltern und Schüler gemeinsam mithelfen, das in der Schule gültige Regelwerk aufzustellen.

✘ *Soziales Kompetenztraining für Schülerinnen und Schüler:* Die Stärkung von sozialen Regelungs- und Konfliktlösungsmechanismen in Schulen verweist auf das wahrscheinlich entscheidende Ursachenfeld von Gewalt in der Schule und in der ganzen Gesellschaft. Mit der sozialen Desorganisation schwindet die Fähigkeit zur friedlichen Konfliktregelung. Die Unfähigkeit vieler Schülerinnen und Schüler, zwischenmenschliche Bindungen aufzubauen, überträgt sich auch auf die Interaktion im Klassenverband und im Schulbereich. Daher ist die Interventionsform des sozialen Kompetenztrainings besonders wichtig. Sie zielt vor allem darauf, die Fähigkeit und die Bereitschaft zur Auseinandersetzung mit Problemen und schulischen Sozialanforderungen zu stärken. Die Schülerinnen und Schüler müssen angehalten werden, ihre Konflikte selbst zu lösen.

- *Beratung in der Schule:* Eine Spezialform des Trainings sozialer Handlungskompetenzen, die nicht an den Unterricht gebunden ist, ist die Form der Beratung durch speziell geschultes Personal im schulischen Bereich. Im wesentlichen geht es darum, daß eine Lehrerin oder ein Lehrer Schülern für ausgedehnte Einzelgespräche zur Verfügung steht, in denen schulische und persönlichen Probleme angesprochen werden. Kernpunkt der Beratungsaktivitäten ist es, daß der Berater sich in die Handlungssituation des Jugendlichen hineinvertieft und mit ihm zusammen Handlungsperspektiven erarbeitet, daß der Lehrer/die Lehrerin den Jugendlichen mit seinen Problemen versteht und dabei Stigmatisierungen zu vermeiden lernt. Bei dieser Arbeitsweise kommt es vor allem auf das Gesprächsverhalten von speziell ausgebildeten Beratungslehrern an. Die Kooperation von Klassen- und Beratungslehrern sowie Schulpsychologen ist dabei besonders zu beachten. Wegen des hohen Zeitaufwandes und der hohen Spezialkompetenz, die für die Einzelberatung notwendig ist, dürften jedoch dieser Vorgehensweise enge Grenzen gesetzt sein (Hersov/Berger/Schafer 1978).

- *Schulsozialarbeit:* Der Aufbau von Freizeit- und Beratungsangeboten an der Schule, der noch stärker dem präventiven Bereich zuzuordnen ist, gehört ebenso in das Spektrum dieser Maßnahmen wie die sozialpädagogische Betreuung von aggressiven und gewalttätigen Schülern. Mit den spezifischen Mitteln der Sozialpädagogik wird versucht, diesen Schülern Hilfen zu geben, so daß sie lernen, mit ihren Problemen selbst umzugehen und sie in Zukunft gewaltfrei zu lösen. Dabei richten sich die Aktivitäten der Schulsozialarbeit über den schulischen Bereich und den der Gleichaltrigen hinaus insbesondere auf den familialen Sektor. Hier geht es um den Abbau und die Verminderung drohender und bereits akuter Erziehungsnotstände und um eine breite Palette von Elternhilfen über Hausbesuche und Elterntrainingsgruppen. Im schulischen Bereich konzentrieren sich die Maßnahmen darauf, Ausgrenzungen und Stigmatisierungen von aggressiven Schülern zu vermeiden und sie durch gezielte Maßnahmen der sozialen Kontaktförderung wieder in den Klassenverband zu integrieren (Farrington/Ohlin/Wilson 1986).

Die soziale Kompetenz stärken

Im folgenden wird das gemeinsame Vorgehen einer Hauptschule als Beispiel für ein Konzept zur Kooperation und Gewaltprävention geschildert (Fornero 1993):

> *In einer Hauptschule im Ruhrgebiet häuften sich Klagen sowohl der Schüler/innen als auch der Lehrer/innen über Prügeleien und Schlägereien auf dem Schulhof und den Schulwegen. Besonders die jüngeren Schüler/innen hatten Angst vor den älteren. Die Lehrer/innen standen dem Geschehen hilflos gegenüber. Die Eltern waren beunruhigt und alarmiert.*

Ausgangspunkt für das gemeinsame Vorgehen waren aktuelle Gewaltvorfälle. Schulleiterin und Lehrer/innen entschlossen sich zum Handeln und luden zunächst die Schülervertreter/innen ein, mit ihnen zusammenzuarbeiten. Es wurde deutlich, daß Schüler/innen und Lehrer/innen unterschiedliche Vorstellungen von Gewalt hatten. Daher wurde eine anonyme Fragebogenaktion gestartet, in der die Schüler/innen um ihre Meinung zur Gewalt und ihre Erfahrungen mit Gewalt an ihrer Schule befragt wurden. Ein Ergebnis dabei war, daß vor allem die jüngeren Schüler/innen aus den fünften und sechsten Klassen Angst vor den älteren Schülern hatten, daß die meisten Prügeleien auf dem Schulhof stattfanden, aber auch auf dem Schulweg und daß die Schüler unabhängig von der Klassenstufe durchweg vor allem dann selbst aggressiv werden, wenn sie angegriffen, bespuckt, »angemacht« werden, oder aber auch, wenn sie sich stark fühlen oder einfach Spaß haben wollen. Viele gaben auch Langeweile als Grund an.

Die Diskussion mit den Schülern über die Fragebogenergebnisse erbrachte unterschiedliche Sichtweisen von Lehrern und Schülern, vor allem hinsichtlich der »Spaßkloppe«. Hier nahmen die Lehrer/innen die Prügeleien ernster, als sie von den Schülern verstanden wurden. Die Lehrer/innen wußten zunächst nichts von den unter den Schülern geltenden Regeln, zum Beispiel nicht auf den Kopf oder in die Genitalien zu treten und dem Mitkämpfenden jederzeit den Ausstieg aus dem Kampf zu ermöglichen. Als die Lehrer/innen davon in der Diskussion mit den Schülern hörten, machten sie kritisch darauf aufmerksam, daß sie schon oft erlebt hätten, daß diese Regeln nicht immer eingehalten würden und daß es schnell zu einer Eskalation kommen könne.

Die Lehrer/innen vernahmen aus dem Gespräch mit den Schülern, daß ihre Hilfe, Vermittlung und Beratung sehr wohl gefragt seien und daß man sich häufigere Gespräche wünsche. Es kam sogar zu der beidseitig akzeptierten Vereinbarung, daß die Waffen, von denen die Schüler sagten, daß sie sie zu ihrem eigenen Schutz brauchten, während der Schulzeit, und zwar vor Schulbeginn, abgegeben werden sollten. Ein Verstoß dagegen würde zu Ordnungsmaßnahmen führen.

Der nächste Schritt bestand in einem Elternabend, an dem die unterschiedlichen Erwartungen von Eltern an Lehrer/innen und umgekehrt diskutiert wurden. Beide Seiten neigten dazu, die Lösung des Problems jeweils vom anderen zu erwarten. Beide Seiten stimmten darin überein, daß die Schüler darin zu stärken und zu unterstützen seien, mit ihren Konflikten gewaltfrei umzugehen, und daß sie dabei sowohl von Eltern als auch von Lehrern Unterstützung brauchten.

In einem dritten Schritt, einer pädagogischen Ganztagstagung, berieten die Lehrer/innen untereinander, nachdem sie nun die verschiedenen Sichtweisen von Schülern und Eltern vernommen

hatten. Es gab sehr unterschiedliche Vorschläge, die sich auf mehr Förderung der Schüler/innen durch die Lehrer/innen, auf Wiedereinführung der alten pädagogischen Idee der Patenschaften von Schülern untereinander und des Mentorensystems bezogen, auf die Durchführung von Unterrichtsreihen zum Thema »Gewalt in der Schule«, auf die Stärkung des Selbstwertgefühls und auf bessere und wohnlichere Gestaltung der Klassen und des Schulgebäudes.
Ein ganz wesentlicher Vorschlag war die Einrichtung eines »runden Tisches«, an den sich alle diejenigen setzen sollten, die an einem Vorfall beteiligt waren, um gemeinsam zu überlegen, was denn nun eigentlich passiert und wie dies wieder gutzumachen sei. Ziel war, vom »Tribunalcharakter« der Klassen- beziehungsweise Disziplinarkonferenzen wegzukommen, die, darin waren sich alle einig, fast nie zu einer Verhaltensänderung führten. Weitere Vorschläge bestanden in der Durchführung von Pausenspielen mit organisierter Ausgabe des Spielmaterials, in Integrationsübungen im Klassenverband, im Ausarbeiten von Regeln und Trainieren von sozialem Verhalten und in der Möglichkeit, den Schülern einen eigenen Raum für Besprechungen zur Verfügung zu stellen.
Es soll nicht der Eindruck erweckt werden, daß diese Anregungen völlig neu seien und daß mit ihnen allein der Schlüssel zur Verhinderung von Gewalt gefunden sei. Aber dies Vorgehen ist ein Anfang, der ein ganzes Kollegium, die Eltern- und Schülerschaft zusammen- und einander näherbringt; es ist ein erster Schritt auf dem Weg zur Gewaltprävention und zur Verwirklichung einer Kooperationsstruktur. Es handelt sich um ein Handlungsmodell, das alle an der Schule Beteiligten verantwortlich und partnerschaftlich mit einbezieht.
Die kooperative Zusammenarbeit mit den Schülern und speziell das Beispiel der Waffenabgabe zeigt, daß Schüler durchaus vernünftig reagieren und auch einsichtig sind, wenn man mit ihnen spricht. Sie haben eingesehen, daß ihnen ein weiteres Aufschaukeln des Prozesses mit Waffengewalt keinen Schutz bietet, und über diesen Punkt der Bewußtmachung haben die Lehrer/innen erreicht, daß über andere alternative Maßnahmen nachgedacht werden konnte. Die Vorgehensweise der Hauptschule hat auch gezeigt, daß ein Regelsystem nur dann ein gültiges ist, wenn es von allen Beteiligten selbst entwickelt worden ist oder wenn alle Beteiligten es akzeptieren.

Konflikte kooperativ lösen

Schüler brauchen Hilfe und Unterstützung, wenn sie lernen sollen, sich sozial kompetent zu verhalten. Diese bekommen sie einerseits dadurch, daß ihnen bei der Lösung von Streitfällen zum Beispiel eine bestimmte Struktur des Vorgehens vorgeschlagen wird:

- ✘ Erheben der Sichtweisen der Konfliktparteien,
- ✘ Aufeinander-Beziehen der konflikthaften Positionen in ihrer Interdependenz,
- ✘ Brainstorming zu Lösungsvorschlägen,
- ✘ Bewertung der vorgeschlagenen Lösungsansätze,
- ✘ Umsetzen der Lösungsvorschläge,
- ✘ späteres Überprüfen auf Tauglichkeit.

Andererseits erhalten sie Hilfe und Unterstützung auch durch die Anwesenheit eines Lehrers/einer Lehrerin, der/die das Gespräch am sogenannten runden Tisch leitet. Er/sie achtet darauf, daß beide Kontrahenten nacheinander zu Wort kommen und ihre Sicht der Streitsituation in Ruhe schildern können, ohne daß einer dem anderen ins Wort fällt und Gegenargumente liefert wie »Stimmt überhaupt nicht« oder »Du bist ja blöd«. Fragen an die Beteiligten wie »Kannst du dir vorstellen, daß dein Klassenkamerad das gewußt/nicht gewußt hat, Angst/keine Angst gehabt hat, es mit Absicht/nicht mit Absicht getan hat, Kummer/keinen Kummer hat?« sollen sie dazu anleiten, sich in die Lage des anderen hineinzuversetzen, seine Gefühle zu erkennen oder sich zumindest Gedanken darüber zu machen. Es soll damit auch ausgedrückt werden, daß der Streit womöglich aus einem Mißverständnis heraus oder aufgrund einer Fehlinterpretation der Gestik, Mimik oder des Verhaltens einer der beiden entstanden ist. Es geht nicht darum, zu bestimmen, wer von beiden angefangen hat, denn wie wir schon weiter oben ausgeführt haben, ist dies in den meisten Fällen nicht möglich, da Verhalten »zirkulär«, das heißt immer aufeinander bezogen ist.
Für das »Brainstorming« sollten sich alle sehr viel Zeit lassen, und hierbei wirklich alle, auch alle unmöglichen und abwegigen Lö-

sungsvorschläge aussprechen. Es darf in dieser Phase weder eine Bewertung vorgenommen noch abfällig gelacht oder sonst irgendeine diskriminierende Bemerkung gemacht werden. Jeder hat dasselbe Recht zu Lösungsvorschlägen, und jeder darf das sagen, was ihm einfällt.
Wenn genügend Vorschläge gemacht worden sind, erfolgt der Schritt der Sichtung und Bewertung. Hier darf nun das Für und Wider der einzelnen Lösungen besprochen werden, und es ist wiederum sehr wichtig, daß beide Kontrahenten Stellung beziehen und sagen, warum ihnen der eine oder der andere Vorschlag gut beziehungsweise nicht gut gefällt. Was jetzt geschieht, ist ein Aushandeln und ein Einigen auf eine oder mehrere Lösungen. Dies erfordert Zeit und Geduld und muß auch nicht immer an einem Tag oder in einer Sitzung erfolgen. Man kann sehr gut sagen: »Kinder, denkt noch einmal darüber nach, morgen treffen wir uns wieder und tauschen noch einmal unsere Ansichten dazu aus.«
Eine Einigung unter Zeitdruck erzielen zu wollen wäre unsinnig und bestimmt nicht von langer Dauer. Von der Zustimmung aller zu einer Lösung, die meistens einen Kompromiß darstellt, ist die Güte der Vereinbarung abhängig. Gespräche am »runden Tisch« sollen Lösungen hervorbringen, die die Sichtweisen beider Parteien berücksichtigen, das heißt, es finden sich nicht nur Aspekte der einen oder der anderen Seite in ihnen wieder, sondern Aspekte beider in abgewandelter Form. Beide Kontrahenten müssen bereit sein, aufeinander zuzugehen, und dürfen nicht mit der Absicht in das Gespräch gehen, auf jeden Fall gewinnen zu wollen, koste es, was es wolle. Ein kooperatives Konfliktgespräch setzt bestimmte »Spielregeln« voraus, wie zum Beispiel ausreden lassen, nicht ins Wort fallen, zuhören und die Bereitschaft, auf einen »Sieg« zu verzichten zugunsten eines Kompromisses, bei dem keiner eine »Niederlage« einstecken muß. Gordon (1993) nennt seine Methode die »niederlagelose Methode«, und genau darin liegt das Ziel des kooperativen Gesprächs: Keiner soll anschließend das Gefühl haben, übervorteilt worden zu sein und nicht das ausgedrückt haben zu können, was er wollte.
Wird ein solches kooperatives Konfliktgespräch mit älteren Schülern geführt, dann kann man zur Lösungsfindung, also anstelle des klassischen Brainstormings, eine der vielen Kreativmethoden an-

wenden, zum Beispiel die »Kopfstandtechnik«, die nicht nur ungewöhnliche Ideen hervorbringt, sondern obendrein auch noch Spaß macht (Wack 1990). Sie wird in der Literatur auch »Umkehrmethode«, »Reversion« oder »Dialektik« genannt. Alle vier Begriffe weisen darauf hin, daß das Problem, zu dem man eine Lösung finden möchte, zunächst einmal in sein Gegenteil verkehrt wird, bevor die eigentliche Ideenfindung im Brainstorming stattfindet. Durch die Verkehrung ins Gegenteil werden Denkbarrieren beseitigt und eingeschliffene Denkschemata verlassen, was dann wiederum das Formulieren von Spontanlösungen begünstigt und erleichtert. Die Kopfstandtechnik wird in sieben Teilschritten vollzogen:

1. Problemstellung
2. Problemklärung
3. Neuformulierung des Problems
4. Spontanlösungen
5. Das Problem wird in sein Gegenteil verkehrt, und dazu werden Lösungen gesucht
6. Zu jeder genannten Idee wird eine Gegenlösung gesucht, die, bezogen auf die ursprüngliche Fragestellung, zur Lösungsfindung führen soll
7. Bewertung der Lösungsideen und Entscheiden für eine oder mehrere Lösungen

Diese Methode ist kreativ, ungewöhnlich und macht Spaß. Sie empfiehlt sich vor allem dann, wenn eine Situation festgefahren zu sein scheint.

Schlichterprogramme für Schüler/innen

Kinder und Jugendliche müssen soziale Kompetenz erst erwerben. Sie tun dies in Familie, Kindergarten, Schule und Berufsleben in einem lebenslangen Lernprozeß. Sozial kompetente Schüler/innen unterscheiden sich in vielerlei Hinsicht von nicht kompetenten, sie passen im Unterricht besser auf, machen mehr mit, stellen

interessantere Fragen und sind besser in ihrer Gruppe integriert, sind angepaßter, flexibler, nehmen Wünsche der anderen wahr und teilen ihre eigenen deutlich mit, sie imitieren und kooperieren besser (Perry & Bussey 1984). Sozial kompetente Kinder und Jugendliche sind nicht nur sehr gut in der Lage, Freundschaften zu schließen und aufrechtzuerhalten, sondern auch Freundschaften zu stiften und Streitigkeiten zwischen anderen zu schlichten. Diese Fähigkeit macht man sich zunutze, wenn man sogenannte Schlichterprogramme in Schulen einführt. Sie kommen aus den USA, England, Kanada, Australien und Neuseeland und wurden kürzlich von den Bielefelder Schulpsychologinnen Karin Jefferys und Ute Noack (1993b) modifiziert und in einigen Schulen eingesetzt. Ausgangspunkt war die Beobachtung von Konfliktfällen in der Schule wie Ärgern, Beschimpfen, Schlagen, Kämpfen, Tyrannisieren, Sachbeschädigungen, Aggressivität im Unterricht, Lehrer-Schüler-Spannungen und ähnlichem.
Ziel der Schlichterprogramme ist es, die Schüler/innen direkt an der Schlichtung von Streitigkeiten zu beteiligen und möglichst viele dazu zu befähigen und zu ermutigen. Je jünger die Schüler sind, desto eher ergibt sich die Notwendigkeit einer Co-Schlichtung, das heißt die Zusammenarbeit mit einer erfahrenen Lehrkraft. Um die Vorgehensweise der Schlichtung in Streitfällen zu erlernen, braucht man gewöhnlich eine Trainingsphase von zehn Wochen bei ein bis zwei Wochenstunden. Natürlich muß der Einsatz eines solchen Programms mit den Eltern der Schüler/innen und den eigenen Kollegen besprochen und erfahrungsgemäß bei der Durchführung der Rat von erfahrenen Schulpsychologen eingeholt werden.
In einer Einführungsveranstaltung wird den Schülern/Schülerinnen erklärt, was ein Schlichter ist und worum es sich bei einer Streitschlichtung handelt. Alle Schüler/innen kennen persönlich Streit und Konflikterlebnisse. Daran anknüpfend, werden die Schüler/innen befragt, wie denn eine zurückliegende Konfliktsituation für sie selbst ausgegangen sei, welcher der drei Konfliktausgänge denn bei ihnen vorgelegen habe:

- Gewinner – Gewinner: Beide profitieren unter Wahrung einer guten Beziehung.

- ✘ Gewinner – Verlierer: Nur einer siegt und hat das Gefühl, »gewonnen« zu haben, während der andere unter seiner »Niederlage« leidet.
- ✘ Verlierer – Verlierer: Keiner von beiden hat das erreicht, was er erreichen wollte, beide sind enttäuscht.

Bei der Schlichtungsmethode soll keiner der beiden Streitenden sein »Gesicht verlieren«, es handelt sich wie bei der kooperativen Methode um eine niederlagelose Methode. Der Schlichter muß dabei bestimmte Voraussetzungen und auch Fähigkeiten erfüllen. Er muß zum Beispiel alle Informationen vertraulich behandeln. Die Schüler, die zu ihm kommen, müssen ihm alles anvertrauen können, ohne Angst zu haben, daß er dies weitererzählt. Der Schlichter darf nicht mit einem der beiden Streitenden befreundet sein, er muß eine neutrale Position beiden gegenüber einnehmen. Mit Schülern kann folgendes Merkblatt gemeinsam entwickelt und sichtbar in der Klasse aufgehängt werden (Jefferys/Noack 1993b, 10):

Was ist Schlichtung?
- ✘ Keine Gerichtsverhandlung
- ✘ Konfliktlösung mit Hilfe einer neutralen Person
- ✘ Freiwilliges Gespräch nach Regeln

Ziele
- ✘ Streitpunkte klären
- ✘ Am Konflikt arbeiten ohne »Autoritäten«
- ✘ Eigene Standpunkte überdenken
- ✘ Kompromisse finden
- ✘ Konfliktlösung ohne Niederlage

Vorteile
- ✘ Weniger Aggressionen
- ✘ Weniger Strafen
- ✘ Selbstverantwortlichkeit

Bei einer Schlichtung werden bestimmte formale Schritte eingehalten. Das Zustandekommen ist geregelt, nämlich entweder durch die Streitenden selbst oder durch Empfehlung von Mitschülern und Lehrern, und es wird ein Schlichtungsformular benutzt, auf dem die Namen der Kontrahenten und das Problem sowie die Lösung vermerkt werden. Bei der Schlichtung selbst werden gewisse Regeln eingehalten, die wie bei jedem kooperativen Gespräch darin bestehen, daß man beide ausreden läßt, sich eventuell Notizen macht und das mit anderen Worten wiederholt, was der andere gesagt hat, um sich zu vergewissern, daß man es richtig verstanden hat. Ein Grundprinzip besteht darin, bereit für Zugeständnisse zu sein.

Um diese Fähigkeiten zu trainieren, geht es auch hier wieder darum, die Gefühle des anderen sowie die eigenen wahrzunehmen und eventuell anzusprechen. Die Schüler/innen müssen in der Lage sein, Mimik, Gestik und Körperhaltung des anderen deuten zu können. Dies ist eine Voraussetzung, die im sozialen Miteinander von größter Bedeutung ist. Eine gute Methode des Übens besteht nicht nur darin, den Kindern und Jugendlichen, wie schon weiter oben dargestellt, Photos von unterschiedlichen Gesichtsausdrücken zu zeigen und sie die Gefühle erraten zu lassen, sondern in dem Programm von Jefferys und Noack (1993b) werden auch sogenannte Intonationsübungen vorgeschlagen. Dabei sollen die Kinder zum Beispiel den Satz: »Das habe ich dir bisher überhaupt nicht zugetraut« mehrmals hintereinander, und zwar mit unterschiedlicher Intonation, lesen: Überraschung, Bewunderung, Enttäuschung, Wut, Vorwurf, Ärger ... Sätze dieser Art kann man beliebig variieren. Zentraler Bestandteil des Programms ist auch das Senden von Ich-Botschaften, die wir auch schon weiter oben erwähnten. Ich-Botschaften drücken nur die eigenen Befindlichkeiten aus und verzichten auf jegliche Anklage, Beschuldigung, Unterstellung und Interpretation des Verhaltens des anderen.

Also nicht:	»Du willst mich nicht mitspielen lassen«,
sondern:	»Ich bin traurig, wenn du mich nicht mitspielen läßt.«

Nicht:	»Du hast das mit Absicht getan«,
sondern:	»Es fällt mir schwer zu glauben, daß du es mit Absicht getan hast.«

Nicht: »Du bist gemein, weil du mich ausgelacht hast«,
sondern: »Ich habe mich geschämt, als du gelacht hast.«

Das aktive Zuhören steht bei der Schlichtung im Mittelpunkt der Gesprächsführung. Seine wesentlichen Bestandteile werden nach Jefferys und Noack (1993b, 44) für Kinder und Jugendliche vereinfacht in folgendem gesehen:

Aktives Zuhören
- ✘ Blickkontakt,
- ✘ konzentrierter Gesichtsausdruck,
- ✘ bestätigende Wiederholungen,
- ✘ kurze Zusammenfassungen,
- ✘ keine Beurteilungen/keine Kritik,
- ✘ Vorschläge nicht zu früh,
- ✘ passende Fragen stellen,
- ✘ Interesse zeigen.

Um ein gutes Resultat zu erzielen, kommt es darauf an, in welcher Atmosphäre das Gespräch erfolgt. Dabei ist es wichtig, daß der Schlichter Ruhe ausstrahlt, die sich dann auf die beiden Kontrahenten übertragen kann. Schlichter sollten auf folgendes achten:

Ruhe vormachen
- ✘ entspanntes Gesicht (Stirn, Augenbrauen, Nase, Lippen),
- ✘ normal geöffnete Augen,
- ✘ entspannte Sitzhaltung,
- ✘ Arme locker, offene Hände,
- ✘ langsame, fließende Bewegungen,
- ✘ lockere Schultern,
- ✘ gleichmäßige, sanfte Stimme,
- ✘ langsame Sprechweise mit Pausen.

Helfen, daß der andere redet
- ✘ Fragen ohne Vorwurf,
- ✘ aktives Zuhören, Gesagtes wiedergeben,
- ✘ Verständnis zeigen,
- ✘ Optimismus zeigen (»Wir werden das lösen«).

Helfen, das Gesicht zu wahren

- keine Vorwürfe machen, Fehler nicht herausstellen,
- nicht zuviel auf einmal verlangen.

Dieses Schlichtungsprogramm hilft nicht nur, Aggressionen zu vermindern, sondern verbessert auch Klima und Atmosphäre in der Schule. Unterstützt werden kann dieser Prozeß durch zusätzliche sogenannte Empathie-Übungen, die Jefferys und Noack (1993a) detailliert beschreiben und von denen wir hier einige wiedergeben wollen. Das Ziel der Übungen besteht darin, die Einfühlung in den anderen zu fördern und das gegenseitige Kennenlernen zu unterstützen. Dies kann mit folgenden und ähnlichen Fragen erreicht werden:

Empathie-Übung

- «Was würde ... (Mitschüler/in XY) empfinden, wenn ich ihn/sie ... fragen würde?«
- »Du darfst dir jemanden aus deiner Klasse aussuchen, der jetzt genauso denkt wie du.«
- «Rufe jemanden auf, der zu diesem Thema wahrscheinlich eine ganz andere Meinung hat.«
- »Jeder aus unserer Klasse darf seine Fähigkeit, gut zu trösten, von eins (schwach) bis zehn (stark) einschätzen. Suche dir jemanden aus, von dem du meinst, daß er sich mindestens eine sieben gegeben hat.«
- «Wer kann deine Freude/deinen Ärger am besten verstehen?«

Das alte bekannte Spiel »Mein linker Platz ist frei« eignet sich, ein wenig modifiziert, sehr gut, um auszudrücken, wie gut man glaubt, andere zu kennen: Die ganze Klasse sitzt im Kreis. Ein Schüler darf sich auf seinen freien linken Platz jemanden wünschen, der dieselbe gute Eigenschaft besitzt, wie er selbst. Er soll sie jedoch nicht laut nennen, damit die ganze Klasse raten kann, welche es ist.
Oder aber das bekannte Wahrnehmungsspiel KIM: Jedes Kind der Klasse zeigt für kurze Zeit einen Gegenstand in der Hand. Die Schüler sollen besonders auf die Gegenstände ihrer Freunde achten. Nach kurzer Zeit werden diese weggelegt. Frage an alle:

»Welche zwei Kinder haben sich wohl deine Gegenstände genau gemerkt?« Jedes Kind darf nun raten und die Namen der Kinder nennen.
Diese und viele andere Übungen fördern das so wichtige soziale Verständnis füreinander und miteinander. Sie stellen einerseits die Unterschiedlichkeit von Klassenkameraden heraus, andererseits aber auch die Ähnlichkeit. Das Erkennen von Ähnlichkeiten zwischen sich und anderen schafft ein Gefühl der Nähe und Vertrautheit. Beides wirkt aggressionshemmend.

Entspannungsübungen

Wenn Kinder und Jugendliche Angst und Ärger erleben, wissen sie oft nicht, wie sie mit diesen Gefühlen umgehen sollen. Sie zeigen oftmals Extremreaktionen: Entweder versuchen sie, ihre Gefühle zu unterdrücken, oder aber sie lassen ihnen freien Lauf. Es gibt jedoch Hilfsmittel, mit denen man Angst und Ärger dämpfen, vermindern, verändern kann. Als solche sind die Entspannungstechniken anzusehen, das Autogene Training (Schultz 1966) und auch das seit langem bewährte Jacobson-Training (1938). Beide können von Kindern und Jugendlichen leicht erlernt werden.
Die Sozialpädagogin und Therapeutin Else Müller (1990) gibt an, daß Kinder und Jugendliche, die Kurse für Autogenes Training mitgemacht haben, anschließend konfliktfähiger waren, weil sie sich ihrer selbst mehr bewußt werden. Sie lernen zu erkennen, wer sie sind und was sie wollen. Sie erfahren, daß sie sich mehr selbstbestimmen können, und fühlen eine größere Kraft und größeres Selbstvertrauen, mit Konflikten und Problemen umzugehen. Im Autogenen Training wird vor allem die Phantasie der Kinder und Jugendlichen angeregt. Phantasie spielt bei der Bewältigung des Alltags eine große Rolle und erweitert eingefahrene Sicht- und Verhaltensweisen. Durch Einsatz der Phantasie können ungeahnte und überraschende Lösungen gefunden werden, wie wir es schon bei den Kreativtechniken beschrieben haben. Phantasie läßt nicht nur die eindimensionale Sichtweise zu, sondern ermöglicht eine

Rundumsicht und eine ganzheitliche Betrachtungsweise der Situation.

Phantasie und Konzentration, das sind die beiden Bausteine des Autogenen Trainings nach Müller. Unter Konzentration versteht sie höchste Aufmerksamkeit, die auf einen inneren Ruhepunkt zentriert wird. Der Pädagoge Karlheinz Burk (1984) meint, daß Kinder am besten durch Ruhe und Meditation zu sich selbst finden könnten. Ruhe sei ein Mittel der Selbstwertfindung und der Disziplinierung, ein Mittel zur Herstellung eines Gruppengefühls und außerdem eine Entspannungshilfe.

Das Autogene Training (AT) besteht aus mehreren Übungen: der Ruhetönung und Ruheformel, der Schwereübung, der Wärmeübung, der Atemübung, der Herzübung, der Sonnengeflechtsübung, der Kopfübung sowie der Zurücknahme. Kinder und Jugendliche können Autogenes Training sehr gut über bildhafte Vorstellungen und über Symbole lernen. Nun sollen und können Lehrer/innen in der Schule nicht auch noch AT-Unterricht geben, aber es gibt Elemente daraus, die sie sehr wohl gewinnbringend und ohne großen Aufwand einsetzen könnten. Else Müller (1987a, b) beschreibt Phantasiegeschichten, die mit und ohne Musik sehr leicht im Unterricht eingesetzt werden können, sogar schon in der ersten Klasse der Grundschule.

Manchmal genügt es, die Kinder einige Minuten lang im Unterricht klassische Musik hören zu lassen, sie legen dabei den Kopf auf ihre Unterarme, die etwas angewinkelt auf dem Tisch liegen, und lassen so Ruhe, Entspannung und Konzentration eintreten. Die Phantasie der Kinder wird beflügelt, es entstehen innere Bilder, über die sie anschließend berichten können: »Was habt ihr gesehen?« Diese wenigen Minuten zahlen sich oft verblüffend aus, denn die Kinder sind anschließend wesentlich aufnahmebereiter als vorher.

Man kann die Konzentration auch bewußt auf ihre Atmung lenken und die Kinder bitten, kurz ein-, aber lang auszuatmen und darauf zu achten, was dabei mit ihrer Bauchdecke geschieht. Diese Atemübungen können in Situationen des Ärgers, der Wut und auch der Angst angewendet werden, denn sie haben einen beruhigenden und damit erregungs- und aggressionsmindernden Effekt.

Eine ähnliche Wirkung hat das Jacobson-Training. Es kann sehr

leicht in der Klasse durchgeführt werden und bedarf keiner besonderen Schulung. Karin Jefferys und Ute Noack (1993a, 50–51) geben dafür konkrete Anleitungen.
Wenn der Entspannungszustand beherrscht wird, geht es darum, ihn in belastenden Situationen, dann, wenn Ärger oder Angst hochkommen, hervorzurufen. Dies kann zunächst einmal in der Vorstellung geübt werden, die Anweisung dazu könnte folgendermaßen lauten: »Jeder denkt sich eine bedrohliche Situation aus, in der er wirklich Angst hat.« Dann sagt jeder für sich die Formel: »Ich bleibe ganz ruhig, ich atme erst einmal tief durch. Und ein- und ausatmen, so wie ich es gelernt habe.« Man kann auch situationsspezifische Beruhigungsformeln einüben, zum Beispiel: »Da kommen die Skins. Ich bleibe ganz ruhig. Ich kann immer noch die Straßenseite wechseln. Ich gehe aufrecht und entspannt.«
Zur Selbstbehauptung und zum Umgang mit bedrohlichen Situationen gehört das Einnehmen einer aufrechten, zugewandten, entspannten, jedoch nicht herausfordernden Körperhaltung. Die Grenzziehung ist manchmal schwer. Ein zu aufrechter Gang kann schon wieder provozierend wirken, eine geduckte ängstliche Haltung signalisiert jedoch Unterlegenheit und lädt den anderen geradezu ein, seine Überlegenheit zum Beispiel durch Zuschlagen zu demonstrieren. Deshalb sind Selbstbehauptungsübungen von großer Bedeutung. Dabei spielt die Körperdistanz zum anderen eine Rolle. Die Toleranz dabei ist sehr unterschiedlich, manche ertragen eine geringe Distanz, ohne sich angegriffen oder unwohl zu fühlen, manche brauchen viel Abstand zwischen sich und den anderen. Zur Selbstbehauptung gehören eine feste Stimme, Blickkontakt, freundlicher Gesichtsausdruck, aufrechte Körperhaltung und ein gewisser Abstand zum anderen, der, wie erwähnt, sehr unterschiedlich groß sein kann. Außerdem kommt es darauf an, den anderen mit Namen anzusprechen, deutlich zu sagen, was man will, und auch einen Grund dafür anzugeben.

Können Lehrer/innen dies alles in der Schule leisten?

Man könnte die Frage stellen, ob Lehrer/innen in der Schule nicht vielleicht mit all diesen Maßnahmen überfordert seien? Wir sind nicht der Meinung, denn sie sollen ja nicht alle Vorschläge verwirklichen. Sie sollen sich diejenigen heraussuchen, von denen sie meinen, daß sie ihnen lägen und zu ihrem bisherigen Unterrichtsstil paßten. Sie sollen mit wenigen beginnen und erst einmal Erfahrungen mit ihnen sammeln. Sie werden mit großer Wahrscheinlichkeit erleben, daß erste positive Veränderungen eintreten, und diese werden sie motivieren weiterzumachen.

Aus den bisherigen Erfahrungen ist ein wichtiger Gesichtspunkt abzuleiten: Schulen sollten auf aggressives und gewaltförmiges Verhalten soweit wie möglich mit ihren ureigensten Mitteln als pädagogische Institution eingehen und dabei Stigmatisierungs- und Etikettierungstendenzen vermeiden. Je konsequenter sie mit den ihnen zur Verfügung stehenden Stimulierungs- und Kontrollmöglichkeiten umgehen, desto überzeugender können sie in ihrem Einzugsbereich der Entstehung und Verbreitung von Aggressivität und Gewalt entgegenwirken.

Schule muß für alle Jugendlichen vielfältige soziale und intellektuelle Lernmöglichkeiten bieten, darunter auch die Erfahrung des Umgangs mit Aggressivität und Gewalt. Es kommt dabei vorrangig auf die Art und Weise der pädagogischen Verarbeitung dieser Erfahrungsmöglichkeiten an, ob sie zu einer Stärkung der Persönlichkeitsentwicklung des einzelnen Schülers genutzt werden oder nicht. Je günstiger das soziale Klima, je gerechter und fairer die in der Schule geltenden Regeln für Bewertung und Beurteilung, je klarer die Chancenstruktur und die demokratischen Mitbestimmungsmöglichkeiten, je eindeutiger das eigene Regelsystem der Schule mit den impliziten Steuerungs- und Kontrollmechanismen im Unterricht und im gesamten Schulleben, desto eher werden die Schulen von Schülerinnen und Schülern als wichtiger Bestandteil eines formativen Lebensabschnittes wahrgenommen und anerkannt.

Schüler/innen sollten in der Institution Schule das Umgehen mit sich selbst, mit Frustrationen und Belastungen im Leistungs- und im Sozialbereich lernen, Handlungskompetenzen in den verschiedensten Sektoren ihrer Persönlichkeitsentwicklung entfalten und Gelegenheit erhalten, sich auf vielfältige Anforderungen nicht nur der Schule, sondern auch der sie umgebenden Gemeinde und ihrer sozialen Institutionen vorzubereiten. Je breiter das Erfahrungsspektrum und je vielfältiger die sinnlichen, motorischen, ästhetischen und intellektuellen Anregungsmöglichkeiten sind, die die Schule zur Verfügung stellt, desto günstiger ist die Ausgangslage für das weitere Leben der Schüler.

Schulinterne Lehrerfortbildung

Bevor jedoch jeder Lehrer/jede Lehrerin seinen/ihren eigenen Weg der Gewaltprävention geht, sollte das Lehrerkollegium sich in Pädagogischen Konferenzen mit dem Gewaltproblem an seiner Schule auseinandersetzen. Die Referenten am Landesinstitut in Soest, Ulrich Blascyk und Botho Priebe (1994), empfehlen, in der Planung und Durchführung nach dem Dreischritt vorzugehen: Wahrnehmen und Erleben, Erklären und Deuten, Handeln.
Es ist günstig, wenn sich aus der Mitte der Lehrer/innen und Schüler/innen eine Initiativ- oder Koordinierungsgruppe bildet, die Vorschläge entwickelt und konkretes Vorgehen plant. Alle Maßnahmen sollten mit der Schulleitung abgestimmt werden. Die Initiativgruppe könnte in vier Arbeitsschritten vorgehen:

- ✘ Erarbeitung eines Planungsvorschlags für eine pädagogische Konferenz zum Thema Gewalt;
- ✘ Vorstellen dieses Planungsvorschlags in einer Lehrerkonferenz;
- ✘ Nach erfolgter Abstimmung Vorbereiten und Durchführen der pädagogischen Konferenz;
- ✘ Koordinierung weiterer Maßnahmen innerhalb des Kollegiums, der Schüler- und Elternschaft.

Die Erfahrung in der Zusammenarbeit mit Lehrerkollegien hat gezeigt, daß das Empfinden von Gewalt der einzelnen Lehrerinnen und Lehrer an der eigenen Schule sehr unterschiedlich ist. Was der eine als Gewalt empfindet, stellt für den anderen noch lange keine Gewalt dar und umgekehrt. Der Einstieg in das Thema der pädagogischen Konferenz könnte zum Beispiel lauten: »Wie wir, Kolleginnen und Kollegen in unserer Schule, Aggression und Gewalt wahrnehmen und erleben«. Eine Aussprache hierüber ist notwendig und stellt den ersten Schritt der Beschäftigung mit dem Thema dar. Der nächste besteht darin, Erklärungsursachen zu finden, wobei auch die Anteile der eigenen Person an der Gewaltentstehung reflektiert werden sollten. Die Frage an alle könnte heißen: »Wie deuten wir die dargestellten Aggressions- und Gewaltphänomene an unserer Schule?«, und eine zweite, die sich sofort daran anschließt, lautet: »Welchen Anteil habe vielleicht auch ich daran?« Je nach Atmosphäre im Kollegium und gewohnter Arbeitsweise der Lehrer/innen miteinander könnte die letzte Fragestellung im Partnergespräch beantwortet werden, wobei jeweils ein Lehrer seine Vermutungen im vertrauten Zweiergespräch über den anderen und dessen Anteil an der Gewaltentstehung äußert.

Ist eine solche »Bestandsaufnahme« gelungen, kann man davon ausgehen, daß eine erhebliche Bereitschaft zur Reflexion gegeben ist, die schon »Bewegung« ins Kollegium hineingebracht und den Boden für Veränderungen bereitet hat. Hieraus ergeben sich weitere Handlungsschritte, die Schüler und Eltern mit einbeziehen. Schulpsychologen und schulexterne Beratungslehrer/innen, die als Moderatoren ausgebildet wurden, können den gesamten Prozeß begleiten und unterstützen.

Ausweitung der Maßnahmen über die Schule hinaus

Damit die Schule nicht nur an den Symptomen kuriert, dürfen sich die Hilfs- und Beratungsmaßnahmen nicht auf den Bereich der Schule beschränken. Vielmehr sollten die Maßnahmen andere Bereiche umfassen, die die Lebenswelt der Jugendlichen tangieren. Insbesondere ist dabei an politische Maßnahmen zu denken, die zum einen die Lage der Familien und die Familienerziehung und zum anderen die Möglichkeiten und Chancen bei der Realisierung der beruflichen Vorstellungen verbessern. Jugendlichen muß Sicherheit in der Gestaltung ihrer unmittelbaren Zukunft gegeben werden. Je größer die Chancen für die Jugendlichen sind, daß sie nach Ableistung der Pflichtschulzeit einen Ausbildungsplatz erhalten und darüber hinaus einen Beruf erlernen können, der ihren Fertigkeiten und Fähigkeiten, ihren Interessen und Ansprüchen an

Arbeit und Beruf entspricht, desto mehr wird ihre intrinsische Motivation für die Arbeit gefördert und damit auch die Arbeitsmoral und die Einsatzbereitschaft erhöht.
Egbert Müller und Gaby Chindanusorn (1993), beide Lehrer und Lehrerin in Hamburg, betonen, daß Gewaltprobleme in der Schule einen Schulanteil und einen auf den Stadtteil beziehungsweise die Gesellschaft bezogenen Anteil haben. Es wäre nicht sinnvoll, nur einen Anteil hervorzuheben und den anderen zu vernachlässigen. Schülerinnen und Schüler leben in beiden Systemen: Sie sind Teil des Systems Schule, aber auch des Systems Gesellschaft. Sie verbringen ihre Freizeit außerhalb der Schule. Gewaltprobleme in der Schule sind häufig Ausdruck von sozialen Konflikten und Defiziten im Freizeitbereich.

4.

Gewalt im Freizeitbereich

Ein weiterer Lebensbereich mit häufigen Gewalterfahrungen ist der Freizeitbereich. Er ist heute nicht ohne die große Bedeutung der Gleichaltrigengruppen, der Cliquen und »Gangs« zu verstehen, zu denen sich Jugendliche häufig zusammenschließen. In dem Maße, wie die Familien ihre soziale Bindungskraft im zweiten Lebensjahrzehnt der Kinder und Jugendlichen verlieren, gewinnen die Cliquen und Freundesgruppen an Bedeutung. In ihnen herrscht eine teilweise strenge Hierarchie mit hohem Anpassungsdruck. Cliquen bilden den Bezugsrahmen für viele der alltäglichen Handlungen und setzen die Maßstäbe für Anerkennung und Prestige. Jugendliche, die in anderen Lebensfeldern keinen Erfolg haben, können unter Druck geraten, in der Jugendgruppe ihre Stärke und ihre Männlichkeit unter Beweis zu stellen. Deswegen sind die Jugendcliquen geradezu Foren für Gewalt und Aggressivität, für abweichendes Verhalten und Kriminalität.

Jugendclique und Gewalt

Gewalt wurde in unterschiedlichem Ausmaß immer schon von Jugendlichen ausgeübt. Zwischen dem zwölften und siebzehnten Lebensjahr gehören Gesetzesverstöße und antisoziale Handlungen fast schon zum »normalen« Verhalten Jugendlicher. Gewalthandlungen Jugendlicher sind fast immer Gruppendelikte. In der Gruppe fühlt sich der Jugendliche stark und sicher, geschützt und wagemutig zugleich. In der Gruppe erlebt er Spannung und Abenteuer, in der Gruppe kann er endlich das ausleben, was ihm in Familie und Schule nicht gestattet wird, er kann »auf den Putz hauen«, Regeln überschreiten und den Reiz des Verbotenen gemeinsam mit anderen genießen und ausleben: »Wenn ich mit meinen Freunden zusammen bin, brauche ich nicht soviel Rücksicht zu nehmen, ich kann sagen, was ich denke, ich kann

›Scheiße bauen‹, Spaß haben, rumalbern«, oder: »Prügeleien gehören nun einmal dazu, dem anderen ›die Fresse polieren‹ macht eben Spaß.«

Michael, dreizehn Jahre alt, lebt mit seiner Mutter und seinen beiden jüngeren Schwestern in beengten Wohnverhältnissen in einem Wohnblock. Täglich gibt es Streit und Auseinandersetzungen wegen Kleinigkeiten. Michael hat es satt, immer Rücksicht nehmen zu müssen. Er hat keine Lust, der berufstätigen Mutter im Haushalt zu helfen oder auf die kleineren Geschwister aufzupassen. Er empfindet alles als Einschränkung seiner Freiheit.
Michael verbringt den größten Teil seiner Freizeit mit seinen Freunden in der Clique. Hier sagt ihm niemand, was er tun soll, niemand macht ihm Vorschriften. Hier fühlt er sich wohl und ungezwungen. Die gemeinsamen Unternehmungen sind spannend und machen ihm Spaß. Meistens wird spontan entschieden, wohin sie gehen. Oft durchstreifen sie Kaufhäuser und Läden, haben jedoch schon in einigen Geschäften Hausverbot, da sie beim Diebstahl ertappt worden sind. Michael hat dabei kein Unrechtsbewußtsein, er bezeichnet das Stehlen als Mutprobe und genießt es sogar, wenn er vor den Augen der anderen von der Polizei auf die Wache mitgenommen wird. Michael sagt: »Die sollen sich bloß nicht so anstellen, das zahlt ja ohnehin die Versicherung!«

Die Grenzüberschreitung von legalen Handlungen zu illegalem Tun geschieht oftmals unmerklich, das Handeln der Jugendlichen befindet sich häufig in einer Grauzone zwischen Erlaubtem und Verbotenem, und gerade dies macht den Reiz aus.

Die gemeinsame Aktion in Gruppen

So unterschiedlich die Gruppen auch sein mögen, ein bestimmtes Gefühl ist in ihnen vorherrschend, nämlich das der Gemeinschaft, der Solidarität und Stärke. Die Jugendlichen machen die Erfahrung, daß sie gemeinsam stark und erfolgreich sind. Um den Gruppenzusammenhalt immer wieder aufs neue zu erleben, bedarf es permanenter Aktionen und gemeinsamen Handelns. In Gruppenaktionen zeigt sich die Zusammengehörigkeit und die soziale Eingebundenheit des einzelnen. Ob legale oder illegale Handlungen, der Übergang ist oftmals fließend, sie sind häufig Ausdruck des Augenblicks, erfolgen spontan und sind nicht immer geplant. Die gemeinsame Aktion bedeutet Spaß, Unterhaltung und ein Durchbrechen der Langeweile. Der Reiz besteht im gemeinsamen Erleben von Lust, Sensation und Nervenkitzel (Ohder 1992). Ein Jugendlicher sagt dazu: »In der Clique, da fühlt man sich stark, da kannst du was erleben, da kannst du auch mal zuschlagen, und die Kameraden stehen hinter dir!«

Gibt es zwischen Jugend und Gewalt eine »unheilvolle Allianz« (Pilz 1993, 16)? Die meisten der gewalttätigen Handlungen Jugendlicher werden in Gruppen, Cliquen, Gangs und Banden ausgeführt, und häufig ist dabei Alkohol im Spiel. In Frankfurt gibt es zur Zeit 500 bandenmäßig organisierte Jugendliche. In München beherrschen etwa 800 »Rapper« und »Teds« die Szene, und in Berlin reicht die Szene von »Skinheads« über »Heavy-Metal-Fans« bis zu den sogenannten Outfit-Gruppen. Zu den häufigsten Gewaltdelikten zählt der Raub auf offener Straße, wobei 40 Prozent der ermittelten Täter zwischen vierzehn und siebzehn Jahre alt sind. Bei den Überfällen wird geschlagen, geboxt, getreten, geknüppelt und mit Messern und Gaspistolen bedroht. Diese Jugendlichen repräsentieren nicht die Mehrheit der Jugend, sondern sie stellen zahlenmäßig eine Minderheit dar, die jedoch aufgrund ihrer Gewalttätigkeit immer mehr in den Blickpunkt der Öffentlichkeit rückt.

Ein gewisser negativer Lernprozeß ist hierbei nicht auszuschließen, der durch die Medien noch gefördert wird. Die Jugendlichen haben erfahren, daß »gewalttätiges« und besonders »rechtsextremistisches« Verhalten das Interesse der Medien und der Öffentlichkeit weckt. Sie werden plötzlich beachtet und stehen im Zentrum der Berichterstattung. Sie verfahren nach dem Motto »Gewalt erregt Aufmerksamkeit«, sind zu Interviews bereit und lassen sich sogar in besonders abschreckender und provozierender Weise photographieren. Viele Jugendliche kosten ihre unerwartete

»Berühmtheit« aus und passen sich ihrem negativen Image erst recht an (Ohder 1992).

Die Tatsache, daß sich Jugendliche zusammenschließen, gemeinsam etwas unternehmen und dabei ihre eigenen Normen aufstellen, die häufig von denen der Gesellschaft abweichen, ist ein bekanntes Phänomen. Daß Gewalt schon immer mehr oder weniger in den vergangenen Jahren im Spiel war, darf jedoch nicht zu einer Verharmlosung führen, denn Gewalt steht immer auch für eine gesellschaftliche Realität der Gegenwart. Gewalt unter Jugendlichen und von Jugendlichen gegen Erwachsene ausgeführt, verhindert Lern- und Lebensprozesse. Sie trifft die Opfer brutal, aber sie zerstört auch die Zukunft der Täter. Das Verhalten Jugendlicher ist ein Seismograph für gesellschaftliche Enwicklungen. Gewalttätiges Handeln kann auf negative Tendenzen und Mißstände hinweisen, Gewalt verweist auf Schwachstellen in unserem Zusammenleben (Schwind/Baumann 1990).

Unser Anliegen ist es aufzuzeigen, daß der Schlüssel zur Gewalt der Jugendlichen in der Umwelt und den strukturellen Bedingungen der Lebenswelt dieser Jugendlichen liegt. »Wo Jugendliche nicht selbst gehört werden, wo sie keine Stimme haben, nichts bewirken können, da wächst die Neigung zur Idealisierung von Gewalt als politischer Aktion«, schreibt Detlev Berentzen (1992, 68), und wer etwas verändern möchte, der muß sich die Mühe machen, zu verstehen, warum die Jugendlichen zu dieser Form der Gegenwehr und Aktion greifen, um auf sich aufmerksam zu machen. Wir wollen im folgenden aufzeigen, in welcher Umwelt unsere Kinder und Jugendlichen aufwachsen und wie es zu Gewalt im Freizeitbereich kommen kann.

Woher kommt die Gewalt Jugendlicher?

Weder Eltern noch Lehrer, noch Freunde können ihren Kindern die Gewißheit geben, daß sie das verwirklichen und aus sich machen können, was sie wollen und anstreben. Der gesellschaftliche Zukunftshorizont ist für Jugendliche kaum berechenbar. Verbindliche Zukunftsperspektiven und kalkulierbare Realisierungsmöglichkeiten für eigene Lebenspläne existieren nicht. Kein Mensch und keine Institution kann ihnen die Garantie für eine lebenswerte Zukunft geben.

Enge Spiel- und Erlebnisräume

Die Entfaltungsspielräume im Kindes- und Jugendalter sind heute einseitig und eingeschränkt. In Bereichen, wo es um die Entfaltung ihrer Körperlichkeit und Sinne geht, stoßen sie auf lauter Schranken, Begrenzungen und Verbote. Den Bedarf an Abenteuer und Grenzüberschreitung können sie in einer durchrationalisierten und zugepflasterten Lebenswelt nur in Grenzen erfüllen. Sie haben geringe Möglichkeiten, ihren Spieltrieb, ihre Spontaneität und ihre »gesunde« Aggressivität freizulassen und auszuleben, finden nur wenige Nischen vor, um Nervenkitzel, Angst, Lust und Risikobereitschaft zu erleben. Es erscheint plausibel, daß aus dieser als einschränkend empfundenen Lebenssituation heraus Impulse für Aggression und Gewalt entstehen und deswegen auch zum realen Erfahrungshorizont in der jugendlichen Gleichaltrigengruppe gehören.

Typisch für das Freizeitverhalten von Kindern im Grundschulalter ist heute ein hoher Grad an Verplanung und Organisiertheit. In vielen Fällen werden die Kinder von ihren Eltern während eines Tages zu verschiedenen Treffpunkten transportiert. Es gibt wenige Bereiche, in denen sie sich spontan und ungeplant aus eigenem Antrieb bewegen können. Deswegen erweitern sie ihren Lebensraum auch nicht, wie es pädagogisch wünschenswert wäre, schrittweise aus eigener Kraft, sondern leben in voneinander abgetrennten sozialen Feldern (»sozialen Inseln«). Ähnlich wie von Erwachsenen wird von ihnen ein hoher Grad an Zeitdisziplin verlangt. Ihre Nachmittage sind verplant und mit Terminen ausgebucht. Für spontane Entschlüsse und Verabredungen bleibt kein Raum.

Viele denken darüber nach, ob hierin nicht auch einige der Ursachen für Zappeligkeit, Nervosität und Konzentrationsmangel, die schon bei Grundschulkindern gefunden werden, liegen könnten.

Zugleich sind nur wenige und ausschließlich für Kinder und Jugendliche reservierte Räume in der Öffentlichkeit vorhanden. Wo sollen unsere Kinder spielen? Wo können sie sich frei entfalten, herumtoben und ungefährdet und unbeeinträchtigt vom Verkehr und von Erwachsenen ihre Kräfte messen und ihre körperlichen Fähigkeiten entwickeln?

Veränderte Lebensbedingungen haben dazu geführt, daß Kinder heute neuartige Formen des aktiven Umgangs mit ihrer Lebenswelt entwickeln müssen. Straße und Wohnumgebung stehen dabei nur eingeschränkt als Erlebnisräume zur Verfügung. Spielkontakte müssen weitgehend von den Eltern hergestellt werden. Die »Versorgung« des Kindes mit Spielkontakten kann als ein wichtiger Teil der Erziehungsleistungen von Eltern gewertet werden. Die materiellen, zeitlichen und regionalen Voraussetzungen und auch der Bildungshintergrund der Eltern sorgen dabei für erhebliche Unterschiede. Kinder im Vorschulalter sind jedenfalls weitgehend von den Möglichkeiten ihrer Eltern abhängig, sie zu Treffpunkten, zu entfernten Vereinsräumen, zu Sportaktivitäten oder zu Freunden zu fahren. Es gibt nur wenige Felder, in denen sich kindliche Aktivitäten spontan ergeben können.

Je nach Lebensbedingungen der Familie und regionalen Angeboten stehen für Kinder verschiedene Lebens- und Betreuungsorte nebeneinander: Familie, Kindergarten, Spielkontakte in anderen Familien, Spielplätze, organisierte Spiel- und Lerngruppen wie Musikschule und Ballettunterricht, Betreuung im erweiterten Verwandtenkreis oder Nachbarschaftshilfe. Diese Bereiche sind jedoch sehr stark von Erwachsenen und deren pädagogischen Vorstellungen geprägt und schränken die Möglichkeiten der Kinder zur Selbstbestimmung und -regulierung zusammen mit Gleichaltrigen, also gerade ohne Vorstrukturierung und Vorgabe der Erwachsenen, erheblich ein (Colberg-Schrader/von Derschau 1990, 22).

Die Eltern suchen nach Möglichkeiten zum Spielen mit anderen Kindern, stellen Kontakte her, verabreden Termine zum Spielen, fahren die Kinder mit dem Auto zu den Treffpunkten. Die Eltern bauen damit ihren Kindern die sozialen Brücken in die Welt außerhalb der Familie. Typischerweise geschieht das nach einem organisierten und zeitlich durchstrukturierten Raster in vorab geplanten und fixierten Grenzen. Das Spielverhalten der Kinder wird damit durch die Eltern vermittelt, die Orte des Spielens, meist speziell zu diesem Zweck eingerichtete Stätten, werden von ihnen ausgesucht (Engelbert 1986). Auf diese Weise entstehen nur wenige Situationen, in denen sich Kinder ohne das wache Auge von Eltern oder anderen Erwachsenen frei bewegen können.

Familie B. wohnt an einer gefährlichen Durchgangsstraße. Ihr Grundstück stößt direkt an einen schmalen Bürgersteig. Der sehr kleine Vorgarten bietet keinerlei Spielmöglichkeiten, ein Garten hinter dem Haus ist nicht vorhanden.
Familie B. hat einen achtjährigen Sohn, Andreas, der wild, ungestüm und kaum zu bändigen ist. Er kann nur ganz kurzfristig in seinem Zimmer spielen, schon nach wenigen Minuten drängt es ihn nach draußen. Doch wo kann er spielen?
Frau B. fährt ihn zum Spielen ein paar Straßen weiter auf einen Spielplatz, auf dem es jedoch nur einen Sandkasten gibt, eine Rutsche für Kleinkinder und ein Klettergerüst. Für Andreas sind dies viel zu geringe Angebote.
Am liebsten würde er auf einem Fußballplatz bolzen, aber dieser liegt weiter weg, und die Mutter muß ihn auch dort hinbringen. Sie kann ihn weder allein noch mit Freunden zusammen dorthin gehen lassen, es ist viel zu gefährlich. Andreas zeigt auch noch nicht die nötige Umsicht, um allein im Straßenverkehr zurechtzukommen.
Zweimal pro Woche nimmt Andreas an einem Judokurs teil, zu dem ihn ebenfalls die Mutter hinfährt, hierbei kann sie sich jedoch wenigstens mit einer anderen Mutter abwechseln, die Andreas dann abholt. Zur Schule fährt Andreas mit dem Schulbus, der zwar direkt vor seiner Tür hält, aber mindestens 20 Minuten bis zur Schule braucht. Da der Weg zu den Wohnungen seiner Klassenkameraden zu Fuß viel zu weit ist, muß ihn auch hier die Mutter stets mit dem Auto bringen und abholen, wenn er sich nachmittags mit seinen Freunden treffen will. Die Großeltern wohnen in einer anderen Stadt und kommen daher nur einmal im Monat oder noch seltener zu Besuch.

Der Lebensraum von Kindern erweitert sich unter diesen Umständen nicht allmählich mit der wachsenden Selbständigkeit des Kindes, so daß mit steigendem Alter ein immer größerer Radius erschlossen werden kann, sondern er besteht schon von klein auf aus einer Menge weit voneinander entfernter »sozialer Inseln« in einem größeren Einzugsbereich. Den Zusammenhang zwischen diesen verschiedenen Inseln kann das Kind selbst nicht sinnlich wahrnehmen (Zeiher 1983). Die Lebenszeit ist in Stücke geteilt, und die Aufenthaltsbereiche sind voneinander abgetrennt. Die einzelnen Beziehungen und sozialen Kontakte in den verschiedenen verinselten Bereichen hängen nicht miteinander zusammen, sondern folgen jeweils ihrer eigenen Logik und haben ihren eigenen Rhythmus. Der aktiven und spontanen Eroberung der sozialen und natürlichen Umwelt durch Kinder sind damit erhebliche Grenzen gesetzt. Kinder haben es schwer, aus ihrer Lebenssituation mit eigenen Mitteln ein sinnvolles Ganzes herauszukristallisieren (Melzer/Sünker 1989).
Sobald die Kontakte zu den Gleichaltrigen zu einem wichtigen organisierenden Element des Alltags werden, etwa mit neun oder zehn Jahren beginnend, werden die Möglichkeiten der Kinder größer, eigene Akzente in ihrer Freizeitbeschäftigung zu setzen. Charakteristisch sind auch in dieser Phase vereinbarte und wechselnde Kontakte, meist in Zweiergruppen. In dieser Altersphase meiden die Kinder noch die Einordnung in einen Gruppenzusammenhang mit seinen sozialen Zwängen, aber auch bei Einzelverabredungen müssen sie planen und genau wissen, was sie tun wollen, die Uhrzeit festlegen und konkrete Vereinbarungen treffen. Typisch vor allem für Kinder aus gutsituierten Familien ist ein zeitlich durchstrukturierter Tag mit vielen »verbindlichen« Terminverpflichtungen (Zeiher 1983).
Innerhalb der Wohnung und im Wohnumfeld werden an Kinder heute hohe Anforderungen an ihr Organisationsvermögen, ihre Zeiteinteilung und ihre Fähigkeit zur Disziplin gestellt. Dem spontanen, alle Sinne einsetzenden Such- und Tastverhalten der Kinder kommt das nicht gerade entgegen. Im Wohnungsbereich sind zwar die der gesamten Familie zur Verfügung stehenden Flächen heute im Durchschnitt erheblich größer als noch vor zwanzig Jahren, aber sie sind meist wenig auf die motorischen und

sensorischen Bedürfnisse insbesondere von kleinen Kindern eingerichtet, sondern eher auf Erwachsene zugeschnitten. Auch hier zeigt sich innerhäuslich ein Trend zur »Verinselung« und Funktionalisierung in der Einrichtung von kindgemäßen Spezialräumen wie »Kinderzimmer«, »Tobekeller«, »Spielecke« und »Partyraum«.

Die ökologische Gestaltung der Wohnung ist heute von größerer Bedeutung als vor einer Generation, denn Kinder verbringen erheblich mehr Anteile ihrer »Freizeit« innerhalb der Wohnung als früher, wenn man einmal den Aufenthalt in Kindergärten und Schulen als »Wohnraum« klassifiziert. Die Bedeutung der Wohnräume für die Freizeitgestaltung ist gestiegen, und damit kommt der räumlichen Gestaltung der Wohnung eine große Rolle zu. Nur wenn Eltern bereit sind, die gesamte Wohnung wirklich mit ihren Kindern zu teilen, kommen sie deren Entwicklungsbedürfnissen nach.

Voraussetzung ist natürlich, daß überhaupt genügend Wohnfläche zur Verfügung steht, und das ist gerade bei Familien mit mehreren Kindern zunehmend nicht der Fall. Faktisch erhalten Kinder unter beengten Wohnverhältnissen meist den kleinsten Raum einer Wohnung, der oft den geringsten Wohnwert hat.

Innerhalb und außerhalb der Wohnung ist das Spielen der Kinder ein wichtiger Bestandteil der Persönlichkeitsentwicklung, ein lebensnotwendiges Feld für die Entfaltung der eigenen Möglichkeiten. Das Spielen dient der produktiven Auseinandersetzung mit den eigenen Bedürfnissen, eigenen Interessen, sozialen Anforderungen und räumlichen Gegebenheiten. Spielen schafft einen Freiraum für persönliche Produktivität und ermöglicht es Kindern, sich auf eine intensive und vielschichtige Weise mit ihren persönlichen Anlagen und Fähigkeiten auseinanderzusetzen. Spiele sind ein Übungs- und Experimentierfeld für die Anforderungen des späteren Lebens, durch ihren »unernsten« Charakter bieten sie einen Schonraum an, um eigene Bedürfnisse nach bestimmten Mustern und Regeln auszuprobieren und auszutesten. Sie sind sehr wichtig, um bestimmte Formen des sozialen Verhaltens, des Kombinierens und der Phantasie zu entwickeln, sich mit Erfolgs- und Mißerfolgserlebnissen auseinanderzusetzen, Konflikte austragen zu lernen, Gefühle freizusetzen und sich in die Situation von Spielkameraden hineinzuversetzen.

Die den Kindern heute zugewiesenen Räume sind schmal und eng geworden. Kinder haben heute kaum noch Möglichkeiten, sinnliche Erfahrungen zu machen, Gegenstände in ihren Händen zu spüren, zu begreifen und sie sich anzueignen. Die meisten Straßen, vor allem im städtischen Bereich, stellen heute Grenzen für den Spielraum und den spontanen Übungsraum von Kindern dar. Verkehrsunfälle sind die Haupttodesursache im Kindes- und Jugendalter. Innerhalb der Wohngebiete werden künstliche Spielinseln gebildet, um überhaupt noch Erfahrungsmöglichkeiten zu sichern. Ein spontanes Neugier- und Entdeckungsverhalten ist durch die Entwicklung des modernen großstädtischen Verkehrs nur noch begrenzt möglich. Die meisten Kinderspiele benötigen viel Platz und ebene Flächen – und daran fehlt es. Kinder brauchen viel mehr verkehrsberuhigte Spielzonen und unbefahrbare Bereiche, in denen sie ein Spielangebot vorfinden oder unkompliziert spielen können.
Voneinander abgegrenzte Lebensbereiche bergen gerade für junge Menschen die Gefahr, sich in verschiedenen Lebenswelten auch unterschiedlich wahrzunehmen, zu bewerten und zu erleben: Schule hat zum Beispiel nichts mit Freizeit zu tun und der Wochentag nichts mit dem Wochenende. Schüler, die tagsüber wohlangepaßt sind, flippen abends total aus, und in der Clique verhalten sich Jugendliche häufig ganz anders als in der Familie. Während sie hier oftmals Regeln ablehnen, akzeptieren sie sie dort und ordnen sich sogar unter. Die Tatsache, daß die einzelnen Bereiche so sehr voneinander getrennt sind und keine Verbindungen zwischen ihnen bestehen, erhöht das Risiko einer gelingenden Identitätsbildung und kann dazu führen, daß Jugendliche sich selbst nicht als »eine einheitliche Person« wahrnehmen, sondern als eine Person mit sehr vielen unterschiedlichen Lebensstilen, die nicht zueinander passen.
Wo sollen die Kompetenzen entwickelt werden? Wo sind die Erlebnis- und Erfahrungsräume für Jugendliche, die sie von den kommerziellen Verlockungen ebenso abhalten können wie von abweichenden und gefährlichen Abenteuererlebnissen in Cliquen? Das Dilemma liegt darin, daß Jugendlichen sozial und materiell heute sehr viel mehr möglich ist als früher, daß aber eine wirkliche Herausforderung und Befriedigung ihrer Interessen und Bedürfnis-

se nicht geschieht und ihnen eine Erprobung eigener Körpertätigkeit und psychischer und sozialer Kompetenz nicht gestattet wird. Es fehlen die Räume für nichtkommerzielle, nichtorganisierte, nichtpädagogisierte und nichtbetreute Aktionen und Tätigkeiten, in denen die eigenen Möglichkeiten und Grenzen des Verhaltens erprobt werden und in denen in tastender Absicht auch gegen »Recht und Ordnung« verstoßen werden darf.
Bewegungsfeindliche, erlebnis- und kontaktarme Wohngebiete und Wohnräume sowie unattraktive Freizeitangebote, eine starke Konsumorientierung und eine Konkurrenzsituation unter den Jugendlichen führen einerseits zur Unzufriedenheit und andererseits zu einem gesteigerten Bestreben, sich wenigstens in der Gruppe der Gleichaltrigen darzustellen und Macht und Ansehen zu erlangen. Viele Jugendliche »hängen rum« und wissen nichts mit sich anzufangen, gleichzeitig wächst ihr Bedürfnis nach Spannung und Abenteuer, und diese Mischung ist oftmals der Nährboden für Aggressivität und Gewalt (Pilz 1993). Die ungünstige Ausgangssituation wird durch gesellschaftliche und jugendspezifische Faktoren gestärkt.

Gesellschaftliche Einflußfaktoren

Arbeitsmarktsituation: Knapp bemessene Lehrstellen lassen vor allen Dingen diejenigen Jugendlichen noch stärker ins soziale und gesellschaftliche Abseits rutschen, die eine niedrige oder gar abgebrochene Schulbildung haben. Diese Jugendlichen haben sehr schlechte Berufsaussichten, keine Zukunftsperspektiven und im Grunde nichts mehr zu verlieren. Sie sagen sich: »Was soll die ganze Anstrengung? Ich kriege sowieso keine Arbeit!«
Werteverunsicherung: Der in unserer Gesellschaft zentrale Wert »Leistung« verflüchtigt sich in vielen Bevölkerungsgruppen. Vorrangig ist dabei nicht eine Verneinung von Leistung, sondern der Wunsch nach Veränderung der Bedingungen und Ziele, unter denen und für die Leistung erbracht werden soll: Die Anstrengung soll einen Sinn und ein Ziel haben. Leistung, ob in der Schule oder in der Lehre, soll mit späterer Gratifikation verbunden sein und Aussicht haben, sich in beruflichem Erfolg auszuzahlen. Die Ar-

beit soll der Selbstentfaltung und Selbstverwirklichung dienen. Diese hohen Ansprüche lassen sich im Alltag von Schule und Lehre nur selten einlösen. Viele Jugendliche sind enttäuscht, weil sie die Erfahrung machen: »Was wir in der Schule lernen, nützt uns im Leben überhaupt nichts! Alles überflüssiger Kram!« Andere beklagen den fehlenden Zusammenhalt der Menschen und den zunehmenden Egoismus, aber für sich selbst nehmen sie in Anspruch, in ebendieser Selbstbezogenheit leben zu dürfen. Immer wieder betonen sie, daß sie ihr Leben jetzt genießen wollen und nicht erst später. In beiden Fällen kann die Ausgangssituation als eine strukturell frustrierende, unbefriedigende Lage empfunden werden, aus der man durch Extremerlebnisse zu fliehen sucht.
Klischeehafte Männlichkeitsbilder: Auffällige Jugendliche befinden sich in Lebenszusammenhängen, in denen sie körperliche Gewalt als alltägliches und legitimes Mittel der Interessendurchsetzung erfahren haben. Sie setzen vor allem dann ihre Körperkräfte ein, wenn sie sonst keine Möglichkeiten sehen, sich hervorzutun. Im Sinne eines aggressiven Männlichkeitsideals stellt für sie das Kämpfen innerhalb und zwischen Gruppen ein probates Mittel dar, um Ansehen zu erlangen und aufrechtzuerhalten. Da Gewalthandlungen oft Gruppendelikte sind, muß auf die Dynamik der Gruppenhandlungen hingewiesen werden. In der Gruppe schwinden ganz entscheidend die Hemmschwellen, und es kommen geradezu animalische Verhaltensmuster an die Oberfläche. Das Gefühl, ein Individuum zu sein, wird ausgelöscht. Der amerikanische Journalist Bill Buford (1992, 234) beschreibt dies folgendermaßen: »Was mich anzieht, sind die Momente, wo das Bewußtsein aufhört: Momente, in denen es ums Überleben geht, Momente von animalischer Intensität, der Gewalttätigkeit, Momente, wenn keine Vielzahl verschiedener Denkebenen besteht, sondern nur eine einzige – die Gegenwart in ihrer absoluten Form.«

Entwicklungsspezifische Einflußfaktoren

Unstillbarer Erlebnishunger: Der alters- und entwicklungsspezifisch hohe Bedarf an Abenteuer, Erlebnis und Grenzüberschreitung kann in einer stark disziplinierenden und zugleich hoch kommerzialisierten Alltagswelt von Jugendlichen nur schwer erfüllt werden. Deswegen ist vermutlich der Anteil von Jugendlichen hoch, der im Freizeitbereich nicht nur über Drogenkonsum, sondern auch über sonstige riskante und manipulative Verhaltensweisen extreme Sinneserfahrungen erwartet. Nervenkitzel, Angstlust, Risikobereitschaft und gefährlicher Übermut gehören schon heute für eine spürbare Minderheit von Jugendlichen zu den Antriebskräften des Freizeitverhaltens.

»Aggressive Langeweile«: Ausdrucks- und Kompensationsformen dieses Gefühls sind unter anderem riskantes Verkehrsverhalten, Autorasen, Bungeespringen, U-Bahn- und Fahrstuhlsurfen, Autobahnjogging. Daß Jugendliche sich hierdurch objektiv in Gesundheits- und sogar in Todesgefahr begeben, ist ihnen teilweise bewußt. Im Vordergrund steht aber nicht dieses Bewußtsein, sondern das Gefühl der Steigerung und Stärkung des Ich-Gefühls und des Selbstwerts. Viele bewegen sich bewußt oder unbewußt in dem Grenzbereich zwischen Leben und Tod, sie »spielen« mit ihrem Leben. »S-Bahn-Surfen ist geil, da ist es mir total egal, ob ich an einen Pfahl klatsche oder nicht...« (Pilz 1993, 16). Viele Jugendliche haben zwei Identitäten, eine bürgerliche Alltagsidentität und eine jugendkulturelle Identität. Am Wochenende oder in ihrer Freizeit packt sie dann das »saturday night fever«, und sie drängen hinaus aus ihren Alltagsbeschäftigungen, um ein »Flow«-Erlebnis zu haben (Csikszentmihalyi 1992). »Flow« ist das, was man beim S-Bahn-Surfen oder beim Skateboardfahren erlebt, es ist ein absolutes Hochgefühl und schafft genau die Erfahrungen, die sich Jugendliche oft wünschen und die sie aus ihrem häufig langweiligen Alltag herausreißen.

Ein ähnliches Gefühl scheint auch den Kern der Faszination der Hooligan-Aktivitäten auszumachen. Der Buchtitel *Geil auf Gewalt* (Buford 1992) drückt die Mischung von Lust, Erregung und Gewalt treffend aus und beschreibt das prickelnde antisoziale Gefühl, das Hooligans in der Masse erleben und das von einer Intensität zu sein scheint, die einem bewußtseinsverändernden Erlebnis gleichkommt: »Gewalt ist eines der stärksten Erlebnisse ..., eine der stärksten Lustempfindungen« (Buford, 1992, 234).

Warum werden Jugendliche in ihrer Freizeit gewalttätig? Wie die Erörterung zeigt, ist Gewalt im Freizeitbereich eine Antwort auf die Lebensverhältnisse und Lebensbedingungen. Die hedonistische Grundeinstellung vieler Jugendlicher, das heißt ihr Wunsch, hier und jetzt etwas erleben zu wollen, ihre nur mangelhaft ausgeprägte Fähigkeit zum Bedürfnisaufschub, ihr Bedürfnis nach Abenteuer und Nervenkitzel, ihr eintöniges und oftmals stumpfes Leben ohne Anregungen, dies alles kann sich in gewalttätigen Aktionen, im Randalieren und Zerstören Bahn brechen.

Wenn Konsum die Freizeit bestimmt

Einen guten sozialen Status zu erwerben bedeutet im schulischen Bereich, Leistung, und im außerschulischen Bereich, Anerkennung und Achtung wenigstens unter den Gleichaltrigen zu erzielen. Gelingt das eine nicht, wird das zweite angestrebt. Das soziale Leben in der Gruppe wird durch den Besitz von Statusgütern der verschiedensten Art geprägt. Die größte Rolle spielen dabei Geld, bestimmte Kleidungsstücke und Medienausstattung. Kann ein Jugendlicher nicht mithalten, erfährt er erhebliche psychosoziale Belastungen, die mit Gefühlen des Zurückgesetztseins, der Isolation und des Ausgeschlossenseins einhergehen. In soziologischer Terminologie wird dies auch »Statusdeprivation« genannt.
Je stärker die Jugendlichen das Gefühl haben, bei den vermeintlich unverzichtbaren Requisiten im Vergleich zu den anderen zu kurz zu kommen, desto größer ist ihre Bereitschaft zu delinquentem und aggressivem Verhalten. Für die Gleichaltrigengruppe gilt ähnliches wie für die Schule: Jugendliche, die auf den in der Gruppe anerkannten Wegen sich keine Aufmerksamkeit verschaffen können, geraten in Zugzwang und nehmen zu alternativen Methoden Zuflucht. Um Gleichaltrigen zu imponieren, um sich soziale Anerkennung zu verschaffen, versuchen manche Jugendliche mit destruktiven Mitteln das zu erreichen, was ihnen mit konstruktiven Methoden nicht möglich war.

Anspruchsdenken und Konkurrenzverhalten unter Jugendlichen

Jugendliche verbringen den größten Teil ihrer Freizeit in Jugendcliquen; eine Freizeit, die zunehmend unter Kommerzialisierungsdruck gerät und in der Wettbewerbe um Anerkennung und Prestige auch über das Ausmaß an Konsum ausgetragen werden, das das einzelne Gruppenmitglied vorlegen kann. Wer im Wettstreit um prestigeträchtige Statussymbole den kürzeren zieht, wer nicht über die nötigen finanziellen Ressourcen verfügt, um sich diese Güter auf legalem Wege zu besorgen, kann schnell in Aggressivität und Kriminalität hineingetrieben werden. Frustrationen und Enttäuschungen, nicht »dazuzugehören« und gewisse Standards der Konsumgesellschaft nicht erlangen zu können, können dann zu Aggressionen führen, wenn keine anderen Verarbeitungsmöglichkeiten zur Verfügung stehen.

Philipp, ein vierzehnjähriger Hauptschüler, kommt in die schulpsychologische Beratungsstelle. Sein »Schulproblem«, Verweigerung der Hausaufgaben und der Mitarbeit im Unterricht sowie störendes Verhalten in der Klasse, steht zunächst im Mittelpunkt, doch schon bald verlagern sich die Gesprächsinhalte auf sein überzogenes Anspruchsdenken innerhalb der Familie.

Philipp stellt an seine Eltern mit der größten Selbstverständlichkeit die allergrößten Ansprüche hinsichtlich Kleidung und Taschengeld. Er verlangt und fordert geradezu von ihnen, daß sie ihm seine Wünsche erfüllen: »Wenn ihr mir mein Taschengeld erhöht, strenge ich mich auch wieder in der Schule an.« Er versucht sogar, seine Eltern mit der Drohung zu erpressen, ihr Haus anzuzünden, und versetzt sie damit in Angst und Schrecken. Philipp ist in seiner Klasse Außenseiter. Er wird von seinen Klassenkameraden verspottet, gestoßen und verhauen. Aus dem Familienproblem wird ein »Beziehungsproblem« zwischen ihm und den Klassenkameraden.

Im Laufe der Beratungsgespräche erweist sich Philipp als unglücklich und hilflos. Er weint bitterlich, als das Gespräch auf seine Klassenkameraden kommt. Er hat im Grunde keinen wirklichen Freund, der zu ihm hält und ihn verteidigt. Jeder in der Klasse scheint auf sich selbst angewiesen zu sein, es gibt bei Prügeleien weder Hilfe noch Unterstützung von anderen.

Die Mutter ahnte von diesen Ängsten nichts und war schockiert. Es wurde immer deutlicher, daß Philipp versucht, im Konsumverhalten mitzuhalten und sich dadurch Anerkennung zu verschaffen.

Freizeitverhalten ist für Kinder und Jugendliche heute zu einem ganz überwiegenden Anteil Konsumverhalten. Das Konsumverhalten folgt dabei den Mustern einer ökonomisch starken und kommerzialisierten Gesellschaft. Es kostet Geld, das zwar der Mehrheit von Jugendlichen, nicht jedoch einer Minderheit zur Verfügung steht. Jugendliche entwickeln ihre Spontaneität und Individualität in einer Wohlstands-, Warenhaus-, Freizeit-, Fernseh- und Boutiquengesellschaft, die ihnen jederzeit auch signalisiert, wie unverbindlich die bunten und vielfältigen Angebote sind, die ihnen gemacht werden.

Das Jugendalter ist auch eine Lebensphase, in der ein intensiver Vergleich unter Gleichaltrigen angestellt wird. In diesen Sog des teilweise neidvollen Vergleichs – durch eine millionenschwere Werbung heftig angeheizt – gerät auch das Konsumverhalten. Die Ausstattung mit Marken- und Designerkleidung und Konsumgütern (Videogeräte, Computer, Kameras) gehört heute für Jugendliche zur täglichen Selbstdarstellung. Die etwa 20 bis 30 Prozent der Jugendlichen, die diese teure Dynamik des Konsumverhaltens nicht mitmachen können, weil sie nicht über die entsprechenden finanziellen Mittel verfügen, geraten stärker als früher in soziale Randpositionen. Sie fühlen sich im »Freizeitwettbewerb« des demonstrativen Konsums als die Verlierer. Wie Untersuchungen unserer Forschungsgruppen in Bielefeld zeigen, liegen hier Quellen sowohl für Unzufriedenheit als auch Aggressivität und zugleich auch für soziale Isolation bis hin zu negativem Selbstwertgefühl und psychischer Depressivität (Engel/Hurrelmann 1993).

Medienkonsum als Freizeitbeschäftigung Nummer eins

Eine der wichtigsten Freizeitbeschäftigungen schon von Kindern ist heute die Nutzung von Radio, Kassettenrecorder, Fernseh- und Videogerät. Der Medienkonsum beeinflußt den Freizeitbereich tiefgreifend und füllt ihn zeitlich stark aus. Andrea Urban, Leiterin der Landesstelle Jugendschutz in Niedersachsen, (1993, 12) zitiert die Worte einer Mutter: »Manchmal vergessen die Kinder beim Spielen, daß ihre Lieblingssendung im Fernsehen kommt. Da rufen wir dann bei den Spielkameraden an und erinnern sie daran. Sonst gibt es später ein großes Geschrei.« Sie weist damit auf die Tatsache hin, daß das Fernsehen das Spielen der Kinder verdrängt, unterbricht und reglementiert.
Die häufigste Freizeitbeschäftigung Jugendlicher, die zu Hause gelangweilt herumhängen, sind das Fernsehen und Musik-(Video)-Clips. Kinder und Jugendliche verbringen heute schon mehr Zeit vor dem Fernseher oder Videogerät als in der Schule. Das Fernsehen hat deshalb eine so große Bedeutung für sie, weil ihr Leben oftmals spannungslos und inhaltsleer ist. Das Fernsehen springt in diese Lücke und scheint »wirkliches Leben und Erleben« zu bieten (Behrendt 1993, 66). Genau das macht es für Jugendliche so attraktiv.
Wird extensiv ferngesehen, dann ist das natürlich immer ein Zeichen dafür, daß keine reizvollen Alternativen gegeben sind. In Familien, in denen es liebevoll und kommunikativ zugeht, in denen die Eltern mit ihren Kindern gemeinsam etwas unternehmen, in denen mindestens eine ständige Bezugsperson tagsüber anwesend und ansprechbar ist und in denen die Eltern mit kontrolliertem eigenem Fernsehkonsum mit gutem Beispiel vorangehen, sehen die Kinder nicht nur weniger fern, sondern wählen ihre Sendungen auch bewußter aus.
Sinnvolle, anregende und ausgleichende Erlebnisse sind durch Fernseh- oder Videokonsum nicht möglich. Vielmehr drängt sich oft der Eindruck auf, daß diese einseitige Tätigkeit eher Unruhe und Aggressivität fördert.
Es gibt Jugendliche, die sich nachmittags zum Beispiel stundenlang Heavy-Metal-Musik »reinziehen«, sich »volldröhnen« lassen und anschließend wie in Trance reagieren. Heavy-Metal-Musik wird

vorwiegend von Jungen geschätzt, viele Mädchen lehnen die Mischung von Gewalt und Sexualität in den Texten ab. Ob Heavy Metal, Black Metal oder Speed Metal, die Texte sind häufig extrem gewalttätig und die Musik von kaum zu übertreffender Rhythmusgeschwindigkeit, an stakkatohaftes Maschinengewehrfeuer erinnernd.

In vielen Texten, wie zum Beispiel dem Song »Extreme Aggression«, von der Thrash-Metal-Band »Kreator« gesungen, wird die Verantwortung für gewalttätiges Handeln auf eine anonyme Gesellschaft abgewälzt, und Frust und Haß kommen zum Ausdruck. Selbst wenn man davon ausgeht, daß nicht alle Jugendlichen den Text verstehen, so muß man sich jedoch die realen Konsumgewohnheiten Jugendlicher vor Augen führen. Sie sehen die Videoclips und hören die Musik nicht nur einmal, sondern immer wieder, stunden-, tage-, und wochenlang. Es gibt Musikzeitschriften mit Texten der Lieder, Plattencover und Plattentexte. Jugendliche tauschen untereinander Informationen aus. Ihre Fähigkeit, die Texte inhaltlich zu verstehen, steigt mit zunehmendem Alter und wachsenden Englischkenntnissen. Rockmusik stützt sich oft auf Texte, die von Rassenhaß, Mord, Selbstmord und satanischen Themen handeln. Letztere üben geradezu eine Faszination auf viele Jugendliche aus, die sich, um auch nach außen ihre Neigung zum Okkultismus zu demonstrieren, ganz im Stil des Satanismus kleiden.

Natürlich reagiert nicht jeder Jugendliche aggressiv und gewalttätig, wenn er diese Musik und diese Texte hört. Aber es ist nicht auszuschließen, daß sich labile und verunsicherte, deprivierte und frustrierte Jugendliche davon anregen und sich von den Aufforderungen, Aggressionen gegen sich selbst und gegen andere auszuüben, beeinflussen lassen. Kein Jugendlicher wird durch Musik, Lieder, Texte oder durch Medien allein zu einer Gewalttat oder in den Selbstmord getrieben. Die psychische Entwicklung, die Kinder und Jugendliche durchlaufen, ehe sie zum Beispiel zu der Überzeugung gelangen, daß das Leben für sie hoffnungs- und sinnlos ist, hängt sehr eng mit der Persönlichkeit des Kindes und den Primärerfahrungen in seiner Familie zusammen. Der Selbstmord ist ein sehr komplexes Geschehen, das nicht monokausal zu erklären ist, sondern von vielen Variablen abhängt (Bründel 1993).

Besonders beunruhigend und schockierend sind die rechtsextremen Texte einer verbreiteten Jugendmusik, die »im Dunstkreis rassistischer Ideologien und Gewaltphantasien« (Neitzert 1994) anzusiedeln ist. In Deutschland gibt es zur Zeit mindestens 50 namhafte und weit über 100 namenlose Skinhead- und Fascho-Bands, deren musikalische Machart (extreme Lautstärke: 120 Phon und mehr, hochverzerrter Gitarrensound, Rhythmus mit Offbeat-Betonung, das heißt in seiner Metrik dem Schlagrhythmus des menschlichen Herzens diametral entgegengesetzt) und Songtexte aufputschen, Begriffe wie Rasse, Hautfarbe, Nation verherrlichen, ein klares Feindbild umreißen und zum Kampf gegen alles Fremde aufrufen und dabei noch Sekundärtugenden wie Sauberkeit, Tapferkeit, Solidarität, Treue (zur deutschen Frau und zum Vaterland) propagieren.

Exzessiver Medienkonsum, ob es sich um Fernsehen, Videofilme oder musikalische Videoclips handelt, kann im Zusammenwirken mit sozialen und persönlichen Faktoren beim Zustandekommen von Angst, Aggression und Gewalttätigkeit gegen sich selbst und andere eine wichtige Rolle spielen, kann Verhaltensmuster anbieten, den Gebrauch von Aggressionen als selbstverständlich oder gar legitim erscheinen lassen und eine feindliche Weltsicht erzeugen. Bei ständigem Konsum kann es zu einer Fixierung auf ein niedriges moralisches Niveau, zu einer unbewußten Identifikation und Übernahme der in den Texten angesprochenen Haß- und Wutgefühle sowie zu einer scheinbar gerechtfertigten antisozialen Einstellung kommen.

Auch wenn schädliche Wirkungen von Mediengewalt nicht pauschal beweisbar sind, so muß – bei Vorhandensein bestimmter sozialer und persönlicher Konstellationen – doch von einem großen Wirkungsrisiko ausgegangen werden. Es gilt generell für viele Medien, daß sie jugendspezifische Gefühle und Wünsche wie Unabhängigkeit, Freiheit, Selbstbestimmung und Ablösung von den Eltern schamlos ausnutzen und sie zum Protest und Haß gegen Erwachsene hochstilisieren. Werner Glogauer, Pädagogikprofessor und Medienexperte, (1993, 149) spricht in diesem Zusammenhang sogar von einem Generalangriff vieler Medien auf die sozialethische Basis der Gesellschaft.

Gewalt im Sport

Gewalthandlungen im Sport, besonders in den »aggressiven« Sportarten wie Fußball, Handball und Eishockey, erregten schon Ende der siebziger Jahre die öffentliche Aufmerksamkeit, so daß 1978 auf Empfehlung des Bundesinnenministeriums beim Bundesinstitut für Sportwissenschaft in Köln eine Projektgruppe »Sport und Gewalt« eingerichtet wurde. Sie sollte nicht nur die Gewalthandlungen auf dem Spielfeld, sondern auch die Ausschreitungen und Aggressionen der Zuschauer näher untersuchen. Seit den achtziger Jahren gibt es in fast allen Bundesligastädten die sogenannten Fan-Initiativen. Es handelt sich dabei um den Einsatz von Sozialarbeitern zur Reduktion von gewalttätigem Handeln der Fans und zur Realisierung alternativer Fan-Verhaltensweisen. Die gewalttätigen Ausschreitungen vom Mai 1985 in Brüssel, wo 39 Menschen zu Tode kamen, führten zu noch intensiverer Beschäftigung mit dem Problem der Gewalt im Sport und unter den Zuschauern. Dabei geriet die Sportberichterstattung immer mehr in den Verdacht, durch ihre Darstellung die Gewaltakzeptanz im Spiel selbst sowie die Gewaltbereitschaft der Fans nach dem Spiel zu stärken.

Sportliche Erfolge haben in unserer Gesellschaft eine hohe Bedeutung sowohl in wirtschaftlicher als auch in politischer Hinsicht. In der ehemaligen DDR waren sportliche Erfolge fest mit dem politischen Selbstverständnis des Staates verknüpft, und in der alten Bundesrepublik gelangten die siegreichen Sportler nicht nur zu öffentlichen Ehren, sondern auch zu finanziellem Reichtum. Um zu siegen, setzen Sportler in Ost und West auch heute noch ihre Gesundheit aufs Spiel, riskieren ihr Leben und akzeptieren ein informelles aggressives Normen- und Regelsystem. Das Einhalten eines Fair play im Sport wird von Sportlern als zunehmend hinderlich für sportliche Erfolge eingeschätzt und zugunsten des Foulspiels zurückgedrängt. Der Soziologe und Sportwissenschaftler Gunter A. Pilz spricht von einer verinnerlichten Moral des »fairen Fouls« (Pilz 1992): Durch psychische und physische Manipulationen, durch eine fast schon unmenschliche Trainingsintensität und durch bewußt eingeplante und ausgeführte aggressive

Handlungsmuster werden sportliche Erfolge erzwungen. Auch die Rekrutierung von Spitzensportlern im Kindesalter, die ihnen aufgezwungene Erfolgsmentalität, der eiserne Tages- und Trainingsablauf und ihre fremdbestimmten Entwicklungsmöglichkeiten könnten als eine Form der Gewalt an Kindern bezeichnet werden.

Einfluß der Sportberichterstattung

Der Einfluß der Sportberichterstattung auf Sportler und Zuschauer ist groß. Sportsendungen, Sportberichte und Sportreportagen gehören ohnehin zu den beliebtesten Familienunterhaltungen der Medien, des Fernsehens und Radios, sie entfachen das größte Interesse und vereinen auch die Familienmitglieder, die sonst wenig Gemeinsamkeiten haben. Die Massenmedien vervielfachen die Zuschauerzahlen, machen aus den Sportereignissen ein Show-Geschäft und sorgen für Spannung und Unterhaltung, aber sie beeinflussen auch die Berichterstattung. Der Zuschauer ist zwar oft »live« dabei, aber er erlebt das Geschehen nicht objektiv mit, sondern ist an die selektive Wahrnehmung und Wiedergabe des Reporters gebunden. Mit ihm und durch ihn leidet er oder gerät in Ekstase, mit ihm ist er zornig auf den Gegner oder begeistert sich für die eigene Mannschaft.
Durch Zeitlupenwiederholungen und Nahaufnahmen von Gewalthandlungen sowie durch entsprechende Kommentare der Sportjournalisten werden die Regelverletzungen und Fouls in den Mittelpunkt der Berichterstattung gerückt, die dadurch einen hohen Unterhaltungswert erhält. Berichterstatter verbreiten durch die häufig sehr einseitig anklagende Darstellung der Gewalthandlungen der gegnerischen Mannschaften bei ihren Zuschauern geradezu eine Pogromstimmung und Lynchjustiz. Die Gewalthandlungen und Regelverletzungen der eigenen Mannschaft, und dies ist besonders bei Länderspielen der Fall, werden dagegen mit Wohlwollen und stillschweigender Zustimmung kommentiert oder übergangen.
Dadurch kann sich gerade bei jugendlichen Zuschauern der Eindruck einprägen, daß Gewalt und Aggression einfach zum Spiel dazugehören und daß man nur geschickt genug sein müsse, diese nicht allzu offensichtlich werden zu lassen. Sportberichterstattun-

gen verstärken Verharmlosungs- und Legitimierungstendenzen von Gewalt und können dazu führen, daß Jugendliche gewalttätige Handlungen bei der eigenen Mannschaft, mit der sie sympathisieren, und eventuell auch bei sich selbst entschuldigen. Auch wenn es hier keine eindeutigen Zuordnungen zwischen medial vermittelten Gewalthandlungen und der eigenen ausgeführten Gewalt gibt, so muß doch eine Verstärkung bereits vorhandener eigener Gewalttendenzen angenommen werden. Da Sport Spannung vermitteln soll, müssen die Kameraführung und die Kommentierung Sensationelles hervorheben, emotionsgeladen sein und fade und langweilige Spiele spannend »verkaufen«.

Aggressive Gewaltdelikte gegen bekannte und berühmte Sportler wie das Attentat auf die Tennisspielerin Monika Seles im Jahre 1993 oder im Januar 1994 auf die amerikanische Eiskunstlaufmeisterin Nancy Kerrigan mögen noch eine Ausnahmeerscheinung einzelner verwirrter Menschen sein oder auch Ausdruck eines pervertierten Konkurrenzdenkens der Sportlerinnen und Sportler untereinander, aber die Zuschauerausschreitungen bei sportlichen Großveranstaltungen gehören schon seit Jahren zu den negativen Begleiterscheinungen des modernen Sports. Es ist anzunehmen, daß sie mit der zunehmenden Unfairneß und der Gewaltanwendung auf dem Spielfeld selbst zusammenhängen. Empirische Untersuchungen weisen immer wieder auf die Wechselbeziehung zwischen Gewalt von Sportlern und Gewalt von Zuschauern hin (Pilz 1986; Hahn und Mitarbeiter 1988).

Gerade der Fußball ist ein Kampfsport, in dem »männliche Härte« gefragt ist und in dem Regelüberschreitungen zwar geahndet, aber letztlich doch toleriert werden. Es herrscht ein latentes und auch ein manifestes Gewaltklima auf dem Spielfeld, das sich auf die Zuschauer überträgt.

Fan-Kultur und Fan-Verhalten

Fußballfans stellen eine relativ homogene Gruppe dar, die sich in vielen Merkmalen ähneln. Man erkennt sie an ihrer Fankleidung und an ihren stark nach außen vertretenen Normen und Werten wie Gemeinschaft, Kameradschaft, Solidarität, Mut, Härte und

Stärke. Die Kleidung und Verhaltensrituale sowie die maskuline Selbstdarstellung verleihen ihnen Verhaltenssicherheit (Schulz/Weber 1986). Fanklubs gelten zwar als subkulturelle Gruppierungen, haben sich aber im Vergleich zu anderen noch nicht allzuweit von gesellschaftlichen Normen und Wertvorstellungen entfernt. Was bei ihnen in hohem Maße zählt, sind das Wir-Gefühl und die Gruppenidentifikation. Bei Fans spielen das Aufsuchen von spannungsgeladenen Situationen, von Gefahr und Nervenkitzel und das Erleben eigener Wirksamkeit eine große Rolle. Diese erfahren sie besonders während des Spiels, wenn sie die eigene Mannschaft lautstark unterstützen und versuchen, die gegnerische Mannschaft zu stören und zu beeinträchtigen. In der Gruppe schaukeln sich ihre Aggressionen hoch, das Intonieren von Sprechchören und Liedern schafft Gemeinsamkeit, und durch aggressives Hervortun, zum Beispiel Verletzen gegnerischer Fans, steigt der einzelne in der Gruppenhierarchie auf.

Fußballfans sind überwiegend Jugendliche und junge Männer, die sich in Lebenszusammenhängen befinden, in denen bestimmte Normen von Männlichkeit und Mannhaftigkeit betont werden und Gewalt zur Durchsetzung bestimmter Bedürfnisse angewandt wird. Die Gruppe oder die Clique spielt bei ihnen eine große Rolle zur Erlangung einer psychosozialen Identität. Die Gruppe bietet ein Forum zur Selbstdarstellung und zur Gewinnung von Anerkennung. Kollektivität, Solidarität, Männlichkeit, Härte und Furchtlosigkeit sind ihre Normen. Die Jugendlichen leben in bewegungsfeindlichen und kontaktarmen Wohngebieten, in denen es nur unattraktive oder gar keine Freizeitangebote gibt. Ihr Bedürfnis nach Action, Spannung und Abenteuer ist sehr groß. Freizeit ist für die Jugendlichen Lebenszeit, die sie voll und ganz auskosten möchten. Sie wollen die Nacht zum Tage machen und hier und jetzt etwas erleben.

Der Begriff »Fußballfan« ist zunächst einmal nicht negativ besetzt. Ein Fußballfan begeistert sich für eine bestimmte Mannschaft und begleitet diese, wenn möglich, auf allen ihren Spielen. Er sorgt für Werbung und Bekanntheit des Vereins und feuert seine Spieler auf dem Spielfeld an. Er bringt dies durch entsprechende Kleidung zum Ausdruck (Fahnen, Schals, Mützen). Die gegnerische Mannschaft wie auch deren Anhänger werden automatisch zu Feinden. Fußballfans sind so lange gerne gesehen, als sie die Fußballveranstaltungen

nicht stören und die Kulisse für Stimmung und Begeisterung abgeben. Die eigene Mannschaft und deren Siege sind Lebensinhalt des Fußballfans. Ein Fan beschreibt dies so: »Mittlerweile ist der Verein wie eine Familie für mich geworden. Ich brauche ihn, er ist mein Lebensinhalt. Bei uns in der Kurve sind wir alle Freunde. Jeder kennt jeden, kennt die Probleme des anderen. Gerade wenn man selbst Probleme hat, kann man beim Fußball abschalten. Man will keine Niederlage miterleben, weil es die im Alltag schon genug gibt. Ein Sieg meines Vereins ist ein Sieg für mich.« (Pilz 1992)
In dem Moment, wo Fußballfans jedoch aggressiv, bedrohlich und gewalttätig auftreten, möchte man sie am liebsten aus den Stadien verbannen, und sie werden zu einem gesellschaftlichen Problem. Stadienverbote erreichen unerwünschte Nebeneffekte, nämlich die Verlagerung der Gewalt in das Umfeld und eine Kriminalisierung der Jugendlichen. Die eigentlich gewalttätigen Fans, die Hooligans, gehen nicht so sehr wegen des Spiels ins Stadion, sondern um ihr Bedürfnis nach Spannung, Abenteuer und Risiko zu befriedigen. Sie gewinnen ihre Identität nur durch Randale und Schlägereien. Ein jugendlicher Hooligan sagt dazu: »Die ganze Woche muß man die Schnauze halten, zu Hause keinen Ton riskieren, im Betrieb darfste nichts sagen, dafür geht am Wochenende so richtig die Sau ab ... Fußball ist für uns Krieg, der Verein darf ruhig verlieren, wir schlagen alle.« (Pilz 1992)
Die schon erwähnte Ausrichtung der Berichterstattung auf Gewaltereignisse trifft auch auf das Fanverhalten zu. Durch die Art der Darstellung in den Medien kommt es zu einem Eskalationsprozeß der sich selbst erfüllenden Prophezeiungen. Die Hooligans wissen, daß von ihnen Gewalt und Randale erwartet wird, also handeln sie danach. So gut wie nie wird das positive Verhalten der Mehrheit der Fans erwähnt, aber immer die Ausschreitungen einiger, in Relation zur Gesamtheit der Fans weniger gewalttätiger, randalierender und eventuell auch rechtsextremistischer Fans. So hat sich das Bild von den Fußballfans zum Negativen hin entwickelt, und vor den Augen der Öffentlichkeit steht sofort das abschreckende Beispiel der Hooligans, deren Verhalten Bill Buford (1992) so treffend geschildert hat. Daß Gewalt faszinierend und geradezu lustvoll sein kann, einem »rasenden Hochgefühl« gleichkommt, wird durch seine Darstellung deutlich und erscheint fast zwingend spürbar.

Was kann getan werden, um Gewalt im Sport abzubauen?

Zum einen müssen Sportjournalisten für das Problem von Sport, Berichterstattung und Gewalt sensibilisiert werden, zum anderen sollten die Fan-Projekte und damit der Aufgabenbereich von Sozialpädagogen eine noch größere Bedeutung erhalten. Die Erfolge pädagogischer Fan-Projekt-Arbeit hängen im wesentlichen davon ab, daß die Identitäts- und Sozialisationsprozesse der Fans von der pädagogischen Arbeit überhaupt erreicht werden, daß man also die Bedürfnisse der Fans berücksichtigt und sie auf keinen Fall kriminalisiert. Es bedarf aber auch politischer und gesellschaftlicher Bemühungen, um auf die Lebensbedingungen der Fans einzugehen. Was vermieden werden muß, ist ein nur kurzfristiges und panisches Reagieren auf gewalttätige Ausschreitungen, statt dessen müssen gruppenpädagogische Maßnahmen der Straßensozialarbeit durchgeführt werden. Nicht Ausgrenzung und Isolierung der Fans, auch nicht Kriminalisierung und Stigmatisierung, sondern Stärkung ihrer Verantwortlichkeit für ihr Tun und Handeln ist notwendig.

Was Erzieher/innen und Sozialpädagogen tun können

Wenn wir uns noch einmal vor Augen führen, daß die familiäre Umwelt vieler Jugendlicher oftmals lieblos und gewalttätig ist, daß ihre Spiel- und Entfaltungsräume begrenzt und eingeschränkt sind und ihre Freizeitbeschäftigungen häufig triste und eintönig, dann wird verständlich, warum sie in die fiktive Welt der Videoclips und der Computerspiele oder in die Kameradschaft und Solidarität der Clique und der Fußballclubs flüchten. Die Gewalt vieler Jugendlicher im Freizeitbereich ist Ausdruck ihres Wunsches nach Erlebnissen, nach Action und Randale, nach Spannung, Abenteuer und Risiko.

Gewalt entsteht, wenn zwischenmenschliche Beziehungen zerfallen. Wir müssen uns allen Ernstes fragen, ob wir den Jugendlichen nicht andere Sinngebungen und Zukunftsperspektiven vermitteln können, als wir es bislang getan haben. Wir müssen die Lebensbedingungen der Jugendlichen verändern und ihnen Freiräume für Gruppenverhalten schaffen; Räume, in denen sie ihren Bewegungsdrang und ihre Abenteuerlust ausagieren können. Wir müssen sie einerseits davor schützen, aus lauter Langeweile gewalttätig zu werden, andererseits ihnen aber auch Freizeitmöglichkeiten bieten, wo sie ihre Bedürfnisse nach Selbstbestätigung ausleben können.

Es soll dabei nicht der Eindruck erweckt werden, als würden wir mit diesen Forderungen die Aggressivität und Gewalttätigkeit vieler Jugendlicher nur auf Versäumnisse der Gesellschaft zurückführen. Es gibt auch Jugendliche, die nur den Weg des geringsten Widerstandes gehen, die nur noch das Angenehme suchen und allen Problemen aus dem Wege gehen. Sie fordern und klagen ein und wollen selbst nichts geben. Einer solchen Einstellung darf nicht Vorschub geleistet werden.

Mit Gewalt gegen gewalttätige Jugendliche, meist Jugendgruppen und -banden, vorzugehen verstärkt langfristig nur ihr gewalttätiges Verhalten. Durch einen vorschnellen Einsatz der Polizei schweißt man sie zusammen und stärkt ihr Gruppengefühl gegenüber dem gemeinsamen »Feind«, setzt man ihre eigene Hemmschwelle zur Gewaltanwendung herab und bestätigt im Grunde nur ihre pessimistische Lebenserfahrung, daß sie als Person nichts wert seien. Sich gegen die Polizei zu verteidigen verschafft genau den Nervenkitzel, der in die Gewalttätigkeit führen kann, denn das »Versteckspiel« eskaliert, und aus Spaß wird sehr schnell blutiger Ernst.

Im Zentrum einer Jugendarbeit sollte das Bemühen stehen, das Verantwortungsbewußtsein der Jugendlichen für ihr eigenes Leben zu stärken und sie zu ermutigen, ihr Leben, soweit es geht, selbst zu gestalten. Dazu gehört auch, daß sie lernen, verantwortungsbewußt mit dem Medienkonsum umzugehen. Rigorose Rufe nach Verboten, Gesetzen und Reglementierungen nützen nichts. Der eigene Wille ist wichtig, sich in seiner Freizeit nicht von Medien berieseln zu lassen, und das Bestreben, den Umgang mit den Medien verantwortungsvoll zu gestalten. Das Ziel lautet, vom Medienkonsum zum Medienhandeln zu kommen und sich seine Freizeit nicht von den Medien diktieren zu lassen.

Eine intensive sozialpädagogische Betreuung der Jugendlichen ist gefragt. Diese sollte erfahrungs-, emotions- und projektorientiert gestaltet sein und immer berücksichtigen, daß Jugendliche Spaß und Spannung erleben wollen. Ralf-Eric Posselt und Klaus Schumacher (1993) schlagen eine Menge an Spielen und Projekten vor, die genau jene Bedingungen erfüllen. Die Spiele, die die Autoren entwickeln, vermitteln Empathie, Vertrauen und Offenheit. Sie richten sich gegen Gewalt und Aggression und ermöglichen ein konstruktives Ausleben eigener Energien und Kräfte sowie ein lustvolles Miteinander-Umgehen. Das Konzept, das dem projektorientierten Arbeiten mit Jugendlichen zugrunde liegt, besteht darin, daß Jugendliche Erfahrungen sammeln können, wie schwierige Situationen des Alltags, Probleme und Konflikte gemeinsam gelöst werden können. Projekte appellieren an Kreativität und Gestaltungskraft der Jugendlichen und fördern einerseits selbständiges Arbeiten, andererseits jedoch auch Kooperation und Kollegialität. Projekte sind zielorientiert und entstehen aus der Bedürfnislage der Jugendlichen heraus.
Die sozialpädagogische Voraussetzung für die Arbeit mit schwierigen Jugendlichen ist das Vertrauen und eine grundsätzlich positive und tolerante Einstellung dem Jugendlichen gegenüber. Er darf in den Augen der Betreuer keineswegs nur der »Gewalttäter« sein, sondern ein Jugendlicher mit förderungswürdigen Denk- und Verhaltensformen. Im Umgang mit »rechtsradikalen« Jugendlichen darf es auf keinen Fall um eine theoretische Aufarbeitung der deutschen Geschichte gehen oder um eine moralische Bewertung der rechtsextremen Gruppierungen, sondern vorrangig um eine verständnisvolle Aufarbeitung der persönlichen Geschichte des Jugendlichen, der für seine Erfahrungen in seinem Leben bislang keine anderen Bewältigungsformen gefunden hat als gewalttätige (Posselt/Schumacher 1993).
Sozialpädagogen stehen vor einer schweren Aufgabe. Sie müssen versuchen, die Jugendlichen, die sich ja als Außenseiter der Gesellschaft fühlen, wieder sozial einzubinden und sie zu befähigen, Verantwortung für ihr Leben zu übernehmen. Um dies zu erreichen, müssen sie ihr Umfeld kennen, ihre Gewohnheiten, Bedürfnisse und Verhaltensweisen. Sozialarbeiter müssen Nähe und zugleich Distanz im Umgang mit den Jugendlichen herstellen. Wir

brauchen eine Politik für Kinder und Jugendliche als Pflichtaufgabe für den Jugendschutz. Wie Peter Kürner (1993), Diplom-Pädagoge und Vorsitzender des Deutschen Kinderschutzbundes in Nordrhein-Westfalen, ausführt, handelt es sich dabei nicht um politische Mandate und parteipolitische Präferenzen, sondern in erster Linie um eine kind- und jugendgerechte Einstellung, die sich konkretisiert in Kinderbetreuungsangeboten, sozialpädagogischer Familienhilfe, Freizeitangeboten für Jugendliche, Stadtteiltreffs, Jugendclubs und Offenen Türen. Partner und Befürworter einer solchen Politik sollten neben den bewährten Helfern wie Deutscher Kinderschutzbund, paritätische Wohlfahrtsverbände oder Selbsthilfegruppen vor allem überparteiliche Mitarbeiter sein, Eltern, Lehrer und Sozialarbeiter. Es sind alle Kräfte der Gesellschaft herausgefordert.

5.

Gewalt in den Medien

Die Medien, allen voran Fernsehen und Video, stellen einen Lebensbereich dar, der für Kinder und Jugendliche heute von wahrscheinlich ebenso großer Bedeutung ist wie Familie und Schule. Typisch für die Lebenssituation von Kindern und Jugendlichen heute ist, daß ein großer Teil ihrer Lebenserfahrungen durch Massenmedien vermittelt wird. Die Massenmedien sind ein integraler Bestandteil ihrer Freizeit und auch ihrer gesamten Lebenswelt. Nicht immer ist die Verknüpfung der Medienerfahrungen mit den sozialen Alltagserfahrungen möglich. Im Kindes- und Jugendalter mit einem noch eingeschränkten Erfahrungshorizont ist diese Kluft zwischen Medien- und Alltagserfahrung größer als in späteren Lebensabschnitten. Zugleich sind das Bedürfnis und die Sehnsucht groß, viel über die Welt zu erfahren und in sie einzudringen. Deswegen sind Medien im Kindes- und Jugendalter von ganz besonderer Faszination. Diese Faszination steigt in dem Ausmaß, wie in den übrigen Lebensbereichen der Erlebnishunger und der Bedarf nach Herausforderung und Erfahrung nicht gestillt werden.

Der Einfluß übermäßigen Fernsehkonsums

Die Folgen eines zu häufigen und langen Fernsehens sind vielfältig. Fernsehen führt schon ganz unabhängig von seinen Inhalten zu einem Bewegungsstau, der gerade für die jüngeren Kinder sehr schädlich ist. Extrem langes Sitzen vor dem Fernseher schädigt nicht nur Bänder, Sehnen und Muskeln, sondern auch den Stoffwechsel des kindlichen Körpers und vor allem die Psyche, denn kleine Kinder sind häufig, wenn sie mehrere Stunden lang still und bewegungslos ferngesehen haben, anschließend äußerst unruhig, aufgekratzt und nervös. Sie »flippen aus« und sind nicht mehr zu bändigen. Sehr langes Fernsehen kann zu Muskelverkrampfungen und Schmerzen in den Augen führen. Die Doppeldosis von zu

langem und ruhigem Sitzen und Miterleben von gewalttätigen Darstellungen kann nach Meinung des Medienforschers Werner Glogauer (1993) zu ungehemmten aggressiven Handlungen führen. Die Medien verändern die Verhaltens- und Lebensgewohnheiten unserer Kinder und Jugendlichen. Die Ausstattung mit elektronischen Geräten ist enorm gestiegen. In vielen Familien gibt es zwei oder sogar drei Fernsehgeräte, in 65 Prozent aller Haushalte Videorecorder, und 40 Prozent sind schon mit Computern ausgestattet. Die neuen Technologien, Kabel- und Satellitenfernsehen, Walkmen und Game-Boys mit den verschiedensten Computerspielen, haben zu einem deutlichen Anstieg des Medienkonsums schon bei Sechs- bis Zehnjährigen geführt. Die Entwicklung der neuesten Multimedia-Technologien steht im Grunde noch ganz am Anfang, und was wir von der totalen Vernetzung von Schrift, Bild, Film, Ton und Sprache in Zukunft erwarten müssen, ist noch ungewiß.
Sicher ist jedoch, daß schon jetzt ein Großteil der Freizeit der Kinder und Jugendlichen vor dem Bildschirm verbracht wird und daß so manches Kind den Fernseher als »seinen besten Freund« bezeichnet. Bereits 34 Prozent der Neun- bis Zehnjährigen haben ein eigenes Fernsehgerät, wobei es sich entweder um ein eigens für sie angeschafftes Gerät handelt oder um eines, das zuvor von den Eltern benutzt und jetzt dem Kind überlassen wurde, also ein Zweit- oder Drittgerät.
Nach neueren Untersuchungen (Glogauer 1993, 12) sehen die Besitzverhältnisse elektronischer Medien bei Kindern folgendermaßen aus:

Eigene Geräte	6- bis 8jährige	9- bis 10jährige
Radio	52,4%	61,9%
Radiorecorder	51,9%	75,4%
Fernseher	15,5%	34,0%
Videorecorder	5,5%	14,0%
Kindercomputer	21,3%	28,8%
Walkman	42,1%	62,5%
Game-Boy	1,3%	nicht erfaßt

Kinder und Jugendliche entscheiden heute weitgehend allein über die Nutzung der Geräte. Dies bezieht sich nicht nur auf die

Auswahl der Sendungen, sondern auch auf die Auswahl der Software. Kinderzimmer mit ihren elektronischen Apparaten, Hörspiel- und Musikkassetten, mit ihrem Medienspielzeug (He-man, Turtles, Pumuckl) gleichen oftmals einer kleinen Mediothek. Kinder wechseln ohne Schwierigkeiten von einem Medium zum anderen, vielfach bestimmen die Medien ihren Tagesrhythmus. 43,3 Prozent aller sechs- bis achtjährigen Kinder schauen fast jeden Tag fern und dabei gleich mehrere Sendungen hintereinander. Vor allem Kinder mit eigenem Fernsehgerät betreiben exzessiven Fernsehkonsum, das heißt, sie sehen oftmals noch vor der Schule fern oder spät abends bis Mitternacht oder darüber hinaus. 24,8 Prozent der neun- bis zehnjährigen Großstadtschüler sehen täglich drei bis zu fünf Stunden fern. Die Medienforscherin und Literaturwissenschaftlerin Bettina Hurrelmann (1989) stellte fest, daß in verkabelten Haushalten durchschnittlich wesentlich mehr ferngesehen wird als in nichtverkabelten und daß vermehrtes Fernsehen der Kinder unter anderem auch der Entlastung der Erziehungsberechtigten dient.

Es sind nicht die Inhalte des Fernsehens allein, die Menschen aggressiv und dumpf machen, sondern das visuelle Medium selbst, meint der Musikjournalist Joachim-Ernst Behrendt (1993). Fernsehen mache auch dann aggressiv, wenn von morgens bis abends nur friedliche Sendungen gesehen würden. Er spricht vom »visuellen Input« und meint damit die ständige und vorrangige Berieselung mit visuellen Reizen. Behrendt verweist vor allem auf diejenigen Kinder, die von Kanal zu Kanal und von Programm zu Programm »springen«, sich wahllos alles ansehen und anschließend geradezu durchdrungen sind von Aggressivität, Unruhe, Hastigkeit, Fahrigkeit und Nervosität.

In vielen Familien wird der Tagesablauf nach dem Fernsehprogramm geregelt, und oftmals wird während des Fernsehens hastig gegessen. Um einmal in Ruhe etwas für sich tun zu können, sei es, ein Telefonat zu führen, einen Brief zu schreiben oder sich ein wenig hinzulegen, wird schon das Kleinkind vor den Fernseher gesetzt und irgendein Programm angewählt, das harmlos erscheint. Erwachsene denken oft nicht daran, daß der flimmernde Bildschirm, die schnelle Abfolge von Bildern, der abrupte Wechsel von Inhalten Kleinkinder maßlos überfordert und irritiert.

Das soziale Miteinander, Kommunikation und gemeinsame Beschäftigungen wie Vorlesen und Basteln werden vom Fernseher verdrängt. Probleme werden nicht mehr ausgesprochen, sondern übergangen. Ehepaare oder Familien sehen zwar gemeinsam fern, sprechen aber anschließend kaum über das Gesehene. Das Medium Fernsehen verhindert schon allein durch seine permanente Gegenwart familiäre Aktivitäten, Gemeinsamkeiten und gegenseitigen Austausch. Hinzu kommt, daß es in vielen Familien zwischen Eltern und Kindern Streit schon über die Auswahl der Programme gibt.

Hoher Bedarf an Stiumulation und Medienkonsum

Kinder und Jugendliche haben ein besonderes Bedürfnis nach Steigerung, Anregung und Bereicherung ihrer Sinne, ihrer Erlebnisse und Erfahrungen. Sie sind durch eine Vielzahl von Entwicklungsaufgaben und die auf mehreren Ebenen sich abspielenden Umstellungen von Körper- und Seelenprozessen in einem Stadium des Umbruchs, das einen »natürlichen Bedarf« an hohen Außenreizen mit sich bringt. Der Konsum von Medien kommt diesem Bedürfnis entgegen. Er kommt schon fast einem Effekt gleich, der aus der Drogensuchtforschung bekannt ist: Wer einmal in den Teufelskreis der Sucht hineingeraten ist, hat das unstillbare Verlangen nach weiterer Zufuhr. Hiermit ist eine ständige Suche nach Dosissteigerung verbunden, um dem Gewöhnungseffekt entgegenzutreten. Ähnliche Prozesse lassen sich beim Fernsehkonsum erkennen. Auch hier gibt es ein sich aufschaukelndes Bedürfnis nach Aggressivitätssteigerung, das als Folge der allgemeinen Erregung gesehen werden kann, die durch die Aggressionsdarstellung bewirkt worden ist. Das Bedürfnis nach Steigerung der Erregung kann zum Beispiel durch eine Aggressionsdarstellung, durch Horror- und Angstdarstellungen oder auch durch pornographische Darstellungen noch weiter gestärkt werden.
Manche Zuschauer brauchen und benötigen die hohe physiologische Erregung, deswegen können sie nicht abschalten. Würden sie abschalten, würden sie in eine Erregungsleere hineinfallen, in ein Erlebnisloch, und sie wüßten dann nicht, wohin mit den

hochgeputschten physiologischen Erregungsgefühlen. Die Konkurrenzsituation der Medien untereinander verschafft diesen Zuschauern inzwischen die Gewißheit, daß sie irgendwo immer auf das nötige Angebot stoßen, um ihr Erregungsniveau aufrechtzuerhalten.

Neben den angesprochenen emotionalen Wirkungen spielt für Jugendliche die Identifikation mit sozialen Modellen eine große Rolle. Der Identifikationsbedarf ist heute besonders hoch, weil in vielen Familien soziales Vorbildverhalten nicht in der nötigen Intensität gelebt wird. Hier gibt es wiederum viele Ursachen, die mit der veränderten Familiensituation zusammenhängen. Der Einfluß von medialen Darstellungen ist in diesem Sektor besonders hoch. Er vermischt sich mit informativen Wirkungen, der Vermittlung von Einstellungen und Weltbildern. Die Medien prägen das Weltbild mit Normen, Werten und Rollenbildern besonders dort, wo eigene Erfahrungen und eigene Erlebnisse fehlen und wo sich Einstellungen noch nicht gebildet haben oder erst bruchstückhaft vorhanden sind.

Genau wie Erwachsene reagieren auch Jugendliche mit hoher Aufmerksamkeit auf Gefahrenreize und auf Angebote von erregender Qualität. Das Bedürfnis danach wird aber zum Teil auch durch das Angebot selbst geschaffen. Deswegen müssen sowohl beim Angebot als auch bei der Nachfrage die entscheidenden Präventionsschritte ansetzen.

Wenn zusätzlich in der eigenen Familie Gewalt ausgeübt wird

Gewalterfahrungen in der eigenen Herkunftsfamilie sowie Erlebnisse der sozialen Verwahrlosung im Familienbereich machen in hohem Maße anfällig für Faszination und Wirkung von Gewaltdarstellungen in den Medien. Aggressive Eltern haben unmittelbare Modellfunktion für ihre Kinder, und die entsprechenden Gewaltvorbilder in den Medien bestätigen die Kinder darin, daß

es bei Konfliktsituationen im Grunde nur einen Lösungsansatz gibt, nämlich den der körperlichen Gewalt.
Wir sehen einen deutlichen Zusammenhang zwischen der häuslichen, familiären Situation und dem Konsum von Gewaltfilmen. Die Bedeutung des elterlichen Vorbildes ist dabei besonders stark, und zwar sowohl in bezug auf den Fernsehkonsum als auch auf die Aggressivität der Eltern in der Kommunikation in der Familie. Am stärksten sehen wir einen Zusammenhang zwischen einem vernachlässigenden Erziehungsstil und dem Konsum von Gewaltfilmen der Kinder in der Familie. Dieser Zusammenhang zwischen der Verwahrlosungsproblematik in Familien und dem Konsum von Mediengewalt ist mit großer Sicherheit gegeben. Bloßer Medienkonsum allein verursacht noch nicht unbedingt eine Verhaltensstörung im Sinne eines gewalttätigen Verhaltens, aber er wirkt in Verbindung mit anderen Faktoren.
Immer dann, wenn sich die fiktiven Gewaltdarstellungen in den Medien mit realen Gewalterfahrungen im Alltag verbinden, kommt es zu besonders intensiven und schädlichen Effekten für die weitere Persönlichkeitsentwicklung der Kinder und Jugendlichen. Zumindest bei einer Teilgruppe der hier angesprochenen Zuschauer scheint das der Fall zu sein, nämlich bei denen, die selbst Gewalt erfahren und Gefühle der Hilflosigkeit, auch der Ungerechtigkeit und vielleicht sogar der Wut und des Hasses entwickelt haben. Dieser grundlegende innere Frustrationszustand kann zum Beispiel durch mangelnden Leistungserfolg in der Schule, durch ständiges Versagen und fehlende Zukunftsperspektive hervorgerufen sein, aber auch durch mangelnde Anerkennung in der Gruppe der Gleichaltrigen. Entscheidend ist, daß eine Streßsituation vorliegt, die zu einer inneren Grunderregung führt und bei der der Fernsehkonsum von Aggression und Gewalt zunächst zu einer zunehmenden Akzeptanz von eigener Gewaltbereitschaft führen kann. Die Jugendlichen, die ständig Gewalt erleiden und die Gewalthandlungen im Fernsehen verfolgen, müssen zu der Überzeugung kommen, daß Gewalt zum Leben dazugehört, und es wird für sie fast selbstverständlich, diese ihrerseits auch auszuüben.
Um diese Zusammenhänge zu identifizieren, müßten wir die tatsächlichen Belastungs- und Streßfaktoren im Alltag bei Jugend-

lichen genau analysieren. Wir wissen aus unseren bisherigen Forschungen, daß Jugendliche im Familienbereich oft unter der schlechten Beziehung zu den Eltern leiden, im schulischen Bereich unter den schlechten Noten und im Freizeitbereich unter der mangelnden Zugehörigkeit zur Gruppe. Außerdem erfahren sie schmerzlich, daß sie mit den allgemeinen Konsumansprüchen nicht mithalten können, und entwickeln daher Gefühle der Unterlegenheit sowie Unsicherheit.
Auch in der mehr oder weniger gesicherten Phase des Übergangs von der Schule in den Beruf liegen große Streßpotentiale und wecken in den Jugendlichen die Angst, zu den Verlierern im Wettbewerbssystem zu gehören. Diese Verlierersituation ist bei den meisten bereits schon in der schulischen Situation vorgezeichnet.

Spielfilme: fiktive Gewalt

Viele Kinder geben sich nicht mehr mit »Kindersendungen« zufrieden, sondern konsumieren das Erwachsenenprogramm. Sie sehen alle möglichen Krimis, Action-, Grusel- und Horrorsendungen, einschließlich Erotik- und Sexfilmen. Sie haben damit, wie Werner Glogauer (1993, 26) schreibt, Anteil an allen »Bereichen des Erwachsenenlebens, an allen Niedrigkeiten, Gemeinheiten, Oberflächlichkeiten, Gelüsten, Verbrechen« und Machenschaften der Erwachsenen. Die Medien legen für jedermann sichtbar, und damit auch für Kinder, alle Formen der Sexualität und Bereiche von Pornographie offen. Kinder und Jugendliche können ohne Schwierigkeiten in Musikvideoclips, Videofilmen, Computerspielen, BTX-Systemen sexuelle, obszöne und perverse Inhalte konsumieren. 45 bis 62 Prozent Hauptschüler der achten und neunten Klasse sehen sich Porno- und Horrorvideos an, aber man kann davon ausgehen, daß die Altersschwelle des Erstkontakts mit pornographischen Filmen sinkt. Ehemalige Sendungen wie »Tutti Frutti« mögen als harmlos gelten, aber über Jahre von Kindern und

Jugendlichen konsumiert, können auch sie den Eindruck erwecken, daß Frauen als Sexobjekte zur Befriedigung männlicher Gelüste jederzeit zur Verfügung stünden. Die Gefahr besteht darin, daß solche medial gewonnenen Eindrücke dann mit der Wirklichkeit kollidieren und zu Spannungen und auch zum Einsatz von Gewalt gegenüber Frauen führen, wenn diese sich anders verhalten als erwartet.

Auch die oftmals als so harmlos und »kindgemäß« angesehenen Action-Cartoons oder Animationsserien enthalten eine Vielzahl von Gewalthandlungen, wobei immer die Gewalt gegen Personen im Vordergrund steht. Da werden Menschen zusammengeschlagen, Gegner überwältigt, verletzt und liquidiert und dabei immer Waffen eingesetzt. Gewalt begegnet den Kindern hier als »Saubermanngewalt«, denn es wird kein Leid gezeigt, und es werden keine Gefühle der Opfer mitgeteilt. Das Gewalthandeln geschieht wie selbstverständlich und erscheint als moralisch gerechtfertigt. Die Helden laden geradezu zur Identifikation ein.

Krimiserien und Spielfilme, in denen von Überfall, Raub, Totschlag, Mord und Vergewaltigungen die Rede ist, üben eine große Anziehungskraft sowohl auf Erwachsene als auch auf Jugendliche aus. Die Zuschauer erfahren, daß Gewalt zum täglichen Leben dazugehört, sie erleben Angst und Faszination zugleich. Der intensive Konsum von Horrorfilmen kann die Grenzen zwischen Fiktion und Realität verwischen, die moralischen Hemmschwellen senken und manche Jugendlichen zur Nachahmung der Fernsehwirklichkeit verführen – so geschehen im englischen Preston, wo zwei elfjährige Jungen den zweijährigen James Bulger entführt und auf grausame Weise getötet haben. Der Tathergang wies erschreckende Parallelen zu einem im englischen Fernsehen ausgestrahlten Horrorvideo auf. Ob dieser Film, der an Brutalität kaum mehr zu überbieten ist, tatsächlich die Tat motiviert hat, kann im nachhinein nicht bewiesen, sondern nur stark vermutet werden. Es ist die Geschichte einer »Killer-Puppe«, die Kinder und Jugendliche umbringt. Der Film wurde trotz starker Proteste des Familienministeriums auch bei uns in einem privaten Fernsehkanal gezeigt. Dies zeigt, wie schwierig es ist, selbst unter Einschaltung eines Bundesministeriums Einfluß auf private Sender zu nehmen und ihnen die Ausstrahlung bestimmter Filme schlicht-

weg zu verbieten. Es zeichnet sich weder eine Einigung auf nationaler noch auf internationaler Ebene ab.
Zwei Drittel aller Computerspiele befassen sich mit Eroberung und Zerstörung. Es handelt sich dabei um Actionspiele mit einem weltraumähnlichen Szenario, in dem irgendeine drohende Gefahr abgewehrt wird, oder um die Ausübung von asiatischen Kampfsportarten, bei der der Spieler möglichst viele Feinde umbringen muß, um Punktsieger zu sein. Im Mittelpunkt der »Action« stehen »Abknallen«, »Totkicken« und »Jagen« von Menschen. Kinder und Jugendliche können sich stundenlang damit beschäftigen. Langeweile ist oftmals der eigentliche Grund für diese Art der Betätigung.
Die Videokriegsspiele suggerieren ein Gewalthandeln, das notwendig, sauber und patriotisch erscheint. Hier wird eine Form der Männlichkeit, des Heldentums und der Kameradschaft praktiziert, die vorwiegend Jungen fesselt.
Insgesamt finden die Computerspiele deshalb so viel Zustimmung unter Kindern und Jugendlichen, weil sie Spannung erzeugen, weil sie Wettbewerbscharakter besitzen und ein Gefühl der Befriedigung und Selbstbestätigung des eigenen Könnens vermitteln. Rund acht Prozent der beliebtesten Computer- und Videospiele stehen auf dem Index, es muß also davon ausgegangen werden, daß eine große Anzahl von Kindern Erfahrungen mit indizierten Spielen hat, die gewalttätigen und/oder pornographischen Inhalts sind. Die Indizierung von Videofilmen und Computerspielen erfolgt nach dem Jugendschutzgesetz, das in der Neuregelung 1985 vom Bundestag verabschiedet worden ist. Indizierte Videofilme dürfen an unter Achtzehnjährige weder ausgeliehen noch verkauft, noch allgemein sichtbar ausgestellt werden. Selbst beschlagnahmte Videos, die eigentlich gar nicht mehr im Umlauf sein dürften, weil bei ihnen der Nachweis der Gewaltverherrlichung und/oder der Pornographie erbracht worden ist, sind schon Grundschülern bekannt, werden wahrscheinlich heimlich vervielfältigt und weiterhin ungehindert gesehen.
1992 standen nicht nur 2143 Videotitel auf dem Index für jugendgefährdende Schriften, sondern es wurden auch 79 Gewaltvideos und zusätzlich 65 Pornovideos beschlagnahmt. Nach dem Gesetz von 1985 muß nicht mehr unbedingt eine Gewaltverherrlichung

und Gewaltverharmlosung nachgewiesen werden, um einen Film zu beschlagnahmen, sondern es genügt, wenn »das Grausame und Unmenschliche des Vorgangs in einer die Menschenwürde verletzenden Weise« dargestellt ist. Es ist durchaus nicht so, daß Kinder und Jugendliche diese beschlagnahmten oder indizierten Filme heimlich ansehen, obwohl dies natürlich auch vorkommt, aber rund 30 Prozent der neun- bis zehnjährigen Kinder sehen diese gemeinsam mit ihren Eltern an. Der Konsum von Horror- und Gewaltvideos ist unter Erwachsenen stark verbreitet.
An der Spitze aller Ängste stehen diejenigen, die durch Medien ausgelöst werden (Geretschlager 1990). Je jünger und je sensibler Kinder sind, desto mehr träumen sie von dem, was sie gesehen haben, desto häufiger wachen sie nachts auf, schreien und weinen vor Angst und desto weniger können sie das psychisch verkraften, was ihnen an Gewalt, Brutalität und Bestialität in den Medien zugemutet wird.
Über Medien begegnet Kindern und Jugendlichen heute ein erhebliches Ausmaß von Aggression und Gewalt. Diese violenten Darstellungen sind zum Teil erfunden, dem wirklichen Leben möglicherweise nachempfunden, aber teilweise auch mit Absicht dem wirklichen Leben nicht nah. Wie groß ist die Bedeutung, die solche fiktiven Gewaltdarstellungen auf Kinder und Jugendliche haben? Wie sehr werden sie zum Vorbild genommen, um das eigene Handeln danach auszurichten?

Ergebnisse der Medienwirkungsforschung

Der Medienexperte Michael Kunczik (1993) hat den Stand der Wirkungsforschung zum Thema Gewalt im Fernsehen zusammengefaßt. Dabei hat sich herausgestellt, daß kaum ein Bereich nach Zahl der Publikationen so intensiv untersucht worden ist wie die Wirkung von fiktiven Gewaltdarstellungen. Die Studien konzentrieren sich dabei auf personale Aggression, also die beabsichtigte physische und/oder psychische Schädigung einer Person durch eine andere. Die Zahl der vorliegenden Studien wird inzwischen auf etwa 5000 geschätzt. Es besteht Einigkeit darüber, daß im Fernsehen zu viel Gewalt gezeigt wird. Im US-amerikanischen

Fernsehen sollen es jährlich etwa 10 000 Morde und 60 000 Mordversuche sein. Die letzte in Deutschland durchgeführte Untersuchung von 1991 kommt zu dem Ergebnis, daß auf den deutschen Fernsehkanälen täglich etwa siebzig Menschen »ermordet« werden (Groebel 1993).

Übereinstimmung besteht auch darüber, daß es nicht die Häufigkeit der Gewalt ist, die über die zu erwartenden Wirkungen entscheidet, und auch kein mechanischer Zusammenhang zwischen der Fernsehbotschaft und dem Verhalten der Zuschauer besteht. Alle Medienforscher sind sich einig, daß die Auswirkung einer bestimmten Sendung mit Gewaltdarstellungen abhängig ist vom Inhalt (der dramaturgischen Gestaltung, dem Handlungskontext, der Art und Weise der Gewaltdarstellung), der Persönlichkeit des jeweiligen Zuschauers (Alter, Geschlecht, Intelligenz, soziale Position und Integration, Persönlichkeitsmerkmale wie schon vorhandene Aggressivität und Depressivität) und der Situation, in der gesehen wird (allein, mit Freunden, in der Clique, mit Eltern). Um den Einfluß des Fernsehens auf Kinder abschätzen zu können, müssen im Einzelfall die Rahmenbedingungen eruiert und folgende Fragen gestellt werden: Was sehen die Kinder? Wann sehen sie fern? Warum sehen sie fern? Mit wem sehen sie fern? Wie lange sehen sie fern? In welchem Alter sehen sie fern? Was tun sie sonst noch? Wird mit ihnen anschließend darüber gesprochen? Erfahren sie Gewalt in ihrem täglichen Leben?

Und noch einen Konsens gibt es in der Forschung: Gewalttätiges Verhalten in den Unterhaltungssendungen wird in der Regel als normale, alltägliche Verhaltensstrategie gezeigt, auf die alle Charaktere zurückgreifen. Mit Hilfe illegitimer Mittel (Gewalt) werden als legitim erkannte Ziele (Wohlstand, Macht, Prestige) erreicht (Kunczik 1993). Alle Untersuchungen sind sich darin einig: Gewalt, so wird gezeigt, lohnt sich, Gewalt wird erfolgreich eingesetzt, und Gewalt wird positiv bewertet. In den Medien erfüllen also die meisten Gewaltdarstellungen die Voraussetzungen, um als positives Modell zu wirken.

Dennoch aber gehen an dieser Stelle die Einschätzungen in der Fachliteratur auseinander. Man ist sich uneins über die Wirkungen von Gewalt. Bekanntlich gibt es eine Vielzahl von Hypothesen, wie die Wirkung verlaufen könnte: Es gibt die Katharsisthese, wonach Gewaltdarstellungen Aggressionen beim Zuschauer abbauen; die Inhibitionsthese, wonach Gewaltdarstellungen eher die eigene Aggression aus Angstgefühlen heraus hemmen; die Habitualisierungsthese, wonach Fernsehgewalt Abstumpfung gegenüber realer Gewalt bewirkt; die Suggestionsthese, wonach Mediengewalt zu Nachahmungstaten führt; die Erregungsthese, wonach Fernsehgewalt die allgemeine emotionale Erregung steigert und damit auch das Aggressionspotential erhöht; die Rechtfertigungsthese, wonach Mediengewalt zur individuellen Legitimierung von Aggression und Verbrechen beiträgt, und viele andere mehr.

Mit der empirischen Forschung zum Beleg der einen oder anderen Hypothese ist es leider nicht weit her. Die Fachdiskussion kommt natürlich nicht weiter, wenn sie auf der Ebene des Schlagabtausches zwischen den verschiedenen Hypothesen verbleibt. Letztlich ist kaum eine der Hypothesen falsch, aber sie sind zu einseitig angesetzt, weil sie im Zweifelsfall von einer einseitigen, monokausalen Beziehung zwischen Gewaltdarstellung und Wirkung ausgehen. Diese Annahme ist aber falsch und vernachlässigt das Zusammenspiel von Inhalt, Persönlichkeits- und Situationsmerkmalen. Genau dies drückt das Kumulationsmodell aus: Es geht von ungünstigen psychischen und sozialen Bedingungen der Person aus, die die Medien konsumiert, sowie von ihrer Bereitschaft, Gewaltmodelle, die von den Medien präsentiert werden, zu übernehmen und in das eigene Verhaltensrepertoire zu integrieren.

Eine Studie des Medien-Instituts Ludwigshafen hat gezeigt, daß viele Zuschauer von den negativen Folgen des Fernsehens für andere überzeugt sind, aber glauben, selbst davor gefeit zu sein. Sie vertreten dabei eine Strategie der »Selbstimmunisierung«: Sie lehnen Gewaltsendungen aus Vernunftgründen ab, schauen sie sich aber tatsächlich gern an.

Unserer Meinung nach sollte die weitere Forschung in diesem Bereich sich deswegen ausdrücklich darauf konzentrieren, die Zusammenhänge zwischen Inhalt, Persönlichkeit und Situation herauszuarbeiten (Kunczik 1993). Wir meinen, daß Jugendliche mit bestimmten Persönlichkeitsmerkmalen in angebbaren Situationen von Gewaltinhalten besonders stark fasziniert und geprägt werden. Nicht in jeder Situation und nicht bei jedem Jugendlichen hinterlassen Gewaltdarstellungen Spuren, sondern nur bei bestimmten Jugendlichen in bestimmten Situationen. In einer solchen Konstellation kann der Konsum gewalthaltiger Sendungen die Wahrscheinlichkeit des aggressiven Verhaltens erhöhen oder doch zumindest die aggressiven Einstellungen und aggressiven Phantasien bestärken.

Für diejenigen Jugendlichen, die zum Beispiel in ihrem eigenen Umfeld in Familie, Nachbarschaft, Freundeskreis und Freizeitbereich ein hohes Ausmaß von Aggression und Gewalt real erfahren, sind solche Medienbotschaften Bestärkung und Unterstützung. Sie wirken zugleich modellbildend, weil sie zeigen, wie man sich in bestimmten Situationen »aus der Affäre ziehen« kann. Diese Jugendlichen sind zum Teil auch diejenigen, die schon durch ihre sozial unterprivilegierte Lebenslage mit einer Anhäufung von Frustrations- und Versagenserfahrungen ein hohes Aggressionspotential haben und deswegen aktiv auch solche Sendungen auswählen, die einen Aggressionsinhalt haben.

Eigenes Aggressionsniveau und die Zuwendung zu aggressiven Medieninhalten schaukeln sich gegenseitig hoch. Jugendliche, die eine unausgeglichene Lebensperspektive vor sich haben, ein niedriges Selbstwertgefühl besitzen und in sozialer Isolation in Familie und Freundeskreis leben, können ebenfalls zu denen gehören, bei denen aggressive Darstellungen besonders attraktiv und wirksam sind. Gewaltdarstellungen, die auf die Mehrheit der Jugendlichen kaum einen bewegenden Einfluß ausüben, können bei diesen Jugendlichen Spuren hinterlassen und starke Wirkungen zeigen.

Nachrichten: reale Gewalt

Ein sehr großer Teil der Lebenserfahrungen von Kindern und Jugendlichen wird heute über Massenmedien vermittelt. Das gilt ganz besonders auch für die Erschließung der Lebenswelt, des kulturellen und politischen Lebens. Jugendlichen ist sozial und materiell gesehen heute vieles möglich, aber eine wirkliche Herausforderung und Befriedigung ihrer Sinne, Gefühle, Interessen und Bedürfnisse findet oft nicht statt, weil die Leistungsanforderungen in Schule und Beruf oft schmalspurig sind und die Konsum- und Freizeitwelt ihnen nur oberflächliche Erfüllung ermöglicht und dabei auch nur allzuoft den Schein von Abenteuer und Erlebnis vermittelt.

Die Frage stellt sich nun, ob die mediale Darstellung von realer Aggression und Gewalt ähnlich wie die Darstellung von fiktiver Gewalt auf Teilgruppen von Kindern und Jugendlichen Faszination ausübt und zur Aggressivität führt. Ausführliche Darstellungen in den Massenmedien von Greueltaten und Verletzungen aus Kriegen, Bürgerkriegen und gewalttätigen Demonstrationen sind auch für Kinder und Jugendliche tagtägliche Erfahrungen. Bisher wissen wir wenig darüber, wie sie diese Informationen verarbeiten. Tatsache ist jedoch, daß durch das Eindringen der Massenmedien in alle Lebensbereiche auch schon die jüngsten Kinder mit Nachrichten über reale Gewalt konfrontiert werden.

Studien zu Kriegswirkungen

Über die Auswirkungen des Krieges, seiner Greueltaten, Verbrechen und Schrecknisse auf die Psyche und das Verhalten der Kinder und Jugendlichen im ehemaligen Jugoslawien selbst oder auch der Kinder und Jugendlichen anderer Länder, die die Gewaltverbrechen tagtäglich in den Medien verfolgen, liegen uns noch keine abgesicherten Untersuchungen vor. Wir können nur Vermutungen anstellen. Allerdings haben wir Untersuchungen über die Reaktion von Kindern und Jugendlichen auf reale Kriegs- und Bürgerkriegsgewalt in Israel. Diese Studien können mit herangezogen werden, um Grundmuster der Reaktion von Jugendlichen auf kriegerische Ereignisse in ihrer unmittelbaren Nähe zu identifizieren (Garbarino 1990).

Die Hälfte aller Kinder und Jugendlichen Israels hat – so schätzen israelische Untersuchungen – unmittelbare Erfahrungen mit Kriegen und etwa zwanzig Prozent mit Tod oder ernsthaften Verletzungen von nahen Angehörigen. Die palästinensische Bevölkerung auf israelischem Boden und in den von Israel besetzten Gebieten ist anteilsmäßig noch sehr viel stärker vom Krieg betroffen als die israelische Bevölkerung. Es wird geschätzt, daß Kinder und Jugendliche zu mindestens 40 Prozent Erfahrungen mit Tod oder einer schweren Verletzung von nahen Angehörigen machen mußten. Unmittelbare Kriegserfahrungen haben fast alle Kinder und Jugendlichen, die in diesen Gebieten leben.

Die vorliegenden Untersuchungen aus diesem Krisengebiet zeigen, daß man die Reaktionsmuster von Kindern und Jugendlichen auf kriegerische Auseinandersetzungen in zwei große Formen aufgliedern kann: Reaktionen in Form von Rückzug und Hilflosigkeit auf der einen Seite und Reaktionen in Form von Aggressivität und gewalttätiger Beteiligung auf der anderen Seite. Beide sind nach ethischen, sozialen und psychischen Kriterien unwürdige und brutale Reaktionen.

Die Rückzugsreaktion macht verletzlich und lähmt die eigenen Aktivitäten. Die Kinder und Jugendlichen, die so reagieren, sehen sich gezwungen, die Ereignisse um sich herum zu verdrängen und wegzuschieben, was die Anfälligkeit für psychische Verletzungen und für Traumatisierungen bei Schockerlebnissen, insbesondere bei Todesereignissen, sehr groß werden läßt. Die unmittelbaren psychischen Störungen liegen in Nervosität, Depressivität und Angstneurosen sowie dem Gefühl von Hoffnungslosigkeit und Verzweiflung. Viele Kinder berichten von Angstträumen und euphorischen Träumen, die im Wechsel auftreten. Viele kleine Kinder regredieren, das heißt, sie fallen in frühkindliche Entwicklungsstufen zurück und signalisieren dies durch krampfhafte Anlehnung an die Eltern, durch die Weigerung, auch nur vorübergehend allein gelassen zu werden, und durch emotionale Störungen und Verhaltensauffälligkeiten wie Bettnässen und Daumenlutschen. Viele Kinder und Jugendliche leiden darunter, sich als Opfer fühlen zu müssen und die ganze Welt nur mißtrauisch betrachten zu können.

Die Aggressivitätsreaktion besteht darin, daß Kinder und Jugendliche auf ihre Weise an dem kriegerischen Geschehen »aktiv« teilnehmen. Schon kleine Kinder betätigen sich in Kriegs- und Kampfspielen, wobei es teilweise zu ernsthaften Verletzungen kommen kann. Jugendliche, vor allem in der Altersgruppe zwischen zwölf und sechzehn Jahren, lassen sich durch das Klima der Gewalt in ihrer Umgebung anstecken und werden selbst in teilweise brutaler Form gewalttätig. Vor allem in den von Israel

besetzten palästinensischen Gebieten konnten bis vor kurzem immer wieder gewalttätige Übergriffe von »Jugendbanden« auf israelische Soldaten beobachtet werden. Die Jugendlichen lassen sich also direkt in die Kriegsereignisse mit hineinziehen oder fordern sie sogar aktiv heraus.
Unsere Vermutung ist, daß die hier berichteten Tendenzen auch diejenigen sind, die bei Kindern und Jugendlichen auftreten, die medial vermittelte Kriegs- und Bürgerkriegsgewalt sowie Demonstrationsgewalt und politische Gewalt aufnehmen. Wir leben glücklicherweise in einem politischen Raum, in dem Kriegs- und Bürgerkriegsereignisse bislang nicht oder nur in Ansätzen auftraten, daher werden diese unseren Kindern und Jugendlichen fast ausschließlich durch die Medien vermittelt und haben Gott sei Dank keine direkte Entsprechung im täglichen Leben. Sie erhalten dadurch aber den eigentümlichen Charakter von Realität aus zweiter Hand und von unmittelbarer Anschauung bei mittelbarer oder gar nicht vorhandener Erfahrung.
Dieser erfahrungs- und erlebnismäßig unberechenbare Charakter kann aber mit dazu beitragen, daß über Medien transportierte Kriegsereignisse zu beängstigenden und bedrohlichen Erlebnissen für Kinder und Jugendliche werden. Die Mehrheit hat heute Angst vor der Ausweitung eines Krieges auf Europa und spricht die Sorge aus, daß internationale Spannungen auch das eigene Wohlbefinden berühren könnten. Kinder und Jugendliche sind empfindsame Seismographen für politische Weltereignisse geworden und interessieren sich in erster Linie für die großen politischen Themen. So sind neben den Sorgen um Kriegsgefahren und internationale Spannungen wegen des Reichtum-Armut-Gefälles in der Welt vor allem Umwelt- und Gesundheitsgefahren Probleme, mit denen sie sich innerlich sehr stark auseinandersetzen.
Die Konsequenz ist, daß sich schon Kinder und Jugendliche in frühen Stadien ihrer persönlichen, moralischen, ethischen und politischen Entwicklung gezwungenermaßen ein eigenes Bild von der Situation machen und eine eigene Einstellung zum Geschehen gewinnen müssen. An jeden einzelnen von uns richtet sich die Aufforderung, sich mit den großen politischen Ereignissen, kulturellen Umwälzungen, Gefährdungspotentialen für das Weiterleben und Zukunftsgefahren der Umwelt direkt auseinanderzusetzen. Es

besteht jedoch die Gefahr, daß dabei Gefühle von Machtlosigkeit, Sinnlosigkeit und Entfremdung entstehen, und dies besonders bei Kindern und Jugendlichen, die noch nicht über das gesamte Repertoire an Verarbeitungs- und Bewältigungsmechanismen für ihr eigenes Leben verfügen.

Zweifellos sind viele Kinder und Jugendliche durch diese Situation rettungslos überfordert, und dies um so mehr, wenn ihre Beziehungsnetze brüchig geworden sind und sie nicht über das Ausmaß an Unterstützung und Zuwendung verfügen, das sie für ihre Entwicklung dringend benötigen. Wie neuere Studien zur politischen Sozialisation zeigen, können gerade Jugendliche in einer solchen Überforderungssituation geneigt sein, vereinfachte Orientierungen und fundamentalistische Wertsetzungen zu übernehmen. Hier liegt der Nährboden für extremistische politische und religiöse Einstellungen. Sie alle haben ihren Ausgangspunkt in dem Gefühl, daß die Kontrolle über die eigenen Wege verlorengegangen ist, Vereinzelung droht, Unsicherheit im Blick auf die angestrebten schulischen und beruflichen Ziele herrscht und Hilflosigkeit in bezug auf die Gestaltung der eigenen Zukunft gefühlt wird. Demoralisierung, Depression und Deprivation sind die bitteren Konsequenzen, wenn ein Mensch das Gefühl hat, die eigenen Bedingungen für das Leben und die Lebensgestaltung nicht beeinflussen zu können.

Wie lassen sich die hier vorgestellten, noch bruchstückhaften Befunde zur medial vermittelten realen Gewalt resümieren und in Schlußfolgerungen für die medienpädagogische Arbeit umsetzen? Wir möchten einige Punkte noch einmal herausgreifen:

Durch Medien vermittelte reale Gewalt in Kultur und Politik spiegelt immer das Aggressionspotential der gesamten Gesellschaft wider. Zugleich aber sind die Medien heute gerade für Kinder und Jugendliche die wesentlichen Interpreten von politischen und damit auch von Gewaltereignissen geworden. Genau wie bei der fiktiven Gewalt, die in Medien gezeigt wird, kommt es auch bei der realen Gewalt auf die Darstellung der Inhalte an. Die Medien können durch ihre Nachrichtengebung Gewaltpotentiale so darstellen, daß sie nachempfunden werden und empathisch berühren, sie können sie aber auch nutzen, um einen Erregungseffekt zu erzielen, und sie zum Lockvogel für Zuschauer machen. Die Art und Weise, wie Medien reale Gewalt aufbereiten, entscheidet darüber, welche Möglichkeiten der Verarbeitung von Gewalt Kinder und Jugendliche entwickeln.

Massenmedien haben auch eine stilbildende Wirkung

Den Massenmedien kommt aus den genannten Gründen heute bei der Darstellung von realer Aggression und Gewalt in der Gesellschaft eine außerordentlich hohe Verantwortung zu. Wenn sie aus der Wettbewerbssituation heraus Darstellungen von Aggression und Gewalt als Kundenfang mißbrauchen, dann verletzen sie ihre Rolle als journalistische Transportmedien. So ist zum Beispiel ein voyeuristischer Akzent bei den »Notruf«-Sendungen nicht zu übersehen, der natürlich seine prägende Wirkung auf die Zuschauer hat. Statt den Bedrohten und Verunglückten zu helfen, wird ihre Notsituation je nach Darstellung mißbraucht, um Neugierde und billige Erlebnisgefühle zu befriedigen. Es besteht kein Zweifel, daß auch diese Sendungen aggressive und gewalttätige Tendenzen fördern und zu Abstumpfung und Gefühlskälte führen können. Auch in anderen Sendungen, bei denen menschliche Gefühle und Konflikte öffentlich zur Schau gestellt werden, droht die Gefahr, daß durch die Dramaturgie der Darstellung Gefühle eher abgestumpft denn gepflegt und thematisiert werden.
Die stilbildende Wirkung der Medien in diesem Bereich ist nicht zu unterschätzen. Sie steigt in dem Maß, wie andere Kommunikationsfelder, insbesondere Familie und Schule, ihre Vorbildwirkung verlieren und als Modelle für alltägliche, kulturelle und politische Kommunikation ausfallen. Wiederum gilt hier die Beobachtung, die schon bei der fiktiven Gewalt vorgestellt wurde: Es sind diejenigen Kinder und Jugendlichen, die aus nichtintakten Familien kommen, bei denen die Medienbotschaft eine besonders intensive prägende Wirkung hat, denn diese Kinder sind auf die Medien stärker angewiesen als andere, wenn sie ihr politisches und soziales Weltbild entwickeln und dabei wenig Unterstützung durch ihre unmittelbare familiale Umwelt erfahren.
Ein weiterer Bereich ist die Verkümmerung von menschlicher und politischer Kommunikation in Talkshows. Hier bekommen unsere Kinder und Jugendlichen ebenso wie wir Erwachsenen vorgeführt,

daß es gerade nicht eine demokratische, faire und disziplinierte Diskussionsführung ist, die Spannung vermittelt, sondern im Gegenteil, daß es eine möglichst verzerrte und absurde Ausgangsthese ist, die lautstark vorgetragen wird, wobei oftmals die Spielregeln der normalen politischen und demokratischen Kommunikation verletzt werden. Talkshows, die davon leben, daß wieder einmal ein »schöner Skandal« passiert, verderben die Gesprächs- und die politische Kultur. Ein Abbau der demokratischen Streitkultur durch Medien, indem Austausch, Abwägen von Vor- und Nachteilen und die verbale Lösung von Konflikten nicht gezeigt werden, hat böse Konsequenzen für das Zusammenleben der Menschen. Die Störung der Kommunikation, demonstrativ im Fernsehen vorgeführt, ist ein Einfallstor für Aggression und Gewalt, für gegenseitige Provokation und Anmache.

Wir haben es mit einer Situation zu tun, bei der das Fernsehen eindeutig nicht nur Wünsche und Bedürfnisse der Gesellschaft widerspiegelt, sondern seinerseits einen Stil prägt, der neue Formen von Grenzerleben und Gewalterleben schafft und ganz eindeutig auf Erregungspotentiale bei den Zuschauern setzt, um sie für Einschaltquoten zu gewinnen.

Werden Gewaltdarstellungen, Darstellungen von Aggressivität und von intimen Gefühlen und Erlebnissen in den Massenmedien als Ware angeboten und ist aus der Aufbereitung der realen Ereignisse erkennbar, daß sie zur Schau gestellt werden sollen, dann werden Tabugrenzen eingerissen. Ein Abbau von Tabus verändert die Bedürfnisse der Zuschauer, und es kann zu einem Auf- und Abschaukeln von Erwartungen kommen. Wenn menschliche Gefühle als Ware dargestellt werden, die meistbietend angeboten wird, dann wirkt das in alle Fasern des menschlichen Zusammenlebens hinein, eben weil die Medien heute praktisch in jeder Lebenssituation präsent sind. Gewalt, Unglück, Leid und Intimität zur allfälligen und billigen Unterhaltung gemacht, das prägt nicht nur die jungen Zuschauer. Hier gilt wieder die Ausgangsannahme, wie sie oben für die fiktive Gewalt dargestellt wurde: Es trifft nicht alle Kinder und Jugendlichen, sondern ganz besonders die, die schon mit Benachteiligungen ihrer Gefühlswelt und ihrer Erlebnismöglichkeiten groß geworden sind. Für diese Gruppe sind auch die Gefahren groß, Schein und Sein, Fiktion und Realität miteinander zu verwischen.

Was Medienerziehung und Medienpolitik tun können

Es ist deutlich geworden, daß das Fernsehen und die Beschäftigung mit den neuen Medien zur hauptsächlichen Freizeitbeschäftigung der Kinder und Jugendlichen gehört. Es ist ebenso offensichtlich, daß übertrieben langes Fernsehen den Kindern schon unabhängig von seinen Inhalten schadet und zu einer Vielzahl von körperlichen und auch psychischen Störungen führen kann. Viel zu viele Eltern glauben immer noch, daß ihre Kinder und sogar Kleinstkinder vor dem Fernsehapparat gut aufgehoben seien, während sie anderen Beschäftigungen, zum Beispiel im Haushalt, nachgehen, und überlassen ihnen kritiklos die Auswahl der Programme. Wie oft sagen Eltern: »Das Abendprogramm dürfen meine Kinder noch nicht sehen, aber das Vormittagsprogramm, das ist doch für Kinder.« Sie verkennen damit völlig die Tatsache, daß Abendsendungen häufig vormittags wiederholt werden und daß es auch schon vormittags Sendungen gibt, die Kinder nicht verarbeiten können, vor allem wenn sie sie allein sehen.

Fernsehen dient manchmal der Entlastung und verhilft so mancher gestreßten Mutter zu einigen Minuten, die sie für sich nutzen kann. Kinder lieben es, gerade sonntags früh aufzustehen, wenn die Eltern noch schlafen, und heimlich den Fernseher anzumachen. Manche Eltern glauben, daß ihre Kinder nicht viel fernsehen, und wundern sich dann, wenn ihre Kinder Einzelheiten aus Sendungen berichten, von denen sie annehmen, daß sie sie nicht gesehen hätten. Eltern wissen oftmals nicht, daß ihre Kinder zu den Nachbarn oder zu ihren Freunden gehen, um dort das, was zu Hause verboten ist, nachzuholen. Ein generelles Fernsehverbot stellt keine gute Medienerziehung dar. Es nützt nichts, so zu tun, als gäbe es die Medien nicht. Eltern, Kinder und Lehrer müssen sich auf sie einstellen und mit ihnen leben. Das Fernsehen wird häufig als Erziehungsmittel eingesetzt. Fernsehverbote treffen Kinder und Jugendliche besonders hart, und oftmals ist es die einzige Maßnahme, die überhaupt noch zieht.

Zu den schönsten Geburtstagsfeten fünfzehn- bis sechzehnjähriger

Mädchen gehören schon seit längerem sogenannte Videopartys: Es werden nur die allerbesten Freundinnen eingeladen, die dann beim »Geburtstagskind« übernachten dürfen. Es wird ausreichend Cola, Limo und Chips eingekauft, und der Clou des Spätnachmittags beziehungsweise der Nacht ist das gemeinsame Ansehen vorher ausgeliehener Videofilme. Meistens ist ein lustiger, ein trauriger und ein richtig spannender darunter, am liebsten ein Horrorvideo zum Gruseln.

Bleibt diese Videonacht ein Einzelereignis, so ist, wenn man das Bedürfnis der Jugendlichen nach »Action« und Spannung berücksichtigt, auch nichts dagegen einzuwenden, zumal es sich hier um eine gemütliche Gemeinsamkeit handelt. Ganz anders verhält es sich jedoch bei dauerndem Fernsehkonsum, wobei wahl- und kritiklos konsumiert wird. Die meisten Eltern klagen darüber, daß ihre Kinder zuviel fernsehen, und mancher Vater hat schon genervt den Stecker herausgezogen, um den Sohn daran zu hindern. Dies ist jedoch Ausdruck totaler Hilflosigkeit und Resignation und zeigt eigentlich nur, daß manche Eltern den Einfluß auf und die Beziehung zu ihren Kindern verloren haben.

Viele Eltern müssen sich fragen, wie oft sie denn eigentlich selbst fernsehen und was sie sonst noch in ihrer Freizeit tun. Mit welchem Vorbild gehen sie ihren Kindern voran? Welches Verhalten zeigen sie ihren Kindern? Wie verbringen sie selbst die Wochenenden? Medienerziehung beginnt immer bei sich selbst. Mit welchen Aktivitäten füllen Eltern ihre Sonntage? Was schlagen sie ihren Kindern an gemeinsamen Aktivitäten vor? Gewiß läßt sich ein solcher Vorschlag nicht ohne Mühe umsetzen, wenn es jahrelang vorher keine gemeinsamen Unternehmungen mehr mit den eigenen Kindern gegeben hat. Jugendliche wollen oft nichts mehr mit den Eltern unternehmen, sie haben ihre eigenen Pläne und Vorstellungen. Aber auch sie haben ihre Erinnerungen an zurückliegende Gemeinsamkeiten gespeichert und beobachten sehr genau, wie ihre Eltern ihre eigene Freizeit verbringen, auch wenn sie sich nicht mehr daran beteiligen wollen.

Aber so mancher Jugendlicher wäre vielleicht doch sehr angenehm überrascht, wenn seine Eltern eine gemeinsame Aktivität vorschlagen würden, und es besteht immerhin die Möglichkeit, daß er daran teilnimmt.

Unser Ziel kann es nicht sein, das Fernsehen zu verteufeln. Schon viele Sendungen haben gute und lange Familiendiskussionen ausgelöst und das Gespräch untereinander angeregt. Wenn Jugendliche und Erwachsene schon viel fernsehen, dann sollten sie es wenigstens ab und zu gemeinsam tun, um dann hinterher über das Gesehene zu sprechen. Medienerziehung heißt, daß man das, was man sehen will, bewußt auswählt und nicht wahllos alles sieht. Das Springen von Programm zu Programm, das einem durch die Fernbedienung so leicht gemacht wird, ist eine Unsitte, die natürlich auch von den Erwachsenen praktiziert wird. Und wieder ahmen Kinder und Jugendliche auch hier etwas nach, was sie unmittelbar selbst erleben. Medienerziehung setzt Selbstdisziplin voraus, und dies ist ein Lernprozeß, der schon in der frühesten Kindheit in Gang gesetzt werden muß.
Gewalt im Fernsehen hat keine direkte Wirkung auf den Konsumenten. Es kommt immer auf die Umstände an. Wenn viele negative Bedingungen zusammenkommen, dann kann die im Fernsehen immer wieder erlebte fiktive oder reale Gewalt als eine von möglichen Problemlösungen für sich stillschweigend übernommen werden, um sie dann bei der nächsten Gelegenheit zu praktizeren, wenn wiederum eine bestimmte Situation gegeben ist.
Da Gewalt und Aggression von allen unterschiedlich erlebt wird, kann es wohl auch kein generelles Gewaltverbot in den Sendungen geben, aber dennoch brauchen wir eine Medienpolitik, die ihrer Verpflichtung zu einer Gesamtverantwortung gerecht wird. Die Medien sind Teil unserer Gesellschaft, und daher ist es wichtig, sich zu überlegen, welche Darstellungsform, welche Dramaturgie, welche Formen der Präsentation mit einer demokratischen Gesellschaft von mündigen Bürgern verträglich sind und welche nicht.
Eine drastische Einschränkung von Gewaltdarstellungen in den öffentlichen Medien ist ebenso zu fordern wie die Schaffung von Erlebnis- und Erfahrungsräumen für Jugendliche, um ihr Bedürfnis nach Medienerlebnissen zu reduzieren. Auch eine Intensivierung der Medienerziehung ist wichtig. Weiterhin fordern wir die Einrichtung eines Medienrates, der Mediendarstellungen beurteilt und Empfehlungen für die Art der Darbietung aussprechen kann. Ein Medienrat könnte mit hoher öffentlicher Autorität das Programm analysieren und eventuell kritisieren, zugleich Vermittler

zwischen denen sein, die das Programm machen, und denen, die das Programm empfangen. Er könnte auch die Eltern- und Lehrerschulung im Bereich der Medien übernehmen.
Die entscheidende Frage an die Medienmacher ist: Welches sind die Alternativen zur Gewalt, die dennoch Spannung und möglicherweise auch Erregung erzeugen, ohne jedoch kulturell abträgliche Wirkungen zu haben? Es muß doch möglich sein, Programme anzubieten, die eine gute Qualität haben, zugleich auf Gewalt verzichten und dennoch marktgerecht und interessant sind. Starten wir hier einen Wettbewerb der Anstalten!
Feste und verbindliche Standards für demokratisches Zusammenleben und die Sicherung der Menschenwürde gelten für die Medien genauso wie für die Lebensbereiche Familie, Schule, Freizeit, die hier angesprochen wurden. Auch die Medien können sich nicht aus der Verantwortung herausstehlen, die sie für die Sicherung einer demokratischen und menschenwürdigen Kultur haben, von der sie letztlich ja auch leben. Sie dürfen nicht die Gruppe der schwachen, der sozial, leistungsmäßig und auch psychisch unterprivilegierten Kinder und Jugendlichen vernachlässigen, deren spezifische Bedürfnisse und Belange, Sorgen und Nöte nun einmal in das Spektrum einer offenen Gesellschaft gehören. Wie die Analysen gezeigt haben, ist es diese Teilgruppe der Bevölkerung, diese 20 bis 30 Prozent sozial schwach Integrierter und Unterprivilegierter, bei denen problematische Wirkungen von Darstellungen fiktiver Gewalt auftreten und bei denen auch die stilbildende Wirkung bei der Darstellung von realer Gewalt eine ungeheuer große Rolle spielt.

6.

Politische und rassistische Gewalt

Im Bereich der politisch motivierten, vor allem rassistischen Gewalt haben wir in den letzten Jahren einen deutlichen Anstieg erlebt. Es handelt sich um eine Ausprägung von körperlicher und verbaler Gewalt, die sich gegen Menschen fremder Herkunft, hier nicht geläufiger Religionen, Menschen mit anderem Aussehen und anderen kulturellen Gewohnheiten als den deutschen richtet. Die Ausprägung dieser Gewaltformen hat sprunghaft zu Beginn der neunziger Jahre zugenommen und einen Höhepunkt in den Jahren 1992 und 1993 erreicht. Es handelt sich hier um eine Aggressionsform, die nicht nur im unmittelbaren menschlichen Nahbereich auftritt, sondern vor allem in anonymer Ausprägung. Brandanschläge gegen die Wohnsitze ausländischer Mitbürger/innen sowie Körperverletzungen und Überfälle gegen Minderheiten und Andersdenkende und -fühlende sind eine ganz infame und zugespitzte Form von rassistischer Gewalt.

Wie entsteht und wie äußert sich rassistische Gewalt?

Aus den Untersuchungen der Universität Bielefeld zu diesem Thema ist abzulesen, daß die Befürwortung dieser Form von Gewalt in den letzten Jahren zugenommen hat, auch bei Jugendlichen. Es muß im Durchschnitt mit einem Anteil von etwa 15 Prozent der Jugendlichen in der Altersgruppe zwischen 15 und 25 Jahren gerechnet werden, die politischen Ideologien zustimmen, in denen Gewalt von Menschen gegen Menschen als ein gesellschaftlicher Ordnungsfaktor wahrgenommen wird. Der Bielefelder Pädagoge und Extremismusforscher Wilhelm Heitmeyer (1992, 1993) rechnet zu den wichtigsten Bestandteilen einer rechtsextremistischen Einstellung einmal diese Akzeptanz von Gewalt als einem Ordnungsfaktor in einer unübersichtlich gewordenen Gesellschaft, in der keine klaren Regeln für Recht und Ordnung empfunden werden, und zum zweiten die Befürwortung einer eindeutigen Hierarchie, einer Rangordnung von Menschen unterschiedlicher Herkunft und Geschlechts. Die Befürwortung von Gewalt und die Befürwortung der Höherstellung von Menschen bestimmter sozialer und rassischer Herkunft gegenüber anderen erfüllen eindeutig den Tatbestand einer rassistischen Ideologie. »Till: ›Wir sind mehr wert als die anderen.‹ Interviewer: ›Wieso?‹ ›Ja, wieso. Weil, wie soll man das sagen, ey ... weil die, wenn man das so sieht, allein schon wie die rumlaufen. Die ganzen Gewohnheiten von denen, das ist ja praktisch wie vor 100 Jahren oder so, oder 200 Jahren ...‹« (Heitmeyer u. a. 1993, 440)

Rechtsextremistische Parteien und Organisationen setzen in den Mittelpunkt ihrer Überzeugungen die Ideologie der Ungleichheit. Sie operieren mit vereinfachten und simplifizierenden Argumenten: Kein Arbeitsplatz? Also Ausländer raus! Keine Wohnung? Also Asylanten abschieben! Keine Anerkennung? Also stolz darauf sein, daß man Deutscher ist!

Neben die Ideologie der Ungleichheit tritt die des Ethnozentrismus, die die eigene Nation in den Mittelpunkt stellt und daraus die Einteilung in ein Freund-Feind-Schema ableitet. Damit wird es möglich, sich auf die Zugehörigkeit zu einem Volk, einer Rasse, einer Nation zu berufen, ohne daß man sich einen Platz in der Gesellschaft durch Leistung erkämpfen muß (Jäger 1993). »Interviewer: ›Was macht dich so stolz auf das Land? Wenn du sagst, dein Nationalstolz.‹ Otto: ›Weiß ich auch nicht. Eigentlich gar nichts, aber ich bin halt ein Deutscher, fertig. Von daher irgendwie.‹« (Heitmeyer u.a. 1993, 380)

Nicht immer treffen bei Jugendlichen die genannten Komponenten, die ein rechtsextremes Einstellungssyndrom definieren, zusammen. Stark ausgeprägt ist vor allem das erste Symptom, in dem Gewalt als Ordnungsfaktor befürwortet und teilweise dann auch tatsächlich ausgeübt wird. Und noch etwas zeigen die vorliegenden Studien: Der Ausgangspunkt für die Gewaltbefürwortung ist bei den meisten Jugendlichen gar nicht ein politischer Hintergrund im engeren Sinne, sondern vielmehr in einem eher diffusen Gemisch aus Unsicherheit, Überforderung und Verdrossenheit zu sehen. Auch die Zugehörigkeit zu rechtsextremistischen Gruppen ist nicht so stark verbreitet, wie lange angenommen wurde, und sie bietet nicht immer den Hintergrund für Gewalttaten mit rassistischer und rechtsextremistischer Komponente. Teilweise handelt es sich bei rassistischer Gewalt um geradezu unpolitisch motivierte Ansätze, um blanken Haß gegen andere Menschen und Bevölkerungsgruppen, die von manchem Jugendlichen als »Dreck«, »Abschaum«, »alles Idioten« (Heitmeyer u.a. 1993) bezeichnet werden. Diese Tatsache ändert natürlich nichts an dem objektiv politischen Charakter, den diese Gewaltformen in unserer Gesellschaft einnehmen.

Schwache Menschen sind anfällig für Gewalt

Auch für rassistische, rechtsextremistisch gefärbte Formen der Aggression und Gewalt gilt die Beobachtung, die wir bereits für andere Ausprägungen von Aggression und Gewalt gemacht haben: Sie werden hauptsächlich von schwachen Menschen, von Jugendlichen zumal, gezeigt, die eine langjährige Erfahrung der Vernachlässigung und der Demütigung in Familie, Schule, Nachbarschaft und teilweise auch im Beruf hinter sich haben. Diese Demütigung kann sich in spektakulären biographischen Brüchen, zum Beispiel intensiven Versagenserlebnissen oder langanhaltender Arbeitslosigkeit, ausdrücken. Es können aber auch verkapptere, von außen nicht sofort erkennbare Formen der langfristigen Zurückstellung sein, die in der Form von Minderwertigkeitsgefühlen und angeschlagenem Selbstwert verarbeitet werden. Die große Zahl der politisch-rassistischen Gewalttäter besteht aus Menschen, die sich als schlecht integriert sowie als Versager und Verlierer in einer Wettbewerbsgesellschaft empfinden. Ihre Gewaltausbrüche sind Reaktionen auf diese als Erniedrigung und Demütigung empfundene Situation.

Auffällig an dieser Ausprägung von Gewalt ist, daß sie sich nicht etwa gegen die gesellschaftlichen Strukturen oder die Mächtigen in der Gesellschaft richtet, die ja letztlich dafür verantwortlich gemacht werden können, sondern gegen Menschen, die noch schwächer sind als man selbst und die in unserer Gesellschaft auch von Mächtigen eindeutig diskrimi-

niert werden: Ausländer, Behinderte, Homosexuelle, Straffällige, Prostituierte, Obdachlose.
Gegen die Mächtigen trauen sich die rechtsextremistisch-rassistisch orientierten Gewalttäter nicht anzugehen, sondern sind im Gegenteil froh, wenn sie sich der heimlichen Zustimmung dieser gesellschaftlich einflußreichen Gruppe sicher sein können. Sie registrieren sehr genau, welche Signale aus dem politischen Bereich der herrschenden Parteien und welche Signale von den von ihnen als wichtig erachteten Meinungsführern im öffentlichen Bereich der Gemeinde, der Politik und – nicht zu vergessen – der Medien kommen. Sie empfinden sich als eine Art politischer Avantgarde, die im Grunde das politisch umsetzt und ausführt, was sich die Mächtigen nicht trauen, aber doch klammheimlich wünschen. Es ist also eine feige und hinterhältige Form von Aggression und Gewalt, die hier ausgeübt wird – aber welche Gewaltform würde diese Kriterien nicht erfüllen?
Ein weiteres Phänomen ist auch hier erneut festzuhalten: Die rassistisch gefärbte Gewalt kommt überwiegend von Männern, während Frauen eine absolut »untergeordnete« Rolle spielen. Das zeigt sich auch bei der Befürwortung dieser Form von Gewalt, die ebenfalls deutlich weniger Resonanz bei Frauen als bei Männern findet. Diese Muster ziehen sich übrigens durch alle Gruppen der Bevölkerung, wie ohnehin zu sagen ist, daß die Jugendlichen nur leicht über dem Durchschnitt der Akzeptanz für rechtsextremistische und rassistische Positionen mit Gewaltbefürwortung stehen.
Geschlechtsunterschiede haben einen hohen Stellenwert. Jungen und Mädchen reagieren in unterschiedlicher Form auf Anforderungen und Belastungen in ihrem Lebensalltag. In der Tendenz neigen die meisten Mädchen mehr dazu, die Belastungen mit sich, ihrer Psyche und ihrem Körper auszumachen und sie nicht nach außen zu transportieren. Deshalb ist der Anteil von »introvertierten« psychischen und psychosomatischen Störungen bei Mädchen im Durchschnitt auch deutlich höher als bei Jungen. Diese reagieren viel stärker mit »extrovertierten« Formen bis hin zu Aggressivität und Gewalttätigkeit, sozialer Abweichung und Kriminalität.

Der »rechte Terror« ist noch ohne ideologische Substanz. Die Anknüpfungen an die Nazitradition sind oberflächlich und geschehen häufig überwiegend aus demonstrativer Absicht. Es wird bewußt mit einigen Symbolen aus der Zeit des Nationalsozialismus gearbeitet, weil man deren Provokationscharakter in der Öffentlichkeit kennt. Es gibt bislang auch nur wenige ideologische Programmpunkte, die die verschiedenen Initiativen und Gruppen zusammenführen können. Dazu gehört das Bekenntnis zur Gewalt als Ordnungsmacht in einer unübersichtlichen sozialen Situation, verbunden mit dem Recht des Stärkeren. Die Gewalt ist aber bei genauerem Hinsehen ohne ein wirkliches Motiv, sie greift sich fast zufällig ihre Opfer. Genau das macht sie natürlich auch so wirksam, genau hierdurch verschlägt es den gesellschaftlichen Zeitzeugen den Atem. Hinzu kommt die Maßlosigkeit und »Grenzenlosigkeit«, mit der sie auftritt, da sie total unseren feinfühligen und hochzivilisierten Formen des Umgangs miteinander widerspricht.

Der absolute Verstoß gegen die Regeln einer liberalen und zivilisierten Gesellschaft, gegen die gängigen und akzeptierten Verhaltensnormen ist es, der den Jugendlichen die große Aufmerksamkeit verschafft. Die Nazi-Symbole sind oft nur »aufgesetzt«, weil man weiß, wie sehr man damit einen politisch bloßliegenden Nerv der deutschen Geschichte und des Selbstverständnisses der Elterngeneration trifft. Viele Jugendliche fühlen sich auch zu Unrecht in die Ecke der (Neo-)Nazis gestellt. »Otto: ›Wie eben durch meine Bomberjacke und so, ne. Ist eben halt nur für'n Fußball, aber wenn ich so durch die Straße gehe, wirste bei einigen schon als Rechtsradikaler abgestempelt. Wenn ich mir im Winter Springerstiefel anziehe, warum. Ich find' die Schuhe super. Ist doch gar nicht mal so schlecht ... Und nur, weil du solche Schuhe anhast, biste gleich irgendwie 'n Nazi oder so, ne.‹« (Heitmeyer u.a. 1993, 382)

Die demonstrierenden und randalierenden Jugendlichen verhalten sich bewußt oder unbewußt so, daß sie rechtsextrem orientierten professionellen Aktivisten Möglichkeiten eröffnen, sich der öffentlichen Aufmerksamkeit zu bedienen, die sie durch ihre teilweise spontanen Aktivitäten hergestellt haben. Sie verwenden nationalsozialistische Symbole vor allem in der Absicht, die politischen und pädagogischen Autoritäten zu provozieren – was ihnen angesichts der verunglückten »Bewältigung« der deutschen Nazi-Vergangenheit auch trefflich gelingt. Das alles bedeutet aber nicht, daß wir es mit »Rechtsradikalen« zu tun haben, sondern zunächst einmal nur, daß es sich um spontane Reaktionen von Jugendlichen handelt, mit denen sie auf politische Mißstände aufmerksam machen wollen, die sie – nach ihrer Auffassung – direkt oder indirekt persönlich treffen. »Otto: Wenn du, äh, auf der Straße nur sagst, wenn du dich nur unterhältst mit jemandem und sagst: ›Hier, guck, schon wieder Scheiß-Kanaken‹, dann kommen andere gleich mit dem Finger, zeigen auf dich: ›Hier, du Nazi, Nazi, Nazi!‹ Ist doch Scheiße. Hier vom Fußball früher, die Bomberjacke – ist ja 'n Begriff, klar – kannst du heute nicht mehr anziehen. Gehst damit auf die Straße: ›Oh, Nazi, Nazi, ne.‹« (Heitmeyer u.a. 1993, 401)

Der Organisationsgrad von rechtsextremen Gruppen in der Bundesrepublik Deutschland ist nicht sehr hoch. Es wird geschätzt, daß 45000 Mitglieder in 75 rechtsextremen Gruppen und Parteien aktiv sind. Im engeren Sinne neonazistische Gruppierungen wie die Nationale Front und die Freie Deutsche Arbeiterpartei umfassen etwa 2500 Mitglieder. Allerdings ist inzwischen ein so feinmaschiges und flächendeckendes Netz von Kameradschaften entstanden, daß die bloße Zahl der organisierten Rechtsradikalen nichts über die wahre Anhängerschaft aussagt. Auf jeden Fall kann gesagt werden, daß die rechtsradikalen Organisationen von den jugendlichen Gewalttätern profitieren. Die Mehrheit der an Gewaltaktionen teilnehmenden Jugendlichen ist jedoch nicht rechtsextrem und auch nicht neofaschistisch, sondern allenfalls in einem dumpfen und diffusen Sinne politisch rechtsorientiert und gewaltgläubig.

Die »rechte Jugendrevolte« ist kein deutsches Phänomen. In den meisten westlichen Industrieländern gibt es rechtsorientierte und gewalttätige Aktionen von Jugendlichen und jungen Erwachsenen, die sich ebenfalls überwiegend gegen Ausländer im eigenen Land richten. Die Verwendung von Nazisymbolen und Elementen der nationalsozialistischen Ideologie erfordert allerdings eine »spezifisch deutsche« Antwort.

Die randalierenden Jugendlichen in Deutschland können eine so große öffentliche Resonanz verbuchen, weil sie in Worten und

Symbolen an ein verdrängtes Kapitel der deutschen Geschichte erinnern. Eine wirklich selbstbewußte und abgeklärte Auseinandersetzung mit der nationalsozialistischen Geschichtsepoche hat es weder in Ostdeutschland (in der alten DDR) noch in Westdeutschland gegeben. Das spüren die Jugendlichen instinktiv und schlagen genau in diese Kerbe. Durch die deutsche Vereinigung ist das Thema der Auseinandersetzung mit der deutschen Geschichte virulenter denn je, zugleich stellt sich auch das Problem des deutschen Nationalgefühls in einer völlig neuen Weise. Alle Autoritäten schrecken auf, wenn die Jugendlichen die Formel »Ich bin stolz, ein Deutscher zu sein« aussprechen, und sie lassen sich sehr schnell durch eine belanglose und an und für sich überhaupt nicht angreifbare Floskel politisch und psychologisch provozieren. Die »rechte Revolte« der Jugendlichen zeigt uns daher sehr deutlich, daß eine intensive Diskussion über das Nationalgefühl – in einem international verflochtenen europäischen Staat mit faktisch multiethnischer Zusammensetzung – dringend notwendig ist.

Politische Reaktion als Ausdruck von Belastungen und Ängsten

Für das Jugendalter heute ist charakteristisch, daß schon früh im Lebenslauf eine eigene ethische, religiöse, politische und ästhetische Orientierung notwendig wird, um sich in der Pluralität und Vielfalt von Sinngebungsangeboten und Perspektiven zurechtzufinden. Jugendliche werden, genau wie Erwachsene, ohne große soziale Unterstützung mit dem pluralistischen Wertehorizont unserer heutigen Gesellschaft konfrontiert. Sie tragen damit schon sehr früh persönliche Verantwortung für einen sinnvollen Lebenslauf und lernen, Entscheidungen zu treffen, zu denen sie stehen und die sie auch durchhalten müssen (Heitmeyer/Möller/Sünker 1992).

Jugendliche nehmen schon früh eine Einordnung ihrer sozialen Position vor und sehen sich unter dem Druck, eine eigenständige und unverwechselbare, einzigartige und unaustauschbare (»identitätsstiftende«) Form der Selbstentfaltung und Selbstdarstellung zu finden. Stark auf sich allein gestellt, ohne die zuverlässige Einbindung in ihre Familien, die heute nicht mehr typisch ist, müssen sie sich gegen schwierige äußere Bedingungen durchsetzen, behaupten und ihre eigenen Lebenspläne verwirklichen. Sie müssen letzten Endes mit dieser Aufgabe selbst fertig werden und finden nur geringe oder manchmal auch gar keine Unterstützung von Erwachsenen, die ihnen den Weg zeigen.

Entfremdung, Überforderung und Oppositionshaltung

Die Risiken sind groß, daß das anspruchsvolle Lebenskonzept nicht erfüllt werden kann und Gefühle von Hoffnungslosigkeit, Überforderung und Entfremdung überhand nehmen. Wir können deswegen auch sagen, daß sich Statusverunsicherungen und Statusängste in diesem Lebensbereich in Form von Identitätsängsten niederschlagen, also in der Befürchtung, nicht zu sich selbst zu finden und dem selbstgesetzten Anspruch der Einmaligkeit und Unverwechselbarkeit nicht gerecht zu werden. Das führt dann dazu, daß Jugendliche sich in eine Oppositionshaltung zu den Erwachsenen hineinsteigern und versuchen, ihr Leben in übertriebener Abgrenzung zu ihnen zu führen. Oder aber sie »flüchten« geradezu in die Gemeinschaft der Gleichaltrigen, wo sie hoffen, sich eher individuell verwirklichen zu können. Die Angst, in ihren Handlungen eingeschränkt und eventuell fremdbestimmt zu werden, kann zu übereilten und nicht immer wohlüberlegten Taten führen. Jugendliche leiden darunter und fühlen sich manchmal orientierungslos und beziehungsunfähig. Beziehungsabbrüche sowie Gefühle, ausgeschlossen und nicht anerkannt zu sein, bedrücken sie sehr und zeigen sich oftmals in Belastungssymptomen. Eine wichtige soziale Unterscheidungslinie ergibt sich aus den finanziellen, bildungsmäßigen und kulturellen Positionen der Elternhäuser. Wir meinen: Jugendliche aus »besseren Elternhäusern« reagieren auf Belastungen in den genannten Bereichen, auf Leistungs-, Bindungs-, Integrations- und Identitätsängste, in der Regel stärker mit nach innen gerichteten, an der eigenen Person orientierten Anspannungen. Jugendliche aus den weniger privilegierten sozialen Gruppen hingegen zeigen stärker extrovertierte Reaktionsformen bis hin zu aggressivem Verhalten. Ganz offensichtlich drücken sich in dieser Spannbreite von Ausdrucksformen die erlernten, durch Familie und Ausbildung übermittelten Fähigkeiten und Kompetenzen aus, um angespannte Situationen und als Belastung empfundene Lebenslagen zu bewältigen (Engel/Hurrelmann 1989).

Zu den verschiedenen Reaktionen auf Anspannungen und Belastungen gehören auch politische Verhaltensweisen. Wie Untersuchungen am Bielefelder Zentrum für Kindheits- und Jugendforschung zeigen, setzen sich Jugendliche heute praktisch ab dem zwölften Lebensjahr intensiv auch mit den politischen Gegebenheiten in ihrer unmittelbaren und weiteren Lebenswelt auseinander (Hurrelmann 1994; Mansel 1992). Sie sind teilweise – unter anderem auch durch den Einfluß der Medien – genauso gut informiert wie Erwachsene und zeigen sich bei bestimmten politischen Themen oft direkt und stark sensibilisiert.

Bei den politischen Reaktionsformen sind – genauso wie bei den erwähnten psychischen, sozialen und somatischen Reaktionsformen – Persönlichkeitsunterschiede, Geschlechtsunterschiede und soziale Unterschiede zu verzeichnen. Vor allem die letzteren, die unterschiedlichen Reaktionsformen je nach sozialer Herkunft, müssen stärker als bisher betrachtet werden. Dabei spielen die tatsächlichen Lebensbedingungen der Jugendlichen in beiden Teilen Deutschlands eine wichtige Rolle.

Veränderte politische Reaktionsformen

Politische Reaktionsformen bei Jugendlichen sind historisch kein völlig neues Phänomen. Eine direkte Sensibilisierung und auch eine Beteiligung schon von Schülerinnen und Schülern an Protestveranstaltungen, ihre Mitarbeit in Bürgerinitiativen, Verbänden und Parteien zeigen aber in den letzten Jahren eine neue Qualität. Waren die Studenten die politischen Seismographen in den sechziger und siebziger Jahren, so sind es heute in Deutschland eher die Schülerinnen und Schüler, die die Rolle der politischen Anführer übernommen haben. Das letzte zeitgeschichtliche Beispiel hierfür sind die Proteste von Schülerinnen und Schülern gegen den Golfkrieg. Vierzehn- bis Siebzehnjährige, darunter auffallend viele Mädchen, haben sich in einer teilweise stark emotional gefärbten und sehr spontanen Weise an politischen Demonstrationen beteiligt. Sie drückten dabei Stimmungen breiter Bevölkerungsgruppen auf eigene Weise aus und bedienten sich öffentlicher Darstellungsformen bis hin zum zivilen Ungehorsam. Sie verletzten Spielregeln des öffentlichen Raums, indem sie zum Beispiel Plätze besetzten und Zugänge zu militärischen Einrichtungen versperrten, um eine politische Protestbotschaft zu transportieren (Mansel 1992).

Bei diesen politischen Reaktionsformen handelt es sich um ein Muster, das von sehr vielen Jugendlichen übernommen wurde. Ängste im Zusammenhang mit Umweltverschmutzung, Kernkraftgefahren, Krieg und Zerstörung in unserer unmittelbaren Nachbarschaft sind politische Protestanstöße für die privilegierten, in Schule und Sozialstruktur gut situierten Jugendlichen, für die oberen »zwei Drittel« der Jugendgesellschaft.

Bei den früheren »linken« öffentlichen Thematisierungen durch Jugendliche waren zweifellos intelligente und intellektuell gut geschulte und artikulationsfähige Akteure am Werk. Das sind die jetzigen »rechten« Gewalttätigen mehrheitlich nicht. Deswegen sind sie um so anfälliger für rechtsradikale Ideologien und Einpauker, die den Enttäuschungen von Jugendlichen ganz geschickt folgende Ideale und Zielvorstellungen anbieten: Sie setzen der erfahrenen Ohnmacht von Jugendlichen Macht entgegen, der Vereinzelung und sozialen Gleichgültigkeit Gemeinschaft, ihrer Handlungsunsicherheit Gewißheit und Klarheit, ihrer Schwäche eine verheißene Stärke. Dies macht sie so attraktiv für viele Jugendliche, und es ist kein Wunder, daß sie so großen Zulauf finden.

Für Kinder, Jugendliche und Erwachsene ist es heute gleichermaßen schwierig, eine tragfähige politische Einstellung und ein belastungsfähiges Verhältnis zu den eigenen politischen Ängsten zu entwickeln. Denn die Themen, die politische Ängste auslösen, sind nur zu einem kleinen Teil tatsächlich dem eigenen individuellen Verhalten zugänglich. Daraus erklärt sich das starke Gefühl der Ohnmacht und Hilflosigkeit, das mit politischen Ängsten verbunden ist. Besonders bei Kindern und Jugendlichen ist das

Gefühl von Macht- und Sinnlosigkeit und Entfremdung angesichts des Weltgeschehens stark gewachsen, und sie sind dann total überfordert, wenn ihre sozialen Beziehungsnetze brüchig geworden sind und sie nicht das nötige Ausmaß an Unterstützung und Zuwendung erhalten. Gerade in dieser Überforderungssituation liegt der Nährboden für extremistische politische und auch religiöse Einstellungen. Sie alle haben ihren Ausgangspunkt in dem Gefühl, daß die Kontrolle über die eigenen Wege verlorengegangen ist. Demoralisation, Depression und Deprivation sind die bitteren Konsequenzen, wenn Menschen das Gefühl haben, die eigenen Bedingungen für das Leben und die Lebensgestaltung nicht beeinflussen zu können.

Wir sehen nun heute, daß die weniger privilegierten Jugendlichen, das untere Drittel in der sozialen und schulischen Prestigehierarchie, inzwischen ebenfalls zu politischen Artikulationsformen greifen. Auch diese Jugendlichen machen ihre wirtschaftliche, berufliche und soziale Lebenslage zum Ausgangspunkt und drücken ihre Ängste in einer ihnen eigenen Form aus. Ihre politischen Äußerungen richten sich auf Themen, die sie am meisten bedrücken, und das sind im Unterschied zur »privilegierten« Mehrheitsgruppe wirtschaftliche und soziale Wettbewerbs- und Entfremdungsempfindungen. Thematischer Kristallisationspunkt ist dabei das »Einströmen« von Aussiedlern und Ausländern in den deutschen Wirtschafts- und Kulturraum. »Otto: ›Da fühlst du dich doch nicht mehr zu Hause ... überall Ausländer ... Das ist doch Kacke, wenn du durch die Straße gehst, und dann kommt dir da so ein Tamile oder da so ein Türke entgegen. Alle sind braungebrannt, das ist doch widerlich. Wenn du mal in die Stadt gehst, so ab zehn Uhr, dann siehst du nur noch Schwarze, das ist doch widerlich. Also das find ich eklig, ehrlich. Der Staat ist am Ende. Überall Ausländer, Tamilen und so, wie die da heißen ...‹« (Heitmeyer u.a. 1993, 88)

Die Aktionen der Jugendlichen in den Jahren 1992 und 1993, die in der öffentlichen Diskussion schnell als »rechtsradikale Aktivitäten« abgestempelt wurden, sind in ihrem Kern politische Proteste. Wiederum sind es Jugendliche, die ein brennendes öffentliches Thema artikulieren. Es sind nicht dieselben Jugendlichen – nicht die politisch progressiv orientierten Gymnasiasten und Gesamtschüler, darunter erstaunlich viele Mädchen und junge Frauen –, sondern es sind vorwiegend die politisch konservativen Haupt- und Berufsschüler.

Unterschiede zwischen ost- und westdeutschen Jugendlichen

Im folgenden wollen wir der Frage nachgehen, wie die ost- und westdeutschen Jugendlichen mit den veränderten Bedingungen ihres Lebens, die die politische Vereinigung Deutschlands mit sich gebracht hat, zurechtkommen und welche unterschiedlichen Konsequenzen sich daraus für die Gewaltentstehung in Ost- und Westdeutschland ergeben. Wir beziehen uns dabei auf Studien aus den Jahren 1990, also unmittelbar nach der Herstellung der Einheit, und 1992, nach der ersten Konsolidierung der politischen Veränderungen (Palentien/Pollmer/Hurrelmann 1993). In diesen beiden Jahren hat sich die Hoffnung auf einen schnellen wirtschaftlichen Aufschwung erheblich vermindert. Selbst Politiker, die sich noch 1990 nicht optimistisch genug zeigen konnten und in günstigen Wirtschaftsprognosen geradezu schwelgten, erkennen heute ihren Irrtum. Steigende Arbeitslosenzahlen, geplante Kürzungen der Sozialausgaben in Ost und in West lassen den versprochenen wirtschaftlichen Aufschwung in große Ferne rücken. Die Ergebnisse der Studien zeigen Veränderungen in der Einschätzung des schulischen Klimas, der Ausbildungs- und Berufssituation sowie eigener beruflicher Perspektiven. Genau wie im Westen Deutschlands haben nun auch die Jugendlichen im Osten eine große Wahlfreiheit zwischen den einzelnen Schultypen, aber auch hier zeigt der Trend eine Bevorzugung der Gymnasien.

Gestiegene Anforderungen und hohes Belastungserleben

Die Jugendlichen aus den neuen Bundesländern spüren, daß die Anforderungen höher und der Wettbewerbscharakter stärker geworden sind. Dies geht mit einer größeren Unsicherheit über ihre berufliche Zukunft einher. Hatten sie noch 1990 »hochfliegende« Pläne, so sind diese 1992 eher »handfesten« Vorstellungen gewichen. Auf der einen Seite haben die Jugendlichen theoretisch viele Möglichkeiten, sich selbst zu verwirklichen, auf der anderen Seite stoßen sie, was deren Realisierung anbetrifft, jedoch an materielle Grenzen. Ihre Laufbahn- und Lebensoptionen sowie ihre Freiräume sind enorm gewachsen, aber die allgemeine soziale Arbeits- und Ausbildungsplatzsituation läßt nur wenig Verwirklichungsmöglichkeiten zu. Dies ist ein Gegensatz, den vor allem ostdeutsche Jugendliche viel stärker als westdeutsche spüren.

Die Studien zeigen, daß das Belastungserleben der Jugendlichen in Ostdeutschland seit 1990 erheblich gestiegen ist, und damit geht ein beeinträchtigtes Selbstwertgefühl einher. Viele Jugendliche fühlen sich auch politisch nicht an- und ernstgenommen, sondern dem politischen System eher entfremdet. Eine große Gruppe von bis zu 40 Prozent erwägt, sich nicht an den Wahlen zu beteiligen, 15 Prozent der Jugendlichen neigen zu rechtsorientierten Parteien oder Gruppierungen. Dies stimmt mit Studien überein, nach denen gerade Jugendliche in Verunsicherungssituationen geneigt sind, vereinfachte Orientierungen zu übernehmen (Heitmeyer u.a. 1993).

Diese Voraussetzungen sind bei den ostdeutschen Jugendlichen eher gegeben als bei den westdeutschen. Sie erleben nach der Vereinigung alle Vorzüge einer hochindustrialisierten Gesellschaft mit ihrem reichhaltigen Warenangebot, den vielfältigen Informationsmöglichkeiten und der Meinungs-, Glaubens- und Reisefreiheit, aber sie »bezahlen« auch teuer für diese Vorzüge, nämlich mit sozialer Verunsicherung und verstärktem Erleben von Konkurrenz und Leistungsdruck. Sie müssen plötzlich mehr Eigenverantwortung als früher zu DDR-Zeiten übernehmen und besitzen noch nicht die notwendige Orientierung und Sicherheit, um sich im Labyrinth der unterschiedlichen Bildungswege zurechtzufinden.

Wenn auch die große Mehrheit der Jugendlichen ihre persönliche Situation seit der Vereinigung nach wie vor als überwiegend positiv ansieht und wir ebenso wie die Shell-Jugendstudie '92 (Jugendwerk 1992) eine im Kern eher optimistische Einschätzung bei den Jugendlichen eruieren konnten, so darf doch die umgeschlagene Stimmung der Jugendlichen in Ost und West, und besonders in Ost, nicht übersehen werden. Die Euphorie der Vereinigung und die damit verbundenen Hoffnungen auf eine bessere Zukunft mit wirtschaftlichem Aufschwung haben sich als trügerisch erwiesen, und es werden Konfliktpotentiale sichtbar, die 1990 noch nicht gesehen wurden und die mit den hochgespannten Erwartungen an die eigenen Lebensperspektiven, die nicht in Erfüllung gegangen sind, zusammenhängen.

Distanz zu Politikern und Parteien

Bei den meisten Jugendlichen sowohl in Ost als auch in West besteht zwar Interesse an der Politik, jedoch auch große Distanz zu den Politikern. 82 Prozent der befragten Jugendlichen sind der Ansicht, daß die Bevölkerung von den Politikern betrogen wird. Bei dieser Einschätzung gibt es kaum Unterschiede zwischen Ost und West. Die politische Entfremdung ist hoch, Politiker genießen nur geringes Ansehen.

Wenn es dagegen auch eine Vorliebe für Umweltschutzgruppen und Friedensbewegungen gibt, so sinkt doch die Bereitschaft, dort mitzumachen. Gewalt als Mittel der Auseinandersetzung lehnen die meisten Jugendlichen ab. Dennoch gibt es sowohl in Ost als auch in West Jugendliche, die spontane politische Gewalt befürworten. Sie sind ausgesprochen gegenwartsorientiert, hedonistisch eingestellt, das heißt, sie wollen hier und jetzt »leben« und bevorzugen den unmittelbaren Spaß, sind intolerant gegenüber Bedürfnisaufschub und leben nicht zukunftsgerichtet nach Plan, sondern experimentieren und verwirklichen verschiedene Lebensmöglichkeiten. Sie folgen eher dem Rat Gleichaltriger, mißtrauen den Älteren und bewerten deren Vorbild als gering. Sie möchten möglichst langsam erwachsen werden. Sie leben riskanter und spannungsreicher. Zu ihrem Leben gehören vermehrtes Trinken,

Rauchen, Fahren ohne Führerschein, Prügeln, Randale und Kleinkriminalität. Aber ihr Alltag ödet sie oft an. »Till: ›Immer dasselbe läuft ohne Arbeit. Ausschlafen, Kumpels treffen, bißchen ‚rumziehen', abends ins Bett, morgens wieder dasselbe.‹« (Heitmeyer u.a. 1993, 414)

Unzufriedenheit mit der wirtschaftlichen Situation und »Fremdenabwehr«

Neue Untersuchungen zeigen sehr deutlich, daß die Polarisierung in »links« und »rechts« bei den Jugendlichen im Osten stärker ist als im Westen. Auch die Neigung zu rechtsradikalen Einstellungen ist stärker, Gewaltbereitschaft und Gewaltakzeptanz sind höher. Diese Tatsachen korrespondieren mit Untersuchungen, wonach im Unterschied zum Westen die mehrheitlich politischen Ängste der Jugendlichen sich nicht auf die globalen Umweltkrisen und internationalen Spannungen richten, sondern auf wirtschaftliche Krisen, Arbeitslosigkeit und Wettbewerbsdruck. Die internationalen und die Umweltprobleme folgen in der Liste von drängenden Problemen der Jugendlichen erst später (Pollmer u. a. 1992). Die Angst vor Konkurrenz auf dem Wohnungs- und Arbeitsmarkt, vor Konkurrenz in der Ausbildungssituation und den allgemeinen Lebensbedingungen bringt Negativeinstellungen gegenüber Asylsuchenden und Aussiedlern hervor. Den rechten Parteien gelingt es sowohl in Ost- als auch in Westdeutschland, ein bestehendes Reservoir an ausländerfeindlichen Grundhaltungen anzuzapfen.

In den Jahren nach 1991 fällt auf, daß das Thema »Fremdenabwehr« von den Jugendlichen in Ostdeutschland noch stärker thematisiert wird als in Westdeutschland. Wir werten diese Tatsache als ein Zeichen dafür, daß die politischen Ausdrucksformen der Jugendlichen Reaktionen auf eine als brüchig eingeschätzte Zukunftsperspektive sind. Allerdings sehen wir auch die Gefahr der Überinterpretation der aktuellen Tendenzen mit der Folge, daß eine Entwicklung, die noch offen ist, etikettiert und damit »festgezimmert« wird. Es ist Zurückhaltung bei der Klassifizierung bestimmter Aktionsformen geboten, denn nicht alle gewalttätigen

Aktionen mancher Jugendlicher entsprechen wirklich einer rechtsextremen Weltsicht. Vieles von dem, was sich in den neuen Bundesländern an gewalttätigen Ausschreitungen ereignet, entspricht eher einer grundlegenden Verunsicherung angesichts einer als bedrohlich empfundenen Gegenwart und Zukunft. Die rechtsextreme und ausländerfeindliche Gewalt ist nur ein Element eines komplexen Prozesses der Gewaltfreisetzung.

Orientierungslosigkeit vor allem bei den ostdeutschen Jugendlichen

Disziplin, Anpassung und Unterordnung waren die »Tugenden« der ehemaligen DDR, jetzt sind Spontaneität, Kreativität und Eigenverantwortung gefragt, Verhaltensweisen, die Selbstverwirklichung suggerieren, jedoch keine Sicherheit garantieren. Die Freiräume sind zwar größer geworden, jedoch auch gleichzeitig belastender und mit Unsicherheiten behaftet. Der Begriff »Abwicklung« ist negativ besetzt und wird als gewaltförmiger Eingriff von außen erlebt. Die Gegenwart erscheint den ostdeutschen Jugendlichen und auch den Erwachsenen als nicht überschau- und beeinflußbar, und die neuen Tugenden kommen ihnen wie Hohn und Spott vor. Auf der einen Seite sind zwar die engen Kontrollmechanismen und die vielen Einschränkungen des alten DDR-Regimes weggefallen, aber es sind keine neuen verhaltenssteuernden und Sicherheit vermittelnden Maßnahmen hinzugekommen.

So wie der einzelne durch Nichtanerkennung seiner Person tief verletzt werden kann, gibt es auch für die ostdeutschen Menschen als Gruppe gesehen keine größere Kränkung, als sie zu übersehen, zu überhören, sie zu bevormunden und ihre gewachsenen sozialen Strukturen aufzulösen: Die Politik der Nichtanerkennung wurde nach dem Ende der DDR fortgesetzt (Hondrich 1993). Mit den Arbeitsplätzen verfielen in Ostdeutschland Betriebsgruppen und Jugendorganisationen. Gemeinschaftseinrichtungen, Jugendclubs und Kindergärten wurden rigoros geschlossen. Daraus erwachsen Ohnmachtsgefühle, Wut und Haß auf »die da oben«, und gemeinsam mit den Skinheads aus dem Westen erlangten viele Ostdeut-

sche ein Selbst- und Gruppenbewußtsein, das ihnen im Alltag verwehrt wird.
Die Jugendlichen in den neuen Bundesländern haben es noch erheblich schwerer als die Jugendlichen in den alten Ländern (Pilz 1993). Sie sind seit der Vereinigung in ein tiefes politisches Loch gestürzt und wurden mit dem Fall der Mauer ihrer nationalen Identität beraubt. Sie wurden quasi zu Deutschen zweiter Klasse, und daraus erwuchs ein bitteres Minderwertigkeitsgefühl, das sie durch eine verstärkte Identifikation mit Deutschland zu kompensieren suchten.
Sie fielen außerdem in ein wirtschaftliches Loch, konnten sich nicht mehr mit den früheren wirtschaftlichen (im Vergleich zu anderen sozialistischen Staaten) und sportlichen Erfolgen identifizieren, mußten Einkommenseinbußen hinnehmen und verloren ihre Arbeitsplätze oder bekamen keine Lehrstellen. Ein Großteil der aus westlicher Sicht unrentablen Industrie- und Fabrikanlagen wurde stillgelegt, und der verheißene soziale Aufschwung blieb aus.
Drittens fielen die Jugendlichen in ein sozialpolitisches Loch: Fast ihre gesamten Freizeit- und Ferieneinrichtungen wurden gestrichen, und es fehlt an allem: an Begegnungsstätten, Spielplätzen, Jugend- und Sportclubs. Die Jugendlichen im östlichen Teil haben noch weniger Zufluchtsorte als die Jugendlichen im westlichen Teil Deutschlands. Ihre Eltern können ihre Verunsicherungen nicht auffangen, da sie ihrerseits total irritiert sind. Viele Eigentumsverhältnisse sind immer noch nicht geklärt, und die Erwachsenen sind genauso verunsichert wie die Jugendlichen. Die Befürchtung, daß durch Einsicht in die Stasi-Akten die Vergangenheit enthüllt und aufgedeckt werden könnte, trägt Angst und Mißtrauen mitten in die Familien hinein und schürt ein latentes Klima von Neid, Mißgunst und Haß.

Hintergründe rechtsradikaler politischer Aktivitäten

In der im Auftrag des Bundesministeriums für die Gleichstellung von Frau und Mann des Landes Nordrhein-Westfalen erstellten Studie über Rechtsextremismus und Gewalt (1994) werden drei Einstellungsmuster unterschieden: das des »Rechtsextremismus«, der »Anomie« und des »Autoritarismus«.

Diejenigen Jugendlichen, die dem Orientierungsmuster Rechtsextremismus zuzurechnen sind, haben übereinstimmend folgende Kindheitserfahrungen gemacht: Sie haben fast alle ein strenges Elternhaus erlebt, Schläge erfahren und insgesamt keineswegs eine glückliche Kindheit gehabt. Diese Jugendlichen sind nicht häufiger als der Durchschnitt Kinder von Alleinerziehenden, sondern wachsen zwar in äußerlich intakten, jedoch oft im Inneren zerrütteten Verhältnissen auf.

Auch in den Gruppen, denen sie angehören, erfahren sie keine wirkliche Geborgenheit, sondern pflegen eher oberflächliche Kontakte. Allerdings suchen sie einen festen Rahmen, denn Zusammenhalt bedeutet ihnen viel. Insgesamt gesehen sind sie eher verunsichert und hilflos und glauben, wenig Einfluß auf die Gestaltung ihres Lebens zu haben. Sie legen ein ausgesprochen demonstratives Desinteresse an Politik an den Tag. »Otto: ›Politik hab ich mich nie für interessiert. Machen eh' nur Mist.‹ ›Irgendwie ist mir das alles scheißegal. Aber echt.‹ ›Politisch mach' ich mir gar keine Gedanken mehr.‹« Sie verfügen über wirre Geschichtskenntnisse und halten den Nationalsozialismus für ein System, »das wir eigentlich brauchen«. Sie wünschen sich oftmals wieder eine starke, autoritäre Führerperson. »Viktor: ›Ich meine, irgendeiner muß sagen, wo's langgeht. Würd' wahrscheinlich total Chaos sein, wenn jeder machen würde, was er wollte.‹« (Heitmeyer u.a. 1993, 379, 530)

Sie fürchten sich vor nichts, außer vor Arbeitslosigkeit und einem weiteren Zuzug von Ausländern. Sie überschätzen den Ausländeranteil in Deutschland maßlos und verbinden ihren Ausländerhaß mit einer hohen Gewaltbereitschaft. Sie geben sich stark und hegen Rachegedanken gegen diejenigen, von denen sie glauben,

unterdrückt zu werden. »Otto: ›Du mußt Leute fertigmachen können, die dich fertigmachen. Du mußt doch deinen Druck, den du irgendwo kriegst, auch irgendwo ablassen können.‹« (Heitmeyer u.a. 1993, 89)
Diejenigen Jugendlichen, die dem Einstellungsmuster »Anomie« zuzuordnen sind, zeichnen sich ebenfalls durch eine hohe Gewaltakzeptanz aus: Gewalt gilt bei ihnen als völlig probates Mittel zur Durchsetzung ihrer Interessen. Gewalt dient männlicher Selbstbehauptung – »Till: ›Als Mann muß man auch mal zuhauen.‹« (Heitmeyer u.a. 1993, 417) – Gewalt verschafft Respekt und Anerkennung, Gewalt dient als Medium der Selbsterfahrung und Selbstdarstellung, Gewalt gehört zum »Recht des Stärkeren«. »Otto: ›Ja, jeder muß sich durchsetzen, der Stärkere ist nun mal der Stärkere, ne. Schlechter wird es den Schwächeren immer gehen, wenn die es nicht lernen, sich durchsetzen zu können. Na ja, wenn se sich nicht zur Wehr setzen können, müssen se das eben lernen, ne.‹« (Heitmeyer u.a. 1993, 375) Sie folgen dem Motto: Auge um Auge, Zahn um Zahn und wollen ihre eigenen Gewalthandlungen nur als Antwort auf die der anderen verstanden wissen.
Es handelt sich um Jugendliche, bei denen die schon oft hervorgehobene Unzufriedenheit mit sich und allen anderen ganz besonders zu bestehen scheint. Ihre Frustrationstoleranz ist äußerst gering, sie »rasten« beim geringsten Anlaß »aus«. So wie im Einstellungsmuster »Rechtsextremismus« sind auch hier die Jugendlichen mit niedrigerem Bildungsniveau überrepräsentiert. Auch sie möchten möglichst viel Spaß haben und ihr Leben genießen. Sie gehen »oft mal einen saufen«, ziehen durch Kneipen und verbringen die Wochenenden selten zu Hause.
Das Einstellungsmuster »Autoritarismus« vieler Jugendlicher unterscheidet sich zwar von den Einstellungsmustern »Rechtsextremismus« und »Anomie« darin, daß der Gewaltakzeptanz und Gewaltbereitschaft eine geringere Bedeutung zufällt, aber sie ähnelt ihnen auch wieder durch die Betonung der angeblichen Ausländerproblematik. Man hat nichts gegen sie, solange sie hier arbeiten und Steuern zahlen. Allerdings schwingen hier im Ansatz rassistische Untertöne mit, und es werden die schlechten Erfahrungen mit Ausländern in den Vordergrund gestellt. Die Meinung herrscht vor,

daß Ausländer durch ihr Verhalten die Ausländerfeindlichkeit erst provozieren. Mit dieser Meinung und auch mit der Angst vor ausländischen Jugendlichen, die ihrerseits häufig in Gruppen auftreten und Stärke nach außen signalisieren, wissen sich viele Jugendliche in Ost- und Westdeutschland mit den Erwachsenen eins und rechnen auch mit ihrer heimlichen Zustimmung, wenn sie selbst gewalttätig werden und »sich ja nur wehren«.

Die »autoritären« Jugendlichen unterscheiden sich von denen, die als »rechtsextremistisch« bezeichnet werden, durch ihre im großen und ganzen glückliche Kindheit. Ihre Erziehung war eher fürsorglich und liberal. Sie legen Wert auf traditionelle Tugenden wie Ordnung, Pünktlichkeit, Disziplin und Sparsamkeit. Der Nationalstolz spielt im übrigen unter allen den drei Einstellungsmustern zugeordneten Jugendlichen für die »autoritären« jungen Männer die größte Rolle. Sie sind noch häufiger »stolz darauf, ein Deutscher zu sein«, als die rechtsextremen.

Aus der Jugendforschung über Rechtsradikalismus ist bekannt, wie wenig bei der Mehrheit der hier aktiven Jugendlichen eine wirklich »rechte« Orientierung der Ausgangspunkt ist. Die Studien von Wilhelm Heitmeyer (1992, 1993) zeigen sehr deutlich, daß Wertirritationen und politische Verirrungen ihre Ursache in Vereinzelungserfahrungen, Handlungsunsicherheit im Blick auf die anzustrebenden Ziele, Ohnmachtserfahrungen angesichts der weiteren Gestaltung der Zukunft und tiefsitzendem Mißtrauen in die eigenen Fähigkeiten haben. In einer solchen Ausgangskonstellation nehmen viele, vor allem männliche Jugendliche Zuflucht zu einer Ideologie der Ungleichheit und entwickeln eine Einstellung der Gewaltakzeptanz mit der Bereitschaft zur Gewaltanwendung.

Der Ausgangspunkt ist die Unfähigkeit, mit den gesellschaftlichen Widersprüchen zurechtzukommen, die sie täglich erleben und die sie individuell lösen müssen. Die Jugendlichen sind verunsichert, denn sie haben die Kontrolle über ihre eigenen Wege verloren, weil sie mit dem Gewirr von Anforderungen und Angeboten für die Orientierung und Strukturierung ihres Lebens nicht zurechtkommen. Sie spüren die Konkurrenz der Erfolgreichen und lenken ihre Aggressionen gegen »Sündenböcke«. Diese Ausgangslage ist es, die sie anfällig macht für Vorurteile gegenüber Fremden, die nach ihrer Wahrnehmung den eigenen sozialen Status bedrohen, die sie auch

anfällig macht für Versprechungen, eine »alte Ordnung« wiederherzustellen, die angeblich Verunsicherung und Statusängste beseitigt. Es ist eine Ausgangslage, in der sich Jugendliche unter ungünstigen Konkurrenzbedingungen gegenüber den privilegierten »Oberen zwei Dritteln« fühlen und glauben, keine Chance zu haben, sich sozial und beruflich durchzusetzen.
Aus dieser Interpretation der Hintergründe von ausländerfeindlichen Orientierungen bei Jugendlichen läßt sich deutlich ablesen, wie sehr die politischen Einstellungen und Reaktionsformen mit erlebten Erfahrungen von Ungerechtigkeiten in Verbindung stehen. Die politischen Orientierungen der Jugendlichen, von denen hier die Rede ist, stellen in gewisser Weise die »psychosozialen Kosten« dar, die unsere Gesellschaft ihnen aufbürdet. Die ausländerfeindlichen Aktivitäten sind daher von ihrer Ausgangssituation aus betrachtet als Jugendprotest in einem demokratischen Staat zu verstehen. Es handelt sich um politische Artikulationsformen als Ausdruck von Problemverarbeitung – wie tauglich oder untauglich, wie sozial angemessen oder unangemessen sie auch immer sein mögen.

Skinheads in Deutschland

Wer genau sind die »rechtsradikalen« Jugendlichen? Sind es die »Skins«, die zum Sammelbegriff für alles Böse und Gewalttätige unserer Zeit geworden sind? Liegt ihre Gemeinsamkeit in einer Suche nach Sündenböcken, in einem Aufbegehren, in einer Demonstration ihrer Stärke bei zugrundeliegender Orientierungslosigkeit? Die beiden Soziologen Eisenberg und Gronemeyer (1993) sprechen gar von einem Zerfall der zivilen Gesellschaft und betonen das Fehlen jeglicher Zukunftsperspektive bei den Skins.
Innerhalb der Gruppe der Skins muß jedoch noch differenziert werden. Von den rund 8000 Skins in Deutschland können »nur« etwa 10 Prozent als Neonazis bezeichnet werden (Farin/Seidel-Pielen 1993). Eine »Glatze« ist nicht automatisch ein Rechtsradikaler. Auch in Kombination mit einem gewissen Äußeren wie Stiefel und Bomberjacke allein läßt sich daraus noch nicht auf rechtsradikale Gesinnung schließen. Randalierende Jugendliche, Straßenbanden,

prügelnde Fußballfans gibt es überall in den Metropolen der Welt. Sie stellen eher eine Mischung aus Mannbarkeitsritualen und krimineller Energie dar: Ihr eigenes Leben gilt nichts, genausowenig wie das der Opfer. Für sie bedeutet Gewalt in erster Linie Selbstzweck, und sie huldigen einer »Just for Fun«-Mentalität. Es gelten für sie die Normen einer »männlichen Kriegerklasse«: physischer Kampf und sexuelle Eroberungen (Schröder 1992).
Es lassen sich drei Hauptströmungen der Skinheadszene unterscheiden (Jäger 1993, 16): Die »Redskins« oder auch S.H.A.R.P.s (»Skinheads against racial prejudice«), die sich als antifaschistisch verstehen, jedoch nur eine Minderheit darstellen; die »Oi-Skins« (»Strength through joy«) signalisieren mit ihrem Namen, einer englischen Übersetzung des nationalsozialistischen Begriffs »Kraft durch Freude«, daß bei ihnen individueller Lustgewinn vor politischer Agitation steht. Sie verstehen sich als Patrioten und lehnen angeblich eine Zuordnung zum rechtsextremen Lager ab. Eindeutig rechtsradikal sind die »Fascho-Skins«, die sich durch rechtsextremes, rassistisches Gedankengut und eine hohe Gewaltbereitschaft auszeichnen. Sie nehmen teil an Versammlungen und Aufmärschen rechtsextremer und neonazistischer Parteien.

Viele Jugendliche sind sich der heimlichen Zustimmung ihrer Eltern gewiß

Besonders die ostdeutschen Jugendlichen artikulieren Unruhe und Unsicherheiten in einer Weise, wie es sich die Erwachsenen ganz offensichtlich in einer sehr schweren Umbruchkonstellation nicht trauen, aber eigentlich auch gerne täten. Sie agieren damit als »Erfüllungsgehilfen« ihrer Eltern und mehr oder weniger in ihrem Auftrag (Benz 1992). Sie lenken mit ihren Handlungen von einem latenten Generationenkonflikt ab, und wären es nicht die Asylanten, gegen die sich ihr Zorn austoben kann, so wären es wohl die eigenen Eltern oder die Erwachsenen schlechthin, diejenigen, die ihnen früher Lügen und Geschichtsverfälschungen erzählt und die sie auf eine Zukunft hin erzogen haben, die es nun nicht mehr gibt. Doch aus kindlicher Solidarität und Loyalität schonen die Kinder »noch« ihre Eltern und wenden ihren Haß, ihren Frust und ihre

Enttäuschungen auf und gegen andere. Ute Benz (1992) resümiert, daß sich der Mißbrauch von Fremden als Sündenböcke nur dann verändern läßt, wenn die eigenen Wurzeln der Aggressivität aufgedeckt und angesprochen werden.

Das Problem der nationalen Identität

Ein wirkliches Gemeinschaftsgefühl in Ost und in West entsteht nur spärlich, die Integration steht noch aus, eine nationale Identität gibt es noch lange nicht. Der Begriff »das Volk« war in Deutschland seit Juni 1953 durchaus wieder mit positiven Inhalten gefüllt wie Willensdurchsetzung und Artikulation von Bedürfnissen, doch der Begriff »das deutsche Volk« ruft heute sofort wieder negative Assoziationen hervor. Eine wirkliche Integration ist ohne kollektive Gefühle und Symbole nicht zu haben, und wir müssen wegkommen von einer ängstlich moralisierenden Bewertung von Begriffen, die in anderen europäischen Ländern vorurteilsfrei benutzt werden.

Das gilt auch für die Frage der Nationalität. Wenn sich vor allem ostdeutsche Jugendliche die Frage stellen, was eigentlich das Nationalgefühl »deutsch« sei, dann ist das eine ernst zu nehmende Herausforderung. Es ist Teil einer Selbstvergewisserung in einer tiefgreifenden Umbruchsituation, in die sie hineingeworfen worden sind. Es handelt sich um eine legitime Frage, die für ihre Identitätssicherung von unmittelbarer Bedeutung ist. Bisher war es in beiden Teilen Deutschlands möglich, die Frage nach der nationalen Identität zu verdrängen. Das ist im Osten und im Westen geschehen und war durch die Kürzel »BRD« und »DDR« auch symbolisch triftig zum Ausdruck gebracht. Heute kann sich nun keiner mehr davor verstecken, daß wir in einem Land mit Namen »Deutschland« leben und auch eine angemessene Identifizierung mit unserer Nationalität erarbeiten müssen. Innere Verdrängung und äußere Distanzierung helfen hier nicht weiter. Jugendliche müssen eine angemessene emotionale Beziehung zu einem Land entwickeln können, wobei bildhafte und symbolische Darstellungen nicht weggedrängt werden dürfen.

Bis 1989 waren »rechte Jugendliche« kein Thema für die Jugend- und Sozialarbeit, nimmt man einmal die fußballbegeisterten Hooligans aus. Pädagogen und Sozialarbeiter kümmerten sich eher um die »linken« Jugendlichen und hatten die sich langsam entwickelnde »rechte« Jugendszene und Jugendkultur nicht im Blick. Dazu gehört die unter vielen Jugendlichen stark verbreitete Rockmusik, die von ihren Konsumenten auch als »Skinmusik« oder als »Skinrock« bezeichnet wird. Er hat seine Wurzeln in der Punkmusik (Geisler/Hempel 1993) und zeichnet sich durch seine Aggressivität, seine Lautstärke, seine Monotonie in den Rhythmen sowie durch seine ausländer- und fremdenfeindlichen und deutschtümligen Texte aus. Zentrale Themen sind Zugehörigkeit zu den »Glatzen«, Schwärmen vom Alkohol und Huldigen eines »doitschen« Vaterlandes.

Die Skinmusik ist Integrations- und Ausgrenzungsmittel zugleich, denn sie macht deutlich, wer dazugehört und wer nicht. In den Texten der Gruppen »Wotan«, »Werwolf« und »Störkraft« steht das Feindbild fest: Es sind die Ausländer, Aussiedler und Asylanten. Vermeintlich gesellschaftskonforme Normen und Ideale wie Freundschaft und Kameradschaft werden gepriesen und dabei jedoch maßlos überhöht. Die Bereitschaft, für das Vaterland zu sterben und für die »Sauberkeit« des Landes einzutreten, verherrlicht Todessehnsucht und Gewaltanwendung. Das Beispiel der Gruppe »Böhse Onkelz« verdeutlicht die Problematik der Indizierung und Beschlagnahmung. Ihr Titel »Der nette Mann« wurde schon 1986 verboten, aber dadurch kam die Gruppe erst so richtig ins Geschäft. Vordergründig hat sie der Gewalt abgeschworen, und ihre Texte fallen strafrechtlich nicht mehr auf, aber ihre verbotene LP wird heute noch gehört und heimlich gehandelt, geborgt, verliehen. Sie ist nach wie vor unter Skins heiß begehrt. Die Skinmusik fördert einfache Denkmuster und stabilisiert rechtsradikale Denkstrukturen. Sie appelliert an dumpfe Instinkte und weckt primitive und diffuse Bedrohungsgefühle.

Vielen Sängern dieser Texte, wie zum Beispiel dem Sänger Petritsch von der Band »Störkraft«, scheint es egal zu sein, was die Fans mit ihren Texten machen. Sie übernehmen keine Verantwor-

tung dafür, und wenn es die Stimmung im Saal hochschaukelt, dann stimmen sie sogar in Sprechchöre »Sieg Heil« und »Ausländer raus« mit ein (Jäger 1993).
Nun ist nicht jeder Jugendliche, der Skinmusik hört, ein »Rechter« und darf auch nicht in diese Ecke gedrängt werden, aber es muß unter Jugendlichen eine Diskussion darüber in Gang kommen, was Musik und Texte auslösen und wie gefährlich sie sein können. Dies könnte zum Beispiel sehr gut in der Schule anhand von Textinterpretationen geschehen.

Die Feindbilder bei deutschen und ausländischen Jugendlichen gleichen sich

Gewalt mit politischem Akzent wird auch von der Gruppe ausgeübt, gegen die sie sich in den letzten Jahren besonders gerichtet hat, nämlich von ausländischen Jugendlichen. Sie, die sich in dieser Gesellschaft nicht integriert fühlen und faktisch ja auch nicht integriert werden, trauen sich in der zweiten und dritten Generation der Übersiedlung nach Deutschland zum erstenmal deutliche politische Äußerungen zu. Hierunter können aggressive Impulse sein.
Die Ursachen sind letztlich verwandt, analog denen der deutschen Jugendlichen, die sich im sozialen und im Leistungsbereich vernachlässigt und zurückgesetzt fühlen. Sie haben noch häufiger als deutsche Jugendliche keinen Schulabschluß, erhalten keine Lehrstelle und sind arbeitslos. Sie leben zwar vergleichsweise noch häufiger in intakten Familien als deutsche Jugendliche, leben dort jedoch beengter und mit weniger persönlichem Komfort ausgestattet. Sie fühlen sich von ihren Eltern einerseits auf ähnliche Weise unverstanden wie deutsche Jugendliche, andererseits kommt bei ihnen eine ganz andere Qualität der Entfremdung hinzu, die sehr viel mit dem kulturellen Hintergrund der Eltern zu tun hat (Bründel/Hurrelmann 1994).

Die Traditionen und Wertvorstellungen der Eltern haben für die hier geborenen Jugendlichen häufig keine Bedeutung mehr, und sie haben sich von den Träumen und Illusionen der Eltern, irgendwann einmal in ihre Heimat zurückzukehren, abgekoppelt. Sie möchten hierbleiben, leben jedoch in zwei Lebenswelten, zwischen denen es keine Verbindung gibt. Die Eltern ausländischer Kinder kennen noch weniger als die deutschen Eltern die Lebenswelten ihrer Kinder. Sie leben und arbeiten isoliert und haben kaum Kontakte zur deutschen Wirklichkeit (Bründel/Hurrelmann 1994). Vor diesem Hintergrund erscheint es nur konsequent, daß sich die ausländischen Jugendlichen mit Gleichaltrigen ihrer Herkunft zusammenschließen. In ihren eigenen Gruppen erfahren sie ähnliche Sicherheit und Gefühle der Geborgenheit wie die deutschen Jugendlichen.

Die Spannungen zwischen deutschen und ausländischen Jugendgruppen, die teilweise in aggressiver und gewalttätiger Form ausgetragen werden, sind zunächst Spannungen zwischen zwei in unserer Gesellschaft am Rande stehenden, von der »Ausbürgerung« bedrohten Gruppen: den ausländischen Jugendlichen, die rechtlich faktisch ausgebürgert sind, obwohl sie kulturell und in ihrem Lebensalltag dazugehören, und den deutschen Jugendlichen, die zwar rechtlich alle Bürgerrechte genießen, aber sozial an der Grenze der Integration in die Gesellschaft stehen, und sich selbst faktisch als von der Ausbürgerung gefährdet klassifizieren. Es sind Spannungen zwischen zwei gesellschaftlichen Gruppen auf der untersten Stufe der Gesellschaft, die beide auf unterschiedliche Weise von sozialer Diskriminierung betroffen sind und diese Diskriminierungserfahrungen praktisch jeweils gegen die andere, ebenfalls strukturell benachteiligte Gruppe richten.

Der erhebliche Unterschied allerdings liegt darin, daß die deutschen Jugendlichen sich der offenen oder der verdeckten Zustimmung von maßgeblichen Bevölkerungsgruppen und politischen Instanzen der Gesellschaft sicher sein können. Das gibt ihnen auch den immer wiederkehrenden Rückhalt für stets neue Aktionen und Attacken. Obwohl sie eine in unserer Gesellschaft an und für sich verpönte Form der Aggression, nämlich die körperliche Gewalt, ausüben, obwohl sie Schläger sind, können sie sich doch als politische Helden fühlen, als Gesellschaftsmitglieder, die gewissermaßen »Ordnung schaffen« und damit den »Ordnungsfaktor Gewalt« in eine Situation einbringen, in der er vom politischen Establishment nicht praktiziert wird.

Wie entstehen Fremdenangst und Feindbilder?

Die Entwicklung von Feindbildern entsteht schon in der Kindheit und hängt mit einem bestimmten Beziehungsklima der Unzufriedenheit, versteckten Feindseligkeiten und nichtausgesprochenen Enttäuschungen in der Familie zusammen (Bauriedl 1992). Auch innerhalb einer Familie kann »aufgerüstet«, können »Waffen« und »Munition« zusammengetragen und kann in einem bestimmten Moment »losgeschlagen« werden, meistens in Form von Wut- und Haßausbrüchen und gerechtfertigten oder auch ungerechtfertigten Vorwürfen. Schon innerhalb der engen Familienbeziehungen kann oftmals nicht vertragen werden, daß der andere anders ist und andere Vorstellungen von der Lebensführung hat als man selbst. »Böse« ist meistens der andere, und Schuld hat auch immer der andere. Schon in der Familie gibt es die »Guten« und die »Bösen«, wobei der eigene böse Anteil meistens abgespalten und in den anderen hineinverlegt wird.

Wie oft sagt eine Mutter zu ihrem kleinen Kind, das nicht gehorchen will: »Du bist böse«, oder: »Sieh deinen großen Bruder, wie er fein aufgeräumt hat, der ist lieb.« Eltern, die ihre Kinder in großem Zorn schlagen und eigentlich darüber beschämt sind, mögen sich häufig diese Gefühle nicht eingestehen. Sie spüren, daß sie sich haben gehen lassen und daß ihre Wut im Grunde mehr mit ihnen selbst als mit dem Kind zu tun hatte, daß sie überlastet, nervös und ungerecht waren, aber sie sagen dennoch häufig: »Sieh mal, wie du Mami gereizt hast. Das darfst du nicht wieder tun.« Die Schuld wird damit auf das Kind verteilt. Kinder können dies oftmals nicht verkraften und geben die Schuld im Spiel weiter an ihre »Kinder«: Puppen und Stofftiere.

Diese Dynamik der Hereinnahme und Ausstoßung des Schlechten wird schon früh gelernt und übernommen, und so verwundert es

im Grunde überhaupt nicht, daß diese Mechanismen später dann auch auf Personen außerhalb der Familie und auf Menschen übertragen werden, die außerhalb der eigenen Gruppe oder des eigenen Volkes stehen. Hierbei werden absolut dieselben Verhaltensmuster wirksam, die schon sehr früh in der Kindheit erworben wurden. Die Urformen der Block- und Bündnisbildung entstehen in der Kindheit (Bauriedl 1992, 25).
Feindbilder, ob individuelle oder kollektive, dienen dazu, die eigene Person oder die eigene Gruppe aufzuwerten und letztere zu stärken und zusammenzuhalten. Sie entstehen durch Projektion eigener negativer Eigenschaften auf andere, wobei der Eigenanteil natürlich geleugnet und verdrängt wird. Sie haben die Funktion, die eigenen Unsicherheiten und Ängste zu mindern, und schaffen eine gewisse Orientierung, vielleicht auch Sicherheit, die darin besteht, daß man weiß, »wo der Feind steht«. Für manche Personen, vor allem für diejenigen, deren »Ichgrenzen« unsicher sind, bedeuten Feindbilder Beruhigung und Stärkung des eigenen unsicheren Selbstwertgefühls.
Diese Dynamik findet sich häufig in Cliquen, Banden und Jugendgruppen, aber auch innerhalb von Schulklassen. Das eigene niedrige Selbstwertgefühl vieler Jugendlicher läßt sie verächtlich auf andere hinabblicken, die auf einer imaginären Rangleiter noch tiefer als sie selbst stehen. So haben Lehrer/innen zum Beispiel beobachtet, daß ausländische Kinder und Jugendliche die Ankunft der Aussiedlerkinder und -jugendlichen als willkommenen Anlaß genommen haben, sich über sie, die zunächst kein Wort Deutsch sprachen, lustig zu machen. Sie spürten im Grunde viel Gemeinsamkeit, auch Nähe zu ihnen, denn schließlich ist es ihnen auch einmal ähnlich ergangen, wenn sie nicht gerade in Deutschland geboren waren. Auch sie waren oder sind noch immer isoliert und nicht in der Gemeinschaft der deutschen Gleichaltrigen integriert. Die Kinder von Aussiedlern sind jedoch Deutsche, damit haben sie Rechte, die den ausländischen Kindern und Jugendlichen, auch wenn sie hier geboren sind, vorenthalten werden. Dies wiederum schürt die eigenen Ängste und Gefühle des Neids und der Mißgunst, woraus dann feindselige Impulse erwachsen.
Was hier für das Selbstwertgefühl eines einzelnen Menschen ausgesprochen wird, gilt analog auch für das Selbstwertgefühl eines

ganzen Volkes. Ist es labil und unsicher, tendiert es verstärkt zur Ausbildung von Feindbildern. Die Deutschen neigen in ihrem Selbstwertgefühl zu Minderwertigkeits- und Überwertigkeitsgefühlen, zumindest haben sie ein gestörtes Verhältnis zum Begriff »Nationalgefühl«, und sie schwanken zwischen den Extremen hin und her, es entweder zu verteufeln oder zu glorifizieren. Auch hier findet wiederum eine Abspaltung statt: Während die »Linken« den einen Part übernehmen, machen sich die »Rechten« zu Anhängern des anderen. Die Psychoanalytikerin Thea Bauriedl (1992) spricht von einem »Vakuum« im Selbstwertgefühl der Deutschen. Eine harmonische, in sich gefestigte Identität unseres Volkes scheint nur sehr schwer möglich zu sein.

Die Ausländerfeindlichkeit findet nicht nur Zustimmung unter vielen Jugendlichen, sondern auch unter zahlreichen Erwachsenen. Sie hat ihre Wurzeln in einem Verarmungswahn und in Ängsten, daß der eigene Wohlstand in Zukunft geringer werden wird; eine Aussage, die von Politikern zunächst bestritten wurde, jedoch in letzter Zeit immer wieder unterstrichen und betont wird. Diese Unsicherheiten und Widersprüche bringen Jugendliche dazu, eine Art von Pseudostärke zu produzieren, das Nationalgefühl bewußt und teilweise auch provozierend herauszustellen, was sich in dem Satz: »Ich bin stolz, ein Deutscher zu sein« ausdrückt. Die Unsicherheiten führen aber auch dazu, den Kampf gegen alle Schwachen, Ausgegrenzten und Fremden zu führen, um sich damit aufzuwerten. Die Schwachen, Ausgegrenzten und Fremden stellen Sündenböcke dar, die stellvertretend für alle vermeintlichen Bedrohungen, Einschränkungen und Verluste stehen. Wer sich im eigenen Volk entwertet fühlt, gibt diese Entwertung an andere weiter. Wer nicht weiß, ob er dazugehört oder nicht, will schon gar nicht, daß andere dazugehören.

Phantasien über Eigenschaften und Verhaltensweisen von anderen bilden sich vor allem dann, wenn man über den anderen wenig weiß und daher auf Vermutungen angewiesen ist. Das Charakteristische der kollektiven Feindbilder sind die Anonymität, die Isolation und der mangelnde Kontakt zur anderen Gruppe. Was wissen unsere Jugendlichen über die bei uns lebenden Ausländer und Aussiedler? Sie gehen zwar gemeinsam in die Schule oder treffen sich in der Lehre, aber da enden ihre Kontakte auch schon.

Es gibt kaum gemeinsame Unternehmungen in der Freizeit, und meistens verbleiben die deutschen und die ausländischen Jugendlichen in ihren Cliquen und Gruppen. Dieselbe strikte Trennung gibt es übrigens auch zwischen innerdeutschen Jugendgruppen, den Autonomen, den Punks, den Teds, den Skins, den Faschos und den politisch interessierten und den einzelnen Parteien sich zugehörig fühlenden Jugendlichen.

Was Eltern sowie Schul- und Jugendarbeit tun können

Die gewaltorientierten ausländerfeindlichen Verhaltensweisen von Jugendlichen in Ost und West sind eine Ausdrucksform von Protest und Unsicherheit, der Statusängste zugrunde liegen. Es handelt sich im Kern um eine Form des Jugendprotests in einem demokratischen Staat, auf die mit demokratischen Mitteln geantwortet werden muß. Justiz, Politik, Pädagogik und Wissenschaft müssen auf diese Form des Jugendprotests genauso reagieren wie auf die politischen Ausdrucksformen von privilegierten Jugendlichen, deren Bedrohungsgefühle und Zukunftsängste sich jedoch in erster Linie auf Umweltprobleme und Kriegsgefahren richten.
Jugendliche werden in der politischen Diskussion oft für unpolitisch erklärt. Dieses Fehlurteil kommt zustande, weil Jugendliche danach bewertet werden, wie stark sie sich an den etablierten politischen Parteien orientieren. Dies ist aber kein tauglicher Maßstab für die politische Sensibilität einer Bevölkerungsgruppe. Nach unseren Untersuchungen interessieren sich 40 Prozent der Jugendlichen für Politik; immerhin 4,6 Prozent der Jungen beteiligen sich an politischen Jugendorganisationen.

Diskussion über bestehende Mißstände führen

Die Jugendlichen zeigen uns, welche politischen Themen dringend diskutiert werden müssen. Sie tun das auf ihre Weise, teilweise in einer unbeholfenen, provozierenden und gewalttätigen Form. Aber die unterprivilegierten Jugendlichen, die sich heute artikulieren, machen deutlich, daß Multiethnizität, soziale und kulturelle Konflikte und Nationalitätenfragen ungelöste Probleme sind. Sie verweisen auf ein politisches Vakuum, weil die politisch progressiven Politiker das Thema »Fremdenangst« lange Zeit nicht für opportun gehalten und die politisch konservativen es in einer nur plakativen Form bearbeitet haben.
Zur Zeit fehlt eine anspruchsvolle und sensible Aufarbeitung dieser Themen in Elternhaus, Schule und Jugendarbeit, aber natürlich auch im öffentlichen Raum, bei den Parteien und den Verbänden. Wenn diese Aufarbeitung nicht erfolgt, wird die Anfälligkeit gerade von sozial benachteiligten Jugendlichen für rechtsradikale Positionen weiter steigen. Die Herausforderung an die Sozial- und Erziehungswissenschaften liegt darin, analytische Beiträge zu Multikulturalität und Multiethnizität zu leisten, um damit Hilfestellungen zur Wir-Identität in einer Gesellschaft zu liefern, die die Ich-Identität ins Unermeßliche hochpreist.
In welchem Verhältnis stehen heute Identifizierung mit der eigenen Kultur und Abwehr fremder Kulturen? Wieviel fremde Kultur kann eine Kultur wie die unsere vertragen? Hierzu müssen Analysen erstellt werden, die die Zukunfts- und Statusängste der jungen Menschen voll einbeziehen. Analysen von Fremdenangst und von Ausdrucksformen, die sie annehmen können, sind überfällig. Wissenschaftler/innen müssen der Gefahr entgehen, die politische Radikalisierung und den Ausländerhaß moralisierend abzuwehren. Damit wird die Zweidrittel-Gesellschaft fortgesetzt und in den Wissenschaftsbereich hineintransportiert. Die spezifischen Verarbeitungsformen des unterprivilegierten Drittels der Bevölkerung werden oftmals übersehen, und die angemessenen wissenschaftlichen Verarbeitungsinstrumente stehen nicht für sie zur Verfügung. Die Erziehungs- und Sozialwissenschaften haben die gute Tradition, sich immer auch um die Schwächeren gekümmert zu haben. An diese Tradition muß angeknüpft werden, wenn ein hilfreicher

Beitrag zur klärenden politischen Diskussion geleistet werden soll. Sozial- und Erziehungswissenschaftler/innen haben sich viele Gedanken darüber gemacht, wie Gefühle von Angst und Unsicherheit der Jugendlichen aufgegriffen und besprochen werden können. Eltern und Pädagogen haben auf die schnelle psychische Überforderung und Überempfindlichkeit dieser Jugendlichen und ihre geringe Belastbarkeit hingewiesen und diese Tatsachen als Signal gewertet für die vielen Probleme, mit denen diese Jugendlichen allein gelassen werden. Viele Gedanken sind darauf gerichtet, wie in den verschiedenen pädagogischen Feldern Familie, Jugendarbeit, Schule und Hochschule mit den politischen Ängsten der Jugendlichen umgegangen werden kann. Die gleichen sorgfältigen Überlegungen müssen wir nun für diejenigen Jugendlichen anstellen, die sich heute in ausländerfeindlicher Weise äußern oder für rechtsradikales Gedankengut anfällig sind.
Im Kern ist es auch bei diesen Jugendlichen – so zeigt die vorliegende Analyse – das Gefühl von Ohmacht und Hilflosigkeit, das mit politischen Ängsten verbunden ist. Es sind nicht die krisenhaften Weltereignisse, mit denen sich diese Jugendlichen moralisch, ethisch und politisch auseinandersetzen, sondern es sind Irritationen und Umbrüche durch die deutsche Einigung, durch Wirtschaftskrisen und drohende oder tatsächliche Arbeitslosigkeit, die sie beschäftigen. Gerade bei den Jugendlichen, die nicht über ein breites Repertoire von Verarbeitungs- und Bewältigungsmechanismen verfügen, sind die Ohnmachts- und Überforderungsgefühle und Zukunftsängste sehr hoch. Daß hier ein Nährboden für extremistische politische Einstellungen liegen kann, ist seit längerem bekannt.
Angesichts dieser Erfahrungen brauchen die Jugendlichen nicht mehr Polizei, sondern eine andere Wirklichkeit. Dazu gehören sowohl die Veränderung ihrer Lebensbedingungen, die ihnen Zukunftsperspektiven vermitteln, Selbstbestätigung ermöglichen und ihnen auch Wärme, Zuneigung, Verständnis und Toleranz entgegenbringen, als auch eine intensive sozialpädagogische Betreuung, die auf ihre Bedürfnisse eingeht und ihnen Erlebnisse von Spannung, Abenteuer bereitstellt, aber auch Werte und Normen nahebringt. Es gilt also, Freiräume für die Jugendlichen zu schaffen und ihnen wieder einen Lebenssinn zu geben. Es darf sich dabei

keineswegs nur um eine »Beschäftigungstherapie« handeln, sondern der Gedanke der Eigenverantwortlichkeit sollte eine zentrale Rolle spielen.

Ängste aufgreifen und Unterstützung geben

Ziel der pädagogischen Tätigkeit von Eltern und Pädagogen muß es sein, durch einfühlsame Formen der Zuwendung und Unterstützung, durch gleichzeitiges sachliches Informieren und Aufklären die Persönlichkeit von Kindern und Jugendlichen so zu stärken, daß sie einerseits wieder eine Perspektive und einen Glauben in die eigene Zukunft entwickeln können und andererseits einen Sinn in politischem Engagement sehen. Das eigentliche anspruchsvolle Ziel liegt darin, die Eigenaktivität anzuregen und alle Kräfte von Kindern und Jugendlichen zu stärken, mit denen sie durch eigene Tätigkeit selbst aus schwierigen und emotional verunsichernden Situationen herauskommen. Dazu bedürfen sie jedoch der hilfreichen Unterstützung durch Erwachsene, besonders ihrer Eltern, die mit ihnen zusammen persönliche und politische Themen ansprechen sollten. Gut dabei ist es, die Kinder und Jugendlichen zum Ausdruck von persönlichen Gefühlen und persönlicher Anteilnahme zu ermuntern. Es ist wichtig, Interesse für die Meinung und Einstellung des jüngeren Gesprächspartners zu zeigen, und noch wichtiger ist es, ihm zuzuhören. Kommen dabei Ängste zum Ausdruck, sollten diese aufgegriffen und auf sie eingegangen werden, ohne sie zu bagatellisieren. Eltern müssen ihren Kindern zeigen, daß sie für einen Austausch von Meinungen, Argumenten und für Gespräche zur Verfügung stehen, auch wenn die Diskussion kontrovers verläuft.

Die Frage der Glaubwürdigkeit von Staat und Politik und besonders der handelnden Politikerinnen und Politiker ist für Jugendliche von großer Bedeutung. Gerade die Rücktrittserie vieler Politiker des Jahres 1993 und ihre oftmals fadenscheinigen Argumente und Begründungen, das heißt ihre Doppelbödigkeit und ihr Opportunismus, schrecken sowohl Erwachsene als auch Jugendliche ab und zeigen ihnen immer wieder, daß Moral in der Politik nur schwer zu verwirklichen ist. Wenn Jugendliche einerseits an solchen Beispielen auch immer wieder erfahren müssen, daß es Perfektion in der Politik nicht gibt, so erleben sie jedoch andererseits auch, daß die Politikerinnen und Politiker durch die Wähler gezwungen werden, Verantwortung für ihr Tun und Handeln zu übernehmen, und daß dies durchaus den demokratischen Grundüberzeugungen und den Spielregeln eines demokratischen Staates entspricht.

Nicht Ausgrenzung der Jugendlichen, sondern Auseinandersetzung mit den Jugendlichen

Was kann im pädagogischen Raum sowohl in den alten als auch in den neuen Bundesländern geschehen? Pädagoginnen und Pädagogen sollten versuchen, in Schulen und Jugendzentren die Sprachlosigkeit zu überwinden. Sie sollten auf die Jugendlichen zugehen, die ausländerfeindliche Impulse zeigen, sollten sie zum Sprechen bringen und sich mit ihnen auseinandersetzen. Nichts wäre schlimmer als eine soziale Ausgrenzung dieser Jugendlichen – dies würde sie über kurz oder lang in die rechtsextreme Ecke geradezu hineintreiben. Die persönliche Auseinandersetzung mit Jugendlichen, die rechtsextreme Ansichten äußern und für den Einsatz von Gewalt sind, ist sehr wichtig. Eine Ausgrenzung muß auf jeden Fall vermieden werden, denn das würde ihre Meinungen nur verfestigen. Im Gespräch und im Kontakt mit den Jugendlichen muß deutlich werden, wie wenig man ihre Auffassungen teilen kann, aber wie sehr sie als Mitmenschen in einer demokratischen Kultur akzeptiert werden.
Eine moralisierende Abwertung ausländerfeindlicher Aktivitäten von Jugendlichen durch Lehrerinnen und Lehrer in Ost- und Westdeutschland ist keine wirkungsvolle Reaktion. Die politisch gefärbten Gewalttaten der Jugendlichen müssen vielmehr in aller Konsequenz als politische Reaktionsformen verstanden und entsprechend wissenschaftlich analysiert und politisch – selbstverständlich auch polizeilich und strafrechtlich – angegangen werden. Weitere Formen der Auseinandersetzung mit Ausländerfeindlichkeit im schulischen Raum liegen im Unterricht – und zwar in allen Fächern, nicht etwa nur im Fach Geschichte. Von Deutsch

über Religion und Politik bis hin zu den Fremdsprachen läßt sich das Thema Fremdenangst behandeln. Es wird dabei immer wieder deutlich, daß der tatsächliche Anteil von bei uns lebenden Ausländern sowohl von west- als auch von ostdeutschen Jugendlichen erheblich überschätzt wird. Aufklärung und Information sind ein Baustein, der zwar auch seinen Platz im Gesamtkonzept der Jugendarbeit haben muß, den man jedoch in seiner Wirkung nicht überschätzen darf. Wilhelm Heitmeyer (1992) warnt mit Recht davor, das Thema »Fremdenfeindlichkeit« zum Gegenstand einer Unterrichtsreihe zu »degradieren«, denn gar zu schnell spüren die Schüler eine Moralisierung, die sie geradezu verstärkt in eine rechtsextreme Ecke drängen würde. Es kommt jedoch immer auf die Art und Weise an, wie eine Unterrichtsreihe den Schülern vermittelt wird. »Belehrungen« kommen gegen »Erfahrungen« nicht an, deshalb ist es so wichtig, daß in der Schule ein Klima herrscht, in dem Konflikte repressions- und gewaltfrei gelöst werden können.

Wir müssen der Gefahr entgehen, die politische Radikalisierung und den Ausländerhaß moralisierend zu bearbeiten. Konflikte in der Schule, die durch das Zusammenleben von Menschen unterschiedlicher Herkunft und ethnischer Zugehörigkeit entstehen, können und müssen in der Schule zum pädagogischen Thema gemacht werden.

In den neuen Bundesländern sind rechte Symbole und Sprüche in der Schule häufig mehr Mode denn Programm. Sie werden als Provokation eingesetzt, um die Grenzen der neuen Freiheit zu testen. Seit das alte pädagogische Wertesystem des Sozialismus zusammengebrochen ist, nutzen die Schüler in vielen Klassen das Machtvakuum, das durch die fachliche und politische Verunsicherung der Lehrer entstanden ist. Die Schüler klagen im Namen der neuen Demokratie ihr Recht auf freie Meinungsäußerung ein.

Welche Art von Nationalgefühl ist angemessen?

Pädagoginnen und Pädagogen müssen im Unterricht angemessene Identifizierungsmöglichkeiten mit unserem Land und unserer Nationalität erarbeiten. Verdrängung und Distanzierung sind nicht angebracht. Die emotionale Beziehung zum eigenen Land, wobei gefühlsmäßige Dimensionen nicht weggedrängt werden dürfen, muß den Jugendlichen ermöglicht werden. Hier fehlt eine anspruchsvolle intellektuelle Aufarbeitung in Schule und Jugendarbeit, und viele Lehrerinnen und Lehrer scheuen sich immer noch davor, Begriffe wie Nation und Vaterland im Unterricht zu besprechen und zu akzeptieren, daß die meisten Schülerinnen und Schüler vor nationalen Symbolen wie Flagge oder Nationalhymne nicht wie sie instinktiv zurückschrecken.

Der Nationalstaat des vorigen Jahrhunderts konnte sich noch durch die Zugehörigkeit auf völkischer Basis definieren. Heute ist dies nicht mehr möglich, und über genau diese Veränderung muß mit den Jugendlichen gesprochen und diskutiert werden. Heute ist ein Zugehörigkeitsgefühl zu einem Staat und damit auch ein positives Nationalgefühl nur noch auf der Basis gemeinsamer Aktivitäten möglich. Wir können unser Land lieben, weil wir es verbessern, um mit Bertolt Brecht zu sprechen. Es gehören alle diejenigen zusammen, die diese Identifizierung mit unserem Land vornehmen, ganz unabhängig von ihrer religiösen und ethnischen Herkunft.

Wirklich »stolz sein« können wir auf eine nun fast fünfzigjährige funktionierende Demokratie, die im Unterschied zu manchen anderen westlichen Demokratien stabile Solidaritätselemente eingebaut hat. Ein ausgebautes soziales Netz, das auch die Schwächsten nicht in den Abgrund rutschen läßt, gehört historisch mit zu den ausgeprägtesten Merkmalen unseres deutschen Gemeinwesens. Die gegenwärtige Situation zeigt ja gerade, wie stark wir auf das Funktionieren dieses echten Solidarpakts angewiesen sind. Wird er auch nur annähernd verletzt, dann kommt es zu erheblichen Unruhen und Verwerfungen im politischen Raum.

Gerade für den pädagogischen Bereich, in Schulen und Bildungsstätten, ist es eine wichtige Aufgabe, an einer solchen modernen Konzeption von Nationalgefühl zu arbeiten, die kritische und selbstkritische Elemente mit aufnimmt. Wenn diese Erarbeitung nicht erfolgt, wird die Anfälligkeit gerade von unterprivilegierten Jugendlichen für rechtsradikale Positionen weiter steigen beziehungsweise ihre Neigung zunehmen, mit »rechten« Symbolen ihre Lehrer schocken zu wollen.

Auseinandersetzen mit Autoritätsgläubigkeit

Nicht nur das Thema Fremdenangst, sondern auch die Themen Gehorsam, Autoritätsgläubigkeit, Pflichterfüllung, Disziplin und Stärke sollten besprochen werden. Der Film »Die Welle«, der bei verschiedenen Landesbildstellen und Medienzentralen auszuleihen ist, liefert hierfür ein hervorragendes pädagogisches Medium. Es geht darin darum, sich kritisch mit dem Autoritäts- und Führerprinzip auseinanderzusetzen und mit der Frage, unter welchen sozialen Bedingungen Menschen bereit sind, andere zu erniedrigen. Ausgangspunkt des Films ist eine Geschichtsstunde in einer amerikanischen High-School. Der Lehrer berichtet anhand eines Films über die Konzentrationslager in Deutschland und darüber, daß die Deutschen den Nationalsozialisten keine Gegenwehr entgegengebracht hätten. Dies stößt auf totales Unverständnis der Schüler. Um ihnen die gefährliche Faszination des Faschismus auf die Massen damals und die raffinierten sozialpsychologischen Mechanismen, die dahinterstehen, zu erklären, läßt der Lehrer die Schüler ohne deren Wissen an einem Experiment teilnehmen, im Laufe dessen sie zu willigen Werzeugen einer Ideologie werden sowie einer Organisation, die sie »Die Welle« nennen. Der Lehrer vermittelt in dem Film den Schülern die erschreckende Erfahrung, daß auch sie, wie alle Menschen, unter bestimmten Bedingungen wie Gruppendruck, Gemeinschaftsgefühl und Angst vor Ausgrenzung zu willigen Werkzeugen werden können.

Unterstützung der Schwachen in der Schule

Die Entwicklung einer argumentativen Streitkultur über soziale und »moralische« Themen gehört mit zu den Beiträgen, die die Bildungsinstitution Schule als soziales und intellektuelles Forum für Jugendliche heute leisten kann. Schließlich gehört natürlich auch der »Heimliche Lehrplan« der Schule auf den Prüfstand. Was tut eine Schule, um die »Leistungsschwachen« nicht auch zu »Sozialschwachen« zu machen? Wir brauchen überzeugende Förderprogramme für die soziale Integration von isolierten Schülern und Schülerinnen, denn – wie wir dargelegt haben – die Neigung zu Gewalttätigkeit und die Anfälligkeit für rechte politische Parolen hängt mit einer mangelnden leistungsmäßigen und sozialen Bildung zusammen. Die Schule muß ein gerechter und fairer Ort sein, in dem alle Jugendlichen das Gefühl haben, daß sie sich entfalten und verwirklichen können. Dazu gehören eindeutige Maßstäbe bei der Leistungsbeurteilung und vor allem ein gutes schulisches Betriebsklima.

Die Schule hat heute eine so große und mächtige Bedeutung für die Biographie eines Jugendlichen, daß sie in der Wettbewerbsgesellschaft, in der wir leben, der entscheidende Ausgangspunkt für Statusängste sein kann. Faire Leistungsbeurteilung, Chancengleichheit und Transparenz der Bewertungsmaßstäbe sind deshalb eine Bringschuld dieses so wichtigen Aufenthaltsbereiches für die junge Generation.

Neben der Schule sind die übrigen sozialen Einrichtungen gefordert, in denen sich Jugendliche aufhalten. Jugendliche brauchen Räume, die sie selbst organisieren und gestalten können. Sie müssen Bereiche haben, in denen sie sich entfalten können und die ihnen zugleich eine Öffentlichkeit bieten für ihre Aktivitäten. Jugendliche möchten das Gefühl haben, Spuren zu hinterlassen. Das gilt auch für rechtsorientierte Jugendliche. Auch ihnen müssen diese Zonen eingeräumt werden, mit Unterstützung durch akzeptierende Sozialarbeiter.

Was weiterhin fehlt, besonders in den neuen Bundesländern, sind die Freizeitangebote wie Jugendclubs und Sportaktivitäten. Sie sind ein ganz wichtiger Bestandteil von Jugendarbeit und ermöglichen Jugendlichen die schon oft erwähnten notwendigen Herausforderungen und Befriedigungen ihrer Sinne, Gefühle, Interessen und Bedürfnisse. Wichtig ist es, Räume für Jugendliche zu erschließen, damit sie sich in eigener Regie Lebenszonen gestalten können. Wer an diesen Räumlichkeiten und Begegnungsstätten kürzt und spart, der hat nicht verstanden, was Jugendliche brauchen, um ihre Freizeit sinnvoll zu verbringen, um psychische, soziale und auch politische Fähigkeiten zu entwickeln. Wir müssen über neue Formen der politischen Partizipation von Jugendlichen nachdenken, Regeln und Kriterien dafür müssen neu entwickelt werden.

7.

Gewalt als gesamtgesellschaftliches Problem

Fassen wir noch einmal die wichtigsten Ergebnisse der bisher dargestellten Gewalthandlungen in den unterschiedlichen Bereichen zusammen, so können wir feststellen, daß Gewaltakzeptanz und Gewaltbereitschaft ein gesamtgesellschaftliches Phänomen sind.

Gewalthandlungen in allen Lebensbereichen

Aggression und Gewalt in körperlicher, verbaler, sexistischer und rassistischer Ausprägung entsteht, wenn ein Mensch über einen langen Zeitraum seines Lebens gedemütigt wird und Erniedrigungen erlebt. Sie entsteht auch, wie besonders die Erfahrungen aus der Mißhandlung und dem Mißbrauch im Familienbereich ausweisen, wenn ein Mensch über einen langen Zeitraum zum Opfer geworden ist. Der soziale Lernmechanismus, der sich von Kindesbeinen an prägt, scheint eine so starke Wucht zu haben, daß selbst die größten Leidenserfahrungen einen Menschen nicht davor bewahren, das einmal erlernte Muster zur Bewältigung von Spannungssituationen und Konflikten auch als Erwachsener wieder auszuüben. Gewalt in der ersten Generation gebiert Gewalt in der zweiten Generation.
Aggression und Gewalt in den verschiedenen Erscheinungsformen entsteht weiterhin, wenn schon Kinder und Jugendliche sich als Verlierer in einer Wettbewerbsgesellschaft empfinden und keine klaren Entfaltungsperspektiven für ihre soziale und berufliche Zukunft vor sich sehen. Das Ausmaß von Gewalt und Aggression hängt ganz eindeutig mit Versagenserfahrungen vor allem im Leistungsbereich zusammen. Diese Jugendlichen haben die Muster der Leistungsgesellschaft verinnerlicht und akzeptieren sie. Sie machen die Erfahrung, diesen Spielregeln nicht entsprechen zu können, und geraten darüber in eine Frustrationssituation. Auf diese strukturell für sie unausweichliche Situation können sie nur

mit Depression oder Aggression oder Fluchtverhalten (zum Beispiel Drogenkonsum) reagieren, wenn sich die Ursprungssituation nicht verändert.
Hier liegen heute wichtige Ausgangspunkte für die Zunahme von Aggression und Gewalt in vielen Bereichen, denn der Wettbewerbsdruck ist höher geworden als noch vor zehn oder zwanzig Jahren. Ein deutlicher und brutaler Hinweis sind die gestiegenen Arbeitslosenzahlen, die ja ganz besonders Jugendliche beim Start in die Berufslaufbahn treffen. Aggression und Gewalt ist also ein Reflex auf eine objektiv ungünstig gewordene Chancenstruktur für große Teile der Jugend. Diese Chancenstruktur wird von den Jugendlichen als ungerecht empfunden, aber die Konsequenz der Ungerechtigkeit müssen sie mit sich selbst austragen, weil sie nicht die politische Kraft und Phantasie haben, ihre Unzufriedenheit und Frustration gegen die Konstrukteure der Ungerechtigkeit zu richten.
Aggression und Gewalt entsteht durch den Darstellungszwang und das Verlangen nach Integration in die Gleichaltrigengruppe. Heute sind Jugendliche schon früh, meist schon mit zwölf oder dreizehn Jahren, innerlich von den Eltern abgelöst und bei allen Fragen, die den Lebensstil und die Freizeitgestaltung betreffen, auf ein gutes Arrangement mit den Gleichaltrigen angewiesen. Entsprechend intensiv sind die Dynamik und die Integrationstiefe, die von diesen Gruppen ausgehen. Hier nehmen viele Formen der abweichenden Bewältigung von Problemen ihren Ausgangspunkt. Auch aggressive und gewalttätige Handlungen finden zum Teil – natürlich nicht ausschließlich – ihren Resonanzboden in der Gruppe, sie sind Demonstrationen gegenüber der Bezugsgruppe »Clique«. Solange keine anderen Bezugsgruppen da sind und keine anderen Sinnperspektiven angeboten werden, wird sich diese Kraft der Gleichaltrigengruppe als Orientierungsforum erhalten oder sogar noch weiter stärken.
Aggression und Gewalt können Reaktionen auf eine unerfüllte, inhaltsleere und als sinnlos empfundene Freizeit sein. Die Sehnsucht nach Abenteuer, Erlebnis- und Grenzüberschreitung ist im Jugendalter entwicklungsbedingt natürlich, entsprechend groß ist die Suche nach extremen Sinnerfahrungen, nach Nervenkitzel und außergewöhnlichen Erlebnissituationen. Unsere hochrationalisierte und »zugepflasterte« Gesellschaft bietet für diese Erlebnisberei-

che nur wenige Nischen, die für die meisten Jugendlichen nicht ausreichen. Eine Minderheit von ihnen, die mit der sich kommerzialisierenden Freizeitsituation nicht zurechtkommt, kann in dieser Ausgangssituation zu Aggression und Gewalt als Reaktionsform greifen, zu »aggressiver Langeweile« und zu Aggression, die durch Langeweile gespeist ist. Jugendliche möchten Spuren hinterlassen, möchten spüren, wer sie sind und was sie bewirken können, und dies wird noch unterstützt durch den in unserer Gesellschaft heute eingebauten Originalitätszwang, das Ansinnen nämlich, ein unverwechselbarer und einmaliger Typ zu sein, der sich von anderen Dutzendtypen unterscheidet.
Die Analyse hat schließlich auch auf die wichtige Rolle des öffentlichen Raumes hingewiesen, die durch Medien und Politikstile geprägt wird. Hier können wir zusammenfassend sagen, daß es gerade die Minderheit von Jugendlichen ist, die in ihrem Selbstwertgefühl angeschlagen ist, die keine positiven sozialen Modelle in Familie, Schule und Freundesgruppe erfährt, die durch aggressive und gewalthaltige Medienbotschaften besonders intensiv erreicht wird. Dieses ist auch die Gruppe von Jugendlichen, die sich durch die offizielle Politik im Stich gelassen fühlt und möglicherweise den Eindruck hat, diese Politik sei absichtlich gegen sie gerichtet. Jugendliche spüren die Doppelbödigkeit des politischen und des Mediengeschäftes sehr gut, sie haben einen genauen Sensor dafür, wer von den Politikern sich nur schauspielerisch darstellt und wer wirklich an der Lösung der dringenden Probleme beschäftigt und beteiligt ist.
Gerade die sozial benachteiligten Jugendlichen haben Ängste vor Arbeitslosigkeit und Wirtschaftskrisen, auch wenn sie unmittelbar vielleicht hiervon zunächst noch nicht betroffen sind. Die Lösung der Verteilungsprobleme von Arbeit und Geld ist deswegen der dringendste Faktor, der in der »großen Politik« mit Blick auf das hohe Aggressionspotential bei Jugendlichen angegangen werden muß. Die Skrupellosigkeit des Umgangs von Politikerinnen und Politikern untereinander, die Ellbogenmentalität in Politik und Wirtschaft, die Schaustellerei und der Voyeurismus in den Medien, die Effekthascherei bei der Darstellung von schrecklichen kriegerischen Ereignissen, von Vergewaltigungen, Folterungen, Überfällen und Entführungen – das alles sind deutliche Störsignale, die

von Jugendlichen als das aufgefaßt werden, was sie sind: Signale für die Verrohung des Umgangstons der Erwachsenen, Signale für die egoistische und eigennützige Orientierung vieler Personen und Institutionen im öffentlichen Raum. Wenn Jugendliche aggressiv und gewalttätig sind, dann kopieren sie in ihrer eigenen, unverstellten und spontanen Form nur diese von den Erwachsenen scheinbar kaschierten und verdeckten Formen der indirekten und direkten Gewalt.
Nachdem wir aufgezeigt haben, in welchem Ausmaß Gewalt und Aggression in den verschiedenen Lebensbereichen unserer Gesellschaft bestehen, möchten wir nun zusammenfassend darstellen, »wie« sie entstehen, das heißt, welche theoretischen Erklärungsvorstellungen es dafür gibt, bevor wir dann abschließend noch einmal individuelle wie auch gesellschaftliche Lösungsansätze zur Minderung von Gewalt und Aggression beschreiben.

Wie entstehen Aggressionen und Gewalt?

In der Aggressionsforschung existiert heute kein allgemein anerkanntes Theoriemodell. Übereinstimmung herrscht darin, daß einseitige Erklärungen von Aggressivität und Aggressionshandlungen über biologische, körperliche und physiologische Korrelate ebenso zu kurz greifen wie über ökologische und soziale Faktoren. Die modernen Theorien neigen zu einer umfassenden, interdisziplinär offenen Modellbildung. Dabei wird berücksichtigt, daß Aggressionen immer im Kontext von sozialen Interaktionen zu sehen sind und keinesfalls vom jeweiligen Handlungszusammenhang abgehoben werden können. Aggressionen sind nicht so sehr Ausdruck einer Eigenschaft eines bestimmten Individuums, sondern Reaktionen im Verlauf eines Interaktionsprozesses. Auch sind aggressive Handlungen immer in individuelle Sinnbezüge und Lebensorientierungen eingebettet, die sich in einem bestimmten kulturellen, gesellschaftlichen und sozialen Kontext herausbilden.

Aggressionen können spontan entstehen oder auch geplant sein. Hinter ihnen verbergen sich ganz verschiedene Motive. Schauen wir einmal verschiedene Theorien von Aggression und Gewalt an und gehen ihren Annahmen und Erkenntnissen nach. Wir gehen im folgenden auf die einzelnen Theorien ein, um dann anschließend das Gemeinsame und Sich-Ergänzende der Theorien herauszustellen.

Trieb- und Instinkttheorie

Der Mensch hat ein angeborenes Aggressionspotential in sich. Viele Forscher sprechen von der »angeborenen Neigung« des Menschen zum »Bösen«, zur Aggression, zur Zerstörung und zur Grausamkeit. Sie vermuten angeborene, genetisch bestimmte Aggressionspotentiale. Zum Menschsein gehöre ein ständig fließender Impuls sowohl zur Lebenserhaltung als auch zur Selbstzerstörung. Es handelt sich aus psychoanalytischer Sicht um den Eros- und den Todestrieb (Freud 1920, 1933, 1938). Der Mensch habe eigentlich nur die Wahl, entweder sich selbst oder anderen Leiden zuzufügen.

Andere, zum Beispiel Verhaltensforscher wie Konrad Lorenz (1963) und Irenäus Eibl-Eibesfeldt (1970), die menschliches und tierisches Verhalten vergleichen und daraus ihre Schlüsse ziehen, kommen zu einem ähnlichen Ergebnis, daß nämlich sowohl der Mensch als auch das Tier über einen angeborenen Instinkt zur Aggression verfügen, der ursprünglich im Dienste der Verteidigung, der Selbsterhaltung und des Beutetriebes stand. Sie gehen von einem auf den Artgenossen gerichteten Kampftrieb aus, der den Menschen als böses Erbe in den Knochen säße.

Bezogen auf gewalttätige Handlungen von Kindern und Jugendlichen hat die Aggression nach der Triebtheorie ihre Ursache in einer »instinktiven« Aggressivität, die spontan entsteht, sich hochschaukelt, bis sie ein bestimmtes Maß erreicht hat, dann zur Handlung drängt und daraufhin in ihrer Triebkraft wieder für einen bestimmten Zeitraum erlischt. Nach dieser »Dampfkessel«-Vorstellung ist das Kind oder der Jugendliche nicht etwa deshalb aggressiv, weil ihm Ärgerliches widerfuhr, sondern weil sich sein Aggressionstrieb einfach wieder einmal entladen mußte.

Der aggressiven Handlung liegt nicht notwendigerweise eine böse Absicht zugrunde, obwohl auch sie unbeabsichtigt zur Gewaltausübung führen kann. Ein Beispiel dafür ist das Raufen, die Balgerei, im Schülerjargon auch »Spaßkloppe« genannt. Kinder messen ihre Kräfte, raufen und balgen sich und wollen sehen, wer der Stärkere ist. Dagegen ist auch nichts einzuwenden, wenn rechtzeitig ein Ende gefunden wird, mit dem beide Partner einverstanden sind. Aber oftmals ist es so, daß eine solche »Spaßkloppe« unmerklich einen ernsten Charakter erhält, nämlich dann, wenn einer der beiden nicht aufhört, obwohl der andere es will, verlangt oder sogar darum bittet.

Aggression kann zunächst einmal Ausdruck spielerischen, spontanen Verhaltens sein, das dem Ziel dient, die eigene Körperkraft und die eigene Stärke auszutesten. Einer spielerischen aggressiven Handlung liegt der Drang nach Abenteuer, nach Stimulierung und Erleben von Überlegenheit zugrunde. Dieser Gesichtspunkt spielt vor allem im Freizeitbereich eine große Rolle, in dem, wie wir beschrieben haben, dem kindlichen und jugendlichen Entfaltungsbedürfnis durch zu enge Spiel- und Erlebnisräume Grenzen gezogen sind. In ihrer Lebenswelt haben Kinder und Jugendliche kaum Möglichkeiten, »spielerisch aggressiv« zu sein, und ihre Risikobereitschaft kann nicht ausgelebt werden.

Raufereien und Balgereien ereignen sich dennoch überall, in Kinderzimmern, auf Schulhöfen, in Pausen, im Unterricht und auf öffentlichen Plätzen. Die Befriedigung solchen Tuns liegt in der Handlung selbst: Kaum ist sie ausgeführt, fühlt sich der »Täter«, der Angreifer stark, überlegen und zufrieden, und der Drang nach Stimulierung wird vorübergehend geringer. Man spricht von der reinigenden Kraft der aggressiven Handlung (kathartische Wirkung).

Aggression als spielerisches, spontanes Verhalten darf bestimmte Spielregeln nicht verletzen, es darf die Grenze des Spielerischen nicht überschreiten, sonst wird aus der Freude am Siegen und Gewinnen blutiger Ernst mit lange nachwirkenden Folgen.

Lehrer/innen kennen sicherlich die Situation, daß blitzschnell im Vorübergehen – etwa wenn ein Junge an die Tafel gerufen wird – Faust- und Fußtritte ausgeteilt werden, ein Bein gestellt, jemand angesprungen oder sonstwie attackiert wird. Dies geschieht häufig aus purem Übermut, aus Langeweile oder auch aus dem Bedürfnis nach Spannungsabfuhr. Es handelt sich dabei oft um sehr spontane und impulsive Kinder, die ihre überschüssigen Energien nicht steuern können, sich nicht überlegen, was sie anderen zufügen und sich auch nicht in andere hineinversetzen können. Diese Kinder müssen dazu angeleitet werden, Regeln einzuhalten und nachzufühlen, wie es anderen geht. Das soll nicht heißen, Gleiches mit Gleichem zu vergelten. Nehmen wir ein Beispiel:

Fabian ist ein sehr ungestümer Junge der zweiten Grundschulklasse. Er ist motorisch sehr unruhig, ständig in Bewegung, hat gute Einfälle, ist aber in seinem Temperament kaum zu steuern und zu bremsen.
Auf dem Schulhof, in den Pausen rempelt er seine Klassenkameraden an, ballt spielerisch die Fäuste zum angedeuteten Boxkampf, führt blitzschnell einige Karateübungen aus, die er gerade gelernt hat. Dabei kann es sehr gut vorkommen, daß er sowohl Mädchen als auch Jungen verletzt oder Schmerzen zufügt.

Zweierlei ist für eine Verhaltensänderung von Fabian sehr wichtig. Erstens muß ihm eindeutig klargemacht werden, daß er andere Kinder durch sein Verhalten verletzt und daß er vorsichtiger im Umgang mit Klassenkameraden sein muß. Zweitens sollen ihm die betroffenen Kinder sagen und zeigen, daß er ihnen wehgetan hat. Es muß zu einem Gespräch zwischen den Betroffenen und Fabian kommen.
Wir sind bei diesem Beispiel davon ausgegangen, daß Fabian keinen besonderen Grund für seine Aggressivität hegte. Dies kann jedoch auch anders sein.

Psychoanalytische Theorie

Aggression als Zeichen von Angst, Unsicherheit und Enttäuschung kann oftmals als hilfloser Versuch angesehen werden, Gefühle der

Angst und der Bedrohung unter Kontrolle zu bringen. Aggression ist jedoch ein untauglicher Versuch, die Angst zu vermindern. Wir wollen ein Beispiel dazu bringen:

Karsten ist der kleinste im Schulkindergarten. Er hat noch drei ältere Geschwister; zwei Schwestern und einen Bruder, der ihm altersmäßig am nächsten steht. Karsten hat zu Hause nichts zu sagen, wird verwöhnt und verhätschelt, jedoch auch tyrannisiert, ausgenutzt und oftmals hinter das Licht geführt.
Karsten hat ein großes Mißtrauen entwickelt, wittert sofort Nachteile und überall versteckt aufgestellte Fallen und Fußangeln. Sein Vertrauen in andere ist gering. Er fühlt sich auch im übertragenen Sinne klein und unbedeutend. Er ist sehr aggressiv gegen andere und scheut keine Auseinandersetzung mit Fäusten.

Karsten schlägt deshalb so schnell zu, weil er damit seine Angst bekämpft, wieder hereingelegt zu werden. Er gibt sich stark, obwohl er sich eigentlich schwach fühlt.
Karstens Selbstbehauptung ist unangemessen und bringt ihm auch nur kurzfristige Erleichterung, denn seine Klassenkameraden reagieren auf seine Gewalt ebenfalls mit Gewalt. Sie lassen sich nichts von ihm gefallen, was nun wiederum Karstens subjektives Bedrohungsgefühl steigert und ihn zu weiteren aggressiven Handlungen veranlaßt.
Wir sehen also, daß Aggression zum Zwecke der Angstbindung und Angstreduktion eine untaugliche Maßnahme ist, die nur weitere Gewalt hervorbringt. Es handelt sich hier um eine Gewaltspirale, die nur dann zu stoppen ist, wenn Karstens Angst erkannt und auf andere Weise gemindert wird.
Aggression kann in diesem Sinne auch als ein psychisches Notsignal gedeutet werden (Büttner 1993; Heinemann et al. 1992; Kammerer 1993; Merkens 1993). Viele Kinder und Jugendliche möchten gern mehr Aufmerksamkeit erhalten und wissen nicht, wie sie dies bewerkstelligen sollen. In ihrer Unsicherheit und Hilflosigkeit greifen sie zu aggressivem Verhalten. Daß es ein ungeeignetes Mittel ist, um Zuwendung zu erhalten, wird ihnen

zwar nach jedem gescheiterten Versuch schmerzlich bewußt, aber sie können aus eigener Kraft ihr Verhalten nicht ändern. Nach dem Motto »Immer mehr desselben« verstärken sie ihr aggressives Verhalten in der Hoffnung, dadurch doch noch Bestätigung zu finden. Es sind besonders die unsicheren Jugendlichen, die weder in der Familie, der Schule noch in der Gruppe der Gleichaltrigen Anerkennung finden und zur Gewalt greifen, um ihre Angst zu kompensieren.

Frustrations-Aggressions-Theorie

Eine aggressive Handlung kann eine bewußte Provokation sein, um den anderen herauszufordern, aus der Reserve zu locken oder auch um ihn bewußt zu verletzen. Diese Motivation zur Gewaltausübung zeigt sich oft in Prügeleien zwischen Jugendbanden oder auch in der rassistischen Gewalt, wenn es darum geht, einen vermeintlichen Grund zu haben, den Andersdenkenden, Andersfarbigen oder Andersaussehenden anzugreifen.

Aggressive provokative Handlungen können in ihrer Intensität sehr unterschiedlich sein. Die harmlose Variante sind Zwischenrufe in der Klasse, die wohl jeder Lehrer kennt, oder Widerreden gegenüber Eltern. Sie verfolgen die Absicht, die eigenen Grenzen und Freiräume auszuloten, die Grenzen des anderen kennenzulernen; herauszufinden, was möglich und nicht möglich ist.

Aggressives Verhalten enthält, wenn es als Provokation gedacht ist, oftmals Elemente des Machtstrebens und des Geltungsbedürfnisses. Dies spielt sowohl in der Schule als auch in der Familie und in der Clique der Gleichaltrigen eine große Rolle. Kinder und Jugendliche fordern nicht nur ihre Lehrer und Eltern, sondern auch ihre Klassenkameraden heraus, und dann kann es zum Machtkampf zwischen ihnen kommen. Verbale Provokationen werden manchmal auch unter Mitschülern bewußt eingesetzt, um – wenn auf die Provokation entsprechend reagiert wird – einen Vorwand und eine Rechtfertigung für das eigene Zuschlagen zu haben. Insofern sind Provokationen sehr ernst zu nehmen und bergen die Gefahr der Eskalation in sich. Körperliche Provokationen weisen eine ähnliche Dimension auf und zielen bewußt auf die Verletzung eines anderen ab, um möglicherweise eine anschließende körperliche Attacke anzuzetteln. Hierbei kann Lust auf Randale und Action eine Rolle spielen, denn Jugendliche sind, wie wir gezeigt haben, hedonistisch eingestellt, sie lieben Spannung, Spaß und Nervenkitzel und suchen gern Situationen auf, die ihnen solche Gefühle ermöglichen.

Aggressives Handeln kann Ausdruck von Verteidigung, Abwehr und Vergeltung sein (Büttner 1989; Dollard und andere 1971; Nolting 1991). Wir wissen, daß sich aggressive Kinder und Jugendliche sehr schnell angegriffen und provoziert fühlen. Sie haben das Bedürfnis, sich verteidigen oder Vergeltung üben zu müssen. Es braucht sie nur jemand schief anzugucken, und schon schlagen sie los. Sie geben dann häufig als Begründung an: »Der hat mich so blöd angegrinst«, oder: »Der hat mich angemacht.«

Viele Kinder und Jugendliche können nicht einmal einen harmlosen Blickkontakt aushalten, ohne sich dabei gleich irgendwie bedroht zu fühlen. Sie glauben, sich sofort verteidigen zu müssen, und nehmen eine Bedrohung wahr, wo gar keine vorhanden ist: »Der wollte mir was.« Sie reagieren auch oftmals schon auf den Anblick bestimmter »gegnerischer« Attribute wie Haarschnitt, Kleidung und Abzeichen, durch die sie sich angegriffen fühlen. Ihre aggressive Handlung ist dann als vermeintliche Verteidigungshandlung und damit als reaktiv anzusehen.

Ihrem Verhalten geht eine subjektiv wahrgenommene Kränkung, eine Beleidigung, Demütigung oder ein Ärger voraus, und ihre Reaktion stellt dann eine zielgerichtete Antwort auf eine vermeintliche Provokation dar, die bei ihnen Gefühle des Hasses, der Wut, der Unterlegenheit, der Ohnmacht oder der Ungerechtigkeit ausgelöst hat. Was folgt, ist eine reine Affekthandlung, die oftmals sehr brutal ausfällt und in keinem Verhältnis zum Anlaß steht. Ein Beispiel soll dies veranschaulichen:

> *Peter, ein Schüler der vierten Grundschulklasse, geht nach dem Unterricht in den Fahrradkeller und will sein Fahrrad holen. Er sieht, daß der Reifen platt ist, und ärgert sich furchtbar darüber. Er denkt sofort an Thomas, der ihn vorhin so hämisch angeguckt und mit anderen Jungen aus seiner*

Klasse getuschelt hat. »Er war es bestimmt, der die Luft aus meinem Reifen herausgelassen hat, nur um mich zu ärgern«, sagt er sich.
Zwischen Thomas und ihm besteht sowieso seit langem eine Feindschaft. Peter schiebt sein Fahrrad heraus und sieht Thomas auf dem Schulhof stehen. Im Vorbeigehen kreuzen sich ihre Blicke. Peters Zorn und Ärger sind grenzenlos. Er schreit Thomas an: »Was guckst du denn so blöd!« und gibt ihm einen schmerzhaften Tritt vor das Schienbein.

Peter hat im Affekt gehandelt. Ohne sich zu vergewissern, ob Thomas wirklich der Täter war, hat er blindlings zugetreten. Peters Handeln war absichtsvoll und zielgerichtet. Er wollte Thomas Schmerzen zufügen und sich an ihm rächen. Was ist zu tun? Peter muß klargemacht werden, daß er nicht einfach den erstbesten angreifen darf, der ihm über den Weg läuft. Peter muß trotz seiner Wut erst einmal innerlich zur Ruhe kommen, dreimal kräftig durchatmen und dann überlegen, wer es getan haben könnte. Peter darf sich von seiner Wut nicht so hochschaukeln lassen. Peter muß lernen, einen »reflexiven«, das heißt überlegteren und nicht so spontanen Verhaltensstil einzuüben. Dies wird ihm sicherlich nicht sofort gelingen, jedoch gibt es Trainingsprogramme, die überlegtes Verhalten einüben (Wagner 1981). Autogenes Training oder andere Entspannungsverfahren wären ebenfalls eine gute Möglichkeit, aufbrausendes und unbeherrschtes Reagieren zu beeinflussen. Allerdings müssen Entspannungsverfahren erst erlernt werden, ehe sie mit aggressionshemmender Wirkung eingesetzt werden können. Ansätze dazu können in der Schule und im familiären Bereich verwirklicht werden.
Führen Ärger, Wut und Angst denn immer zum Zuschlagen? Keineswegs. Frustration führt nicht automatisch zur Aggression. Aggression ist nur eine von mehreren möglichen Verhaltensweisen. Welche von diesen ausgeführt wird, hängt von Verhaltensgewohnheiten und Handlungsmöglichkeiten der Person ab. Peter hätte genausogut anders reagieren können. Wie jemand reagiert, hängt nicht nur von seinen augenblicklichen Gefühlen ab, sondern vor allem von seinen bisherigen Lernerfahrungen und seinem sonstigen Verhaltensrepertoire.

Lerntheorie

Alles Verhalten, auch das aggressive, ist gelernt. Gerade im Bereich Familie wurde deutlich, in welchem Ausmaß Kinder Verhaltensweisen von Eltern oder älteren Geschwistern übernehmen, auch wenn sie darunter leiden oder gelitten haben. Nehmen wir einmal an, Peter aus dem obigen Beispiel habe einen älteren Bruder, der ihm körperlich überlegen ist und ihn schon des öfteren verhauen hat, oder Peter ist es gewohnt, auch von seinem Vater Prügel zu beziehen, wenn dieser von seiner Arbeit gestreßt nach Hause kommt und Peter ihm auf die Nerven geht. Peter hat vielleicht schon des öfteren die bittere Erfahrung gemacht, geschlagen, getreten und verprügelt zu werden. In seiner Familie ist er nicht der schwächste, er hat noch eine kleinere Schwester, die tun muß, was er sagt, vor allem, wenn er ihr droht. Gewalt, so hat sich gezeigt, wird in der Familie ausgeübt, erfahren, übernommen und weitergereicht. Peter hat gelernt, daß man sich mit Schlagen, Treten, Boxen durchsetzen kann und häufig Erfolg mit diesem Verhalten hat.

Lernen geschieht auch durch Nachahmung des Verhaltens anderer. Peter ist selbst oft geschlagen worden. Er hat immer wieder die leidvolle Erfahrung machen müssen, Opfer von Gewalt zu sein. Er hat ebenfalls gesehen und stellvertretend miterlebt, daß andere schlagen und geschlagen werden. Also liegt es nahe, daß er dieses Verhalten nachahmt und weitergibt.

Fremdes aggressives Verhalten wird vor allem dann nachgeahmt, wenn es erfolgreich ist. Eigenes aggressives Verhalten wird wiederholt, wenn es Erfolg nach sich gezogen hat. Wenn Schüler in der Klasse erleben, daß Störenfriede häufiger von der Lehrerin beachtet werden, mehr Aufmerksamkeit von ihr erhalten als die stillen, die »braven« Schüler, dann streben sie danach, das aggressive Verhalten nachzuahmen. Wenn sie obendrein erleben, daß störende Schüler oftmals die anderen durch ihr Verhalten zum Lachen bringen und dadurch Ansehen und Bestätigung von ihnen erhalten, dann ist das ebenfalls für sie ein Grund, dasselbe störende Verhalten ihrerseits zu zeigen, um auch erfolgreich zu sein. Haben sie Erfolg gehabt, wiederholen sie ihr Verhalten.

Mit jeder erfolgreichen Wiederholung festigt sich das störende

Verhalten. Schon in der ersten Klasse rufen manche Kinder sexuell gefärbte Schimpfwörter in die Klasse. Je öfter sie dies erfolgreich tun, die Lacher auf ihrer Seite haben und die Lehrer nichts dagegen unternehmen, desto hartnäckiger wiederholen sie ihre verbalen Entgleisungen, desto mehr festigt sich ihr Verhalten und wird zur Gewohnheit. Dasselbe gilt für alle aggressiven und gewalttätigen Handlungen, ob sie nun verbaler, psychischer oder physischer Art sind oder ob es sich um rassistische Gewalt handelt. Jugendliche werden oftmals zu ihren Taten durch Zuschauer, die nicht eingreifen, regelrecht stimuliert und »angeheizt«. In den U-Bahnen wechseln Erwachsene oft das Abteil, weil sie Ausschreitungen von Jugendlichen befürchten, oder sie schauen weg, wenn Ausschreitungen geschehen. Ihre Angst und Furcht ist ein Stimulans für die Jugendlichen, suggeriert ein Gefühl der Stärke und signalisiert ihnen, daß sie so weitermachen können, ohne daß jemand einschreitet.

Eltern wenden oft aggressive Bestrafungen an. Ihr Verhalten ist eine Reaktion auf das aggressive Verhalten ihrer Kinder. Sie schreien ihre Kinder an, verprügeln sie oder verhängen unverhältnismäßig harte Strafen, die in willkürlichem Zusammenhang mit dem vorherigen aggressiven Verhalten des Kindes stehen. In dieser Weise hat Bestrafung häufig einen Bumerangeffekt, denn die Eltern wirken als aggressives Modell und fördern damit im Grunde nur noch die Aggressivität ihrer Kinder, zumal dann, wenn die Strafe als zu hart, willkürlich und ungerecht empfunden wird. Hier wird Modellverhalten gelernt, für sich übernommen und bei »passender« beziehungsweise unpassender Gelegenheit gezeigt, meistens gegenüber schwächeren Mitschülern.

Nicht nur die Art, wie Eltern mit ihren Kindern umgehen, sondern auch ihr Umgangston untereinander stellt ein Modellverhalten dar. Deshalb ist es von großer Bedeutung, wie die Eltern untereinander Probleme austragen und Konflikte lösen.

Aggressive Modelle wirken vor allem in Film und Fernsehen (Bandura und andere 1963). Obwohl vieles dafür spricht, von einem negativen Einfluß aggressiver Modelle auszugehen, kann von einer monokausalen Wirkung des Fernsehkonsums auf das aggressive Verhalten nicht gesprochen werden. Damit soll keineswegs eine mögliche aggressive Modellwirkung des Fernsehens geleugnet oder übersehen, jedoch darauf hingewiesen werden, daß das Fernsehen nicht zum Sündenbock für eigenes Fehlverhalten gemacht werden darf.

Generell hängt die Wirkung eines Modellverhaltens, ob es von einer lebenden oder einer fiktiven Person gezeigt wird, von mehreren Einflußgrößen ab: von der Modellperson, der beobachtenden Person, der Beziehung, die letztere zur ersten hat (Bewunderung, Identifikation, Ansehen, Achtung, Liebe, Liebe-Haß), sowie den situativen Bedingungen und vor allem dem Erfolg oder Mißerfolg der Modellperson.

Verhalten wird auch durch seine Konsequenzen bestimmt, hauptsächlich durch positive beziehungsweise negative Folgen. Dies ist ein weiteres sehr wichtiges Lerngesetz. Lob und Strafe sind Konsequenzen, die eine Handlung stärken oder hemmen. Wir wissen, daß Lob sehr viel mehr wirkt als Strafe, daß Strafe manchmal sogar eine »negative Bekräftigung« des Verhaltens darstellen kann, also das Verhalten stärkt, das bestraft werden soll, nämlich dann, wenn durch sie Beachtung und Anerkennung gewonnen wird. Strafen und Sanktionen müssen, um im gewünschten Sinne wirksam zu sein, maßvoll sein, gut dosiert, wohlüberlegt und zeitlich genau abgestimmt. Strafen sollten jedoch nicht isoliert eingesetzt werden, sondern in Zusammenhang mit anderen Maßnahmen stehen wie Wiedergutmachungsleistungen, Erläuterungen und positives Modellverhalten. Ein Beispiel dazu:

> *In einer Schule ist eine Fensterscheibe eingeschlagen worden. Der Lehrer hat herausgefunden, wer es gewesen ist, und beschließt, sich nachmittags mit diesen Schülern zu treffen, um die Scheibe unter fachmännischer Anleitung gemeinsam zu reparieren. Er sichert ihnen zu, daß er keine weiteren Maßnahmen ergreifen wird.*

Dieser Lehrer hat genau richtig gehandelt, er hat die Schüler selbst zur Verantwortung gezogen und sie den Schaden wieder gutmachen lassen. Wir halten es für verkehrt, wenn die einzige Maßnahme der Schule nur darin bestanden hätte, die Eltern dazu zu ermuntern, ihre Versicherung einzuschalten, so daß der Schaden mit Geld wiedergutgemacht würde. Wir appellieren an die Eltern, es nicht bei dieser anonymen Maßnahme zu belassen, von der das Kind nichts außer der Tatsache lernt, daß sich Wiedergutmachung sehr schnell und mühelos und ohne eigenes Engagement vollziehen läßt.

Anomietheorie

Die bisher genannten Theorien zur Erklärung aggressiven Verhaltens können als psychologische Theorien bezeichnet werden. Im folgenden werden unterschiedliche soziologische Zugänge und Erklärungsansätze aufgeführt, die sich bewußt von ersteren dadurch abheben, daß sie aggressives Verhalten eben nicht überwiegend biologisch oder genetisch erklären oder mit bestimmten Charaktereigenschaften der Person in Zusammenhang bringen, sondern in den größeren Rahmen der gesellschaftlichen Einflußfaktoren stellen.

Gemeinsam ist allen soziologischen Erklärungen, daß sie eine menschliche Handlung nicht von sich aus als aggressiv oder gewalttätig identifizieren: Ob eine Handlung als »aggressiv« eingestuft wird, hängt zum einen davon ab, ob überhaupt entsprechende Regeln aufgestellt wurden, deren Verletzung »abweichendes« Verhalten darstellt, zum andern von der Definition und Anwendung der Regeln durch andere. Gewalttätiges, aggressives und damit »abweichendes« Verhalten wird also nicht als Qualität der Handlung, sondern als Konsequenz der Existenz und Anwendung von Regeln angesehen.

In soziologischer Perspektive entstehen Aggressionen zwar in der Person selbst, werden aber durch Bedingungen hervorgebracht, die mit der Struktur der Beziehungen in Familie, Schule, Nachbarschaft, in Freundschaftsgruppen und Jugendcliquen zusammenhängen, also mit dem gesellschaftlichen Umfeld und den Macht-, Einfluß- und Besitzverhältnissen innerhalb der Gesellschaft. Dies ist ganz besonders in den Lebensbereichen Familie, Schule und Freizeit deutlich geworden. Bestehen keine verbindlichen Regeln, keine Absprachen, Gemeinsamkeiten und kein Miteinander, sondern ereignen sich statt dessen Mißerfolge, Mißhandlungen und

Willkür, dann resultieren daraus Desinteresse, Mangel an Einfühlungsvermögen sowie Gefühle der Hilflosigkeit und Ohnmacht.
Während die psychologischen Theorien die Prozesse innerhalb der Personen betonen, die zu aggressivem Verhalten führen, heben die soziologischen Theorien Merkmale von sozialen Gruppen und der Gesellschaft insgesamt hervor, die Aggression und Gewalt bei Kindern und Jugendlichen hervorbringen können.
Nach der Anomietheorie entstehen Aggression und Gewalt dann bei Kindern und Jugendlichen, wenn ihre Lebensumstände ihnen keine Chancen zur sozialen Integration und zum sozialen Erfolg lassen. Sie werden aggressiv, weil sie spüren, daß sie die in der Gesellschaft vorherrschenden Ziele nicht erreichen können, obwohl sie diese anstreben. So können beispielsweise ständig anhaltender Mißerfolg in der Schule, schlechte Leistungen, Klassenwiederholungen, Schulwechsel zu einem subjektiven Minderwertigkeitsgefühl führen, das mit aggressivem Verhalten überspielt wird. Aggression kann also ein Ausgleich von Minderwertigkeitsgefühlen und sozialer Anerkennung sein (Merton 1957; Lamnek 1993). Es wird deutlich, daß die Anomietheorie in ihrer Betonung des Empfindens von Ungerechtigkeit und Ungleichheit viele Berührungen zur Frustrations-Aggressions-Theorie hat, die ebenfalls sehr stark die frustrierten Gefühle, den Ärger, die Kränkung und die Unterlegenheit herausstellt, auf die dann durch aggressives Verhalten reagiert wird beziehungsweise reagiert werden kann, wenn dies dem Verhaltensrepertoire des einzelnen entspricht.

Dirk ist unehelich geboren, seine sehr junge Mutter brach den Kontakt zu ihren Eltern und ihrem eigenen Kind ab, als Dirk einige Monate alt war, so daß er von seinen Großeltern adoptiert wurde und bei ihnen aufwuchs. Die Großeltern setzen Dirk keinerlei Regeln, sie lassen ihn gewähren und reagieren hilflos gegenüber seinen Verhaltensauffälligkeiten. Dirk neigt zu Wutausbrüchen und zu kriminellen Handlungen. Er läßt sich von seinen schwachen Großeltern nichts sagen und macht, was er will. Dirk ist heute 16 Jahre alt und besucht die Hauptschule. Er umgibt sich mit Freunden, die ihn gegen seine Großeltern aufstacheln und ihn zu gewalttätigen und illegitimen Handlungen anfeuern.

Obwohl Dirk eine überdurchschnittliche Allgemeinbegabung aufweist und gut und gerne das Gymnasium hätte besuchen können, erwies sich seine Schulkarriere stets als problematisch. Schon in der Grundschule fanden seinetwegen Klassenkonferenzen statt, der Übergang zur Realschule entsprach zwar seiner Begabung, jedoch nicht seiner Arbeitshaltung. Aufgrund anhaltender Verhaltensauffälligkeiten wurde ein Wechsel zu einer anderen Realschule empfohlen, die er jedoch auch nur ein halbes Jahr lang besuchte, bis ein Wechsel zur Hauptschule nötig wurde.
Im Laufe seiner schulischen Entwicklung wurde Dirk immer verschlossener, seine Zusammenstöße mit Großeltern, Lehrern und sogar Polizei immer zahlreicher, seine Aggressionen und Gewaltausbrüche immer brutaler. Es kann nicht gewährleistet werden, daß Dirk den Hauptschulabschluß erhält. Damit stehen seine Zukunftsaussichten denkbar ungünstig. Dirk wird kaum öffentliche Anerkennung finden. Er umgibt sich mit Freunden, die sich in Abgrenzung von der Gesellschaft ihre eigenen Regeln schaffen. Anomie heißt Regellosigkeit; sie trifft für Dirk insofern zu, als er mit unklaren und doppelbödigen sozialen Regeln, nämlich denjenigen seiner Freunde und seiner Familie, lebt. Der Einfluß seiner Freunde ist stärker. Sie vermitteln ihm ständig, daß es sich nicht lohne, sich anzustrengen, und daß Schule nur verschwendete Zeit sei.
In unserer Gesellschaft sind Erfolg in der Schule und im Beruf, Prestige, eine gute soziale Rangposition und materieller Reichtum erstrebenswerte Ziele. Kinder und Jugendliche nehmen sehr sensibel wahr, welche späteren beruflichen Chancen sie haben und ob sie auf den Ebenen von Leistung, Anerkennung und Wohlstand mithalten können, ob sie dazugehören oder nicht. Die Anomietheorie weist darauf hin, daß das Aggressionspotential derjenigen Jugendlichen ansteigt, die sich in unserer Gesellschaft schon früh als Verlierer empfinden, weil ihnen zum Beispiel wegen eines schlechten Schulabschlusses strukturell außerordentlich ungünstige Aufstiegschancen für den Eintritt in den Beruf eingeräumt werden. Sie hören die Botschaft der Gesellschaft: »Ihr werdet bei uns nicht gebraucht, ihr seid überflüssig.« In diesem Dilemma, das darin besteht, daß die Jugendlichen tagtäglich erfahren, wie wichtig Erfolg, Geld und Prestige in dieser Gesellschaft sind, und

gleichzeitig ein Gefühl der Erniedrigung, Demoralisierung und des Ausgeschlossenseins haben, ist der Schritt zur Aggressivität naheliegend, denn die Jugendlichen haben nichts mehr zu verlieren. Auf die »strukturelle Gewalt« der Gesellschaft, die ungleiche und ungerechte Entwicklungschancen einräumt, reagieren die Jugendlichen ihrerseits gewalttätig, um auf diesem Weg Anerkennung und Erfolg zu erreichen.

Viele Jugendliche leben in einer Freizeit- und Freundeskultur, die auf Anerkennung und Prestige ausgerichtet ist. Beides ist jedoch oftmals nicht über Leistung zu erreichen, sondern nur durch Mithalten auf einem bestimmten materiellen Niveau, durch Gleichziehen in Aussehen, Auftreten, Kleidung (Markenprodukte) und Taschengeld. Der Zwang, einen Schein aufrechtzuerhalten, sich in der Gruppe auch durch äußerliche Attribute anzupassen, ist groß und führt häufig dazu, daß auf illegitimem Weg Anerkennung und Prestige gesucht wird, etwa durch ein zur Schau gestelltes Gewalthandeln.

Immer dann, wenn es nicht gelingt, zu klaren und von allen akzeptierten Vereinbarungen darüber zu kommen, welche Regeln für das Leben miteinander gelten, ist die Gefahr groß, daß sich Kinder und Jugendliche an den Rand gedrängt fühlen, sich in ihrer Entfaltung und Anerkennung beeinträchtigt sehen und sich aus dem verzweifelten Bemühen um Aufmerksamkeit und Dazugehörenwollen einfach ausklinken und zu demonstrativen Formen der Aggression greifen.

Nach der Anomietheorie sind klare, eindeutige und transparente Regeln im Zusammenleben notwendig, um das Ausmaß von Aggressivität und Gewalt in sozialen Gruppen zu mindern. Sind die Regeln unklar, werden sie von den Mächtigen in der Gruppe mißbraucht, dann entsteht eine Situation des sozialen »Catch-as-catch-can«, das heißt, jeder versucht über körperliche Kraft und Stärke, auch über Einschüchterungen und Drohungen, Aufmerksamkeit, Einfluß und Gehör zu finden. Die Anomietheorie macht deutlich, wie eng die Zusammenhänge zwischen sozialen, kulturellen und wirtschaftlichen Gegebenheiten einerseits und der Aggression von Kindern und Jugendlichen andererseits sein können.

Etikettierungstheorie

Die Etikettierungstheorie ergänzt diese Sichtweise. Sie weist darauf hin, wie schnell sich eine einmal eingenommene Rolle als Aggressor in einer sozialen Gruppe verselbständigen und auch festigen kann. Das Kind, das einmal eine aggressive Handlung gezeigt und hiermit einen Aufmerksamkeitserfolg erzielt hat, wird fortan von den anderen Kindern als »das aggressive Kind« wahrgenommen. Möglicherweise reagieren Lehrer/innen genauso und kleben damit dem Kind ein »soziales Etikett« auf die Stirn (daher der Name der Theorie). Wir alle wissen, wie stark solche Vorurteile und sozialen Erwartungshaltungen sind und wie sehr sie ein Kind auch gegen seine eigentlichen Absichten in die Rolle des Aggressors drängen können (Schur 1971).
Wer einmal durch körperliche, verbale oder psychische Aggression aufgefallen ist, kann anschließend abgestempelt und stigmatisiert werden. So ist es auch mit Florian geschehen.

Florian geht in die zweite Klasse der Grundschule. Er ist häufig in Keilereien verwickelt und wird von seinen Klassenkameraden überwiegend abgelehnt. Ist irgend etwas in der Schule vorgefallen, ein Kind auf dem Schulhof geschubst, ein Schneeball geworfen worden oder eine Rangelei entstanden, immer heißt es sofort: Florian war es. Zu Beginn fast jeder Unterrichtsstunde nach der großen Pause melden sich etliche Kinder und beschweren sich über Florian: Florian hat wieder ...

Florian muß als Sündenbock herhalten, auf den die Schuld geschoben wird, wenn es zu Spannungen und Konflikten in der Klasse und der Schule kommt. So verfestigen sich die sozialen Erwartungen der anderen und die soziale Rolle Florians. Womöglich ist er früher einmal aus einem vielleicht harmlosen Grund aggressiv geworden, doch jetzt wird er praktisch auf diese aggressive Verhaltensrolle festgeschrieben und kann ohne fremde Hilfe nicht mehr aus seinem sozialen Käfig der Zuschreibungen heraus.
Die Lehrerin spürte, daß auch sie sich nicht ganz freimachen konnte von der Vermutung, daß es wieder einmal Florian war, der

zugeschlagen, getreten, geboxt, gespuckt, ein Bein gestellt oder einem anderen Kind etwas weggenommen hatte. Sie bemerkte auch, wie schnell er von seinen Klassenkameraden beschuldigt wurde, und spürte, daß dies nicht immer gerechtfertigt und ihm gegenüber oftmals ungerecht war. Sie entschloß sich, bewußt dagegen anzugehen. So bat sie die Kinder ihrer Klasse, einmal nicht mehr zu berichten, wenn Florian vermeintlich etwas angestellt hatte, sondern im Gegenteil darauf zu achten, ob sich Florian nicht auch hilfsbereit und kooperativ zeigt. Das Resultat war erstaunlich. Die Kinder berichteten unter anderem, daß Florian »ganz weit werfen« könne, daß er ihnen »seine Murmeln ausgeliehen« und daß er sich heute ganz lieb »in der Schlange angestellt« habe, ohne zu schubsen und zu drängeln. Die Kinder achteten von nun an nicht mehr auf negatives Verhalten, sondern nur noch auf das positive und wünschenswerte Verhalten, eine Strategie, die wir weiter oben als verhaltensformend beschrieben haben und die als Lernen durch Konsequenzen bezeichnet wurde. Durch die andere Sichtweise der Kinder, die sichtlich darüber erleichtert waren, daß Florian auch liebenswerte Eigenschaften hatte, wurde Florian Gelegenheit gegeben, ein anderes Verhalten zu zeigen, und ihm wurden auf diese Weise Wege geebnet, aus seinem »sozialen Käfig« herauszukommen.

Theorie der sozialen Kontrolle

Die Theorie der sozialen Kontrolle nimmt den Gedankengang der Festschreibung eines Verhaltens durch die Umgebung auf und setzt ihn fort. Ein Kind, das aus eigenem Antrieb – oder, wie gerade geschildert, durch die Reaktion der sozialen Umwelt – in eine aggressive Verhaltensweise geradezu hineingedrängt wird, erfährt nach einiger Zeit heftige Reaktionen der sozialen Bestrafung. Die soziale Kontrolle setzt ein und versucht, das aggressive Verhalten zurückzudrängen (Matza 1969; Peters 1989).
Auf Florian bezogen könnte das heißen, daß er, bevor sich die Lehrerin zur »Umkehr« entschlossen hatte, sowohl von den Kindern durch Ablehnung und durch Ausgrenzung als auch von der

Lehrerin durch Schimpfen, Tadel und andere Maßnahmen bestraft worden war, und zwar möglicherweise auch dann, wenn er es nicht verdient hatte. Strafen können nur dann eine Veränderung des aggressiven Verhaltens bewirken, wenn sie vom Kind oder Jugendlichen als gerecht empfunden werden, sonst können sie genau das Gegenteil bewirken, nämlich die Aggression noch verstärken. Zu den ursprünglichen Motiven kommen jetzt noch die Auflehnung und der Widerstand gegen die Verhaltenskontrolleure hinzu, die als Freiheitsberauber wahrgenommen werden.

Was Florian anbetrifft, könnte das bedeuten, daß er durch die Ablehnung und Ausgrenzung der anderen in seinen Gefühlen der Ungerechtigkeit bestärkt und in dem Glauben gefestigt wird, ein anderes Verhalten lohne sich nicht, weil es doch nicht honoriert werde. Es könnte gut sein, daß er sich nun mit anderen Kindern, die ähnlich auffällig sind wie er, zusammenschließt, um gemeinsam gegen die Ungerechtigkeit anzukämpfen und um gemeinsam stark zu sein, es »denen zu zeigen«. Damit kann es zu einem Aufschaukeln von Gewalt und Aggression kommen, jetzt werden die Klassenkameraden erst recht geärgert, der Unterricht gestört, die Atmosphäre getrübt.

Olaf, ein dreizehnjähriger Gesamtschüler, fällt seit langem durch sein aggressives Verhalten auf. Ein Vorfall in der Schule hat ihn zutiefst gedemütigt. Er wurde des Diebstahls bezichtigt, die Tatbestände konnten nie richtig aufgeklärt werden. Olaf war immer schon Außenseiter in seiner Klasse. Zu seinen Klassenkameraden hat er kaum Kontakt. Seine Schulleistungen sind sehr schlecht. Olaf hat die »Scheißschule« satt. Nachmittags trifft er sich in einer Clique im Jugendzentrum oder in der »alten Weberei«. Er ist dort mit anderen Jugendlichen zusammen, die ihren eigenen Verhaltenskodex aufgestellt haben. »Sich körperlich stark geben, Alkohol trinken, Mädchen anmachen, Erwachsene provozieren« gehören zu ihren Aktivitäten.

Die Theorie der sozialen Kontrolle erklärt, warum es sich bei so vielen Gewalthandlungen um Gruppenaktivitäten handelt. Man sucht Gleichgesinnte, um sich gegenseitig zu bestätigen und zu bestärken und um in der Gruppe eigene Regeln aufzustellen, die Aggression und Gewalt positiv bewerten. Aggression und Gewalt schaffen damit eine Gruppenidentität, sie sind ein Bindemittel für soziale Gruppen, die die angeschlagene Ich-Identität des einzelnen stabilisieren. Ein Teufelskreis von sich aufschaukelnder Gewalt ist in Gang gesetzt.

Gemeinsamkeiten und Schwerpunkte der Theorien

Wie dieser kurze Durchgang durch verschiedene psychologische und soziologische Theorien gezeigt hat, setzen sie zwar jeweils eigene Akzente und betonen in unterschiedlicher Weise die Bedeutung von Persönlichkeitseigenschaften und gesellschaftlichen Merkmalen, stimmen aber doch in vielen Punkten überein und ergänzen sich. Wir haben die Darstellung so angelegt, daß diese ergänzenden Aspekte besonders betont werden. Wir sind nicht der Auffassung, daß eine der Theorien einzig und allein »die richtige« und eine andere »die falsche« zur Erklärung von Aggression und Gewalt sein kann. Wir tun gut daran, uns nicht dogmatisch auf eine Theorie festzulegen, sondern je nach Ausgangssituation, die wir vorfinden, auf die eine oder die andere Erklärungsebene zu gehen.
Im Sinne einer Zusammenfassung soll daher der Versuch gemacht werden, die verschiedenen Facetten, die in den einzelnen psychologischen und soziologischen Theorien angesprochen wurden, noch einmal miteinander zu verbinden.

Person und Situation

Im Mittelpunkt unserer Betrachtungen steht die Person des Kindes und des Jugendlichen, die sich in einem sozialen Umfeld befindet. Sie ist Mitglied der sozialen Gruppe Familie, Kindergarten, Schule, Ausbildungsbetrieb, Freundschaftskreis, Jugendgruppe, Fangruppe usw. Aus der Art und Weise, welche positiven und negativen Erfahrungen die Person in ihrer Umwelt gemacht hat und wie sie mit den Impulsen der sozialen Umwelt umgeht und diese mit den eigenen Bedürfnissen und Entfaltungswünschen in Übereinstimmung bringen kann, ergibt sich der Grad von Aggression, den die Person entwickelt.

Von allen Theorien legt allein die Trieb- und Instinkttheorie den Schwerpunkt der Entstehung von Aggression und Gewalt in die Person selbst und betont das angeborene und genetisch bestimmte, allerdings individuelle Aggressionspotential des einzelnen. Alle anderen Theorien betonen dagegen den engen Zusammenhang mit situativen Gegebenheiten, die ganz bestimmte Gefühle auslösen, entweder Angst und Unsicherheit (psychoanalytische Theorie), Ärger und Frust (Frustrationstheorie) oder Gefühle der Minderwertigkeit, Ungleichheit und Ungerechtigkeit (Anomietheorie). Die Lerntheorie sowie die Etikettierungstheorie und auch die der sozialen Kontrolle knüpfen ebenfalls die Beziehung zur Situation und zur Reaktion der sozialen Umgebung. Sie betonen die große Bedeutung der Konsequenzen und des Verhaltens der anderen, mit dem diese auf das aggressive Verhalten reagieren.

Allen Theorien gemeinsam ist, daß sie stark auf die unterschiedlichen subjektiven Motivationen für aggressives Verhalten abstellen, selbst wenn das äußerlich sichtbare aggressive Verhalten einheitlich und eindeutig erscheint. Unter Motivation versteht man das, was einen Menschen »bewegt«, ihn also in einer bestimmten Situation zum Handeln treibt. Die Motivation ist abhängig von der Wahrnehmung einer Situation, deren Interpretation und der emotionalen Reaktion.

Wahrnehmung, Interpretation und emotionale Reaktion bestimmen die unterschiedlichen Motivationen für aggressives Verhalten. Es ist ein Unterschied, ob eine Situation jemanden ängstigt oder ärgert, ihm ein Gefühl der Unterlegenheit vermittelt oder ihn provoziert. Die Person bildet aufgrund der Wahrnehmung (»Jemand will mir was«), Interpretation (»gegen mich gerichtet«, »absichtlich«) und Bewertung der Situation (»bedrohend«, »gefährlich«) bestimmte Gefühle (»unverschämt«) und entwickelt nun bestimmte Ziele, die sie zunächst gedanklich und planend zu erreichen sucht (Vergeltung, Durchsetzung, Gewinn), bevor sie diese dann in Handeln umsetzt (Losschlagen, Zerstören).

Jungen sind körperlich aggressiver als Mädchen und prügeln häufiger als diese. Aber gibt es deshalb Menschen, die grundsätzlich aggressiv sind? Anhänger der Trieb- und Instinkttheorie würden diese Frage wohl bejahen, zumindest die Bereitschaft zur Aggression annehmen. Wenn auch die Disposition für Aggressivität bei manchen Menschen relativ stabil erscheint, muß man doch unterscheiden, wann, wie oft, in welcher Situationen und gegen wen sie sich als aggressiv erweisen.

Kinder und Jugendliche sind nicht ständig und immer aggressiv. Manche Kinder und Jugendliche neigen jedoch dazu, mehr aggressive Signalreize aufzunehmen, sich schneller bedroht zu fühlen und auch spontaner und heftiger als andere zu reagieren. Sie fühlen sich ungerecht behandelt und haben ständig das Bedürfnis, sich wehren, behaupten und Vergeltung üben zu müssen. Ihre »Frustrationstoleranz« ist gering.

Nach der Lerntheorie ist das aggressive Verhalten sowohl eine Folge der inneren Vorgänge der Person als auch der Situationsvariablen, die das äußere Handeln mit beeinflussen. Motivation, Planung und Handeln bestimmen das aggressive Verhalten. Hierbei spielen die Art der Frustration beziehungsweise der Provokation ebenso eine Rolle wie Anreize zur Ausführung aggressiven Verhaltens. Diese können in der Gegenwart anderer starker Personen (Gruppenzusammenhalt) oder auch in der Gelegenheit zur Erlangung von Vorteilen wie Selbstbestätigung und Beachtung liegen.

Aggressionen können verstärkt werden durch die Intensität der Provokation, die Anwesenheit anderer aggressiver Personen oder von Personen, deren Aufmerksamkeit errungen werden soll, durch die Gegenwart von Waffen und Kampfsymbolen. Aber neben den Aggressionsverstärkern sind auch Aggressionshemmungen und -minderungen wirksam. Diese hängen ebenfalls sowohl mit der Person als auch mit der Situation zusammen. Aggressionen können gemindert werden durch Hemmungen, dem anderen weh zu tun, durch Angst vor Strafe und durch gute Erfahrungen mit nicht aggressiven Handlungen. Überwiegt in einer Person eher die Angst vor Bestrafung und vor negativen Konsequenzen oder hat sie doch gewisse moralische Bedenken (man darf nicht schlagen und einem anderen nicht weh tun), so wird sie andere als aggressive Verhaltensweisen verwirklichen. Oder aber sie traut sich nicht, im Beisein von anderen Personen (Lehrer/in) aggressiv zu werden.

Dies hängt auch von ihren bisherigen Lernerfahrungen mit aggressivem Verhalten ab sowie von ihrem sonstigen Verhaltensrepertoire.
Bei der Analyse gewalttätiger Handlungen wird deutlich, daß es nicht »die« Bedingung als Ursache der Aggression gibt, sondern daß immer eine Reihe von Bedingungen zur Erklärung herangezogen werden können. Dies gilt ganz besonders für das oftmals sehr aggressive Fanverhalten im Fußballstadion, in der unmittelbaren Umgebung, auf den Anreisewegen und in den Zügen. Gerade hier zeigt sich, daß entweder die Bedingungen schon langfristig gegeben sein können oder aber erst unmittelbar vor der aggressiven Handlung auftreten. Zwischen den Bedingungen bestehen Abhängigkeiten und Beziehungen:

Fred, ein sechzehnjähriger Fußballfan, fährt nach Frankfurt, um sich das Spiel seiner Mannschaft anzusehen. Er reist in einer Gruppe von Fanclubkameraden. Alle sind sehr gespannt auf das Spiel und haben sich während der Zugfahrt schon so richtig mit Alkohol »in Stimmung gebracht«. Sie grölen, randalieren und pöbeln Passanten an. Es ist so richtig was los. Es ist »Action« angesagt an diesem Wochenende!
Die Jugendlichen empfinden eine große Befriedigung darin, zusammenzusein und ihre Stärke zu zeigen. Ihr innerer Erregungszustand hat schon ein bestimmtes Maß erreicht.
Fred kommt im Stadion an. Das Spiel beginnt. Die Spieler seiner Mannschaft spielen aggressiv und scheuen keine Fouls.
Fred grölt, schwenkt Fahnen, schreit, jubelt, protestiert bei jedem Foul der gegnerischen Mannschaft. Die Atmosphäre heizt sich auf. Er kann die Freude eines gegnerischen Fans über einen ungeschickten Schachzug seiner Mannschaft nicht ertragen und versetzt ihm einen Faustschlag. Der gegnerische Fan sucht das Weite, Freds Kameraden grölen vor Zustimmung. Fred fühlt eine Hochstimmung in sich aufkommen. Er ist der Größte!

Freds aggressive Handlung hat »Erfolg« gezeigt und stabilisiert damit seine Gewaltbereitschaft. Ein bestimmter Aggressionspegel aller war schon vor dem Spiel vorhanden, wurde durch das Spiel in die Höhe getrieben und durch die vermeintliche Provokation des gegnerischen Fans ausgelöst.

Wenn nun noch Medien und Sportberichterstatter sich auf dieses Ereignis »stürzen«, es filmen und als Zuschauergewalt in den Mittelpunkt der Nachrichten rücken, dann erhält Fred noch im nachhinein Genugtuung, Anerkennung und den Eindruck, daß man nur gewalttätig sein müsse, um in die Medien zu gelangen. Die Ereignisse vor dem Spiel, während des Spiels und nach dem Spiel stärken sowohl seine Gewaltakzeptanz als auch seine Gewaltbereitschaft. Eine physiologische Komponente, der Alkoholspiegel, relativ überdauernde Handlungsziele wie Spannungssuche und Erlebnishunger sowie das Streben nach sozialer Anerkennung bündeln sich und bilden gemeinsam die Bedingungen für die Gewalttätigkeit.

Zur Aggression gehören immer mindestens zwei Personen. Aggression spielt sich immer in einer sozialen Situation ab und ist damit Ausdruck einer bestimmten Interaktion und Kommunikation.

Eltern und Lehrer wissen, wie schwer es ist, nach einem Streit zu beurteilen, wer angefangen hat. Dies ist häufig gar nicht möglich, denn Beziehungen und Verhaltensweisen sind meistens derart miteinander verzahnt und aufeinander bezogen, daß ein »Anfang« nicht mehr ausgemacht, geschweige ein Verursacher gefunden werden kann. Subjektiv gesehen hat immer der andere angefangen. Kinder, Geschwister, Klassenkameraden beeinflussen einander: Der eine agiert, der andere reagiert und provoziert damit seinerseits ein bestimmtes Verhalten. Verhalten verläuft nicht von einem Punkt zum anderen (»linear«), sondern kreisförmig (»zirkulär«) und ist damit jeweils auf ein vorheriges bezogen.

Es bleibt also festzuhalten, daß man bei einer einzelnen Aggressionshandlung immer mehrere Erklärungsansätze finden kann, die sich nicht unbedingt ausschließen müssen. Es war uns wichtig, darauf hinzuweisen, daß bei einer Bewertung, warum sich ein Kind oder ein Jugendlicher aggressiv verhält, die unterschiedlichen Motivationen berücksichtigt werden müssen, die zu dem aggressiven Verhalten geführt haben. Dieser Gedanke hat unmittelbare Konsequenzen für die Bemühungen, Gewalt und Aggression zu vermindern.

Individuelle Lösungswege

Es gibt unterschiedliche Ansätze zur Aggressionsminderung, deren Aspekte jedoch alle den einzelnen Schwerpunkten der Entstehungstheorien entsprechen, das heißt sich entweder mehr auf die Veränderung der situativen Bedingungen oder mehr auf die Veränderung persönlicher Faktoren wie Wahrnehmung, Interpretation und Gefühlsentstehung beziehen. Welcher Ansatz im Einzelfall realisiert werden kann, hängt von den jeweiligen Umständen, dem Person-Situations-Kontext ab.
Wir folgen dabei den Vorstellungen des Göttinger Psychologen und Erziehungswissenschaftlers Hans-Peter Nolting (1991), die wir für praxisnah und umsetzbar halten.

Hilft das »Dampfablassen« wirklich?

Bevor die einzelnen Möglichkeiten zur Verminderung von Aggression vorgestellt werden, muß vor einem Mißverständnis gewarnt werden, nämlich daß man aggressives Verhalten durch harmloses aggressives »Ausagieren« abbauen könnte. Diese Meinung basiert auf dem »Dampfkesselmodell« der Aggressionsentstehung und stützt sich auf die sogenannte Katharsishypothese, wonach sich die aufgestaute Energie durch Ausagieren abbauen soll. Diese These wird oftmals durch ein bestimmtes Aktivitätsangebot in Jugendclubs, Sportvereinen, Arbeitsgemeinschaften in Schulen und auch in Psychotherapiekonzepten verwirklicht. Sehr häufig wird dies mit den Argumenten »Man muß Dampf ablassen«, »Gefühle müssen heraus« oder »Verdrängtes muß an die Oberfläche« begründet. Viele gehen sogar so weit, selbst der Beobachtung von Aggression beziehungsweise dem phantasierten Ausleben von Aggressionen eine aggressionsmindernde Wirkung zuzuschreiben. Ein Ausagieren von Aggressionen wird häufig in einer unspezifischen Aktivität gesehen, zum Beispiel dem Holzhacken, Kneten eines Kuchenteiges, Matschen mit Sand, Zertrümmern von Geschirr. Es kann auch anlaßbezogen erfolgen durch Schreien, Brüllen, Schimpfen und Einschlagen auf ein Kissen oder Boxen eines

Punchingballes. Dabei wird dann oft der Name der betreffenden Person genannt, die den Ärger, die Wut oder den Haß hervorgerufen hat. Ein solches Abreagieren wird häufig mit dem Ziel durchgeführt, eigenes aggressives Verhalten zu unterbinden und vor allem emotionale Erleichterung hervorzurufen.
Es gibt keine vorbeugende Senkung eines angestauten Aggressionspotentials. Wissenschaftliche Untersuchungen haben ergeben, daß weder der Umgang mit aggressivem Spielzeug (Pistolen, Speere, Messer) eine aggressionsmindernde Wirkung hat noch das Ausüben von Kampf- oder anderen Sportarten (Taekwondo, Boxen, Fußball). Man nimmt im Gegenteil an, daß von aggressionsnahen Aktivitäten stimulierende Effekte ausgehen (Angriffe auf Schiedsrichter, bewußtes Anwenden von Fouls und Schlägereien unter den Spielern). Wir wollen hier keineswegs bestimmte Sportarten negativ bewerten. In ihrer ritualisierten Ausübung und unter Beachtung der Regeln haben sie durchaus ihren Sinn, jedoch nicht unter dem Gesichtspunkt der Aggressionsminderung.
Auch im Zustand akuten Ärgers führt aggressives Ausagieren nicht zur Aggressionsminderung. Dies bezieht sich sowohl auf stellvertretende Aggressionen wie Beobachten der Aggressivität anderer (im Film, bei einer Boxveranstaltung oder auf dem Fußballplatz) als auch auf eigene aggressionsnahe motorische oder verbale Aktivitäten (wild um sich schlagen, mit den Füßen stampfen, laut schreien). Auch wenn das »Dampf ablassen« und »seinen Gefühlen freien Lauf lassen« manchmal als befreiend erlebt wird, so geht es doch häufig auch mit eigenen Schuldgefühlen einher und mit Gefühlen der Scham und Reue darüber, daß »man sich so hat gehen lassen«. Welche Mutter hat ihr Kind nach einem heftigen emotionalen Ausbruch nicht schuldbewußt in ihre Arme geschlossen und um Verzeihung gebeten? Welcher Lehrer hat sich nicht schon einmal für seine verbalen Attacken gegenüber den Schülern geschämt, für Ironie, Zynismus und Sarkasmus?
Auch unmittelbare Vergeltungsreaktionen führen nicht zum gewünschten Katharsiseffekt, sondern halten eher die Aggressionen wach und bauen Hemmungen ab. Der Racheakt wird vielleicht noch als angenehm erlebt und daher wiederholt. Selbst wenn es kurzfristig zu einer emotionalen Erleichterung kommt, geht dies also nicht mit grundsätzlicher Aggressionsminderung einher.

Daraus folgt, daß Aggressionen weder im akuten Zustand noch mit vorbeugender Absicht durch Gegenaggressionen, durch aggressive Ersatzhandlungen oder durch aggressive Phantasien abgebaut werden können. Damit soll jedoch nicht gesagt werden, daß aggressive Gefühle unterdrückt werden sollten. Es ist wichtig, sich ihrer bewußt zu sein und sie nicht zu verdrängen. Die Gefahr des Ausagierens liegt in der Gewohnheitsbildung und der Vermeidung von anderen wirksamen Alternativen. Diese sind in allen ablenkenden neutralen und doch entspannenden Aktivitäten zu finden, zum Beispiel: lesen, Klavier spielen, spazierengehen, meditieren, bewußt entspannen. Das Wesentliche besteht darin, daß man Gedanken und Gefühle hervorruft, die nichts mit dem augenblicklichen oder vergangenen Ärger zu tun haben oder sogar unvereinbar mit ihm sind.

Aggressionsfördernde Faktoren verändern

Unter Berücksichtigung aller Aggressionstheorien können die Anreger für Aggressionen sowohl in der Person des einzelnen als auch in der betreffenden Situation gesehen werden. Aggressionen schaukeln sich auf und entstehen zunächst durch harmlose Raufereien, wobei die Grenzen des Zumutbaren meist überschritten und Signale zum Aufhören häufig nicht erkannt werden. Kinder und Jugendliche sollen ihre Kräfte spielerisch messen können, aber sie müssen lernen, wann es heißt, aufzuhören, zu stoppen, innezuhalten – nämlich dann, wenn der andere es will. Voraussetzung dafür ist, sich in den anderen hineinzuversetzen, seinen Gesichtsausdruck, seine Körpersprache zu deuten und entsprechend zu reagieren. Auch dies muß eingeübt werden und stellt sich nicht von allein ein.
Es gilt, Einfühlungsvermögen in andere zu schulen, und zwar hinsichtlich der Gestik, Mimik und des gesamten Körperausdrucks. Therapeuten, Psychologen, Lehrer/innen haben gute Erfahrungen mit folgendem Vorgehen gesammelt: Sie verwenden Bilder, Zeichnungen oder Photos aus Zeitschriften, zeigen sie den Kindern und Jugendlichen und fragen sie, was die betreffende

Person auf dem Bild wohl gerade denken und fühlen könnte. Es kommt darauf an, daß die Jugendlichen die wichtigsten Merkmale für einen bestimmten Gefühlsausdruck erkennen, daß sie aber auch erfahren, daß andere einen ganz anderen Ausdruck wahrgenommen haben und daß das, was jemand glaubt, erkennen zu können, auch mit dem eigenen Gefühl in Verbindung stehen kann, also auch etwas mit ihm selbst zu tun hat. Kinder und Jugendliche können in einem speziellen Training die Vielfalt möglicher Gefühle und Ausdrucksweisen sowohl bei anderen als auch bei sich selbst erfahren und erlernen. Sie könnten zum Beispiel unterschiedliche Gefühle in Rollenspielen pantomimisch darstellen. Ein Kind drückt ein entsprechendes Gefühl mimisch und gestisch aus, die anderen versuchen, es zu erraten (Petermann/Petermann 1993).

Aggressionen entstehen, wie wir im Freizeitbereich dargelegt haben, aus Langeweile und aus Lust auf »Action« und Randale. Kinder und Jugendliche wollen Spaß und Spannung erleben. Sie brauchen Freiräume, Plätze, Jugendzentren, wo sie sich treffen und miteinander etwas unternehmen können. Genau daran mangelt es jedoch erheblich. Jugendliche wissen oft nicht, wohin sie gehen und was sie mit sich anfangen sollen. Sie treffen sich zwar auf Kinderspielplätzen, aber sie fühlen sich verständlicherweise zu alt, um dort zu spielen. Jugendzentren werden aus Geldmangel geschlossen. Wohin also mit ihrer Lust auf Unternehmungen? Die Aufhebung und Vermeidung von frustrierenden Bedingungen ist eine entscheidende Voraussetzung zur Aggressionsminderung.

Aggressionen werden häufig, und dies spielt zwischen gegnerischen Jugendgruppen eine große Rolle, schon allein durch Signale oder Symbole ausgelöst wie Waffen, eine bestimmte Kleidung, Springerstiefel, Abzeichen, Haarschnitt, Parolen. Drohende Fäuste, Reizworte und das Herumfuchteln mit Waffen können sehr schnell als Signal zum Losschlagen wirken und eine latent feindselige Atmosphäre zum Kochen bringen. Der Sozialpsychologe Leonard Berkowitz sagt dazu: »Der Finger bewegt den Abzug, aber der Abzug bewegt auch den Finger.« Wer sich bewaffnet, ist mit Sicherheit eher bereit loszuschlagen als der Unbewaffnete. Wenn Jugendliche sagen, daß sie die Waffen doch nur zu ihrer Verteidigung einsetzen, dann ist dies mit großer Skepsis aufzunehmen.

Waffen vermitteln das Gefühl scheinbarer Stärke und ermutigen zur Anwendung. Das Tragen von Symbolen, einer bestimmten Kleidung und Frisur, die allen Außenstehenden sofort eine bestimmte Gruppenzugehörigkeit signalisieren, kann für den Träger eine gewisse Schutzfunktion bedeuten, denn er weiß seine Gruppe hinter sich, es kann aber auch für die anderen ein Signal zum Angriff sein. Auf Fußballplätzen spielt es eine große Rolle, wer wo in welchem Areal sitzt und mit welchen äußeren Attributen ausgestattet ist; ein Aspekt, der unter Fußballfans eine große Bedeutung hat.

Vermeidung von Frustrationen

Aggressionen entstehen aus Frust, Ärger sowie Gefühlen der Überforderung und des Mißerfolgs. Eine wichtige allgemeine Voraussetzung zum Aggressionsabbau besteht in der Verminderung oder gar Aufhebung dieser frustrierenden Bedingungen, das heißt, wir müssen dafür Sorge tragen, daß wir unsere Kinder und Jugendlichen nicht länger überfordern. Dies ist ein ganz wesentlicher Gesichtspunkt, der vor allem in der Schule eine wichtige Rolle spielt. Wir leben in einer Leistungsgesellschaft, daher kommt unserem Bildungssystem als Instanz für die Steuerung des Ausleseprozesses und für die Plazierung in der Sozialstruktur eine außerordentlich hohe Bedeutung zu. Kinder und Jugendliche besuchen nicht immer die Schule, die ihren Begabungen entspricht, sondern oftmals diejenige, die ihre Eltern aufgrund ihrer eigenen Leistungserwartungen für angemessen halten. Eltern wollen »das Beste« für ihr Kind, lassen sich dabei aber sehr häufig von ihren eigenen Vorstellungen und Lebensplanungen leiten und nicht so sehr von den individuellen Fähigkeiten ihres Kindes. Damit überfordern sie es und tragen, ohne es zu wollen, zum Leistungsstreß und Statusdruck bei.
Wenn aggressionsfördernde Faktoren in der Lebenswelt von Kindern und Jugendlichen aufgespürt und vermindert werden sollen, dann muß bei der vielfach anzutreffenden Überforderungssymptomatik der Kinder und Jugendlichen durch Elternhaus und Schule angesetzt werden. Falsche Schullaufbahnen müssen korrigiert wer-

den, ohne daß dies mit erneuten Enttäuschungen oder Vorwürfen der Eltern einhergeht, die dann ihrerseits wiederum zu Frustrationen führen können.

Ist es sinnvoll, alle Frustrationen von seinen Kindern fernzuhalten? Ist es nicht vielmehr auch notwendig, Frustrationen ertragen und mit ihnen umgehen zu lernen? Müssen Kinder und Jugendliche nicht auch Bewältigungsmechanismen entwickeln, um gegen Frustrationen gewappnet zu sein? Diese Fragen verdeutlichen, daß es nicht leicht ist, eine klare Antwort zu finden. Sicher ist, daß Kinder und Jugendliche auch aus Mißerfolgen positive Erfahrungen ziehen können, daß diese jedoch nicht zu Dauerfrustrationen führen dürfen. Viele Frustrationen, die aus Entbehrungen, aus Mangel an Liebe und Zuwendung entstehen, aus Überforderungen und zu hohen Leistungserwartungen der Eltern oder aus der Wahl der falschen Schulform heraus, ließen sich vermeiden.

Wie können Frustrationen vermieden werden, die eine Folge von Provokationen, Herabsetzungen und Kritik sind? Nun sind mit Sicherheit im Erziehungsalltag Schimpfen, Tadel, »Anranzer«, kritische Äußerungen nicht immer zu vermeiden. Sachbezogene Kritik muß ertragen werden. Es kommt darauf an, die Beziehungsbotschaft, die in jeder Kritik enthalten ist, genau auf den Empfänger abzustimmen, so daß er sich nicht in seinem Selbstwert verletzt fühlt. Es gilt, jede persönliche Abwertung zu vermeiden.

Vorbild der Erwachsenen

Überprüfen Sie doch bitte einmal kritisch Ihre eigenen Äußerungen anderen gegenüber auf persönliche Abwertungen. Gebrauchen Sie persönlich Wörter wie »nie« und »immer«, die ein Verhalten festschreiben und keine Möglichkeit zur Veränderung lassen, wie zum Beispiel: »Du räumst nie auf«, oder: »Immer bist du unzufrieden«? Drücken Ihre Äußerungen Unterstellungen aus: »Du tust nichts«, »Du bist faul«, »Du willst nicht«, »Du strengst dich nicht an«? Enthalten Ihre Äußerungen negative Erwartungen für die Zukunft: »Aus dir wird nie etwas«, »Du wirst sitzenbleiben«, »Du

wirst es nicht schaffen«? Sind Ihre Äußerungen beleidigend und kränkend: »Du Blödmann«, »Idiot«?
Wie schnell übernehmen Kinder und Jugendliche aggressive Ausdrücke ihrer Eltern und verschärfen sie noch! Das berührt die Frage, welches Modell aggressiven Verhaltens Eltern beziehungsweise Lehrer/innen ihren Kindern und Schülern bieten, und es ergibt sich die Forderung: Wer aggressionsfördernde Anreize vermindern will, muß bei sich selbst beginnen! Der Gedanke, der dahintersteckt, liegt in der prägenden Wirkung des eigenen positiven Verhaltens, das ein Gegengewicht zum aggressiven Verhalten anderer bilden soll. Kinder und Jugendliche stellen oft für Gleichaltrige aggressive Modellpersonen dar. Es ist wichtig, auf diese als Eltern oder Lehrer/in einzuwirken. Aggressive Modellpersonen müssen negative Konsequenzen spüren und dürfen mit ihrem aggressiven Verhalten keinen Erfolg haben – also keine Bewunderung, Achtung oder Anerkennung anderer auf sich ziehen.

Was können Eltern aktiv tun?

Bis jetzt haben wir uns vor allem mit der Frage befaßt, wie denn aggressives Verhalten beziehungsweise Aggressionsauslöser vermindert und reduziert werden können. Es ist jedoch auch wichtig, sich darüber Gedanken zu machen, wie denn alternatives, nichtaggressives Verhalten hervorgerufen werden kann. Wir gehen dabei von der Voraussetzung und auch der Erfahrung aus, daß positive Anreger positives Verhalten begünstigen.
Wenn wir zum Beispiel immer wieder darauf hingewiesen haben, daß Langeweile und Monotonie Aggressivität auslösen können, dann geht es bei den positiven Anregern um Anreize zu einer sinnvollen Beschäftigung, die dem Bedürfnis von Kindern und Jugendlichen nach Bewegung, Spannung und »Action« entgegenkommt. Eltern sollten mit ihren Kindern etwas gemeinsam unternehmen und sich dabei nach deren Bedürfnissen richten. Wie schön wäre ein Wochenende ohne Fernsehen, eine Fahrradtour oder ein Ausflug! Auf dem Schulhof könnte man Spielgeräte und Pausenspielzeug zur Verfügung stellen, welche zum Spielen einladen, im Schulgebäude Räume, die Schüler und Schülerinnen

ermuntern, sich dort aufzuhalten, und die ausschließlich von ihnen gestaltet und genutzt werden. Im Freizeitbereich sind es Spielplätze, Jugendcenter und Jugendclubs und Freizeitheime oder Sportplätze, die allen zugänglich sind. Wir alle, die Gesellschaft, müssen uns etwas einfallen lassen, um den Jugendlichen altersentsprechende und gewaltfreie Aktivitäten zu ermöglichen.

Aggressionsfördernde Faktoren anders bewerten

Während wir bislang die aggressionsfördernden Faktoren besprochen haben, die in der Situation selbst liegen, geht es nun um Bewertungsfaktoren, die etwas mit der Person zu tun haben. Es gilt die Beweggründe zu schwächen, die aggressives Verhalten hervorbringen. Beweggründe entstehen aufgrund von Gedanken, Gefühlen, Interpretationen und Bewertungen. Es nützt allerdings nichts, jemandem einreden zu wollen, er brauche sich doch nicht zu ärgern. Ein solch gut gemeinter Trost wird allenfalls dazu führen, daß derjenige, der Ärger empfindet, sich nicht verstanden fühlt, und/oder aber dazu, daß sein Ärger noch größer wird. Es geht nicht um Bagatellisieren, Abschwächen oder Verharmlosen durch andere, sondern darum, daß der Verärgerte von allein zu einer Neubewertung der Situation gelangt und daß die Umgebung ihm dabei hilft.

Selbstbeeinflussung

Es gibt eine Therapierichtung, die Rational-Emotive-Therapie (Ellis 1977), die auf der Grundidee basiert, daß Gefühle durch ständige und gewohnheitsmäßige irrationale Überzeugungen entstehen, die dann eine überschießende, nicht situationsadäquate Aktion zur Folge haben. Solche Überzeugungen und Gedanken können zum Beispiel sein: »Niemand mag mich, alle wollen mir was«, »Er will mich anmachen«, »Die vielen Ausländer nehmen uns unsere Arbeitsplätze weg«.

Wenn Gefühle der Provokation, der Selbstentwertung oder der Ungerechtigkeit durch Gedanken entstehen, dann sind sie auch durch Gegengedanken zu beeinflussen, zu steuern und zu verändern. Die Methode der Selbstinstruktion (Meichenbaum 1977) ist hierbei besonders wirksam. Sie besteht aus einem inneren Selbstgespräch und ist speziell für spontane, leicht aufbrausende Kinder und Jugendliche gedacht. Sie ist auch Grundlage des Hausaufgabentrainings, das für Kinder gedacht ist, die durch Fehler bei den Hausaufgaben schnell wütend oder auch entmutigt werden (Wagner 1981). Das innere Selbstgespräch, wie zum Beispiel: »Ich lasse mir Zeit«, »Ich gucke genau hin«, »Wenn ich Fehler mache, macht das gar nichts«, führt zum einen zu einem reflexiven Arbeitsstil und zum anderen verhindert es das Aufkommen von Gefühlen der Wut und auch der Verzweiflung.

Selbstbeeinflussung durch alternative Gedanken setzt eine gezielte Selbstbeobachtung voraus, die auch protokolliert werden soll. Schon dadurch wird gewährleistet, daß die Aufmerksamkeit der Kinder und Jugendlichen in bestimmten Situationen zunächst einmal auf Gedanken und Gefühle und noch nicht auf ihre Handlungen gelenkt wird. Bevor sie handeln, sollen sie sich ihrer Gedanken bewußt werden, dann einen Gedankenstop dagegensetzen, um daraufhin alternative Gedanken zu produzieren. Dies ist ein kognitives Training, das jedoch an Entspannungsverfahren wie das Autogene Training (Schultz 1966) oder auch die progressive Muskelentspannung (Jacobson 1938) gekoppelt ist. Die gezielte Selbstbeobachtung allein bringt schon beachtliche Erfolge, da sie zu einem gelasseneren Umgang mit Ärgersituationen einlädt.

Es ist auch wichtig, mit den Kindern und Jugendlichen einmal eine Liste derjenigen Situationen oder Ereignisse aufzustellen, die sie am meisten und am häufigsten ärgern. Dann bittet man sie, auf das Auftreten der genannten Situationen genauestens zu achten und zu protokollieren, was ihnen dabei spontan durch den Kopf geht.

Es muß in diesem Zusammenhang erwähnt werden, daß das Muster an typischen Selbstbewertungen natürlich in der Vergangenheit erworben worden ist und daß daran auch die Umwelt, also Familie, Freunde und Bekannte, einen entscheidenden Anteil gehabt hat. So kann derjenige, der sich sehr schnell entwertet fühlt, gelernt haben, daß sachliche Kritik auch immer mit Kritik an seiner Person gepaart war. Da die Ebene des Inhalts häufig mit der Ebene der Beziehung vermengt war, hat er nicht gelernt, beide auseinanderzuhalten.

Junge Menschen müssen lernen, Kritik zu ertragen, aber es kommt auch immer darauf an, wie diese vorgetragen wird. Eltern müssen ihren Kindern zu verstehen geben, daß sie sie wertschätzen und lieben, auch wenn sie bestimmte Dinge kritisieren oder zurechtweisen. Lehrer, die eine schlechte Note geben, können diese an eine Bemerkung koppeln, die dem Schüler zeigt, daß er in seiner Persönlichkeit akzeptiert wird. Ermutigung läßt das Gefühl entstehen, daß ihm Fähigkeiten und Fertigkeiten und auch prosoziales Verhalten zugetraut wird. Es ist uns wichtig zu betonen, daß Bewertungsveränderungen nur dann vom einzelnen vorgenommen werden können, wenn auch die Umgebung durch eine grundsätzlich akzeptierende und ermutigende Haltung ihn darin bestärkt.

Einstellungen und Bewertungen hängen sehr stark von gesellschaftlichen Normvorstellungen ab und damit von der Kultur oder auch Subkultur, der der einzelne angehört. Auf diese Vernetzung mit gesamt- oder auch teilgesellschaftlichen Werten kann nicht genug hingewiesen werden, und es ist von entscheidender Bedeutung, welcher Gruppe mit welchen Maßstäben und welcher Ideologie der einzelne angehört und welches Menschenrechtsverständnis er besitzt.

Keine Schuldzuweisungen

Aggressionen geschehen häufig aufgrund von Provokationen. Das Gefühl, provoziert worden zu sein, ist immer an einen Provokateur gebunden. Dieser ist der »Schuldige« oder der Sündenbock, mit dem man dann eigene Aggressionen rechtfertigt. Auf die Frage: »Warum hast du das getan?« erhält man oft die Antwort: »Weil er mich geschubst hat«, »Weil er so blöd geguckt hat«, »Weil, weil, weil ...«

Eine solche Schuldzuschreibung dient der eigenen Entlastung und auch der Rechtfertigung. Doch jeder Lehrer weiß, wie müßig und schwierig es oftmals ist, den wahren Gründen auf die Spur zu kommen. Derjenige, der beschuldigt wird, rechtfertigt sich nämlich mit demselben Argument: »weil ...«, und es ist kein Anfang in dem Teufelskreis der Gewaltentstehung zu finden. Schuldzuschreibungen sind sehr oft ein Irrtum und beruhen meistens auf groben Vereinfachungen. Sie lassen die Tatsache völlig außer acht, daß Interaktionen zwischen Menschen nicht linear, sondern zirkulär sind, das heißt, daß man nicht einen bestimmten Punkt oder Anfang festmachen kann, von dem das Geschehen seinen Ausgang nimmt, sondern man muß stets berücksichtigen, daß Menschen immer gegenseitig aufeinander einwirken und sich in ihrem Verhalten wechselseitig bedingen. So ist es in der Familie, Schulklasse oder der Gesellschaft. Aus diesem Grund befürworten wir »Familiengespräche«, an denen alle Familienmitglieder teilnehmen, oder in der Schule Gespräche am »runden Tisch«, mit allen Kontrahenten.

Gemeinsames Problemlösen

Statt zu fragen: »Wer hat Schuld?« sollte man lieber fragen: »Wie lösen wir das Problem gemeinsam?« Ein hervorragendes Beispiel dafür stellt die kooperative Verhaltensmodifikation dar (Redlich/Schley 1981), die schon in ihrer Bezeichnung die Kooperation, das heißt den gemeinsamen Aspekt des Vorgehens betont:

In einer achten Klasse der Gesamtschule gab es eine kleine Gruppe von drei Autonomen und vier Skinheads, die regelmäßig aneinandergerieten. Es verging keine »kleine Pause«, in der sie sich nicht verbal attackierten; und keine »große Pause«, in der es nicht zu einer Schlägerei kam. Die Mädchen beschwerten sich, und die Jungen, die zu keiner der beiden Gruppierungen gehörten, hatten Angst, in die Kämpfe mit verwickelt zu werden, denn sie hatten natürlich ihre Sympathien für eine der beiden Gruppen.
Die Lehrerin sprach das Problem direkt an und machte deutlich, daß es so nicht mehr weiterginge. Das Klima würde sich immer mehr verschlechtern, und unter diesen Bedingungen wolle sie keine Klassenfahrt durchführen.

Die Klasse war sich jedoch darin einig, daß sie unbedingt gemeinsam wegfahren wollte. Das Ziel war auch schon ausgesucht, die ersten Anzahlungen bereits getätigt.
Da ein gemeinsames Ziel vorhanden war, waren auch die Voraussetzungen für eine kooperative Verhaltensmodifikation günstig.
Die betroffenen Schüler setzten sich in einer Freistunde mit ihrer Lehrerin in ein Sprechzimmer, in dem sie in Ruhe miteinander sprechen konnten.
Jeder beschrieb, wie die Konflikte aus seiner Sicht immer wieder aufs neue entstanden. Es wurde deutlich, daß schon der Anblick der beiden Gruppen Aggressionen und auch Angst auslöste.
Es zeigte sich auch im Gespräch, daß man gegen einzelne eigentlich gar nichts hatte, aber das permanente Zusammenstehen wirkte als Drohgebärde auf die anderen. Beide Gruppen empfanden im Grunde ähnliches. Dies löste schon einmal ein Gefühl der Überraschung aus.
Die Lehrerin lud zu einem »Brainstorming« ein, das heißt, jeder konnte freiweg Ideen äußern, was man denn nun ändern sollte.
Wichtig beim Brainstorming ist, daß auch wirklich jeder seine freie Meinung sagen darf, ohne Angst vor Kritik oder negativer Bewertung haben zu müssen. Die Vorschläge können noch so abwegig sein, alles ist erlaubt und darf gesagt werden. Kein Gedanke soll unter den Tisch fallen.
Alle Ideen wurden schriftlich festgehalten, so daß in einem nächsten Schritt nun eine Auswahl vorgenommen werden konnte. Die Schüler brachten unter anderem folgende Vorschläge, die von der Mehrheit akzeptiert wurden:

- ✘ Eine Woche lang sollten auf dem Schulhof immer nur zwei Schüler miteinander gehen und nie mehr als zwei.

- ✘ In der zweiten Woche sollte dann jeweils fünf Minuten lang je ein Autonomer mit einem Skin zusammen gehen und sich unterhalten. Wenn sie keinen Gesprächsstoff finden würden, sollten sie lieber schweigen. Täglich sollten die Paare wechseln.

- ✘ Nach zwei Wochen wollten sie alle wieder zusammenkommen und berichten, wie es ihnen dabei ergangen ist.

Der Vorteil der kooperativen Verhaltensmodifikation liegt darin, daß es keine fertigen Lösungskonzepte gibt, sondern Lösungen erst von allen Beteiligten erarbeitet werden müssen und bei Bedarf auch korrigiert werden können. Ziel der Methode ist die Zufriedenheit der Beteiligten mit den Lösungsvorschlägen. Sie setzt natürlich den guten Willen und den Wunsch nach einer Einigung voraus. In diesem Fall winkte als Belohnung die gemeinsame Klassenfahrt.

Einfühlung in andere

Als die Schüler in unserem obigen Beispiel erkannten, daß es ihnen und den anderen eigentlich ähnlich erging, das heißt, daß sie ähnliche Bedrohungen wahrnahmen, haben sie schon eine wichtige Fähigkeit unter Beweis gestellt, nämlich sich in den anderen hineinversetzen zu können. Einfühlung in andere ist eine Fähigkeit, die aggressives Verhalten hemmt und prosoziales fördert. Wie wir weiter oben schon ausgeführt haben, kann sie trainiert und eingeübt werden. Ein solches Training beinhaltet unter anderem, daß man sich Gedanken über den anderen macht, zum Beispiel: »Was macht er gerne?«, »Welche Vorlieben hat er?«, »Welche Stärken, welche Schwächen hat er?«, »Womit könnte ich ihm eine Freude machen?«

Das Training wird mit Hilfe von Rollenspielen durchgeführt, in denen die Jugendlichen lernen, eine bestimmte Körperhaltung einzunehmen, eine bestimmte Mimik aufzusetzen und eine gewisse Gestik auszuführen. Sie sollen dabei ihre eigenen Gefühle und die Gefühle anderer wahrnehmen. Dies erleichtert das Einnehmen der Perspektive des anderen; eine Fähigkeit, die oftmals notwendig ist, um zu erkennen, warum der andere gerade etwas tut und wie er es tut. Eigene Aggressionen können zum Beispiel dadurch gehemmt werden, daß man erkennt, daß sich der andere provoziert gefühlt hat oder sich gerade furchtbar ärgert oder traurig und verletzt ist. Aggressionen werden auch dadurch gemindert, wenn man erkennt, daß der andere etwas nicht mit Absicht, sondern aus Versehen gemacht hat, und wenn man merkt, daß es ihm leid tut.

Noch eine Stufe schwieriger als das Erkennen der Gefühle anderer ist für Kinder und Jugendliche das Verbalisieren, das heißt das Aus- und Ansprechen der Empfindungen des anderen. Es handelt sich hierbei um einen Teilaspekt des »Aktiven Zuhörens«, das wir ausführlich im Kapitel »Gewalt in der Schule« dargestellt haben.

Aggressionshemmungen fördern

Während wir bislang Maßnahmen geschildert haben, die die aggressionsfördernden Faktoren mindern könnten, legen wir jetzt den Schwerpunkt auf die Förderung von Aggressionshemmungen. Sie kennen sicherlich Situationen, in denen Sie sich vorgenommen haben, eine bestimmte Person so richtig »fertigzumachen«, »herunterzuputzen«, ihr mit ironischen, sarkastischen und treffsicheren Worten zu sagen, was man von ihr hält, ihr so richtig die Meinung zu sagen. Was hat Sie letzten Endes daran gehindert?
Es gibt unterschiedliche Arten von Hemmungen, von denen wir die Angst vor Bestrafung oder negativen Folgen und die moralischen Hemmungen beziehungsweise die internalisierten Normen hervorheben möchten. Beide greifen ineinander und sind je für sich situationsabhängig. Hat man es mit einem überlegenen, starken »Gegner« zu tun, unterläßt man eventuell eine aggressive Handlung ihm gegenüber, weil man fürchtet, der Unterlegene zu sein und von ihm bestraft zu werden. Hat man es jedoch mit einem schwächeren Gegner zu tun, unterläßt man eventuell aggressive Handlungen, weil man das Gebot der Eltern »Du darfst nicht schlagen« befolgt, weil man die Grundüberzeugung vertritt, daß jegliche Art von aggressivem Tun verwerflich ist, oder weil man gelernt hat, daß man anderen nicht weh tun darf. Dieser letzte Aspekt wird von Hans-Peter Nolting (1991) »leid-induzierte Hemmung« genannt. Sie setzt häufig instinktiv und spontan dann ein, wenn der andere jammert, wimmert, schreit und vor Schmerzen stöhnt. Aber dieser Hemmungsmechanismus scheint nicht mehr wie früher zu funktionieren. Wie wir einleitend erwähnten, be-

richten ja gerade viele Lehrer/innen im Schulbereich, daß die Kinder heute auch dann noch zutreten, wenn der andere wehrlos am Boden liegt. Schmerz des anderen kann also auch geradezu die Lust steigern, Schmerzen zuzufügen, vor allem dann, wenn man sich in einem kollektiven Rauschzustand befindet, der so typisch etwa für Fußballfans ist.

Die Problematik der Strafe und ihrer aggressionsmindernden Zielrichtung liegt darin, daß Strafe immer auch mehr oder weniger ein Bedürfnis nach Beachtung befriedigt und damit schon wieder aggressionsfördernde Wirkung hat. Strafen haben unerwünschte Nebenwirkungen, sie bringen ihrerseits Frustrationen hervor, Gefühle der Ungerechtigkeit und Kränkung, aus denen wiederum Racheimpulse erwachsen, die erneut Aggressionen nach sich ziehen. Strafen haben nur unter bestimmten Bedingungen eine aggressionsmindernde Wirkung. Die wesentlichste Voraussetzung dafür besteht unserer Meinung nach darin, daß sie mit Maßnahmen positiver Zuwendung gekoppelt sein sollten, mit Anleitungen zu erwünschtem Verhalten, mit Alternativlösungen, mit Bekräftigungen und positiven Modellen.

So wenig wie Strafe automatisch zur Aggressionsminderung führt, so wenig haben Normen und Einstellungen automatisch eine aggressionsmindernde Wirkung, denn sie lassen viele Ausnahmen zu, wie zum Beispiel: »Du darfst nicht schlagen, außer du wirst angegriffen«, »Im Frieden darfst du nicht aggressiv sein, im Krieg mußt du es sein«, »Ich schlage zu, weil er es verdient hat«.

Aggressionen können immer mit einem scheinbar guten Zweck belegt und mit einer Rechtfertigung versehen werden. Kriege sind immer schon aus verschiedensten Gründen geführt worden, im Namen Gottes, zur Rettung des Vaterlandes, um allen Ungerechtigkeiten endlich ein Ende zu machen – doch zeigt nicht gerade die Menschheitsgeschichte, daß es nie ein Ende der Kriege geben wird, solange der Zweck die Mittel heiligt?

Bei der Förderung aggressionshemmender Einstellungen geht es darum, die Rechtfertigungsspirale von Gewalt und Aggression zu stoppen, indem man lernt, sich dem Druck anderer nicht zu beugen, also Widerstand zu leisten und Argumente zu finden, sowie bei seiner Überzeugung einer antiaggressiven Einstellung zu bleiben. Indem man die Hilfsbereitschaft eines Menschen fördert, stärkt man seine Aggressionshemmungen. Ein ganz wesentliches Kriterium ist dabei das positive Vorbild von Eltern und Erziehern, das alternative Verhaltensweisen aufzeigt und praktiziert.

Aggressionsfreie alternative Verhaltensweisen stärken

In diesem Kapitel soll es darum gehen, sich ein Verhaltensrepertoire aufzubauen, das möglichst aggressionsfrei ist, echte Alternativen zur Gewalt bietet und außerdem Gefühle der Befriedigung, des Schutzes und der Erleichterung verschafft, aber auch aggressive Gefühle zuläßt. Es ist nicht das Ziel, keine aggressiven Gefühle mehr zu haben, dies wäre unrealistisch und naiv, sondern mit seinen aggressiven Gefühlen besser als bisher umzugehen, sie zu akzeptieren und sie nicht zu verzerren, zu verleugnen oder zu verdrängen. Wie kann man dies erreichen?

Sich seiner eigenen Gefühle bewußt werden

Man sollte zunächst einmal versuchen, seine eigenen Gefühle mit sich selbst auszumachen, das heißt sich selbst zu beeinflussen. Ein erster Schritt bestünde darin, sich seiner Gefühle überhaupt erst einmal bewußt zu werden, sie innerlich für sich zu differenzieren, sich zum Beispiel zu fragen: »Was fühle ich eigentlich?« »Ist es Ärger, Kränkung, Zorn?« »Welches Gefühl steht für mich im Vordergund?« Ein zweiter Schritt könnte darin bestehen, sich nicht in dieses Gefühl hineinzusteigern, indem man ständig daran denkt, sondern bewußt zu versuchen, durch angenehme Tätigkeiten andere, nämlich angenehmere, Gefühle hervorzubringen. Dies ist möglich durch Ablenkung und durch Beschäftigung mit anderen Dingen. Drängen sich die Gefühle der Kränkung, der Wut und des Zorns jedoch immer wieder in den Vordergrund, so könnte man in einem dritten Schritt ein Entspannungsverfahren anwenden, um damit eine körperliche Umschaltung vorzunehmen und die eigenen Affekte und Erregungen zu dämpfen (Schultz 1966;

Jacobson 1938; Bernstein/Borkovec 1978). Letzteres setzt natürlich voraus, daß man ein Entspannungsverfahren gelernt hat, denn nur so kann man es für sich selbst auch nutzbringend anwenden.
Die obigen Vorschläge setzen allerdings voraus, daß die eigenen Gefühle ein bestimmtes Erregungsniveau nicht überschreiten und nicht unbedingt an eine bestimmte Person gebunden sind. Ist dies der Fall, das heißt, werden die Gefühle unmittelbar durch eine andere Person hervorgerufen, bietet sich doch eher der kommunikative Weg an. Dieser besteht darin, dem anderen seine Gefühle mitzuteilen, jedoch in einer Art, die ihn nicht verletzt. Aggressive Gefühle nichtaggressiv zu übermitteln ist auch nicht ganz einfach, weil die Grenze zum Vorwurf und zur Bewertung doch sehr fließend ist. Statt zu sagen: »Du bist oberflächlich«, »Du bist unzuverlässig«, »Du bist böse und gemein«, sollte man lieber sogenannte Ich-Botschaften senden, die die eigenen Gefühle herausstellen: »Ich wünsche mir, du hättest darüber nachgedacht«, »Ich bin enttäuscht, weil du nicht gekommen bist« oder: »Ich vermute, du hast es mit Absicht gemacht.«
Während Du-Botschaften Festschreibungen beinhalten und dem anderen keine Chance der Veränderung lassen, drücken Ich-Botschaften nur die eigenen Empfindungen aus und sagen nichts über die wahren Motive und Absichten des anderen. Ich-Botschaften wie »Im Moment geht es mir nicht gut« können auch Mißverständnissen vorbeugen, indem sie klar und deutlich die eigene Befindlichkeit schildern und dem andern signalisieren, daß es nichts mit ihm zu tun hat.
Es gibt Situationen, in denen man nicht noch groß seine Gefühle ausdrücken kann, vor allem dann, wenn man persönlich angegriffen oder direkt provoziert wird. Wenn wir einmal die Notwendigkeit einer persönlichen Notwehr beiseite lassen und uns nur den Situationen zuwenden, in denen man Beleidigungen und Kränkungen ausgesetzt ist, dann könnte ein vorheriges Training der Immunisierung und Selbstberuhigung helfen, eben nicht gekränkt und beleidigt zu sein. Ein solches Training geht oftmals mit Selbstinstruktionen einher wie: »Ich lasse mich nicht provozieren«, »Ich bleibe ganz ruhig« oder: »Er will mich ja nur auf die Palme bringen«, um zu erreichen, daß die Provokation in der Situation selbst ignoriert wird und daß nicht spontan zugeschlagen

wird. Es kommt immer wieder vor, daß Jugendliche im Bus, in der U-Bahn oder den Straßen durch abfällige Bemerkungen zu einer Reaktion veranlaßt werden sollen, die dann sofort als Angriff aufgefaßt und als Begründung für ein Zuschlagen aus »Gegenwehr« genommen wird. Daher ist es von so großer Bedeutung, daß Jugendliche sich innerlich wappnen gegen diese Provokationen, daß sie immun werden und »darüberstehen«.
Vielfach kann es angebracht sein, daß die Jugendlichen die provokative Situation so schnell wie möglich verlassen, wenn dies möglich ist, und nicht noch in ihr verharren. In der U-Bahn wäre es zum Beispiel möglich, den Sitzplatz zu wechseln oder das Abteil zu verlassen, in der Schule, eine andere Ecke des Schulhofs aufzusuchen.

Konstruktive Konfliktlösungen

Wenn es wirklich um Konflikte geht, die geregelt werden können und für die es eine Lösung gibt, und nicht nur um Provokationen, dann muß auch nach Wegen gesucht werden, mit diesen konstruktiv umzugehen. Hierfür gibt es verschiedene bewährte Modelle, die alle in Phasen und einzelnen Schritten verlaufen (Gordon 1993; Jefferys/Noack 1993 a,b) und die, wie wir beschrieben haben, sehr gut in der Schule Anwendung finden können. Das stufenweise Vorgehen ist dabei sehr wichtig, denn eine Klärung des Problems setzt Definition und Eingrenzung der Störungen voraus und macht erst auf dieser Basis Lösungsfindungen, Alternativvorschläge und Entscheidungen möglich.
Das Mitteilen von unterschiedlichen Standpunkten, auch von Wünschen und Bedürfnissen, Hoffnungen und Enttäuschungen ist Bestandteil des Klärungsprozesses und setzt eine kooperative Kommunikation voraus, die manchmal – zumal in Konfliktgesprächen – sehr schwierig zu verwirklichen ist. In der ersten Phase werden Störungen geäußert, in einer zweiten Phase in Wünsche umformuliert. Ein solches Vorgehen leitet zur konstruktiven Lösungsphase über. Wünsche äußern heißt noch nicht, daß sie erfüllt werden, denn es gibt ja auch Gegenwünsche, die ebenfalls berücksichtigt werden müssen. Dann beginnt die Phase des Sammelns

von ganz unterschiedlichen Lösungen, zunächst noch ohne, zu einem späteren Zeitpunkt dann mit Bewertung. In der Phase des Aushandelns ist es wichtig, genau zu sagen, ob man für oder gegen einen Vorschlag ist und warum, damit sich der andere darauf einstellen kann.

Es erscheint uns wichtig zu betonen, daß es bei dieser Methode nicht um Nachgeben und Nicht-Nachgeben geht, sondern um die vielen Zwischenlösungen, die es gibt und die in einem gemeinsamen Aushandeln gefunden werden können.

Kinder und Jugendliche sind häufig überfordert, Konfliktgespräche ohne Vermittler und ohne Hilfestellung durch andere durchzuführen. Wie sie es dennoch lernen können, zeigen Jefferys und Noack (1993 a, b) auf. Wir erörterten dieses Vorgehen ausführlich am Beispiel der »Schlichterprogramme« im Kapitel »Gewalt in der Schule«.

Zusammenfassend möchten wir sagen, daß es uns in diesem Kapitel, in dem über Möglichkeiten der Aggressionsminderung nachgedacht wurde, in starkem Ausmaß um Lernen, Umlernen und um Trainings mit Kindern und Jugendlichen ging. All dies nützt aber gar nichts oder wenig, wenn nicht auch die Umwelt beziehungsweise die Gesellschaft sich anders verhält. Ein Baustein zur Aggressionsminderung ist auch die Veränderung der Lebensbedingungen von Kindern und Jugendlichen. Wir wollen daher im folgenden noch einmal die notwendigen gesamtgesellschaftlichen Veränderungen in den einzelnen Lebensbereichen betonen.

Gesellschaftliche Lösungswege

Jugendliche sind – das haben unsere Ausführungen gezeigt – »Seismographen« der Gesellschaft. Sie tragen die Aggression und Gewalt nicht etwa in unsere Gesellschaft hinein, wie vielfach behauptet wird, sondern sie spiegeln die Aggressionserfahrungen wider, die sie selbst machen, und sie transformieren die Gewaltsituationen, die sie in der Gesellschaft vorfinden, in ihre eigenen

Lebensbereiche. Jugendliche sind keineswegs die Erfinder von Gewalt, sondern ihre Transporteure, und sie transportieren die Gewalt sehr häufig deswegen, weil sie selbst Opfer von Gewalt geworden sind.

Das erhöhte Auftreten von Gewalt und Aggression ist immer ein Signal dafür, daß die zentralen Formen der menschlichen Kommunikaton nicht mehr beachtet werden. Die heutige Situation muß von uns also so interpretiert werden, daß viele der bisher als selbstverständlich erachteten Formen des Miteinander-Umgehens in Frage gestellt werden müssen. Das hohe Auftreten von Aggression und Gewalt verweist auf allgemeine gesellschafts- und sozialpolitische Fragen, die dringend einer Klärung zugeführt werden müssen. Das hohe Aggressions- und Gewaltpotential bei Jugendlichen ist daher ein Signal an die Gesellschaft, sowohl im politischen Mikro- als auch im politischen Makrobereich, Strukturprobleme zu lösen, die letztlich als die Ursachen von Aggression und Gewalt angesehen werden müssen.

Wir müssen einerseits in die oben angesprochenen einzelnen Lebensbereiche Familie, Kindergarten, Schule, Freizeit, Jugendarbeit, Medien und Politik hineingehen, wenn wir wirksame Ansätze der Bekämpfung von Aggression und Gewalt durchsetzen wollen, aber andererseits müssen wir uns auch darüber im klaren sein, daß gegen die gesellschaftlichen und vor allem die wirtschaftlichen Ausgangsbedingungen von Gewalt mit Handlungsstrategien in Familie und Schule wenig auszurichten ist. Ein noch so guter präventiver Ansatz in Schule oder Familienberatung kann diese mächtigen gesellschaftlichen Antriebskräfte für Kriminalität und Gewalt nicht beeinflussen. Vielmehr liegen die Ansatzpunkte der Vorbeugung in diesem Feld in einer konsequenten und guten Gesellschafts-, Arbeitsmarkt- und in einer ebenso konsequent betriebenen Rechtspolitik. Denn ganz offensichtlich hat das hohe Ausmaß von Gewalt damit zu tun, daß in unserer Gesellschaft Verteilungsfragen nicht richtig gelöst sind. Die Gefahr eines Auseinanderspaltens von Bevölkerungsgruppen nach Einkommen, Macht und Privilegien wird immer größer. Das »untere Drittel« der Bevölkerung fühlt sich immer stärker aus gesellschaftlichen und wirtschaftlichen Wohlstandsprozessen abgespalten und reagiert mit demonstrativen Formen abweichenden Verhaltens.

Wie wir schon aufgezeigt haben, sind vielfältige Maßnahmen zur Gewaltminderung durchführbar und auch von den einzelnen, ob Eltern oder Lehrer/innen, realisierbar. Im folgenden möchten wir noch einmal abschließend auf die einzelnen Lebensbereiche verweisen und die gesellschaftspolitischen Maßnahmen zur Gewaltprävention und Gewalteindämmung aufführen, die unbedingt notwendig sind.

Familie

Im Familienbereich hat unsere Analyse gezeigt, wie wichtig die Unterstützung von Eltern ist, die am Ende ihrer finanziellen, psychischen und pädagogischen Kräfte sind. Wenn Aggression und Gewalt in Familien abgebaut werden soll, dann ist eine wirksame Unterstützung von Familien im wirtschaftlichen, sozialen und auch im erzieherischen Bereich dringend erforderlich. Familien brauchen Unterstützungs- und Beratungsangebote, die sie nicht diskriminieren. Im Bereich des sexuellen Mißbrauchs kommt es darauf an, das Tabu zu brechen und diese Probleme in die öffentliche Diskussion hineinzuziehen. Den Opfern muß schnellstens geholfen werden. Familienleben darf nicht länger Privatsache des einzelnen sein, sondern geht die ganze Gesellschaft etwas an. Daher muß die Gesellschaft hierfür auch die entsprechenden Investitionen vornehmen. Es fehlt immer noch an einer Infrastruktur für die Unterstützung von Familien, an einem flexibel ausgebauten System von finanziellen Hilfen, aber auch von ganz praktischen Betreuungshilfen. Im Unterschied zu fast allen anderen Industrieländern haben wir kein flächendeckendes System von Tagesbetreuung, das von den Familien angewählt werden könnte. Aggression und Gewalt entsteht in Familien vor allem aufgrund der Überforderung von Eltern und wohl auch der Überforderung durch die Veränderung der Männer- und der Frauenrolle. Hier müssen die Familienhilfen mit dem nötigen Nachdruck und zugleich der nötigen Sensitivität ansetzen. Letztlich gibt es keine andere Institution der Gesellschaft, die so gut geeignet ist, den Erziehungsprozeß des gesellschaftlichen Nachwuchses zu betreiben, wie eine gut funktionierende Familie. Aber der Anteil von

Familien, die nicht gut funktionieren, wächst. Die Anzahl der Eltern, die durch ihre Elternrolle oder durch Partnerprobleme verunsichert und überfordert sind, nimmt eindeutig zu. Hier liegt der Schlüssel für Maßnahmen, die letztlich natürlich nicht nur Aggression und Gewalt abbauen, sondern auch andere Formen des Leidens und der Belastung.

Schule

Im Schulbereich kreisen die wichtigsten Maßnahmen, die auf einen Abbau von Aggression und Gewalt gerichtet sind, einmal um die äußere Struktur des Schulwesens und die damit gesellschaftlich ausgedrückte Chancengleichheit und zum zweiten um die innere Struktur des Schullebens und des Unterrichts. Vor allem im inneren Bereich der Schule liegt der Schlüssel für eine Verminderung von Aggression und Gewalt, nämlich in einer wirkungsvollen und nachdrücklichen Leistungsförderung, und zwar unabhängig vom Schultyp, den die Kinder und Jugendlichen besuchen. Das Vermeiden von Schulversagen ist der wichtigste Beitrag zum Abbau von Aggression, denn in der Versagenserfahrung liegt ja einer der Hauptgründe für die Entstehung von Gewalt und Aggression. Die durchsichtige und klare Struktur der Leistungsbeurteilung und ebenso die Fairneß der Beurteilung spielen eine große Rolle. Schulen müssen sich hier um eine gute Beurteilungskultur bemühen. Weiterhin spielt für den innerschulischen Bereich eine sehr große Rolle, wie gefestigt und überzeugend die Regeln für das Leben miteinander sind, das die Schule kennzeichnet. Schulen mit einem guten Betriebsklima und mit gut abgesicherten Formen der Konfliktlösung und Konsensbildung haben eine sichere Ausgangsbasis und günstige Aussichten für die Verminderung von Aggression und Gewalt unter Schülern. Das Postulat einer klaren Strukturierung und Gestaltung gilt auch für den Unterricht selbst, der einen für alle Schüler erkennbaren Rhythmus haben muß und von ihnen mitgestaltet werden kann. Selbstverständlich spielen in einem bestimmten Rahmen auch Gebäude, Ausstattung der Klassen und Anzahl der Schüler eine Rolle.

Die Schule hat eine Reihe von Möglichkeiten, die andere gesell-

schaftliche Sektoren nicht haben, um mit Aggressivität und Gewalt umzugehen. So kann sie zum Beispiel in dosiertem Ausmaß Aggressivität bewußt zulassen, also die gesunden Aggressionsimpulse in einer pädagogisch und diaktisch gestalteten Form in das Schul- und Unterrichtsleben hineinlassen. Sie kann Erfahrungen von Sinnesschulung und -erlebnis vermitteln und den Versuch unternehmen, alle Sinne und alle Erfahrungsbereiche von Schülerinnen und Schülern zu wecken. Sie kann schließlich auch für einen Täter-Opfer-Ausgleich sorgen, weil sich Aggressoren und Betroffene gemeinsam in ihren Mauern befinden.
Sie kann den Mädchen Techniken zeigen, wie sie sich gegen die Angriffe von Jungen wehren und sich selbst behaupten können. Sie kann den Jungen deutlich machen, daß sie sich stärker in andere Menschen hineinvertiefen müssen, wenn sie eine gehaltvolle soziale Beziehung gestalten wollen. Geschlechtsspezifische Muster der Konfliktverarbeitung werden in der Schule tagtäglich praktiziert – es kommt darauf an, sie auch pädagogisch und didaktisch bewußt zu gestalten.
In diesem Zusammenhang spielt natürlich die Person des Lehrers eine große Rolle. Als Einzelkämpfer/in wird heute kein/e Lehrer/in in der Lage sein, den veränderten Herausforderungen gerecht zu werden, die ja gerade teilweise darin liegen, daß ihre Autorität von den Jugendlichen bewußt und gezielt und immer wieder aufs neue in Frage gestellt wird. Kollegiale Absprachen über Strategien, Vorgehensweisen und das Herstellen eines pädagogischen Konsens im Kollegium sind unbedingt notwenig.

Freizeit

Im Freizeitbereich geht es darum, Jugendlichen so viele Erlebnismöglichkeiten anzubieten, wie es ein organisiertes System überhaupt zustande bringen kann. Das Auflösen von Freizeitangeboten, von Jugendtreffs und Jugendclubs, wie es in den neuen Bundesländern geschehen ist und immer noch geschieht, das Abbrechen der informellen Struktur der Vereine und das Vordringen von kommerziellen Angeboten in den Freizeitsektor machen die Lebenssituation der Jugendlichen trostloser und objektiv schwieriger, weil gerade die sozial benachteiligten Jugendlichen auf ein gut funktionierendes System von Freizeitanregungen angewiesen sind. Diese Jugendlichen sind es aber zugleich, die am schwersten für flexible und reichhaltige Angebote zu gewinnen sind. Sie sträuben sich gegen ein öffentliches Angebot, weil sie jeder Bindung und jeder Einbeziehung entgehen wollen.

Im Bereich der Freizeitarbeit und der Jugendhilfe ist deswegen sehr viel Phantasie nötig, um die Angebote zu verbessern, die die bedürftigen Jugendlichen auch tatsächlich erreichen. Konzepte der Straßensozialarbeit gewinnen aus diesem Grund immer mehr an Bedeutung. Es müssen Konzepte sein, die es den Sozialarbeitern und Sozialarbeiterinnen erlauben, direkt auf die Jugendlichen zuzugehen und nicht darauf zu warten, daß diese zu ihnen in die Ämter kommen. Das größte Problem liegt zur Zeit darin, diese Jugendlichen überhaupt erst einmal zu erreichen und sie in die gestaltenden Zonen hineinzuziehen. Sind sie einmal da, dann kann mit ihnen eine sinnvolle Freizeitbeschäftigung geübt und gestaltet werden. Die vielfältigen Facetten, die Gewalt heute auch im Freizeitbereich hat, müssen mit ebenso vielen Modellen und Praktiken aufgenommen werden, die sie abbauen sollen.

Medien

Gegenüber dem Medienbereich muß auf die große Verantwortung hingewiesen werden, die der Darstellung von fiktiver Gewalt und realer Gewalt vor allem im Fernsehen und über Video heute zukommt. Für viele Jugendliche sind die Medien heute ein elementarer und prägender Bestandteil des täglichen Lebens; sie sind zu Miterziehern im wahrsten Sinne des Wortes geworden, deswegen ist eine Intensivierung der Medienerziehung zu fordern sowie die Einrichtung eines Medienrates, der Mediendarstellungen beurteilt und Empfehlungen ausspricht. Ein Medienrat könnte das Programm analysieren und eventuell kritisieren, zugleich Vermittler zwischen Programmachern und Informationsempfängern sein. Er könnte auch die Eltern- und Lehrerschulung im Bereich der Medien übernehmen.

Die Initiative der nationalen TV-Anbieter RTL, RTL 2, SAT 1,

VOX, Kabelkanal, Deutsches Sportfernsehen, n-tv und Premiere, die sich im November 1993 zu dem Verein »Freiwillige Selbstkontrolle Fernsehen« (FSF) zusammengeschlossen haben, ist in dieser Hinsicht schon sehr zu begrüßen. Die FSF-Satzung sieht vor, »daß der Jugendschutzbeauftragte des jeweiligen Senders Programme, die unter den Gesichtspunkten des Jugendschutzes relevant sind, den unabhängigen Experten der Prüfungsausschüsse der Selbstkontrolle vorlegt und von ihnen begutachten läßt«.
Die entscheidende Frage an die Medienmacher aber bleibt nach wie vor, warum es nicht möglich sein soll, spannende und interessante Filme zu produzieren, die auf Gewalt verzichten.

Solidarität mit den Benachteiligten

In allen hier beispielhaft genannten Lebensbereichen für Kinder und Jugendliche sind wirkungsvolle Schritte möglich, um Aggressivität und Gewalt abzubauen. Am effektivsten sind selbstverständlich immer diejenigen Maßnahmen, die dicht an die Ursachen und Ausgangsbedingungen herangehen und nicht nur allein die Oberfläche berühren. Ein gesellschaftliches Programm der Zurückdrängung von Aggression und Gewalt kommt ohne Einzelmaßnahmen, auch kleinschrittige und detaillierte, in den einzelnen Lebensbereichen nicht aus, in denen sich Kinder und Jugendliche aufhalten.
Zugleich aber ist die ja schon vielfach angesprochene »große Politik« gefragt, denn sie setzt die Rahmenbedingungen für die einzelnen Lebensbereiche und bestimmt ganz wesentlich, ob finanzielle Mittel für die Maßnahmen zur Verfügung gestellt werden oder nicht. Gerade in einer sich individualisierenden Gesellschaft müssen politische Schritte unternommen werden, damit nicht strukturell Teilgruppen der Bevölkerung abgespalten werden. Es geht also um nicht mehr und nicht weniger als die Fortsetzung und Intensivierung der sozialpolitischen Tradition, bei der über Solidaritäts- und auch finanzielle Ausgleichsmechanismen die gutsituierten Bevölkerungsgruppen den schlechter gestellten praktische Unterstützung zuteil werden lassen, also darum, ihnen einen deutlichen und selbstverständlichen Platz im kulturellen

und gesellschaftlichen Gefüge einzuräumen. Praktizierte Solidarität mit den sozial benachteiligten Jugendlichen ist daher ein ganz unmittelbarer Beitrag zum Abbau der Aggressionsursache Nummer eins.
Gleiches gilt für die Solidarität mit den in unsere Gesellschaft einwandernden Menschen aus anderen Kulturen und Ländern. Ihnen muß schnellstens das Recht eingeräumt werden, sich einzubürgern und sich an der Gestaltung des Gemeinwesens kulturell und politisch aktiv zu beteiligen. Nur eine Stärkung ihrer Position wird sie davor bewahren, weiterhin die Zielscheibe für Sündenbockmechanismen und Stigmatisierungen zu sein. Durch Einbürgerung und andere Formen der Gleichberechtigung für ausländische Bevölkerungsgruppen lassen sich die Attacken von rechtsextremistisch orientierten Jugendlichen ihnen gegenüber zwar nicht endgültig abbauen, aber es läßt sich ihnen die Spitze nehmen. Mit einem gefestigten Status wird den ausländischen Mitbürgerinnen und Mitbürgern auf jeden Fall die Unsicherheit genommen, ob sie dazugehören oder nicht.

Die Bedeutung von polizeilichem und gerichtlichem Handeln

Selbstverständlich spielt auch die Reaktion von Polizei und Gerichten eine erhebliche Rolle bei der Gewaltbekämpfung. Je günstiger die Gelegenheit für eine Gewalttat, desto höher ist die Wahrscheinlichkeit für die Ausübung dieser Tat. Eine günstige Gelegenheit besteht immer dann, wenn in der subjektiven Abschätzung eines potentiellen Gewalttäters der Gewinn den Verlust überwiegt. Wenn der Anreiz groß ist, durch Gewaltausübung Aufmerksamkeit und Anerkennung zu erreichen, und gleichzeitig das Risiko gering ist, sanktioniert zu werden, dann ist die Wahrscheinlichkeit, daß die Tat ausgeführt wird, groß. Nicht das Strafrisiko ist das Entscheidende, sondern vielmehr das dem Strafrisiko vorgelagerte Entdeckungsrisiko. Hier liegen die Chancen der sozialen Kontrolle, die nicht nur von der Polizei, sondern auch von Eltern, Geschwistern, Mitschülern, Lehrern, Nachbarn ausgeübt werden muß.

Kriminelle und gewalttätige Handlungen reißen ganz offensichtlich mit, sie wirken auf andere, zunächst passiv Zuschauende, enthemmend und ansteckend. Viele der jugendlichen Gewalttäter berichten ja von der hohen Erregung, die sie durch die Tat erfahren und genießen. Hier wird deutlich, wie wichtig die klare Reaktion der Umgebung während und nach der Tat ist. Nicht entdeckt und gefaßt zu werden, nicht negativ sanktioniert zu werden – das wirkt eindeutig als Bekräftigung und kann zu einer Stabilisierung und Wiederholung der Gewalttat führen. Auch der Prestigegewinn der Clique steigt dann ins Unermeßliche. Bleiben Gewalttaten folgenlos, werden sie möglicherweise öffentlich stark beachtet und finden Resonanz in den Medien. Sie werden dann um so schneller wiederholt und nachgeahmt.

Viele rufen nach mehr Polizei und strengeren Strafen. Aber Vorsicht: Das Beispiel der USA zeigt die Grenzen polizeilichen und gerichtlichen Handelns deutlich auf. Die Gefängnisse sind überfüllt, aber die Gewalt explodiert weiter. Wichtig ist die schnelle Aufklärung von Gewalttaten und ihre konsequente Ahndung. Bei den Strafen kommt es auf die langfristigen Wirkungen an: Sie sollen abschrecken und eine Tatwiederholung vermeiden. Wie die Strafe aussieht, das sollte im Einzelfall von den persönlichen und sozialen Bedingungen des Täters abhängig sein. Nicht immer ist die Haft die Strafe der Wahl: Schon viele Jugendliche sind in Gefängnissen zu Berufsverbrechern geworden. Strenge Formen der Buße, wie im Täter-Opfer-Ausgleich und in der gemeinnützigen Arbeit, können manchmal wirkungsvoller sein. Die Strafen müssen so angelegt sein, daß sie nicht nur als Racheakte empfunden werden, sondern als ursachenbezogene Korrektur des Verhaltens.

Jede einzelne Dienststelle von Polizei und Justiz ist aufgerufen, neue Wege der Bekämpfung von Gewalt zu erproben. Zusammenarbeit und Verzahnung der Aktivitäten sind das Gebot der Stunde: Polizeidienststellen sollten mit Einrichtungen der Jugendhilfe und des Jugendschutzes zusammenarbeiten, sie sollten auch Kontakte zur Familienhilfe, zum Gesundheitsamt, zu den unterschiedlichen Beratungsstellen wie Familienberatung und Schulpsychologie aufbauen und mit Selbsthilfe- und Opferschutzgruppen kooperieren. Die Zusammenarbeit mit Schule und Arbeitsamt gehört ebenfalls mit auf die Liste. Durch eine intensive Kooperation können die

Ressourcen, die vorhanden sind, ausgeschöpft und unter den heutigen knappen Haushaltsbedingungen auch ökonomisch besser genutzt werden. Voraussetzung ist der Abbau von Vorurteilen zwischen den verschiedenen beteiligten Institutionen. Angesichts der beängstigenden Situation können wir uns keine eifersüchtigen Abgrenzungen von Institutionen in der Anti-Gewalt-Arbeit mehr leisten.

Demokratische Tradition festigen

Das politische System der Bundesrepublik hat in den Jahren der Nachkriegszeit im großen und ganzen gut funktioniert und eine demokratische Tradition gefestigt. Ganz eindeutig steht es jetzt auf der Probe, und es wird sehr darauf ankommen, wie diese Probe bestanden wird. Mit den alten Rezepten und den alten Mustern der Problemlösung können die neuen Herausforderungen ganz offensichtlich nicht gelöst werden. Wir brauchen einen Sozialpakt, der diesen Namen wirklich verdient, wir brauchen eine völlige Neukonzeption der Verteilungspolitik nicht nur zwischen Ost und West, sondern auch zwischen Arm und Reich. Es geht dabei nicht in erster Linie um die Verteilung finanzieller Ressourcen, sondern vor allem um eine Verteilung von Arbeitsplätzen und sinnvollen Lebensperspektiven für die eigene Zukunftsgestaltung. Die Verteilungsprobleme bilden ein Ganzes und lassen sich kaum voneinander trennen, denn in der Regel ist das Lebensgefühl der Menschen in unserer Gesellschaft eine Verbindung von sinnstiftender Arbeit und sinnstiftender Lebensgestaltung sowohl im öffentlichen als auch im privaten Bereich.
Freiheit geht immer mit der Akzeptanz von Grenzen und der Übernahme von Pflichten einher. Erst die Einhaltung von Regeln schafft die nötige Distanz und den Respekt vor dem anderen Menschen.

Literatur

Bandura, A. (1979): *Sozial-kognitive Lerntheorie.* Stuttgart: Klett.

Bandura, A./Ross, D./Ross, S. (1961): Transmission of Aggression through Imitation of Aggressive Models. In: *Journal of Abnormal and Social Psychology,* 63, 575–582.

Bandura, A./Ross, D./Ross, S. (1963): Imitation of Film-Mediated Aggressive Models. In: *Journal of Abnormal and Social Psychology,* 67, 601–607.

Bauriedl, Th. (1992): *Wege aus der Gewalt. Analyse von Beziehungen.* Freiburg, Basel, Wien: Herder.

Behrendt, J.-E. (1993): Hör mal. In: *Psychologie Heute,* 20. Jg., Heft 12, 64–67.

Benz, U. (1992): Noch schonen die Kinder ihre Eltern. Fremdenhaß, was sonst? – Ursachen der Gewalt von Jugendlichen in den neuen Ländern. *Süddeutsche Zeitung* vom 14./15. November, Nr. 264, S. V.

Berentzen, D. (1992): Das Märchen von der »Jugendgewalt«. In: *Psychologie Heute,* 19. Jg., Heft 8, 65–68.

Bernstein, D.A./Borkovec, T.D. (1978): *Entspannungstraining. Handbuch der progressiven Muskelentspannung.* Leben lernen 16. München: Pfeiffer.

Bielicki, J.S. (1993): *Der rechtsextreme Gewalttäter. Eine Psycho-Analyse.* Hamburg: Rasch und Röhring.

Blasczyk, U./Priebe, B. (1994): Darüber reden – und was dann? Was schulinterne Lehrerfortbildung leisten kann. In: *Pädagogik,* 46. Jg, Heft 3, 32–34.

Braecker, S./Wirtz-Weinrich, W. (1992): *Sexueller Mißbrauch an Mädchen und Jungen. Handbuch für Interventions- und Präventionsmöglichkeiten.* Weinheim, Basel: Beltz.

Breitenbach, E. (1993): Wut, Ekel und Schuldgefühle. Die Situation von Müttern sexuell mißbrauchter Mädchen. In: *Psychologie Heute,* 20. Jg., Heft 2, 50–56.

Browne, D.H. (1988): High risk infants and child maltreatment. Conceptual and research model for determining factors predictive of

child maltreatment. In: *Early Child Development and Care*, 31, 43–53.
Bründel, H. (1993): *Suizidgefährdete Jugendliche. Theoretische und empirische Grundlagen für Früherkennung, Diagnostik und Prävention*. Gesundheitsforschung. Weinheim: Juventa.
Bründel, H. (1994): Suizidprävention in der Schule – auch eine Aufgabe der Schulpsychologie. In: *Psychologie in Erziehung und Unterricht*, 2, im Druck.
Bründel, H./Hurrelmann, K. (1994): Bewältigungsstrategien deutscher und ausländischer Jugendlicher. In: *Zeitschrift für Sozialisationsforschung und Erziehungssoziologie*, 1.Vj. 2–19.
Büttner, C. (1989): *Mit aggressiven Kindern leben*. Weinheim und Basel: Beltz.
Büttner, C. (1993): *Wut im Bauch. Gewalt im Alltag von Kindern und Jugendlichen*. Weinheim und Basel: Beltz Grüne Reihe.
Buford, B. (1992): *Geil auf Gewalt. Unter Hooligans*. München: Hanser.
Burk, K. (Hrsg.) (1984): *Kinder finden zu sich selbst. Disziplin, Stille und Erfahrung im Unterricht*. Frankfurt a.M.: Arbeitskreis Grundschule e.V.
Cirillo, St./Di Blasio, P. (1992): *Familiengewalt. Ein systemischer Ansatz*. Stuttgart: Klett-Cotta.
Colberg-Schrader, H./Derschau, D. von (1991): Sozialisationsfeld Kindergarten. In: Hurrelmann, K./Ulich, D. (Hrsg.): *Handbuch der Sozialisationsforschung*. Weinheim: Beltz, 335–354.
Csikszentmihalyi, M. (1992): Flow – Die sieben Elemente des Glücks. In: *Psychologie Heute*, 19. Jg., Heft 1, 20–29.
Dettenborn, H: (1993): Entwicklung und Ursachen von Aggression in der Schule. Wie Schüler darüber denken. In: *Pädagogik und Schulalltag*, 48, Heft 1, 60–67.
Dettenborn, H. (1993): Schutz, Gegenwehr, Ratsuche – Wie Schüler auf Aggression in der Schule reagieren. In: *Pädagogik und Schulalltag*, 48, Heft 2, 175–185.
Dollard, J./Doob, L.W./Miller, N.E./Mowrer, O.H./Sears, R.R. (1971): *Frustration und Aggression*. Weinheim: Beltz.
Dreikurs, R./Grey, L. (1993): *Kinder lernen aus den Folgen. Wie man sich Schimpfen und Strafen ersparen kann*. Freiburg i. Br.: Herder.
Dreikurs, R./Grunwald, B.B./Pepper, F.C. (1992): *Lehrer und Schüler lösen Disziplinprobleme*. Weinheim und Basel: Beltz Grüne Reihe.
Eibl-Eibesfeldt, I. (1970): *Liebe und Haß. Zur Naturgeschichte elementarer Verhaltensweisen*. München: Piper.

Eisenberg, G./Gronemeyer, R. (1993): *Jugend und Gewalt. Der neue Generationenkonflikt oder Der Zerfall der zivilen Gesellschaft.* Reinbek bei Hamburg: rororo.

Elias, N. (1976): *Über den Prozeß der Zivilisation.* 2 Bde. Frankfurt: Suhrkamp.

Elliott, M. (1991): *So schütze ich mein Kind vor sexuellem Mißbrauch, Gewalt und Drogen.* Stuttgart: Kreuz Verlag.

Ellis, A. (1977): *Die rational-emotive Therapie.* München: Pfeiffer.

Enders, U. (Hrsg.)(1990): *Zart war ich, bitter war's. Sexueller Mißbrauch an Mädchen und Jungen. Erkennen-Schützen-Beraten.* Köln: Kölner Volksblatt Verlag.

Engel, U./Hurrelmann, K. (1989): *Psychosoziale Belastung im Jugendalter.* Berlin: De Gruyter.

Engel, U./Hurrelmann, K. (1993): *Was Jugendliche wagen. Eine Längsschnittstudie über Drogenkonsum, Streßreaktionen und Delinquenz im Jugendalter.* Weinheim: Juventa.

Engelbert, A. (1986): Kinderalltag – familiale und ökologische Bedingungen. In: Hurrelmann, K. (Hrsg.): *Lebenslage, Lebensalter, Lebenszeit.* Weinheim: Beltz, 66–87.

Engfer, A. (1986): *Kindesmißhandlung. Ursachen, Auswirkungen, Hilfen.* Stuttgart: Enke-Verlag.

Farin, K./Seidel-Pielen, E. (1993): *Skinheads.* München: C.H. Beck Verlag.

Farrington, D.P./Ohlin, L.E./Wilson, J.Q. (1986): *Understanding and Controling Crime.* New York: Springer.

Ferstl, R./Niebel, G./Hanewinkel, R. (1993): *Gutachterliche Stellungnahme zur Verbreitung von Gewalt und Aggression an Schulen in Schleswig-Holstein.* Kiel: Institut für Theorieforschung.

Fornero, G. (1993): Praxisbericht zum Thema »Gewalt und Aggression an der Schule«. In: Blascyk, U./Priebe, B. (Hrsg.): *Reader. Aktuelle Gewaltentwicklungen in der Gesellschaft – Vorschläge zur Gewaltprävention an der Schule.* Soest: Landesinstitut für Schule und Weiterbildung.

Freud, S. (1920): *Jenseits des Lustprinzips.* Gesammelte Werke, Band 13. Frankfurt a. M.: S. Fischer.

Freud, S. (1933): *Warum Krieg?* Gesammelte Werke, Band 16. Frankfurt a. M.: S. Fischer.

Freud, S. (1938): *Abriß der Psychoanalyse.* Gesammelte Werke, Band 17. Frankfurt a. M.: S. Fischer.

Galtung, J. (1975): *Strukturelle Gewalt. Beiträge zur Friedens- und Konfliktforschung.* Reinbek bei Hamburg: rororo.

Garbarino, J. (1990): Youth in dangerous environments. In: Hurrelmann, K./Lösel, F. (eds.): *Health Hazards in Adolescence.* Berlin: De Gruyter, 193–218.

Geisler, Th./Hempel, J. (1993): Rechts-Rock, was ist das für eine Musik? In: *Schule heute,* Heft 3, 8.

Geretschlager, J. (1990): Fernsehen – Warum Kindergärtner/innen es nicht gerne sehen. In: Deutsches Jugendinstitut (Hrsg.): *Medienerziehung bei Vorschulkindern.*

Glogauer, W. (1993): *Die neuen Medien verändern die Kindheit.* Weinheim: Deutscher Studienverlag.

Gordon, T. (1993): *Die neue Familienkonferenz. Kinder erziehen ohne Streß.* München: Heyne.

Gottfredson, D. (1986): An empirical test of school-based environmental and individual interventions to reduce the risk of delinquent behavior. In: *Criminology,* 24, 705–729.

Griese, H.M. (1981): *Ausländer – Zwischen Politik und Pädagogik.* Bonn.

Groebel, J. (1988): Sozialisation durch Fernsehgewalt. In: *Publizistik* 33, 468–475.

Groebel, J. (1993): *Gewaltprofil des deutschen Fernsehprogramms.* Opladen: Leske+Budrich.

Groebel, J. (1994): *Faszination Gewalt.* Weinheim und Basel: Edition Q.B.

Haake, M.-L./Klie, T. u.a. (1993): *Sexueller Mißbrauch. Texte – Materialien – Kopiervorlagen.* Rehburg-Loccum: Religionspädagogisches Institut Loccum.

Haase, H. (1984): Mediale Gewaltdarstellung und ihre Effekte. In: *Aus Politik und Zeitgeschichte,* 21, 17–28.

Hacker, F. (1988): *Aggression. Die Brutalisierung unserer Welt.* Frankfurt, Berlin: Ullstein.

Hahn, E./Pilz, G.A./Stollenwerk, H.J./Weis, K. (1988): *Fanverhalten, Massenmedien und Gewalt im Sport.* Schriftenreihe des Bundesinstituts für Sportwissenschaft; Bd. 60. Schorndorf: Verlag Karl Hofmann.

Harms, G./Mannkopf, L. (Hrsg.) (1989): *Spiel- und Lebensraum Großstadt.* Berlin: Sigma.

Harnischmacher, R. (1994): *Gewalt an Schulen. Theorie und Praxis des Gewaltphänomens.* Rostock: Hanseatischer Fachverlag für Wirtschaft. Im Druck.

Havers, N. (1993): Aggressives Verhalten von Schülern. Ursachen in der Familie und pädagogische Folgerungen. In: *Pädagogik,* 3, 24–27.

Heinemann, E./Rauchfleisch, U./Grüttner, T. (1992): *Gewalttätige Kinder. Psychoanalyse und Pädagogik in Schule, Heim und Therapie*. Frankfurt a. M.: S. Fischer.
Heitmeyer, W./Möller, K./Sünker, H. (Hrsg.) (1992): *Jugend–Staat–Gewalt. Politische Sozialisation von Jugendlichen, Jugendpolitik und politische Bildung*. Jugendforschung. Weinheim und München: Juventa.
Heitmeyer, W. u.a. (1993): *Die Bielefelder Rechtsextremismus-Studie. Erste Langzeituntersuchung zur politischen Sozialisation männlicher Jugendlicher*. Weinheim und München: Juventa.
Hersov, L.A./Berger, M./Schafer, J. (eds.) (1978): *Aggression and antisocial behavior in childhood and adolescence*. Oxford: Pergamon Press.
Holtappels, H.-G. (1985): Schülerprobleme und abweichendes Verhalten aus der Schülerperspektive. In: *Zeitschrift für Sozialisationsforschung und Erziehungssoziologie*, Heft 2, 291–323.
Hondrich, K.O. (1993): Das Volk, die Wut, die Gewalt. Spiegel-Essay. In: *Der Spiegel* 1/1993, 29–30.
Honig, M.-S. (1986): *Verhäuslichte Gewalt. Sozialer Konflikt, wissenschaftliche Konstrukte, Alltagswissen, Handlungssituationen. Eine Explorativstudie über Gewalthandeln von Familien*. Frankfurt a. M.: Suhrkamp.
Hurrelmann, B. (1989): *Fernsehen in der Familie. Auswirkungen der Programmerweiterung auf den Mediengebrauch*. Weinheim: Juventa.
Hurrelmann, K. (1988): *Sozialisation und Gesundheit. Somatische, psychische und soziale Risikofaktoren im Lebenslauf*. Weinheim: Juventa.
Hurrelmann, K. (1990): *Familienstreß, Schulstreß, Freizeitstreß. Gesundheitsförderung für Kinder und Jugendliche*. Weinheim und Basel: Beltz Grüne Reihe.
Hurrelmann, K. (1993): Aggression und Gewalt in der Schule. In: Schubarth, W./Melzer, W. (Hrsg.): *Schule, Gewalt und Rechtsextremismus. Schule und Gesellschaft 1*. Opladen: Leske+Budrich.
Hurrelmann, K. (1994): *Lebensphase Jugend*. Weinheim: Juventa.
Hurrelmann, K./Freitag, M. (1993): *Gewalt an Schulen: In erster Linie ein Jungen-Problem*. Forschungsbericht. Universität Bielefeld.
Hurrelmann, K./Ulich, D. (Hrsg.) (1991): *Neues Handbuch der Sozialisationsforschung*. Weinheim und Basel: Beltz.
Jacobson, E. (1938): *Progressive Relaxation*. Chicago: University of Chicago Press.

Jäger, U. (1993): *Rechtsextremismus und Gewalt. Materialien, Methoden, Arbeitshilfen*. Tübingen: Verein für Friedenspädagogik, e.V.
Jefferys, K./Noack, U. (1993a): Förderung von Konfliktfähigkeit. Ein Programm für die Klassen eins bis acht. In: *Informationen zur Schulberatung*, Heft 17. Soest: Landesinstitut für Schule und Weiterbildung.
Jefferys, K./Noack, U. (1993b): Ein Schlichter-Programm für Schülerinnen und Schüler. In: *Informationen zur Schulberatung*, Heft 18. Soest: Landesinstitut für Schule und Weiterbildung.
Jugendwerk der Deutschen Shell (Hrsg.) (1992): *Jugend '92. Lebenslagen, Orientierungen und Entwicklungsperspektiven im vereinigten Deutschland*. Bde 1–4. Opladen: Leske+Budrich.
Kammerer, D. (1993): *Aggression und Gewalt bei Jungen. Warum sie auf Waffen und Raufereien stehen und wie Eltern damit umgehen können*. München: Mosaik Verlag.
Kavemann, B./Lohstöter, I. (1984): *Väter als Täter. Sexuelle Gewalt gegen Mädchen*. Reinbek: Rowohlt.
Kavemann, B./Lohstöter, I. (1985): *Sexualität – Beschädigung statt Selbstbestimmung*. Stuttgart: Leske.
Kehoe, P. (1991): *Wenn ich darüber reden könnte ... Eine Geschichte um sexuellen Mißbrauch*. Berlin: Donna Vita.
Kiper, H. (1994): Alltag – Gewalt – Geschlecht. Frauen und Mädchen als Opfer und Mittäterinnen. In: *PÄDEXTRA*, 1, 15–21.
Korte, J. (1992): *Faustrecht auf dem Schulhof. Über den Umgang mit aggressivem Verhalten in der Schule*. Weinheim: Beltz.
Klie, T./Pilz, G.A./Waterstraat, F. (1993): *Gewalt. Texte – Materialien – Kopiervorlagen. Arbeitshilfen BBS 16*. Rehburg-Loccum: Religionspädagogisches Institut Loccum.
Klockhaus, R./Habermann-Morbey, B. (1986): *Psychologie des Schulvandalismus*. Göttingen, Toronto, Zürich: Hogrefe.
Krafeld, F.J./Möller, K./Müller, A. (1993): *Jugendarbeit in rechten Szenen*. Ansätze – Erfahrungen – Perspektiven. Bremen: Edition Temmen.
Kürner, P. (1993): Politik für Kinder und Jugendliche – Eine Pflichtaufgabe für den Jugendschutz der Zukunft. In: *Thema Jugend. Zeitschrift für Jugendschutz und Erziehung*, Nr. 4 und 5, September, 13–14.
Kunczik, M. (1993): Gewalt im Fernsehen. In: *Media-Perspektiven*, 3, 98–107.
Lamnek, S. (1993): *Theorien abweichenden Verhaltens*. München, Basel: Reinhardt

Lappe, K./Schaffrin, I./Timmermann, E. (1993): *Prävention von sexuellem Mißbrauch. Handbuch für die pädagogische Praxis*. Ruhnmark: Donna Vita.

Ledig, M./Nissen, K. (1987): *Kinder und Wohnumwelt*. München: DFI-Verlag.

Levold, T./Wedekind, E./Georgi, H. (1993): Gewalt in Familien. Systemdynamik und therapeutische Perspektiven. In: *Familiendynamik*, 18. Jg., Heft 3, 287–311.

Lorenz, K. (1963): *Das sogenannte Böse*. Wien: Dr. G. Borotha-Schoeler Verlag.

Lukesch, H. (Hrsg.) (1989): *Video im Alltag der Jugend. Quantitative und qualitative Aspekte des Videokonsums, des Videospielens und der Nutzung anderer Medien bei Kindern, Jugendlichen und jungen Erwachsenen*. Medienforschung. Band 2. Regensburg: Roderer.

Lukesch, H. (Hrsg.) (1990): *Wenn Gewalt zur Unterhaltung wird ...* Medienforschung. Band 3. Regensburg: Roderer.

Mansel, J. (1992): *Reaktionen Jugendlicher auf gesellschaftliche Bedrohung*. Weinheim: Juventa.

Mansel, J./Hurrelmann, K. (1991): *Alltagsstreß bei Jugendlichen. Eine Untersuchung über Lebenschancen, Lebensrisiken und psychosoziale Befindlichkeiten im Statusübergang*. Weinheim und München: Juventa.

Mansel, J./Pollmer, K./Hurrelmann, K. (1992): Gestreßt in Ost und West. Problematische Lebensbedingungen, Wahrnehmung von Arbeitsmarktrisiken und psychosoziale Befindlichkeit von Jugendlichen beim Übergang von der Schule in den Beruf. In: Neubauer, G. (Hrsg.): *Jugend im deutsch-deutschen Vergleich: die Lebenslage der jungen Generation im Jahr der Vereinigung*. Neuwied: Luchterhand.

Matza, D. (1969): *Becoming delinquent*. Englewood Cliffs: Prentice Hall.

Mebes, M. (1992): *Katrins Geheimnis*. Berlin: Donna Vita.

Meichenbaum, D. (1977): *Cognitive-behavior modification: An integrative approach*. New York.

Melzer, W./Sünker, H. (Hrsg.) (1989): *Wohl und Wehe der Kinder*. Weinheim: Juventa.

Merkens, L. (1993): *Aggressivität im Kindes- und Jugendalter. Entstehung, Ausdrucksformen, Interventionen*. München, Basel: Ernst Reinhardt Verlag.

Merton, R.K. (1957): *Social theory and social structure*. New York: Free Press.

Miller, A. (1987): *Das Drama des begabten Kindes*. Frankfurt a. M.: Suhrkamp.
Ministerium für die Gleichstellung von Frau und Mann des Landes Nordrhein-Westfalen (Hrsg.) (1994): *Rechtsextremismus und Gewalt: Affinitäten und Resistenzen von Mädchen und jungen Frauen*. Dokumente und Berichte 27, Düsseldorf.
Müller, E. (1987a): *Du spürst unter deinen Füßen das Gras. Autogenes Training in Phantasie- und Märchenreisen. Vorlesegeschichten*. Frankfurt a.M.: S. Fischer.
Müller, E. (1987b): *Auf der Silberlichtstraße des Mondes. Autogenes Training mit Märchen zum Entspannen und Träumen*. Frankfurt a.M.: S. Fischer.
Müller, E. (1989): *Du fühlst die Wunder nur in dir. Meditatives Tagebuch zum Entspannen, Besinnen und Träumen*. Frankfurt a. M.: S. Fischer.
Müller, E. (1990): *Hilfe gegen Schulstreß. Übungsanleitungen zu Autogenem Training, Atemgymnastik und Meditation für Kinder und Jugendliche*. Reinbek bei Hamburg: rororo.
Müller, E./Chindanusorn, G./Wulf, K.-P./Gründer, M./Hauschuldt, Ch. (1993): Gewalt in Schulen? Fragen, Reaktionen, Konsequenzen. In: *Informationen zur Schulberatung*, Heft 16. Soest: Landesinstitut für Schule und Weiterbildung.
Neidhardt, F. (1973): *Aggressivität und Gewalt in der modernen Gesellschaft*. In: ders. u.a.: Aggressivität und Gewalt in unserer Gesellschaft. München: Juventa.
Neitzert, N. (1994): Jugendmusik im Dunstkreis rassistischer Ideologien und Gewaltphantasien. In: *Magazin für die Polizei*, 25. Jg., Nr. 215, 4–10.
Niebel, G./Hanewinkel, R./Ferstl, R. (1993): Gewalt und Aggression in schleswig-holsteinischen Schulen. In: *Zeitschrift für Pädagogik*, 39. Jg., Heft 5, 775–798.
Nolting, H.-P. (1991): *Lernfall Aggression. Wie sie entsteht – Wie sie zu vermindern ist. Ein Überblick mit Praxisschwerpunkt Alltag und Erziehung*. Reinbek bei Hamburg: Rowohlt.
Ohder, C. (1992): *Gewalt durch Gruppen Jugendlicher: eine empirische Untersuchung am Beispiel Berlins*. Berlin: Hitit.
Olweus, D. (1991): Bully/victim problems among schoolchildren: Basic facts and effects of a school based intervention program. In: Pepler, D.J./Rubin, K.H. (eds.): *The development and treatment of aggression*. New York: Hillsdale.
Olweus, D. (1991): Victimization Among School Children. In: Baen-

ninger, R. (ed.): *Targets of Violence and Aggression*. North-Holland: Elsevier Science Publishers B.V., 45-102.

Palentien, Ch. (1993): Jugend und Gewalt: oder die Entstrukturierung von Kontexten. In: *Theorie und Praxis der sozialen Arbeit*, 44. Jg., Nr. 10, 388–395.

Palentien, Ch./Pollmer, K./Hurrelmann, K. (1993): Ausbildungs- und Zukunftsperspektiven ostdeutscher Jugendlicher nach der politischen Vereinigung Deutschlands. In: *Aus Politik und Zeitgeschichte*, 11. Juni, 3–13.

Patterson, G.R. (1986): Performance models for antisocial boys. In: *American Psychologist*, 4, 432–444.

Patterson, G.R./Bank, L. (1989): Some amplifying mechanisms for pathologic processes in families. In: Gunnar, M.R./ Thelen, E. (eds.): *Systems and development. The Minnesota symposium on child psychology*. Vol 22, 167–209. Hillsdale: Erlbaum.

Patterson, G.R./DeBaryshe, B.D./Ramsey, E. (1989): A Developmental Perspective on Antisocial Behavior. In: *American Psychologist*, 44, 329–335.

Perry, D./Bussey, K. (1984): *Social Development*. Englewood Cliffs, New York: Prentice-Hall-International.

Petermann, F. (Hrsg.) (1993): *Verhaltenstherapie mit Kindern*. München: Gerh. Röttger Verlag.

Petermann, F./Petermann, U. (1993): *Training mit aggressiven Kindern. Einzeltraining – Kindergruppe – Elternberatung*. Weinheim: Psychologie Verlags Union.

Peters, H. (1989): *Devianz und soziale Kontrolle*. Weinheim: Juventa.

Petzold, M. (1992): *Familienentwicklungspsychologie. Einführung und Überblick*. München: Quintessenz.

Pflüger, P.M. (Hrsg.) (1992): *Gewalt – Warum? Der Mensch: Zerstörer und Gestalter*. Olten: Walter.

Philipp, E. (1992): *Gute Schulen verwirklichen. Ein Arbeitsbuch mit Methoden, Übungen und Beispielen der Organisationsentwicklung*. Weinheim und Basel: Beltz Grüne Reihe.

Pilz, G.A. (1986) (Hrsg.): *Sport und körperliche Gewalt*. Reinbek bei Hamburg: rororo.

Pilz, G.A. (1992): Hooligans – Europameister der Gewalt? In: *Psychologie Heute*, 19. Jg., Heft 5, 36–41.

Pilz, G.A. (1993): Neuere Erkenntnisse zur Verbreitung und gesellschaftlichen Bedingtheit der Gewaltakzeptanz Jugendlicher. In: Klie, T./Pilz, G.A./Waterstraat, F. (Hrsg.) *Gewalt. Texte – Materia-*

lien – Kopiervorlagen. Arbeitshilfen BBS. Religionspädagogisches Institut Loccum. Rehburg-Loccum.

Pilz, G.A./Silberstein, W. (1990): Gesellschaftliche, sportive und Fan-Gewalt. Eine zivilisationstheoretische Betrachtung der Ursachen und Bedingungen der Gewalttätigkeit Jugendlicher im Umfeld von Fußballspielen. In: Pilz, G.A./Schippert, D./Silberstein, W.: *Das Fußballfanprojekt Hannover. Ergebnisse und Perspektiven aus praktischer Arbeit und wissenschaftlicher Begleitung.* Münster.

Pilz, G.A./Sengebusch, K. (1990): Hooligans und Skinheads – Die neuen Rechtsaußen der Nation? In: Wahl, G. (Hrsg.): *Hitlers Schatten verblaßt. Die Normalisierung des Rechtsextremismus.* Bonn, 79–100.

Pöldinger, W./Wagner, W. (Hrsg.) (1989): *Aggression, Selbstaggression, Familie und Gesellschaft. Das Mayerling-Symposium.* Berlin, Heidelberg, New York: Springer.

Pollmer, K./Reissig, M./Six, U. (1992): *Risikolagen und Risikoverhalten Jugendlicher in den neuen Bundesländern. Ergebnisse der Leipziger Risikostudie.*

Pollmer, K./Hurrelmann, K. (1992): Neue Chancen oder neue Risiken für Jugendliche in Ostdeutschland? In: *Zeitschrift für Sozialisationsforschung und Erziehungssoziologie,* 1, 2–29.

Pollmer, K./Hurrelmann, K. (1992): Familientraditionen und Erziehungsstile in Ost- und Westdeutschland im Vergleich. In: *Kind – Jugend – Gesellschaft,* 1, 2–6.

Posselt, R.-E./Schumacher, K. (1993): *Projekthandbuch: Gewalt und Rassismus.* Mühlheim a.d. Ruhr: Verlag an der Ruhr.

Preuschoff, G./Preuschoff, A. (1992): *Gewalt an Schulen. Und was dagegen zu tun ist.* Köln: PapyRossa Verlag.

Redlich, A./Schley, W. (1981): *Kooperative Verhaltensmodifikation im Unterricht.* München, Wien, Baltimore: Urban & Schwarzenberg.

Remschmidt, H. (1993): Zyklen der Gewalt: Kinder, die schlagen und die geschlagen werden, Teil I: Gewaltbegriff und relevante Faktoren für die Entstehung von Gewalt. In: *Sozialpädiatrie* 15. Jg., Nr. 11, 653–656.

Remschmidt, H. (1993): Zyklen der Gewalt: Kinder, die schlagen und die geschlagen werden. Teil II: Gewalt in der Schule, in der Familie und gesamtgesellschaftliche Zusammenhänge. In: *Sozialpädiatrie* 15. Jg., Nr. 12, 726–730.

Richter, H.-E. (1993): *Wer nicht leiden will, muß hassen. Zur Epidemie der Gewalt.* Hamburg: Hoffmann und Campe.

Rutter, M./Maughan, B./Mortimer, D./Ouston, J. (1980): *Fünfzehntausend Stunden. Schulen und ihre Wirkung auf Kinder.* Weinheim und Basel: Beltz.

Schröder, B. (1992): *Rechte Kerle. Skinheads, Faschos, Hooligans.* Reinbek b. Hamburg: Rowohlt.

Schubarth, W. (1992): Rechtsextremismus – eine subjektive Verarbeitungsform des Umbruchs? In: Heinemann, K.-H./ Schubarth, W. (Hrsg.): *Der antifaschistische Staat entläßt seine Kinder.* Köln: PapyRossa, 78–99.

Schubarth, W./Melzer, W. (1993): *Schule, Gewalt und Rechtsextremismus. Schule und Gesellschaft 1.* Opladen: Leske+Budrich.

Schultz, J.H. (1966): *Das autogene Training.* Stuttgart: Thieme.

Schulz, H.-J./Weber, R. (1986): Gewalt von Zuschauern. In: Pilz, G.A. (Hrsg.): *Sport und körperliche Gewalt.* Reinbek bei Hamburg: rororo.

Schur, E. (1971): *Labeling deviant behavior.* New York. Harper & Row.

Schwind, H.-D./Baumann, J. u.a. (Hrsg.) (1990): *Ursachen, Prävention und Kontrolle von Gewalt.* Bde. 1-4. Berlin: Sondergutachten der Unabhängigen Regierungskommission zur Verhinderung und Bekämpfung von Gewalt.

Selg, H. (1981): *Zur Aggression verdammt?* Stuttgart: Kohlhammer.

Selg, H. (1990): Gewaltdarstellungen in Medien und ihre Auswirkungen auf Kinder und Jugendliche. In: *Zeitschrift für Kinder und Jugendpsychychiatrie,* 18, 152–156.

Steinhage, R. (1993): Warum schützen Mütter ihre Töchter nicht? In: *Psychologie Heute,* 20. Jg. Heft 2, 54–55.

Struck, P. (1992): *Schul- und Erziehungsnot in Deutschland. Ein Ratgeber für Eltern, Lehrer und Bildungspolitiker.* Neuwied, Kriftel, Berlin: Luchterhand.

Struck, P. (1993): *Familie und Erziehung. Pädagogik zum Anfassen.* Neuwied, Kriftel, Berlin: Luchterhand.

Tillmann, K.-J. (1994): Plädoyer für eine nüchterne Analyse. Zur aktuellen Diskussion über Gewalt in der Schule. In: *Pädagogik,* 46. Jg., 3, 6–8.

Trube-Becker, E. (1982): *Gewalt gegen das Kind. Vernachlässigung, Mißhandlung, sexueller Mißbrauch und Tötung von Kindern.* Heidelberg: Kriminalistik Verlag.

Ulich, K. (1993): *Schule als Familienproblem. Konfliktfelder zwischen Schülern, Eltern und Lehrern.* Frankfurt a. M.: S. Fischer.

Urban, A. (1993): Jugendmedienschutz – Von klaren Feindbildern in

ein offenes Dilemma. in: *Thema Jugend. Zeitschrift für Jugendschutz und Erziehung*, Nr. 4 und 5. September, 11–13.
Wack, O.G. (1990): *Lustwandeln im Hinterkopf. Ein Hand- und Fußbuch kreativer Problemlösung nicht nur in der Weiterbildung*. Soest: Landesinstitut für Schule und Weiterbildung.
Wagner, I. (1981): *Aufmerksamkeitstraining mit impulsiven Kindern*. Stuttgart: Klett-Cotta.
Wirtz, U. (1993): *Seelenmord. Inzest und Therapie*. Zürich: Kreuz Verlag.
Zeiher, H. (1983): Die vielen Räume der Kinder. Zum Wandel räumlicher Lebenswelten seit 1945. In: Preuss-Lausitz, U. u.a. (Hrsg.): *Kriegskinder, Konsumkinder, Krisenkinder. Zur Sozialisationsgeschichte seit dem Zweiten Weltkrieg*. Weinheim, Basel: Beltz, 176–195.